La proposition de lady Dane

ERIN
LANGSTON

La proposition de lady Dane

Traduit de l'anglais (États-Unis)
par Agnès Girard

J'AI LU

J'AI LU
POUR elle

Si vous souhaitez être informée en avant-première
de nos parutions et tout savoir sur vos autrices préférées,
retrouvez-nous ici :

www.jailu.com

Abonnez-vous à notre newsletter
et rejoignez-nous sur Facebook !

Titre original
FOREVER YOUR ROGUE

À Pete, qui a protégé mes rêves
jusqu'à ce que je sois prête à les vivre.

À Adam et à Claire,
mon fils chéri et ma fille adorée,
merveilleux êtres en devenir.

Prologue

Aldworth Park, Berkshire, juin 1818

De l'avis de Cora Dane, un whisky s'imposait… ou alors, au minimum, la *cérémonie* du whisky. À vrai dire, il était assez difficile de déterminer avec précision quelle attitude adopter dans un moment pareil.

Quelques instants auparavant, son majordome lui avait remis une lettre dont le seul papier, épais, couleur crème, trahissait le contenu tragique. Le cœur battant, elle avait suivi l'écriture nerveuse du bout des doigts. Elle aurait voulu s'imprégner de la forme des mots, les presser sur ses yeux désespérément secs.

La gorge serrée, tentant de tempérer l'espoir prudent qui naissait dans sa poitrine, elle avait le sentiment de se trouver au bord d'un précipice, à contempler un paysage inconnu mais engageant…

Oui. Un whisky s'imposait indéniablement.

Cora se leva, lissa ses jupes et gagna le hall d'un pas feutré. Au pied de l'escalier, elle s'arrêta, tendit l'oreille, n'entendit aucun bruit venant de la nursery. Les enfants avaient fini par s'endormir. Parfait. Elle aimait Tess et Léo plus que tout, mais ce soir, elle avait besoin de tranquillité.

Arrivée devant le bureau du vicomte, elle hésita, fit courir ses doigts sur la poignée ornementée puis entra.

Le feu sifflait et craquait, projetant des ombres vacillantes sur ce qui constituait le domaine privé de son mari. À première vue, ce bureau ne révélait rien de son tempérament nonchalant et mou, mais en s'approchant de la table de travail, Cora découvrit les failles de la façade qu'il offrait à ses semblables. Un registre de comptes pas à jour, une quantité de courrier en attente, une pile de bordereaux de compte impayés.

Lord Dane avait toujours été doué pour tromper son monde.

Sans se presser, elle déambula dans la pièce, passant les mains sur les volumes reliés de cuir qui garnissaient la bibliothèque et que son mari n'avait sûrement jamais ouverts. Sur un mur était accroché le portait imposant et solennel de Dane en tenue de parlementaire. Elle balaya la pièce du regard mais ne trouva pas de portrait d'elle, ni de leurs enfants. Ce qui était assez logique, finalement, dans la mesure où il n'y avait jamais eu de place pour eux dans son cœur.

La raison de sa présence dans ce bureau lui revint tout à coup.

La cérémonie du whisky.

Elle se tourna vers la vitrine, dans un coin de la pièce, et, au passage, posa les yeux sur le dos large et abîmé de la bible des Dane. Cora ne l'avait jamais ouverte, mais étant donné le contenu de la lettre qu'elle venait de recevoir, elle allait devoir mettre à jour l'arbre généalogique de la famille.

Elle porta la bible jusqu'au bureau et l'ouvrit précautionneusement. Le papier était fragile et déjà en piteux état.

L'arbre généalogique se trouvait en page deux – les ancêtres de Dane, ses parents, sa sœur Édith et son insupportable mari, leur progéniture. À côté du nom de Dane avait été écrit celui de Cora. Et en dessous...

Cora se figea.

C'est impossible.

La date de naissance de Léo était erronée. Dane avait correctement retranscrit le mois et l'année, mai 1815. Mais il s'était trompé de cinq jours pour la date.

Cette ordure ne connaissait même pas la date de naissance de son propre fils.

Cela n'aurait pas dû étonner Cora ; Dane ne s'était jamais intéressé aux enfants. Mais tout de même. Son fils, son *héritier*. Elle avait cru que ce genre de chose comptait pour lui.

Son doigt descendit un peu plus bas sur la page. Cora n'aurait pas été surprise que Tess ait subi le même traitement. Ce qu'elle vit la plongea dans la confusion la plus totale. Elle ferma les yeux. Il n'y avait pas de nom après celui de Léo.

Dane n'avait tout simplement pas mentionné la naissance de Tess.

La fureur aveugla soudain Cora. Le butor, incapable de sentiment et totalement étranger à ses semblables, n'avait pas inscrit sa fille dans l'arbre généalogique familial. Il s'était senti si peu concerné par sa naissance qu'il ne l'avait pas enregistrée.

Cora songea à Tess, à ses joues rondes et à ses boucles soyeuses, à peine un an et déjà la personnalité la plus marquée de toute la maison. Elle pensa à Léo, si prudent et si attentionné, essayant toujours de bien faire.

Son fils chéri et sa fille adorée. Ses seules lumières dans l'existence solitaire et terne qu'elle menait depuis la déception cruelle qu'avait été son mariage.

Et cet imbécile de Frederick Dane les avait tout bonnement occultés.

Ah non, décida Cora. Pas question.

Fulminant, elle chercha une plume, se pencha sur l'arbre généalogique et corrigea la date de naissance de Léo. Puis, avec autant de détermination, elle ajouta celle de Tess en écrivant un peu plus gros. Enfin, elle se pencha sur le nom de Dane et, après un instant d'hésitation – ce n'était pas un geste anodin, malgré tout –, traça un tiret à côté de sa date de naissance et ajouta la date du jour.

25 juin 1818.

Elle fixa un long moment cette date, puis son nom et ceux de Léo et de Tess. Ils allaient continuer à vivre quand Dane en avait fini avec l'existence, et cela lui sembla bien plus réel que la formule solennelle qu'elle venait de lire dans la lettre.

Soudainement, brutalement, Cora se retrouvait libre. Un essieu de voiture brisé un soir de pluie et la liaison de son mari avec une danseuse d'opéra l'avaient libérée des liens qui l'unissaient à lord Dane. C'était une histoire si banale que c'en était risible. Cora n'avait pas eu besoin de vérifier en cachette son carnet de rendez-vous, ni de sentir le parfum sur son gilet pour savoir que Dane passait la moitié de son temps chez sa maîtresse, à Londres. Franchement, elle s'en fichait comme d'une guigne. Même ce soir, en le voyant partir alors qu'il faisait un temps de chien, Cora avait à peine levé les yeux de son livre.

Après tout, en quatre ans de mariage, Cora avait fini par accepter l'absence d'amour entre elle et le vicomte. Ils n'avaient rien en commun, ne partageaient rien. Ni leur maison, ni leurs rêves, ni leurs existences respectives. Cora lui avait ouvert la porte de sa chambre parce qu'elle voulait être mère et avait fini par considérer Léo et Tess comment étant uniquement ses enfants. Dane n'avait apporté à cette union que ses opinions désagréables, ses ambitions odieuses et son indifférence acerbe.

D'un geste résolu, Cora referma la bible et s'approcha du cabinet à alcools d'un pas léger.

Elle prit son temps pour trouver la bonne bouteille, dont les flammes firent scintiller le contenu ambré. Ses mouvements dérangeaient le silence feutré qui régnait dans la pièce – tintement des verres, bruit du bouchon qu'on retire, puis celui, plus mat, du liquide s'échappant du goulot lorsque, d'une main remarquablement ferme, elle inclina la bouteille au-dessus d'un large verre en cristal.

C'était la première fois qu'elle se servait à boire.

Elle allait pouvoir faire bien des choses pour la première fois, désormais. La lettre de ce soir l'avait libérée de ses chaînes, avait ouvert la porte de sa cage dorée.

La métaphore était facile et manquait de relief, reconnut-elle intérieurement, en faisant tourner le whisky dans son verre. Mais elle correspondait à la réalité. Elle se sentait comme un oiseau aux serres pointues mais inutiles agrippant son perchoir et fixant la petite porte de sa petite vie qui se balançait sur des gonds rouillés.

Lentement, elle but une gorgée de whisky, en savoura la brûlure. Retrouvant de l'énergie, elle se tourna vers le portrait de Dane et leva son verre.

— Au vicomte, murmura-t-elle.

C'était étrange, mais là, dans son bureau, à l'issue de cette journée pour le moins sinistre et laissant mal augurer de l'avenir, Cora avait réellement envie de lever son verre à Frederick Dane, un être tout ce qu'il y avait de médiocre, qui avait beaucoup profité d'elle, mais qui lui avait donné les deux êtres qu'elle chérissait le plus au monde.

Elle lui était reconnaissante pour Léo et Tess, d'autant plus que Dane ne leur avait rien transmis. Ses enfants ne lui ressemblaient en rien.

Lentement, Cora pivota sur elle-même, aperçut son reflet dans le miroir au-dessus de la cheminée et regarda longuement son visage. Puis elle leva son verre une nouvelle fois.

— Et à la vicomtesse.

Elle sentait sa force revenir, s'étirer, se développer, ses ailes engourdies se remettre à battre, impatientes de se mesurer au vent.

Elle était libre.

1

Aldworth Park, Berkshire, avril 1819

Cher monsieur Travers,

Cette lettre est sans nul doute une surprise pour vous, et je m'en excuse sincèrement. Il est difficile de croire que notre dernier échange remonte à cinq ans. Le temps passe à toute vitesse, ne trouvez-vous pas ?

Vous avez sans doute appris – peut-être par votre sœur Tabitha ou par les journaux à scandale (et, soyons honnêtes, c'est pratiquement la même chose) – que mon mari, le vicomte Dane, s'est éteint il y a dix mois de cela. Ne craignez rien, je n'écris pas pour pleurer sur votre épaule. La mort de mon mari n'a pas vraiment été une épreuve insurmontable.

Au contraire, à presque tous points de vue, ma vie s'est trouvée améliorée depuis son décès. De plus, savoir que Dane est mort heureux, en faisant ce qu'il aimait le plus, c'est-à-dire en batifolant avec une danseuse de l'opéra de Covent Garden, a été une vraie consolation. Puissions-nous tous être aussi chanceux.

Mais l'année qui vient de s'écouler n'a pas été sans difficultés.

Si je vous écris aujourd'hui, c'est qu'un événement pour le moins éprouvant m'a mise dans une situation... disons... Loin de moi l'envie de dramatiser, mais il ne serait pas exagéré de dire qu'il m'a mise dans une situation désespérée, monsieur Travers.

Mon frère et moi avons envisagé une solution qui pourrait rendre les choses un peu moins difficiles, mais j'ai besoin de votre aide pour la mettre en place. Tout cela vous semble sans doute assez vague et très mystérieux ; il serait plus prudent que nous nous rencontrions pour en discuter.

Je prévois de me rendre à Londres fin juin, qui marque le terme de ma période de deuil. Faites-moi savoir si une date vous conviendrait en particulier afin que nous puissions nous entretenir.

Sincères salutations,

Cora Dane

*

* *

Aldworth Park, Berkshire, mai 1819

Monsieur Travers,

Je constate que ma lettre de fin avril n'a pas reçu de réponse.

Je me suis renseignée auprès de votre sœur. Tabby me confirme que j'ai la bonne adresse.

Je ne peux donc qu'en déduire que ma lettre a été perdue. Mais vous avez de la chance, je suis une correspondante minutieuse ; je garde toujours un double des lettres que j'envoie. (C'est pour la postérité – il serait dommage qu'un jour mon arrière-arrière-petite-fille découvre mon courrier mais, n'ayant que la moitié des échanges, ne puisse reconstituer l'histoire de façon satisfaisante afin d'écrire ses mémoires. Nous ne pensons pas assez souvent à ce genre de situation, je trouve.)

Vous trouverez donc ci-joint la copie de ma précédente lettre.

En résumé, je vous serais reconnaissante de confirmer notre rendez-vous. Tout ceci est assez urgent.

Salutations,

Cora Dane

*
* *

Aldworth Park, Berkshire, juin 1819

Peut-être connaissez-vous, monsieur Travers, le vieux conte intitulé Le Petit Chaperon rouge.

Il s'agit d'une fillette qui court le plus grand des dangers, face à un odieux personnage qui avance masqué. À la fin, le bûcheron fait ce qu'il faut. (Je raconte mieux quand c'est pour mes enfants, je vous le promets.)

Ce que je veux dire par là, monsieur Travers, c'est que si je pouvais m'occuper du loup toute seule, croyez-moi, je le ferais.

J'espérais cependant que vous accepteriez de jouer le rôle du bûcheron.

Mais vous persistez à m'ignorer, et je me demande si vous n'êtes pas qu'une branche morte.

Salutations,

C.D.

*
* *

Aldworth Park, Berkshire, juin 1819

Monsieur Travers, je vous l'ai déjà dit, je prévois de me rendre à Londres la semaine prochaine. Je n'y passerai que quelques jours, et j'ai certaines emplettes à faire, parmi lesquelles trouver des chiens de chasse pour les lancer sur vos traces.

Plus sérieusement, il faut que nous nous voyions. J'ai déjà souligné le caractère urgent de ma requête, mais vous persistez à faire la sourde oreille, aussi ai-je dû m'en remettre à votre sœur, qui s'est permis de jeter un œil à votre agenda.

Selon Tabitha, vous n'avez rien de prévu l'après-midi du 26 juin.

Plus maintenant.

Veuillez noter, monsieur Travers, que c'est la date à laquelle nous avons désormais rendez-vous.

C.D.

*
* *

Au matin du 25 juin 1819, un indescriptible chaos régnait dans la nursery de Dane House. Si les distingués résidents de Mayfair qui flânaient alors dans l'élégante Park Street avaient pu entendre le raffut émanant du deuxième étage, ils auraient sans doute cru qu'une partie de cache-cache y avait dégénéré en reconstitution de la bataille de Waterloo.

Ils n'auraient pas eu complètement tort.

— Attention aux rideaux… attention, mon chéri, je t'en prie ! s'écria Cora en pivotant pour retenir Léo. On ne court pas, j'ai dit ! Et surtout pas en chaussettes ! Léo, tu sais que tu te fais facilement des bleus…

Un bruit sourd assez curieux retentit derrière le coffre à jouets, et Cora se retourna, aussitôt en alerte.

— Tess... que fais-tu ?

Tess regarda sa mère et fit la moue. Accroupie, elle cherchait à glisser ses petits doigts sous une latte de plancher.

— Rien.

— Alors arrête, dit Cora, les mains sur les hanches. Tu ne trouveras rien là-dessous et...

Léo trouva l'idée de sa sœur formidable et la rejoignit aussitôt.

— Et si on disait qu'on cherchait un trésor ? Comme des pirates !

Seigneur. Cora regarda autour d'elle. La nursery semblait avoir été pillée et retournée de fond en comble. Mais comment en vouloir aux enfants d'être aussi vivants ? Cela faisait des mois qu'ils n'étaient pas revenus à Londres, et la redécouverte de ce terrain de jeu promettait de multiples occasions de pagaille.

Mais la mise à sac... Il ne fallait tout de même pas exagérer. Cora tapa dans ses mains afin de rétablir un semblant d'ordre.

— Entendons-nous bien. Pas de pirates et pas de chasse au trésor. Juste une partie de cache-cache classique, aujourd'hui. C'est au tour de Tess.

Léo soupira, stoppé net dans ses rêves de piraterie, puis ferma les yeux et se mit à compter, sur fond de cavalcade car, déjà, Tess courait vers son lit. Cora grimaça en la voyant sauter dessus et arracher draps et couvertures, alors que le lit avait été fait avec application.

— Ne..., commença-t-elle, avant de se taire.

Au point où ils en étaient, à quoi bon se fâcher pour une courtepointe froissée ?

Certes, Annie serait mécontente de trouver la nursery dans cet état à son retour. Mais à en juger par le temps qu'elle mettait à s'occuper du déjeuner des enfants, elle profitait probablement de son passage dans les cuisines pour faire l'une de ses pauses tant méritées.

Pour n'importe quelle autre maîtresse de maison de la bonne société londonienne, l'absence d'Annie aurait été compensée par l'entrée en scène de bonnes d'enfants. Passer ses matinées à quatre pattes à faire semblant de ne trouver personne n'était pas habituel pour une vicomtesse, et Cora savait pertinemment qu'il était inconvenant pour une femme de son rang d'avoir aussi peu de personnel pour s'occuper des enfants. Mais en ce qui concernait ses enfants, justement, elle se fichait des conventions comme d'une guigne.

Tess et Léo étaient tout pour elle.

— Caché ou pas, j'arrive ! lança Léo à la cantonade.

Tess hurla et plongea sous les couvertures à la manière d'une petite souris prise de panique. Un oreiller étouffa difficilement son fou rire, et Léo soupira devant une aussi mauvaise cachette.

— Chuuut..., dit Cora, un doigt sur les lèvres, en lui faisant un clin d'œil.

Mains sur les hanches, elle fit mine de passer la nursery au peigne fin. Du coin de l'œil, elle voyait Tess les observer par-dessous l'oreiller avec la jubilation de celle qui connaît un secret, fût-il de polichinelle.

— Léo, as-tu vu ta sœur ? Je ne la trouve nulle part. As-tu une idée de l'endroit où elle aurait pu aller ? Mais où a bien pu passer Mlle Theresa Dane ?

Ainsi propulsé au rang de « grand », Léo se rengorgea, ses yeux bleu océan brillant au-dessus de ses joues rebondies.

— Non... non, je cherche, mais je ne la vois pas...

— As-tu regardé du côté du pont de Londres ?

Un éclat de rire sortit de sous l'oreiller.

Léo secoua vigoureusement la tête.

— Elle n'y était pas.

— Sous les jupes de la reine, alors ?

Il s'approcha de Cora, souleva le bas de sa robe.

— Pas de Tess là non plus.

— Je suis là ! hurla Tess en jaillissant si brusquement de sous les couvertures que Cora craignit qu'elle n'abîme le matelas.

— Ça alors ! Mais d'où sors-tu ? s'exclama Cora en la prenant dans ses bras. Je t'ai cherchée partout, je m'inquiétais !

Tess riait à gorge déployée, et Cora ne put s'empêcher d'enfouir son visage contre son petit ventre pour la chatouiller.

— Tu m'as pas trouvée-euh ! Tu m'as pas trouvée-euh, répétait Tess, presque hystérique, ses petites mains potelées sur les joues de sa mère.

— Tu es une experte en cachettes, ma chérie, c'est pour ça, dit Cora en lissant les cheveux soyeux de sa fille. Je ne connais personne qui soit plus difficile à trouver que toi.

— Elle est bonne, mais sans plus, corrigea Léo en tirant gentiment sur le pied de sa sœur, avant de lever les yeux vers sa mère. Et tu nous trouverais de toute façon, n'est-ce pas, maman ?

Le sérieux avec lequel il avait posé cette question fit tressaillir Cora. Sa bonne humeur céda le pas à un sentiment désagréable qui la parcourut tout entière.

Elle était revenue. La panique. Pesante et incontrôlable, elle lui noua le ventre et s'y lova, désagréable rappel de ce qui avait amené Cora à Londres.

« Pas aujourd'hui, se morigéna-t-elle. N'y pense pas aujourd'hui. »

— Bien sûr, réussit-elle à répondre avec un sourire si forcé qu'elle en eut mal aux joues. Je vous retrouverai toujours tous les deux.

Elle fit glisser Tess sur sa hanche et ouvrit son bras libre. Léo referma obligeamment les siens autour de sa taille. À quatre ans, le petit lord Dane lui arrivait déjà plus haut que le nombril. Il était monté en graine, cette année, et un garçonnet long et fin était sorti du cocon de l'enfant potelé. Cora avait pris l'habitude de le mesurer par rapport à sa propre taille et l'avait vu dépasser sa hanche, son nombril, atteindre sa cage thoracique. Elle était elle-même très petite – ses frères disaient qu'elle était légère comme un moineau et piaillait au moins autant – et trouvait plutôt agaçant le fait que ses enfants continuent de grandir alors qu'elle ne changeait plus.

Elle s'autorisa à les serrer encore une fois dans ses bras.

Comme on pouvait s'y attendre, Tess protesta.

— Arrête !

Cora soupira et posa la fillette, qui ne cessait de gigoter. À vrai dire, elle aurait aimé que ses enfants la serrent dans leurs bras, là, tout de suite. Cela lui aurait fait du bien. Mais bien sûr, ils ne le savaient pas.

— Va prendre un livre, ma chérie, dit Cora en mettant sa mélancolie de côté. J'ai le temps de vous lire une histoire avant le déjeuner.

— Tiens, mais..., commença Léo, étonné. Maman ?

Cora baissa les yeux. Son fils regardait ses jupes, en lissait l'étoffe de ses petites mains, avec un air proche de l'émerveillement.

— Oui ?

— Ta robe… Elle est *bleue*.

— Ah. Je commençais à me demander quand tu le remarquerais, le taquina Cora.

Et elle pivota sur elle-même, son humeur sombre s'envolant devant le rire de Léo. Elle baissa les yeux sur sa robe, en admira la mousseline saphir.

À elle aussi, cette couleur vibrante faisait un drôle d'effet, après une année à porter le deuil.

— Alors ? demanda-t-elle en écartant ses jupes pour qu'il puisse les admirer. Qu'en penses-tu ? Six mois en noir et six mois en gris. C'était infiniment terne, non ? Mais à partir d'aujourd'hui, je remets du bleu.

— Tu aimes le bleu ? demanda Léo.

Elle prit le petit visage de son fils entre ses mains.

— Si j'aime le bleu ? Il y a le bleu de tes yeux, celui des yeux de ta sœur… Le bleu est ma couleur préférée !

— Toi aussi, tu as les yeux bleus, dit Léo en scrutant, le front plissé, le regard de sa mère. Enfin, un peu.

D'un geste doux, Cora lui ébouriffa les cheveux en riant. *La vérité sort de la bouche des enfants*. Oui, ses yeux étaient un peu bleus… mais ils étaient aussi un peu noisette. Des iris ambrés que cernait un anneau bleu. Deux couleurs en une. C'était son trait le plus caractéristique, mais elle n'était pas sûre que ce soit très bon signe. Dane avait craint, autrefois, qu'elle ne lègue ses yeux étranges à ses enfants, et depuis, Cora se sentait toujours gênée lorsqu'on évoquait son regard.

Mais pas avec Léo, bien sûr.

— Il va falloir que tu te fasses aux robes bleues, mon chéri. Tu vas en voir beaucoup, ici. Et pas seulement des bleues, d'ailleurs. Des vert sauge, des rose poudré, des jaune citron… et plein d'autres couleurs encore, dont il te faudra apprendre les noms.

Elle s'interrompit, gênée de s'enthousiasmer de la sorte à la simple idée d'une nouvelle garde-robe. Non. De s'enthousiasmer pour ce que représentait une nouvelle garde-robe : la fin de ses obligations de veuve. Elle ne devait plus rien à personne.

L'espace d'un délicieux instant, elle fit comme si c'était vrai. Elle retint son souffle, une bulle d'espoir enfla en elle, se dilata dans sa poitrine, rejeta l'angoisse qui l'avait étreinte jusque-là. Pendant quelques minutes, elle se sentit invincible et comblée.

Puis ses poumons crièrent grâce et Cora souffla, se dégonfla et retourna à la triste réalité qui était la sienne.

Ces Carleton de malheur.

« Pas aujourd'hui, se rappela-t-elle fermement. Pas aujourd'hui, pas aujourd'hui, pas aujourd'hui. »

Au même instant, Tess revint vers elle, serrant contre sa poitrine un exemplaire fatigué des *Fables* d'Ésope.

— Encore ? feignit de protester Cora.

Elle s'assit par terre, le dos contre le lit de Léo, arrangea ses jupes sur ses jambes. Ses enfants prirent place, chacun d'un côté, affalés contre elle. À eux trois, ils formaient une merveille d'enchevêtrement. Entre coudes et pieds, Cora ouvrit le livre et le posa en équilibre précaire sur ses genoux.

— Vous choisissez toujours ce livre, tous les deux.

— Parce qu'on l'aime, se défendit Léo. Et tu as dit que les fables pouvaient nous apprendre une ou deux choses de…

— Oui, oui, je sais. Et c'est vrai. Mais cette fois, nous n'allons pas lire les mêmes fables que d'habitude, dit Cora en feuilletant l'ouvrage. Parce que aujourd'hui est un jour important, et nous allons l'aborder ensemble, tous les trois. Il est temps de découvrir quelque chose de nouveau, qu'en pensez-vous ?

Léo nota en silence le mot « important », mais ne s'opposa pas à l'idée d'une nouvelle fable.

— Ah, voilà. *Le Laboureur et le Serpent gelé*. Nous ne l'avons jamais lue, celle-ci, dit Cora en choisissant au hasard, vers la fin du livre. « Un laboureur traversait son champ un matin d'hiver et trouva sur le sol un serpent raidi par le froid. Le laboureur savait combien un serpent pouvait être dangereux, et pourtant, il en eut pitié, le ramassa et le glissa dans sa chemise pour le réchauffer... »

— C'était pas très malin, remarqua Léo.

— Tu as raison. Mais ces paraboles parlent rarement de gens malins.

— Et là, ça finit comment ?

— Tu veux connaître la morale de l'histoire ?

D'un geste absent, elle fit glisser son doigt jusqu'au bas de la page.

Quand elle lut ce qui était écrit, son malaise revint.

On n'aurait pu faire plus à propos. Une fois de plus, quelque chose la mettait en garde contre ce qu'elle s'apprêtait à affronter, ce qu'elle devait faire le lendemain.

Et contre *celui* qu'elle entendait rencontrer.

— Maman ?

Léo voulait la suite. Elle grimaça.

— « Je l'ai bien mérité, il ne faut jamais avoir pitié d'une crapule. »

Les mots résonnèrent en elle. Crapule, voyou, libertin – trois synonymes pour un seul homme.

Nathaniel Travers.

La beauté du diable.

Elle revit soudain ce sourire carnassier creuser lentement l'irrésistible fossette qui l'avait autrefois fait chavirer. Une fossette qui, plus récemment, avait hélas ignoré tous ses appels du pied.

Cora regarda fixement la page jusqu'à ce que les mots alignés sous ses yeux ne veuillent plus rien dire. Elle n'aimait pas du tout ce que cette morale lui soufflait : s'en remettre à un homme comme Travers, qui n'avait même pas pris la peine de lui répondre, ne servait à rien.

D'un geste, elle referma le livre de contes et le glissa sous le lit de Léo, comme pour maintenir à distance toute sagesse populaire.

— « Je l'ai bien mérité, il ne faut jamais avoir pitié d'une crapule », répéta lentement Léo, comme pour mieux comprendre le sens de cette phrase.

Il ne l'aidait pas beaucoup...

Tess se vautra sur sa mère et leva les jambes.

— C'est quoi, une crapule ?

Cora poussa un grognement et lui attrapa les pieds, qu'elle couvrit de baisers.

Qu'est-ce qu'elle les aimait, décidément, ces deux-là.

Annie remonta avec le déjeuner, et Cora laissa les enfants entre ses mains expertes. Elle avait un peu de temps pour elle cet après-midi et entendait l'occuper autrement qu'avec des comptines et des jeux d'enfants. En l'occurrence, elle prévoyait de manger des éclairs et d'écrire à Tabitha, son amie la plus fidèle et la plus coquine.

— Bonjour, lady Dane, dit Talbot, sa caméariste, quand Cora entra dans sa chambre. Avez-vous passé une bonne matinée ?

Cora réfléchit à la question de Talbot avec un sourire en demi-teinte. Avait-elle passé une bonne matinée ? Celle-ci avait commencé comme toutes les autres, c'était certain. Elle avait ouvert les yeux dans un lit vide, s'était étirée dans des draps froids, avait murmuré un « bonjour » à une chambre déserte. Pour Cora, il était important de toujours commencer la journée sur une note positive, même si elle était seule.

Puis elle s'était souvenue que cette journée n'était pas du tout un jour comme les autres. Le premier rayon de soleil l'avait tirée du lit et, sa robe de chambre à peine fermée, elle avait couru jusqu'à la fenêtre pour accueillir cette journée et l'anniversaire tant attendu qu'elle annonçait : cela faisait un an tout rond que Dane avait rendu l'âme en se rendant chez une danseuse de Londres pour la culbuter.

Officiellement, bien sûr, cet anniversaire ne signifiait rien d'autre que la fin de sa période de deuil. Mais, en réalité, il annonçait bien autre chose. Cette journée marquait un nouveau départ et la fin de tous les ennuis de Cora.

Du moins l'espérait-elle.

Talbot afficha un sourire indulgent devant sa maîtresse perdue dans ses pensées.

— Il faut reconnaître, lady Dane, que vous semblez avoir passé une excellente matinée, dit-elle d'un ton détaché, tout en servant le thé. Vous êtes particulièrement en beauté aujourd'hui.

Cora se ressaisit.

— Vraiment ? Je viens de passer une heure à quatre pattes dans la nursery, pourtant. Cela fatigue plus qu'autre chose.

Elle pencha la tête pour se regarder dans le miroir de sa coiffeuse. Elle était comme d'habitude. Petite, ne tenant pas en place, pas vraiment posée. Dans la lumière dorée qui filtrait par la fenêtre, et sous ses épais cils bruns, ses yeux semblaient plus noisette que bleus. Sa lourde chevelure acajou s'était, comme d'habitude, échappée de ses épingles ; d'un geste vif, elle écarta une longue mèche de son visage. Elle avait de la poussière sur l'épaule – probablement un souvenir du bras qu'elle avait passé sous l'armoire –, et ses jupes étaient horriblement froissées.

Mais elle sentait une différence. Elle portait de nouveau de la couleur et cela changeait son visage, changeait son apparence. Jeter sa robe de deuil avait été un vrai plaisir. Elle avait eu l'impression d'être un papillon émergeant de sa chrysalide.

Cora redevenait elle-même.

Talbot croisa son regard dans le miroir et hocha la tête en souriant, lui signifiant qu'elle comprenait.

— Je le pense vraiment, Madame. Vous avez l'air *bien*. Et c'est une bonne chose, si je peux me permettre. Après tout, aujourd'hui, c'est...

— Une journée de commémoration, conclut Cora à sa place, en lui rendant son sourire. C'est bien ça, non ?

— J'ai tout préparé. Votre courrier est ici. Et je sais que vous aviez parlé d'éclairs, mais comme parfois vous préférez les choux à la crème...

D'un regard, Cora nota sa chambre parfaitement rangée, le magnifique service à thé, sa – presque – plus belle robe.

— C'est magnifique. Talbot, vous êtes une perle. Mais j'ai peur que cette célébration n'implique un redressage de chignon. Tess a manqué un peu de délicatesse, comme vous pouvez le constater.

Elle s'installa devant sa coiffeuse et examina la pile de lettres tandis que Talbot tentait de mettre un peu d'ordre dans sa chevelure bien emmêlée. Cora savait que c'était vain, mais elle ne pouvait s'empêcher d'espérer une réponse de Travers. Non... toujours rien. Si elle n'avait pas eu autant besoin de lui, elle aurait été capable de l'étrangler dès qu'il franchirait le seuil de sa maison, demain.

S'il franchissait le seuil de sa maison demain.

Elle soupira. Tabby avait promis de faire en sorte qu'il vienne. Tôt ou tard, Cora s'entretiendrait avec Travers.

Il y avait, en revanche, un mot de Gavin, son frère préféré, devenu son complice malgré lui. Avocat de profession, Gavin Sinclair était réputé pour son calme... sauf quand il s'agissait de Cora, qui n'avait pas son pareil pour malmener le caractère placide de son frère.

« Mais toujours pour la bonne cause », se dit Cora en songeant au plan pour le moins farfelu qu'ils avaient mis sur pied. En l'occurrence, « malmener » était un euphémisme.

Cora ouvrit la lettre de Gavin. L'après-midi s'annonçait déjà chaud, et chaque fois que Talbot relevait l'une de ses mèches pour la fixer avec une épingle, elle sentait une fraîcheur bienvenue sur sa nuque, qui allait de pair avec une tension sur son cuir chevelu, histoire de lui rappeler sans beaucoup de subtilité que pour être belle, il fallait souffrir, au moins un peu.

— Alors..., murmura Cora. Voyons ce que mon cher frère a à me dire...

Voir une lettre de Gavin dans son courrier la rendait toujours un peu nerveuse – et si quelque chose tournait mal dans l'affaire en cours ? Mais, à son grand soulagement, son frère lui écrivait simplement pour lui dire qu'il avait fini de rédiger le contrat et réuni les fonds nécessaires ; il passerait à Dane House le lendemain après-midi.

Parfait. Jusqu'ici, le plan de Gavin se déroulait comme prévu. Mais après tout, pouvait-il en aller autrement ?

— Et si nous passions tout de suite à la lettre de lady Tabitha, Madame ? suggéra Talbot avec un sourire espiègle. J'ai passé toute la semaine à me demander ce qui était arrivé à Mme Putman.

Cora sourit et rangea la lettre de Gavin.

— Moi aussi. C'est tout de même incroyable que le palefrenier ait été fiancé !

Elle posa l'épaisse enveloppe de Tabby au sommet de la pile. Lady Tabitha Finch faisait circuler les commérages plus efficacement que le plus populaire des journaux à scandale. Cora et Talbot avaient suivi avec délectation les aventures de Mme Putman tout au long du printemps. Peu importait que Cora voie

Tabby le lendemain. Au contraire, mieux valait se mettre au courant des derniers déroulements de l'histoire qui tenait tout le beau monde en haleine. Tabby n'en attendrait pas moins d'elle.

Cora choisissait distraitement une pâtisserie sur le plateau, impatiente de découvrir les derniers on-dit, quand sa main glissa, renversa la pile de lettres et en fit tomber une à ses pieds.

— Flûte alors, grommela-t-elle en léchant son doigt couvert de crème. Attendez...

Mais Talbot avait déjà ramassé la lettre.

— Tenez, Madame. C'est... Oh...

La femme de chambre grimaça, et Cora comprit immédiatement. Son estomac se noua aussitôt sous l'effet de la panique, comme si celle-ci revenait se venger d'avoir été ignorée. Un jour, elle aurait un nœud coulant dans le ventre, c'était sûr.

— Ne dites rien, souffla-t-elle, le cœur battant devant l'expression angoissée de Talbot. Je me fiche de ce que vous faites de cette lettre, mais si elle vient de...

Talbot eut un sourire compatissant.

— On dirait une nouvelle lettre de Mme Carleton, Madame.

— Encore ? grogna Cora, qui sentait qu'elle allait mal digérer son éclair. Mais que veut-elle, à la fin ?

Depuis que les Carleton avaient annoncé leur souhait de passer le mois de juillet à Aldworth Park, le domaine familial des Dane où Cora vivait avec les enfants, Édith Carleton lui écrivait sans arrêt. Cora n'aurait pas cru que la sœur de feu son époux, invivable au quotidien et pénible – très pénible –, puisse s'avérer plus exigeante qu'elle ne l'était déjà, mais le fait est que, lettre après lettre, son ex-belle-sœur l'assommait de recommandations à propos de la literie, du savon, des journaux qu'il leur faudrait pour leur séjour.

Au moins, ces derniers temps, n'avait-elle rien exigé concernant Tess et Léo.

Les yeux baissés sur cette nouvelle missive, Cora fit de son mieux pour ne pas se laisser abattre.

Si seulement ses problèmes voulaient bien faire moins d'efforts pour atterrir juste devant sa porte !

Toute l'année, Mme Carleton lui avait adressé remarque sur remarque. Mois après mois, elle avait critiqué avec condescendance tout ce que Cora faisait, émis des exigences et, plus récemment, quelques menaces à peine voilées. Chaque lettre était une blessure de plus pour Cora. Les mots d'Édith Carleton, choisis pour faire mal, l'empêchaient de dormir.

Peut-être que si les enfants vivaient avec nous au presbytère et bénéficiaient d'une éducation un peu plus stricte, le petit lord pourrait pratiquer des activités plus convenables que de courir dans les bois...

Je crains que votre approche très matérielle de Noël ne gâte le cœur de vos enfants. L'an prochain, ils passeront les fêtes avec le pasteur et moi-même, afin d'apprendre les vertus de la charité chrétienne...

Vous les couvez trop, et cela m'inquiète. Une mère est toujours trop douce avec ses enfants. La présence d'un homme à leurs côtés serait bénéfique. Rendez-vous compte de l'exemple que vous leur donnez...

Depuis le temps, Cora aurait dû s'y faire. Les Carleton – Édith, la sœur de Dane, et son mari, le pasteur – l'avaient détestée dès l'instant où ils l'avaient vue reprendre une tranche de son gâteau de mariage et n'avaient jamais changé d'avis sur elle. À l'époque, Cora avait dix-huit ans et débordait d'enthousiasme pour tout. Comment aurait-elle pu savoir qu'il n'était pas convenable d'apprécier son dessert ? Mais Mme Carleton, elle-même fille de vicomte, avait des idées très arrêtées sur la façon dont une lady devait se comporter. Et Cora, quoi qu'elle fasse, n'avait jamais été à la hauteur de ses normes moralisatrices.

Elle fixa la lettre que Talbot avait entre les mains, comme si sa bonne lui tendait une maladie contagieuse.

— Peut-être..., bredouilla la femme de chambre. Peut-être pourriez-vous la garder pour plus tard ?

— Excellente idée.

Et, d'un geste déterminé, Cora prit la lettre et la reposa sur sa coiffeuse sans l'ouvrir.

Pas question que les pattes de mouche d'Édith Carleton viennent entamer sa bonne humeur. Tout ce que voulaient les Carleton, c'était la garder sous leur coupe.

Mais ils la sous-estimaient. Et dès demain, Cora pourrait enfin le leur prouver.

Si Nathaniel Travers voulait bien quitter sa fichue table de jeu assez longtemps pour l'aider.

La morale de la fable lui revint soudain : ne jamais faire confiance à une crapule. Ah ! Si les choses avaient été aussi simples... Cora aurait bien aimé savoir ce qu'aurait fait M. Ésope dans sa situation.

Elle respira un bon coup, chassa de son esprit les yeux gris rieurs de M. Travers et pensa à ses enfants à la place. Ils avaient besoin que les choses se passent bien. Pour eux, Cora était prête à tout. Elle n'aurait de répit qu'une fois le problème réglé.

Les choses étant plus claires, elle enfourna résolument le reste de l'éclair dans sa bouche, faillit s'étrangler mais réussit à déglutir.

Rien ne l'empêcherait de profiter de cette journée, même si, littéralement, elle passait de travers.

2

Dane House, Londres, juin 1819

Monsieur Travers,

Craignant d'être vulgaire, je me suis retenue, dans mes précédentes lettres, de vous rappeler qu'il y a de cela bien des années, vous avez promis que vous me rendriez un service. N'importe lequel, si je me souviens bien (et j'ai une excellente mémoire).

N'ayant jusqu'à présent entendu aucune dénégation de votre part à ce sujet, je vous attends donc à Dane House comme prévu, à 14 h 30 ce dimanche après-midi.

Dans l'attente de votre visite,

C.D.

*
* *

Nathaniel Travers tenait à ce que ce soit noté – par Raymond, puisque son frère aîné notait tout ce qui le concernait : ce soir, il avait vraiment eu l'intention de bien se tenir.

Les choses avaient plutôt bien commencé. Il était arrivé au bal des Fordham à peine plus tard que l'heure fixée par sa belle-sœur Rosalie, il avait noté son nom dans le carnet de bal vierge des sœurs Carrington, il avait échangé quelques banalités sur les nouvelles réglementations du commerce des céréales – quelle plaie ! – avec le Pr Gleason.

Il s'était même donné la peine d'offrir son bras à la douairière Brooks, véritable antiquité mais étonnamment alerte pour son âge, pour un parcours sans conviction à travers la salle de bal, et avait patiemment écouté ses envolées lyriques à propos de la roseraie des Fordham en hochant la tête. Il s'était donné beaucoup moins de mal pour obtenir dans un murmure qu'Isolde Simms, veuve, séduisante et, comme l'on pouvait s'y attendre, très fringante, l'invite à un rendez-vous dans ladite roseraie.

Au total, Nate avait flirté avec trois femmes d'âge mûr, fait rougir quatre débutantes et fumé le cigare avec six pères indifférents.

Ce n'était pas si mal, même s'il trouvait exagérée la réaction étonnée de l'assistance devant cet inattendu changement de comportement. Après tout, Nate était l'héritier présomptif de son frère, Raymond n'ayant pas de fils. Cela faisait de lui le futur comte de Fordham – il était difficile de dire lequel des deux frères était le plus catastrophé par cette perspective. Mais, dans l'ensemble, Nate savait se conduire correctement, même si cela revenait, pour lui, à endosser le rôle d'un biscuit mou trempé dans du thé.

Par ailleurs, Raymond avait sous-entendu que si Nate se tenait bien ce soir, il envisagerait de desserrer un peu les cordons de sa bourse. Le recours à peine voilé à ce genre de chantage était à la fois infantilisant et insupportable. Mais le fait est que Nate avait terriblement besoin d'une bourse compatissante.

En l'occurrence, il avait aussi terriblement besoin de prendre la tangente. Il avait fait son devoir pour ce soir, non ? Raymond et Rosalie devaient être satisfaits.

Discrètement, il glissa deux doigts dans la poche de son gilet et attrapa sa montre de gousset. Baissant les yeux, il regarda l'heure, blêmit, la regarda une nouvelle fois.

Il n'était là que depuis une heure ?

Supporter tout ce cirque une minute de plus était impossible. Il détestait ces soirées mondaines ennuyeuses à souhait, guindées et bourrées de gens qui se comportaient comme il le fallait et non comme ils en avaient envie.

Le fait de voir son frère accaparé par d'innombrables lèche-bottes n'aidait pas. Connu pour la façon dont il avait redressé les affaires de son père, Raymond était aux yeux de la bonne société l'archétype de l'aristocrate vertueux conscient de ses responsabilités, l'image même de l'élégance et de la prospérité.

Sauf pour son héritier, qui estimait que lord Fordham était un imbécile radin et bien-pensant.

Nate tendit le cou, cherchant son frère du regard. Il fallait absolument qu'il s'en aille, et il ne voulait pas que Raymond le voie. Les énormes bouquets que Rosalie, éternelle romantique, avait fait placer un peu partout l'aidaient et le gênaient à la fois. Nate ne voyait pas Raymond, mais cela signifiait que Raymond ne le voyait peut-être pas non plus. Malheureusement, Nate était plus grand que la plupart des hommes et passait difficilement inaperçu. Mais entre les fleurs et la foule…

Qui ne risque rien n'a rien.

À l'autre bout de la pièce, Nate vit Mme Burns et sa fille qui le dévisageaient, en pleine conversation. Mlle Rhiannon Burns le fixait avec grand intérêt, provoquant une panique évidente chez sa mère. Avec un sourire en coin, Nate se faufila derrière le quatuor à cordes, en direction d'une sortie. Au moins l'une des dames Burns avait-elle compris à qui elle avait affaire.

« N'ayez crainte, madame Burns, songea-t-il en se glissant entre les invités et les plantes. Je ne séduirai pas votre fille. Enfin, pas ce soir », corrigea-t-il après réflexion.

Il était à quelques mètres de la sortie…

— Ah non, sûrement pas.

Une main refermée sur son épaule l'immobilisa, faisant échouer sa tentative d'évasion.

Nom d'un chien. Nate serra les dents, retenant difficilement un grognement. Il devait y avoir au moins cent personnes ce soir dans cette maudite salle de bal, mais le comte de Fordham, comme on pouvait s'y attendre, ne s'intéressait qu'à une seule d'entre elles.

— Fordham, grommela Nate en croisant le regard sévère de son frère aîné. Quelle bonne surprise.

— Tout le plaisir est pour moi, répondit Raymond, l'air crispé. C'est drôle, mais j'ai presque l'impression que tu essaies de filer à l'anglaise.

Nate haussa les sourcils.

— Et moi, j'ai presque l'impression que tu m'espionnes. Dis-moi, mon cher frère, as-tu l'intention d'inspecter mes poches ? De me secouer pour voir si j'emporte l'argenterie ? Dois-je m'attendre à une fouille à corps ? Si c'est le cas, je te suggère de prévenir Mlle Burns. À voir sa tête, elle sera partante pour une place au premier rang.

Le menton de Raymond frémit. Nate dépassait son frère de dix centimètres et en tirait une grande satisfaction. Devoir lever les yeux vers son frère cadet hérissait systématiquement le comte.

— Nathaniel, je te conseille de ne pas oublier notre accord.

Nate se dégagea et rajusta son habit, fixant son frère d'un œil noir. Autour d'eux, les invités s'écartèrent, leur laissant de l'espace sans toutefois vouloir perdre une miette de ce qui se passait.

— Et si je l'oublie, que feras-tu ? demanda Nate avec un petit air rebelle. Tu ne m'as pas laissé grand-chose à perdre, j'en ai peur, *mon cher*.

L'ironie avec laquelle Nate avait prononcé ces derniers mots mit Raymond hors de lui. À quarante-six ans, il était encore svelte et athlétique, mais dans la lumière des bougies, ses cheveux, autrefois très bruns, prenaient au niveau des tempes des reflets argentés.

« Quel vieux ringard coincé », songea Nate, peu charitable. Mais après tout, en ce moment, la charité était au-dessus de ses moyens.

— Ne change pas de sujet, Nate. L'insolence te va mal. Et si tu t'imagines, ne serait-ce qu'un instant, que tu vas pouvoir t'éclipser, je...

Nate s'écarta. Cette conversation devenait ennuyeuse. La compagnie de son frère était ennuyeuse.

— Nous avions dit 11 heures, Nathaniel.

Raymond semblait dangereusement crispé. Sans doute s'était-il rendu compte qu'on les regardait.

Nate tira sa flasque de sa poche intérieure et la tendit d'un air moqueur à Raymond, dont le regard lançait maintenant des éclairs. Après un hochement de tête, Nate but une longue gorgée.

On gloussa derrière son frère. Nate se décala légèrement et aperçut un groupe de femmes d'âge mûr qui les dévisageaient. Fixant l'une d'elles, une grande brune, droit dans les yeux, il porta de nouveau sa flasque à ses lèvres et, lentement, très lentement, but une autre gorgée.

— Je pensais que ce n'était qu'une suggestion, dit-il avec un sourire nonchalant à l'intention de ces dames, qui lorgnaient toujours dans leur direction.

— Nathaniel...

— Puisque tu tiens tant à exercer ton autorité, puis-je te suggérer de jeter un œil du côté de ta fille, près du buffet ? Annalise et le marquis de Stockton ont l'air de s'entendre de mieux en mieux.

Raymond tourna vivement la tête dans cette direction, cherchant en vain sa fille de dix-huit ans. Nate retint un sourire. Annalise était près des chaperons, en pleine discussion avec sa sœur Viola et leur mère.

Nate profita de ce que son frère était distrait pour se tourner vers la sortie.

— Bien, dit-il en lui tapant sur l'épaule. Toutes mes amitiés à lady Fordham. Tu lui diras que son bal était extraordinaire. Elle s'est surpassée. Mais si elle tient à ce que je reste plus d'une heure, je lui conseille d'ajouter une table de jeu et une bouteille de gin bon marché.

— Je ne te laisserai pas embarrasser ma femme, Nathaniel. Rosalie s'est donné un mal fou pour cette soirée et elle a particulièrement insisté sur la présence de la famille.

Le ton glacial de Raymond aurait paralysé n'importe qui, mais n'avait plus aucun effet sur Nate. Son frère, comme d'habitude, prenait la mouche pour un rien. Franchement, c'était d'un ennui ! Comme si Raymond, comte de Fordham, avait la moindre raison de s'emporter de la sorte.

Nate, malheureusement, n'avait presque pas un sou en poche, du fait de l'inutile croisade lancée par son frère pour le remettre sur le droit chemin. Inutile car Nate parvenait toujours à s'en sortir. Encore un peu de chance à la table de jeu de Madame Roost, et il aurait de quoi tenir jusqu'à la fin du mois.

— À la prochaine, Fordham ! lança Nate par-dessus son épaule. Ce fut un plaisir, comme d'habitude !

Il se dirigea vers la sortie, retenant avec peine un sourire insolent devant la consternation de son frère. Nate savait qu'il n'aurait pas dû éprouver tant de plaisir à contrarier son frère de la sorte. Mais Raymond l'avait bien cherché, en exhibant son frère devant la bonne société pour tenter de faire croire que les Fordham étaient une famille unie. S'il n'avait toujours pas compris que se mêler de la vie de Nate était à la fois fâcheux et inutile, c'était lui qu'il fallait remettre dans le droit chemin.

Devant le valet posté à la porte de la salle de bal, Nate tourna sur lui-même en écartant les pans de sa queue-de-pie et fit mine de retourner ses poches.

— Vous pouvez vérifier, je n'ai rien volé, mon brave. Veuillez dire au comte qu'il ne lui manque pas une petite cuillère.

Puis il s'inclina d'un air moqueur et quitta la salle d'un pas nonchalant.

Son frère pouvait aller se faire voir ailleurs s'il s'imaginait que Nate allait jouer l'aristocrate parfait en public quand Raymond ne cessait de le fustiger en privé. Nate était ce qu'il était, et peu lui importait l'opinion des autres. Même si sa fierté était en piteux état, il y tenait.

C'était, à vrai dire, tout ce qui lui restait, ou presque.

Nate refoula un frisson d'agacement en franchissant les lourdes portes de Fordham House, gravées des armes de la famille. Il ne lui avait pas échappé que le nom de son frère barrait littéralement sa route, où qu'il aille.

Raymond avait vingt ans de plus que Nate et avait toujours joué un rôle assez indéfini, à mi-chemin entre frère et père. Sept ans plus tôt, à la mort du vieux comte, triste sire menant une vie de débauche, il était devenu comte de Fordham en titre et plus seulement en pratique. Une de ses premières décisions avait été de devenir le tuteur officiel de Nate et de Tabitha, ses demi-frère et sœur bien plus jeunes que lui et dont la réputation au sein de la bonne société était des plus sulfureuses.

Au début, la situation de Nate n'avait pas semblé si dramatique. Depuis déjà plusieurs années, Raymond menaçait de le faire filer droit. C'était une si vieille rengaine que Nate n'écoutait même plus son frère lorsque ce dernier se mettait à pontifier sur le sujet.

Mais au printemps, à la suite d'un nouvel investissement malheureux de Nate, Raymond avait finalement mis son insupportable menace à exécution et coupé les vivres à son frère cadet.

La solvabilité de Nate se limitait désormais au solde de son compte en banque… qui était, dans le meilleur des cas, fluctuant. C'était une situation regrettable. Nate était fils de comte, tout comme Raymond, mais devait mendier son argent de poche tel un enfant.

Heureusement, il était particulièrement doué pour faire avec ce qu'il avait.

Dehors, il faisait doux. Une brise légère soufflait, porteuse de promesses. La nuit était à lui. Sa famille pouvait le garder ou lui tourner le dos, peu importait.

Tabby n'en ferait rien, bien sûr.

— Nate !

Quand on parle du loup…

En entendant la voix grave de sa petite sœur, Nate sourit. Il s'arrêta près des voitures alignées le long du trottoir et se retourna. Tabitha descendait les marches du perron dans sa direction, une expression contrariée sur son joli visage.

— Allons, mon trésor. Ça ne te va pas de faire la tête, plaisanta Nate.

Tabby poussa un soupir exaspéré.

— Franchement ? Un soir, c'était trop te demander ? Tu te rends compte que partir de la sorte ne va faire qu'aggraver ton cas ?

Tabby s'assura que personne ne les regardait et prit la flasque que Nate lui tendait déjà. L'alcool eut raison de son expression contrariée.

— Ah, je retrouve ma sœurette, commenta Nate, dont la colère s'envolait en présence de Tabby.

Apôtre des apparences. Défenseuse de la décence. Sauveuse du savoir-vivre.

— Tu as terminé ? demanda Tabby avant de boire une nouvelle gorgée.

Il se tut, réfléchit, cherchant une allitération supplémentaire pour faire un compte rond.

— Pilier du protocole !... Voilà. Maintenant, j'ai terminé. Et toi aussi, ajouta Nate en rempochant sa flasque. Il ne manquerait plus que quelqu'un te voie en train de boire avec un dépravé.

D'un geste, Tabby lui fit comprendre qu'elle s'en contrefichait. Ses bijoux brillaient à la lumière des réverbères. Au moins quatre cochers essayaient de ne pas les regarder.

— Je suis une vieille enquiquineuse, Nathaniel. Personne ne fait attention à moi ici.

Nate leva les yeux au ciel. Tout le monde, partout, s'intéressait aux faits et gestes de lady Tabitha Finch, l'épouse tellement populaire, à la beauté renversante et à l'humour ravageur du capitaine Caleb Finch.

— Je ne reste pas, dit-il en se massant la nuque. Je suis passé, pas longtemps, d'accord, mais quand même. Il est insupportable, Tab. Tu sais bien comment il se comporte avec moi.

— Je sais... Mais je sais aussi comment tu te comportes avec lui. Il n'y en a pas un pour rattraper l'autre.

Nate fit la grimace. Tabby était toujours de son côté, mais ce soir, ce n'était pas d'une alliée qu'il avait besoin. Il prit la main de sa sœur, y déposa un baiser.

— Quoi qu'il en soit, je m'en vais, ma belle. Sois sage... ou non. De toute façon, cela n'a pas d'importance. Le mouton noir, dans cette famille, c'est moi.

— Tsss... n'importe quoi. Tu n'es pas un mouton noir, dit-elle avec un sourire malicieux. Sinon je t'aurais déjà découpé en côtelettes.

Nate lui fit un clin d'œil et se tourna pour chercher sa voiture.

— Ne fais pas trop de folies ce soir, Nate. Je te l'ai dit et répété, nous avons rendez-vous à Dane House, demain, lança Tabby, révélant la raison pour laquelle elle l'avait suivi dehors. 14 h 30. Sois à l'heure, s'il te plaît. Cora t'en veut suffisamment comme cela.

Nate grimpa dans sa voiture, mais Tabby était juste derrière lui et l'empêcha de refermer la portière. Bizarrement, l'expression de sa sœur était soudain empreinte de gravité.

— Je suis sérieuse, Nate. Pas question d'être en retard ni d'arriver en vrac. Je t'assure que Cora est dans une situation bien pire que toutes celles dans lesquelles tu pourrais te fourrer ce soir.

Nate en doutait sérieusement quand il pensait à ce qui l'attendait chez Madame Roost, son tripot favori.

— Je me suis portée garante pour toi, dit Tabby en reculant pour laisser passer le cocher. Et je me demande si j'ai bien fait, maintenant. Tu sais à quel point je déteste avoir des regrets. C'est tellement ordinaire...

Nate lui fit au revoir de la main comme le cocher claquait la portière, coupant court au sermon de Tabby. Seul dans la voiture, il se laissa tomber contre son dossier et émit un grognement.

Bigre. Il avait complètement oublié son rendez-vous à Dane House le lendemain.

Nate fit craquer ses doigts, repensant à la mise en garde de sa sœur. Comme s'il avait besoin de ça, tiens, décevoir une personne de plus.

La pile de courrier, sur son bureau, lui revint en mémoire. Toutes ces lettres auxquelles il n'avait pas répondu... Il les avait laissées s'accumuler... essentiellement parce qu'il n'avait pas eu envie de s'en occuper. Il avait assez de problèmes comme cela sans ajouter Cora Sinclair à la liste.

« Pas Cora Sinclair, corrigea-t-il. Cora Dane, maintenant. »

Il avait failli l'oublier. Mais il n'arrivait pas à imaginer en lady Dane la fille fougueuse qu'il avait connue autrefois. Leur dernière rencontre remontait à cinq ans, juste avant qu'elle parte faire ce qu'elles faisaient toutes et épouse un vicomte qui, comme tous les vicomtes, devait être d'un ennui mortel.

Tout bien réfléchi, il ne l'avait en réalité jamais revue depuis qu'elle était devenue lady Dane. Quand il la fréquentait, elle s'appelait simplement Cora.

Nate but une nouvelle gorgée, et l'alcool émoussa un peu ses souvenirs.

Bon Dieu, quelle époque.

Le printemps 1814 avait marqué un pic dans la série des déceptions – à vingt-deux ans, étudiant à Cambridge, il avait échoué à tous ses examens en dehors des mathématiques et s'était retrouvé face à Raymond, que le manque d'ambition de son frère avait mis hors de lui. Les semaines qui avaient suivi avaient marqué les premières difficultés de communication entre les deux frères. À la fin du printemps, l'atmosphère à Fordham House était devenue irrespirable, au point que Nate avait décidé de se mettre en quête d'un autre logement.

Jusqu'à cet après-midi où il était tombé sur Tabitha en compagnie de sa charmante amie, le rouge aux joues, un verre du sherry de Rosalie entre ses mains nues.

Nate regarda sa flasque, assailli malgré lui par un sentiment de nostalgie.

Cora Sinclair, il n'avait pas tardé à s'en rendre compte, était une jeune femme bien sous tous rapports qui cachait un tempérament pour le moins espiègle. Apprendre à la connaître et découvrir son sens de l'humour avait considérablement éclairci le ciel de ces mois difficiles, les rendant presque agréables. Et bien qu'il n'y ait jamais rien eu de fâcheux entre eux, la contrarier était devenu un jeu auquel Nate s'était adonné avec délices. Avec le temps, sa façon de feindre d'attacher de l'importance aux convenances avait éveillé en lui une certaine... attirance.

Malheureusement, il avait finalement découvert qu'elle ne feignait rien du tout. Rien ne comptait plus pour Cora que de faire ce qu'on attendait d'elle. La déception de Nate avait été grande.

Comme la voiture s'ébranlait, Nate chassa un étrange sentiment de culpabilité. Ce qui était fait était fait. Cora et lui, c'était du passé. De toute façon, il ne s'était rien passé. Elle restait un bon souvenir. Du moins jusqu'à ce qu'elle commence à lui adresser missive sur missive sur un ton de petite harpie irascible.

— Où allons-nous, monsieur Travers ? demanda le cocher.

Nate laissa de côté ces préoccupations qui ne lui ressemblaient pas ; on verrait plus tard. « Désolé, mon vieux », s'excusa-t-il auprès du Nate du lendemain, le pauvre type qui aurait à subir les conséquences de son comportement de la nuit.

— King Street, mon brave, dit-il en tapant au plafond du fiacre.

Allez, il fallait avancer. En avant, toujours tout droit.

Ou, au pire, de biais.

— Monsieur ?

— Mmm...

Une petite tape sur l'épaule.

— Monsieur. Monsieur Travers. Il est presque 2 heures, Monsieur.

Nate enfouit sa tête sous l'oreiller.

— Eh bien, retournez vous coucher, Barnes.

Soupir.

— 2 heures de l'après-midi, monsieur Travers.

Peinant à sortir des brumes du sommeil, Nate roula sur le côté et se répéta les mots de son valet. Des mots importants, assurément, mais qui semblaient flotter dans les limbes qui le séparaient de la réalité.

Jusqu'à ce que, soudain, la phrase prenne tout son sens.

Nate se redressa péniblement, vaseux, la bouche pâteuse, et crut qu'une batte de cricket s'abattait sur son crâne. Sonné, hagard, il regarda son valet et blêmit devant le soleil de l'après-midi qui filtrait entre les rideaux, éclairant un Barnes en tenue impeccable.

Merde.

— Comme vous dites, Monsieur.

— J'ai parlé à voix haute ?

— Vous l'avez pensé si fort, Monsieur...

Nate se leva en titubant et le regretta aussitôt. Son corps tout entier protestait vivement.

Barnes le regarda.

— Dois-je vous faire monter une tisane ?

Nate grimaça. Le ton comminatoire de Tabby résonna entre ses oreilles. Il avait un rendez-vous aujourd'hui. Pourquoi ? Depuis quand une obligation faisait-elle du bien à qui que ce soit ?

— Je n'ai pas... le temps... de prendre une infusion, Barnes.

Il s'étira le dos et les épaules. *Bon Dieu*. Qu'avait-il donc fait la nuit précédente ? Sa mâchoire douloureuse lui raviva la mémoire – une ruelle froide et humide, des poings inconnus...

Il regarda ses mains. Elles... elles étaient tuméfiées. Il s'était défendu. *Bien joué*. Mais s'il ne se dépêchait pas, un autre genre de bagarre l'attendait...

— Nous sommes dimanche ? demanda-t-il à son valet.

— Oui, Monsieur, confirma Barnes.

— Je dois être à Park Street à 14 h 30 ?

— Oui, Monsieur.

Nate se pinça l'arête du nez.

— Il faut que je sois... présentable.

Que Barnes n'éclate pas de rire en entendant une chose pareille attestait de l'étendue de son dévouement.

— Nous pouvons opter soit pour une chemise propre, soit pour redonner apparence humaine à votre visage, Monsieur. Mais même pour moi, dix minutes ne seront pas suffisantes si vous voulez faire les deux.

Nate se tourna vers le miroir et constata qu'il était en piteux état. Ses boucles châtains retombaient sur son col taché de sang. Un méchant bleu assombrissait sa mâchoire. Une fine entaille barrait son arcade sourcilière, mais ne saignait plus. Sa chemise, quant à elle, était fichue.

Si Cora Sinclair ne le tuait pas, Tabitha s'en chargerait très probablement.

Il tenta un sourire. Ce fut douloureux, mais ses fossettes étaient intactes. Celles-ci étaient capables de dissuader n'importe quelle femme de lui faire des reproches. C'était un pari qu'il avait pris et gagné maintes fois.

— Bien. Ce sera donc la chemise, dit-il à Barnes, qui hocha sagement la tête.

Il eut à peine le temps de cligner des yeux. Déjà, Barnes était là, chemise propre en main, confirmant tacitement le pouvoir des fossettes de son maître. *Brave homme.*

Tout en s'habillant à la hâte, Nate essaya confusément de se souvenir des événements de la veille, au Roost. Avait-il gagné ou perdu ?

Ces derniers jours, les poches encore pleines après la partie épique remportée la semaine précédente, il avait pris la fâcheuse habitude de faire tapis. Les journaux à scandale s'étaient délectés de l'événement : à une table de pharaon, un excès de confiance avait conduit un certain Nathaniel Travers à se rendre en pleine nuit chez un prêteur sur gages de Jermyn Street, où il avait engagé la chemise qu'il portait pour la somme de neuf shillings. De retour chez Madame Roost vêtu de son seul gilet, il avait ensuite gagné une incroyable série de douze tours avant d'offrir le petit déjeuner au Finish à tous les joueurs présents. Nate avait été tenté de faire rectifier quelques détails – il s'agissait de huit schillings et de quinze tours –, mais il n'était pas du genre à se vanter.

Lentement, le souvenir d'une soirée imbibée de gin lui revint. Un public enthousiaste, une paire d'as, une sacrée bonne main. D'un regard, il chercha ses vêtements épars. Et, comme il s'y attendait, il trouva dans la poche de sa redingote toute fripée la confirmation qu'il avait gagné. Les ennuis étaient venus après : il avait sans doute fait preuve d'un peu trop d'arrogance. Il grimaça, le souvenir de la bagarre dans la ruelle lui revenant plus clairement.

Mais bon. Tout était bien qui finissait bien.

Nate enfila un gilet propre tandis que Barnes mettait un peu d'ordre dans ses cheveux trop longs. Ce n'était pas chose facile : les boucles de Nate, tout comme lui, étaient réfractaires à la discipline.

— Vous avez besoin d'une coupe, Monsieur.

— À moins que vous ne puissiez vous en occuper pendant que je marche jusqu'à Park Street, cela devra attendre, répondit Nate en évitant un dernier coup de peigne, déjà sur le départ. Excellent travail, comme d'habitude, Barnes. Je ne vous remercierai jamais assez. Vous êtes formidable, mon vieux.

— J'ai besoin d'une augmentation, lui lança son valet.

— Je n'en doute pas ! Mes prochains gains seront pour vous, Barnes.

Dane House, sur Park Street, était à vingt minutes de marche à peine de sa garçonnière à l'Albany. Nate serait presque à l'heure. Se dépêcher n'était pas dans ses habitudes, mais marcher d'un bon pas lui ferait du bien.

Il avait besoin d'exercice.

Dans Piccadilly, tout en contournant un fourgon en cours de livraison, Nate réfléchit à son rendez-vous, s'interrogeant sur la gravité de son silence. Les lettres de Cora s'étaient succédé tout au long du printemps. Son intention avait été d'y répondre, mais chaque fois, en prenant sa plume, il s'était demandé dans quel pétrin il risquait de se fourrer. Des récriminations, on lui en infligeait suffisamment comme cela en personne, il n'avait pas besoin d'en recevoir par écrit.

Involontairement, il frémit en se souvenant de la belle écriture de Cora. *Il y a de cela bien des années, vous avez promis que vous me rendriez un service.*

C'était la vérité, il lui devait une faveur. Ce qui était vrai aussi, c'était que, le temps passant, comme Cora ne se manifestait pas, il avait oublié, ce qui était bien commode.

Et aujourd'hui...

Le sentiment de culpabilité fort déplaisant éprouvé la veille l'assaillit de plus belle. Nate traversa Berkeley Square, repensant à cette soirée lointaine à laquelle Cora faisait allusion dans sa dernière lettre. La débâcle menaçait depuis longtemps déjà. Pendant toute l'année 1814, il avait avancé au bord du précipice, mais avait toujours réussi à s'en sortir.

Sauf que cette nuit-là, il ne s'en était pas sorti.

Nate se souvenait à peine de ce beau soir de printemps. Il avait bêtement abandonné son tripot habituel, où il connaissait tout le monde, pour une salle de jeu beaucoup moins bien fréquentée où l'on pariait plus gros. À la fin de la soirée, ses dettes étaient telles que, pour la première fois de sa vie, il avait eu peur. Vraiment peur. Quand il avait regagné Fordham House, chancelant, ses poches étaient vides, déchirées, et il n'avait plus figure humaine.

Et c'était Cora qui l'avait trouvé.

Nate tourna dans Park Street. Il revoyait son visage inquiet, se rappelait vaguement lui avoir demandé de l'aide. Quoi qu'elle ait su à l'époque, elle s'était vraiment donné du mal pour lui. Le lendemain après-midi, un coursier lui avait apporté un sac contenant des bijoux soigneusement emballés et un petit mot assez sévère.

Apparemment, on pouvait toujours compter sur Cora. Même lorsqu'on n'était qu'un débauché laissé pour mort dans un caniveau.

Soulagé et pour le moins confus, Nate s'était servi de ses bijoux pour payer ses dettes. Il avait juré de ne plus fréquenter ces lieux de perdition mais n'avait pas renoncé à la débauche pour autant.

Et, pendant une longue période, il avait tout bonnement oublié cette histoire.

Mais aujourd'hui, Cora réclamait son dû.

Nate ralentit le pas, cherchant dans sa poche l'adresse griffonnée à la hâte sur un morceau de papier. Il arrivait avec – il jeta un coup d'œil à la montre que Barnes avait glissée dans son gousset sans même qu'il s'en aperçoive ; vraiment, cet homme méritait une augmentation – deux minutes d'avance.

Il inclina son chapeau, prépara ses fossettes et contempla le large édifice de brique qui s'élevait devant lui. Jardinières abondamment fleuries, perron élégant, rangées de fenêtres bien entretenues donnant sur le parc...

Et une silhouette mince, dans l'encadrement de la fenêtre du rez-de-chaussée, qui le fixait.

Nate cligna des yeux, complètement sonné.

Bon Dieu.

Malgré le reflet de la vitre, elle était pratiquement identique au souvenir qu'il avait d'elle, et cela le bouleversa.

Cora et sa folle crinière que les épingles à cheveux ne parvenaient jamais vraiment à discipliner.

Cora et ses lèvres pulpeuses figées dans un pincement désapprobateur.

Cora et son regard toujours expressif... qui le transperçait, brillant d'un dégoût non dissimulé.

Nate sentit son ventre se nouer. Son absence de réponse avait été une regrettable erreur de jugement.

Pourtant, l'espace d'un instant fugace mais jubilatoire, ces cinq dernières années s'envolèrent. Nate avait de nouveau vingt-deux ans, traînait son désœuvrement à Fordham House et flirtait sans vergogne avec la séduisante Cora Sinclair, travaillant à obtenir un sourire en récompense.

Aujourd'hui, hélas, la bouche de Cora ne souriait pas.

Et – fallait-il qu'il se le répète encore une fois ? – elle ne s'appelait plus Cora Sinclair.

Elle s'appelait lady Dane.

Quelques mètres les séparaient, au milieu de Park Street, en plein quartier de Mayfair.

Quelques mètres et cinq ans.

3

Cabinet Sinclair, Gray's Inn, Londres, juin 1819

Cora,

Je sais que cette journée sera difficile pour toi. Demander de l'aide n'a jamais été ton fort, alors en demander à un homme comme Travers... Mais tu vas y arriver. Tu as déjà surmonté bien, bien pire.

Je serai là à 14 h 30.

Et réglons cette affaire, d'accord ?

Affectueusement,

Gavin

*
* *

Cora attrapa le boîtier gravé de sa montre, le détacha du ruban qui le fixait à son chemisier et le posa délicatement sur son bonheur-du-jour en palissandre.

L'aiguille des minutes tendait vers la demie de 14 heures.

— Il va être en retard, murmura Cora.

— Oui, je pense, dit Tabitha en sortant un éventail de son petit sac. Mais franchement, t'attendais-tu à autre chose de sa part ?

À quoi m'attendais-je ? On aurait pu faire un roman de tout ce qu'attendait Cora de l'avenir. Mais en ce qui concernait Travers, elle avait toujours essayé de rester prudente. La seule chose qu'elle attendait vraiment de lui était qu'il accepte sa proposition.

Enfin, elle attendait aussi qu'il se conduise en homme d'honneur. Qu'il soit à l'heure, en tenue décente, et lui présente des excuses pour son impolitesse durant tout le printemps.

Bon, d'accord, peut-être était-ce un peu trop demander. Mais il remplirait forcément un minimum de ses exigences. Il était fils de comte, après tout.

Elle se fit alors la réflexion que Travers était déjà fils de comte la dernière fois qu'ils s'étaient vus et que cela ne l'avait pas empêché de se mettre dans une situation impossible. Elle frissonna à ce souvenir. L'espace d'un instant, elle revit ses mains serrant si fort les siennes que sa peau avait longtemps gardé la marque des ongles.

Ne lui restait plus qu'à prier pour qu'il se soit amélioré en cinq ans.

— Franchement, Cora, il faut que tu te calmes, dit Tabby en la regardant. J'adore Nate, mais s'il perçoit ne serait-ce qu'une once de nervosité chez toi, tu perdras la main.

— On peut savoir ce que tu veux dire par là ?

Tabby eut un sourire compatissant.

— Allons. Tu n'as tout de même pas oublié le plaisir qu'il prenait à te provoquer.

Cora se redressa.

— Il n'était pas question de plaisir. Ni de provocation, d'ailleurs. Nous étions des connaissances, rien de plus.

— Ah. J'ai dû me tromper, alors. Ma mémoire doit me jouer des tours. Et mes yeux, aussi. Parce que tu sembles complètement imperméable à toute provocation.

Cora s'aperçut qu'elle jouait nerveusement avec son collier, au point d'y faire des nœuds. Elle le lâcha et se ressaisit. Avant toute chose, elle devait garder le contrôle de la situation aujourd'hui.

Son majordome apparut sur le seuil du salon.

— Lady Dane ?

Cora se retourna si brusquement qu'elle faillit tomber.

— Oui ? Il est arrivé ?

— M. Gavin Sinclair, Madame.

Cora poussa un soupir de soulagement. Personne ne connaissait mieux ses problèmes que Gavin. Il avait étudié son dossier dans les moindres détails, trouvant le temps de s'en occuper malgré sa charge de travail. Cora n'aurait jamais pu expliquer clairement les subtilités de sa situation sans l'expertise de son frère.

Gavin entra dans le salon, l'air plus fatigué que d'ordinaire. Il avait les traits tirés et semblait peiner à garder ses beaux yeux bleus ouverts.

— Pardonne-moi, Cora, je ne voulais pas être en retard. Je vérifiais juste une dernière fois que tous les papiers étaient en règle.

La voix un peu gutturale de Tabby s'éleva depuis le fauteuil dans lequel elle était nonchalamment installée.

— Toujours à mettre les points sur les *i*, à ce que je vois. C'est bien, Sinclair. Vous savez combien j'apprécie que, sur un vaisseau, les choses soient menées d'une main ferme.

Gavin rougit jusqu'aux oreilles et se tourna vers elle, raide comme un piquet.

— Lady Tabitha, dit-il, les lèvres pincées, tout en fusillant Cora du regard. Je n'avais pas compris que vous seriez des nôtres cet après-midi.

— Tabby est parfaitement au courant de mes problèmes et de ceux de son frère, expliqua Cora. Je me suis dit qu'elle pourrait... arrondir les angles.

Tabby leva une main et examina distraitement ses ongles.

— C'est ça. Je suis assez douée pour arrondir les angles. Je sais y faire, comme on dit, ajouta-t-elle en lançant un clin d'œil à Gavin. Le capitaine pourrait en témoigner.

— Tabitha ! la gronda Cora.

Vraiment, Tabitha était comme son frère. Parfois même pire. La canaillerie de Travers se lisait sur son visage ; Tabitha cachait la sienne dans son décolleté.

— Travers n'est pas encore là ? demanda Gavin en posant sa serviette sur le petit secrétaire de Cora.

— Pas encore, répondit Cora en se mordant la lèvre. Mais je suis sûr qu'il a été retardé.

— Retardé par un jupon, probablement, précisa Tabby.

Précision qui ne les avança guère, au contraire.

— Moi aussi, j'ai failli être en retard, dit Gavin pour rester optimiste. Mais peu importe. En attendant, nous allons revoir une dernière fois notre plan.

— Tu as le contrat ? demanda Cora. Et le premier versement ?

— J'ai tout ça. Il ne me manque que mes lunettes, grommela Gavin en farfouillant dans sa serviette tandis que Cora essayait de ne pas guetter à la fenêtre.

Gavin leur exposa les termes et les aspects pratiques du contrat. En l'écoutant, Cora sentit son anxiété retomber un peu.

Son frère était quelqu'un de bien, de très bien, même. Il risquait sa réputation d'avocat, son gagne-pain pour Cora, et son indéfectible soutien la rendait plus forte.

« Tout va bien se passer », se dit-elle. Elle avait un plan, aussi élaboré qu'il était fou.

D'abord Travers. Puis les Carleton. Et, pour finir, les tribunaux de Sa Majesté.

— Tu veux du thé ? demanda-t-elle pour penser à autre chose, en indiquant le plateau sur la table basse. Ou préfères-tu attendre les glaces ?

Gavin sourit, et ses lunettes glissèrent adorablement sur son nez.

— Des glaces ? Ça ne te ressemble pas.

— Ma cuisinière a une recette à base de framboises. Je me suis dit que cela pourrait appuyer ma proposition. Encourager Travers à coopérer, disons.

Gavin feignit d'y réfléchir, le doigt posé sur son menton.

— Mais voyons, comment n'y avais-je pas pensé ? En trois mois, Travers n'a répondu à aucune de tes lettres, alors qu'en fait, tout ce qu'il attendait, c'était une glace à la framboise !

— Vous pouvez rire, Sinclair, dit Tabby en regardant dans la rue, sa chevelure brune élégamment coiffée brillant au soleil de l'après-midi. Mais Cora a peut-être mis le doigt sur quelque chose.

Elle se tourna vers son amie pour ajouter :

— Le voilà.

Imperméable à toute provocation, avait-elle dit ? Cora sentit son estomac faire un bond et courut vers la fenêtre comme si ses jupes avaient pris feu. Travers était ici, le moment était venu, elle allait enfin pouvoir…

Mais ça suffit, à la fin !

— Je sais, murmura Tabby lorsqu'elles regardèrent toutes les deux dans la rue. Il est positivement repoussant. On dirait un tenancier de bar.

La gorge nouée par la déception, Cora répondit d'un grognement à peine audible.

Travers approchait de Dane House d'un pas nonchalant reconnaissable entre tous. Cora avait oublié combien il était grand, même s'il n'était plus aussi mince. Il s'était étoffé, dégageait à la fois indolence et puissance.

Mais ce physique avenant ne faisait qu'attirer davantage l'attention sur l'état déplorable de son visage. Cora grimaça lorsqu'il leva une main largement contusionnée pour retirer son chapeau et lisser en arrière les boucles qui retombaient sur son front.

Il était la virilité, le calme et… le chaos incarnés.

Cora porta ses mains à ses joues ; même à travers ses gants, elle perçut la chaleur de l'émotion qui l'empourprait. Cette réaction la prenait au dépourvu, elle ne savait plus quoi faire.

Le mouvement de ses mains dut attirer l'attention de Travers qui, à ce moment précis, leva les yeux. Il pencha la tête sur le côté, la chercha distraitement de son regard gris, et Cora eut un pincement au cœur. Elle n'était pas sûre qu'il puisse la voir vraiment ; il y avait le reflet du soleil, Dieu merci.

— Cora ? demanda Gavin d'un ton inquiet. Y a-t-il un problème ?

— Oh que oui, répondit Tabby en se rasseyant. Je dirais que oui.

Cora se tourna vers son amie.

— Tabitha, dit-elle dans un murmure étranglé, tu m'avais dit qu'il s'était un peu rangé, qu'il s'était amendé. Et là, j'ai l'impression qu'il ne s'est même pas changé depuis hier soir !

Tabitha secoua la tête avec une moue de dégoût.

— Je l'ai vu hier soir. Je peux t'assurer qu'il n'avait pas de coquard.

— Que vais-je faire ?

Tabitha eut un sourire un peu triste.

— Tu vas lui en mettre un autre. Comme ça, ce sera symétrique.

Le majordome de Cora avait dû ouvrir la porte, car Travers se détourna de la fenêtre et disparut en direction du perron.

— L'une d'entre vous, mesdames, voudrait-elle bien m'expliquer ce qui se passe ? demanda Gavin en les regardant successivement, de plus en plus tendu.

Cora ouvrit la bouche, se ravisa.

— Ça ne marchera pas, dit-elle faiblement. Tu l'as vu ? Je ne peux pas lui demander de... Jamais il ne...

Tabby avait retrouvé son sérieux.

— Il est pris à la gorge, ma chérie. Plus endetté qu'il ne l'a jamais été. Lui aussi a besoin de ça.

— Ce dont il a besoin, c'est un bain.

— Mais il est venu, dit Gavin. Il est ici et il va t'écouter. Il le fera, ne serait-ce que pour l'argent, ajouta-t-il avec emphase.

Cora prit place à côté de Tabitha et inspira profondément. Bon. Peu importait que, cinq ans auparavant, Travers fût passé maître dans l'art de la faire sortir de ses gonds. Tout cela était du passé. Et peu importait qu'à l'époque elle ait été déstabilisée comme une gamine par ses fossettes... et ses malheurs.

Cora avait cinq ans de plus aujourd'hui. Elle était plus sage. Et plus forte.

— Écoutez-moi, tous les deux, dit-elle. C'est moi qui vais conduire cet entretien. J'en connais les enjeux, et je sais ce qu'il faut faire. Gavin, j'aurai peut-être besoin de ton aide pour l'aspect juridique de l'affaire, mais sinon, je vous demande de me laisser faire. Est-ce clair ?

Tabitha et Gavin se regardèrent, mais n'eurent pas le temps de répondre. Déjà, le majordome entrait, Travers sur ses talons.

— M. Nathaniel Travers, Madame.

Pendant quelques instants, Cora resta muette. Curieusement, de près, il était à la fois plus beau et plus amoché. Un bleu gâchait son menton volontaire, une entaille barrait son front. Restaient ces yeux gris foncé, ce nez grec, ce visage trop parfaitement symétrique pour ce sourire en coin si désinvolte.

— Monsieur Travers, réussit-elle enfin à articuler en lui indiquant le siège en face d'elle. Asseyez-vous, je vous en prie.

Un valet entra avec un plateau de coupelles dans lesquelles avait été servie de la glace. Cora le regarda les disposer sur la table, devant le sofa. Comment avait-elle pu imaginer une seconde que proposer un dessert servirait sa cause ?

— Un sorbet à la framboise ? demanda Travers, l'air ravi. Excellent ! Il fait une chaleur infernale, dehors.

Il eut un clin d'œil de connivence pour le valet avant d'ajouter :

— Et vous n'imaginez pas le mal de tête contre lequel je me bats.

Cora laissa échapper un petit cri étranglé qui n'avait rien de délicat. Elle savait depuis des années que Travers n'avait rien d'un gentleman, mais elle avait espéré qu'en venant aujourd'hui, il ferait profil bas. Au souvenir de toutes les lettres qu'il avait laissées sans réponse, elle sentit la fureur l'assaillir. Il avait de la chance qu'elle ne lui jette pas une coupelle de glace au visage !

— Je vous en prie, servez-vous, dit-elle. Je m'en voudrais de vous faire *attendre*.

Travers perçut le ton caustique et hésita. Son sourire détendu perdit un peu de son naturel – que signifiait un tel accueil ?

Ravie d'avoir éveillé le doute en lui, Cora fit un geste en direction de Tabby et de Gavin.

— Vous connaissez votre sœur, bien sûr. Et je vous présente mon frère, M. Gavin Sinclair.

Le regard de Travers fondit sur Tabitha. L'espace d'un instant, il sembla surpris. Visiblement, il avait oublié que sa sœur serait présente.

— Salut, ma belle, dit-il avec un clin d'œil, retrouvant bien vite son assurance. J'espère que tu as passé une bonne soirée au bal hier, même si les choses ont dû être nettement moins amusantes sans l'aide de ma flasque de whisky.

Le visage de Tabby se ferma. Gavin toussota.

— Bonjour, Travers, dit-il.

— Bonjour, Sinclair.

Travers hocha distraitement la tête tout en cherchant une position confortable sur son siège. Cora s'autorisa un instant de jubilation en le voyant découvrir qu'il était impossible d'avoir l'air viril assis sur un sofa en chintz.

Mais sa gaieté fut de courte durée et se dissipa brusquement quand Travers se tourna lentement vers elle, affichant un sourire conquérant.

— Co...

Elle leva la main pour l'interrompre.

— Attention à ce que vous allez dire, *monsieur* Travers.

Il eut le toupet de rire.

— Toutes mes excuses, *lady Dane*, dit-il avec un haussement de sourcils.

Par le passé, c'était une mimique qui lui avait garanti l'indulgence de Cora, et ils le savaient tous les deux. Elle redressa le menton, le défia du regard. Il pouvait hausser les sourcils jusqu'au plafond si ça lui chantait, aujourd'hui, l'indulgence n'était pas au programme.

Travers se pencha en avant, pas du tout troublé par sa froideur.

— Alors, vicomtesse, commença-t-il d'un ton léger. Cela fait...

— Cinq ans, l'interrompit sèchement Cora. Oui.

— Et vous...

— Je me suis mariée. J'ai eu des enfants. Et j'ai porté le deuil. Des informations que nous aurions pu échanger par lettres.

Le sourire de Travers s'élargit encore.

— Certes, mais un morceau de parchemin, c'est tellement solennel, vous ne trouvez pas ? Je préfère de loin avoir de vos nouvelles en face à face.

Cora inspira brusquement, ce qui s'avéra être une erreur. Sous le voile de l'alcool ingéré la veille, elle perçut une autre odeur, enivrante. La sienne. Nathaniel Travers avait toujours senti terriblement bon – un mélange de pin et de cuir, frais et naturel, un tout petit peu *sombre*.

Elle retint ces pensées dérangeantes derrière un regard mécontent.

— Eh bien, vous allez devoir les entendre d'un peu plus loin que cela, monsieur Travers. L'odeur de vos exploits et de vos excès me donne mal au cœur, ajouta-t-elle en déplaçant son fauteuil sur la gauche, se rapprochant de Tabitha qui observait la scène d'un air amusé. Quitte à vous présenter ici en empestant la bière et le tabac, vous auriez au moins pu avoir la courtoisie d'arriver à l'heure.

Travers fit glisser une coupelle jusqu'à lui et planta une cuillère dans sa glace, sans quitter Cora des yeux.

— Votre remarque est déplacée, lady Dane. J'avais deux minutes d'avance, figurez-vous.

Cora serra les dents.

— Voilà qui promet d'être plaisant, dit Tabby à Gavin. Inutile de vous presser pour manger votre glace, Sinclair. Étant donné la fraîcheur de l'atmosphère dans ce salon, elle ne devrait pas fondre avant un certain temps.

Travers n'avait pas quitté Cora des yeux et attendait. Certes, autrefois, tous deux avaient apprécié sa capacité à lui faire oublier sa mauvaise humeur en la taquinant. Mais aujourd'hui, Cora n'était pas de mauvaise humeur. Elle était dans une mauvaise passe. Et elle n'en pouvait plus.

Travers sembla percevoir la tempête qui l'agitait et reprit son sérieux.

— Bien. Pour ce qui est de vos lettres, mon intention était vraiment de répondre...

Son sourire apaisant revint, et avec lui ses fossettes.

— Vous aviez l'intention de répondre ? répéta Cora, le regard dur.

— Oui. Quand j'ai reçu la première lettre. Mais... j'ai oublié. J'ai eu de gros problèmes avec mon frère, une histoire assez pénible, et votre lettre est passée aux oubliettes.

— Et la deuxième ? La troisième ? La quatrième ?

— Eh bien, comment dire... Vos lettres étaient de plus en plus agressives. Et finalement... je n'ai plus eu envie de répondre.

Cora se sentit bouillir de plus belle. Elle vivait un enfer depuis des mois, et il avait le toupet de débarquer chez elle pour la taquiner, plaisanter et lui faire du charme.

— Travers..., dit Gavin d'un ton d'avertissement en regardant Cora.

Elle se pencha et saisit une coupelle d'un geste brusque.

— Je vois, fit-elle d'un ton aussi froid que sa glace. Sans doute avez-vous été plutôt occupé ce printemps. À perdre votre chemise au jeu et je ne sais quoi encore.

Les yeux gris de Travers brillèrent d'un éclat malicieux.

— Allons, allons. Ne soyez pas jalouse de ne pas avoir pu en faire autant.

Cora le fusilla du regard. Elle fulminait et, sans s'en rendre compte, faisait tinter sa cuillère sur le rebord de sa coupelle au rythme des battements de son cœur.

— Jalouse ? Mais de quoi ? De votre capacité déconcertante à vous ridiculiser ? De l'obligation dans laquelle vous vous trouvez de mendier votre argent de poche à votre frère ? Du sang séché qui macule votre visage ? Félicitations, monsieur Travers, vous êtes resté absolument le même qu'il y a cinq ans.

Travers frémit imperceptiblement. Sa bonne humeur s'estompait.

— Comme c'est bien vu, dit-il. Ainsi le but de cette réunion était de me sermonner, ou bien...

Le regard de Travers se posa sur la cuillère de Cora, qui remuait bruyamment sa glace.

— Peut-être seriez-vous au courant du but de cette réunion si, au lieu de fiche votre vie en l'air, vous aviez lu mes lettres.

— Cora, murmura prudemment Gavin, n'oublions pas pourquoi tu as invité Travers.

Cling, cling. Splash. La glace de Cora, d'un grenat bien vif, et à présent fondue, éclaboussa le napperon blanc de la table basse.

Travers serra la mâchoire. Sa fossette disparut.

— Elle est bien bonne, celle-là. Vos lettres ne contenaient aucune explication, et j'aurais pourtant dû accourir et me mettre au garde-à-vous, comme si je n'avais rien de mieux à faire.

— D'après ce que j'ai entendu dire, c'est tout à fait le cas, dit Cora en agitant sa cuillère en direction de Travers pour ponctuer ses propos.

— Et c'est moi qui n'ai pas changé ? Ah ! Laissez-moi rire ! Si j'avais su que j'allais avoir droit à un sermon en règle aujourd'hui, je ne me serais pas déplacé. Et de grâce, arrêtez d'agiter cette cuillère, vous allez crever un œil à quelqu'un !

— Comment ai-je pu imaginer une seule seconde..., soupira Cora, qui s'adressait à toute la pièce, mais ne regardait que Travers, qui fulminait. Tabby, Gavin, excusez-moi, je vous fais perdre votre temps. C'était une très mauvaise idée, une grossière erreur de jugement. Je ne comprends pas comment j'ai pu croire une seule seconde que je pouvais compter sur quelqu'un d'aussi totalement et irrévocablement *obtus*.

Travers s'esclaffa et se pencha en avant pour attraper la cuillère de Cora entre le pouce et l'index, mettant un terme à sa gesticulation sans autre forme de procès.

— Ça suffit avec vos grandes tirades, lady Dane. Calmez-vous un peu, voulez-vous ?

Que Nathaniel Travers lui demande de se calmer... ce fut la goutte d'eau qui fit déborder le vase. Cora lui arracha la petite cuillère et la posa bruyamment sur la table. Puis elle resta là, à fixer l'objet, le souffle court.

— Diriez-vous que cela tombe dans la catégorie « conduire cet entretien » ? murmura Tabby à l'adresse de Gavin. Ou faut-il que nous intervenions ?

Travers semblait se retenir de rire.

Cora prit immédiatement la mouche. Tabitha n'avait peut-être pas eu tout à fait tort lorsqu'elle avait parlé de provocation.

— Vous n'avez pas changé du tout, murmura-t-il de sa voix grave. Trop fière pour accepter l'aide de quiconque.

— Oh, quel chevalier servant, qui me sauve de ma propre cuillère. Sa Majesté ne devrait pas tarder à arriver pour vous remettre l'ordre du Mérite…

— Mais arrêtez, enfin, tous les deux ! s'exclama Tabitha en éloignant la coupelle de Cora du bord de la table avant de les regarder l'un et l'autre d'un air sévère. Et dire que je pensais que les enfants étaient en haut, dans la nursery. Vous avez chacun quelque chose à gagner de cet entretien. Contrairement à moi, qui ne tire aucun avantage de ce désastre.

Tabby avait voulu faire de l'humour mais, pour Cora, la situation n'avait rien de drôle. Travers n'avait pas changé le moins du monde. Il était toujours aussi inconséquent et dangereusement insouciant. Sa carrure s'était étoffée, mais son sérieux, non. Elle ne percevait pas une once de maturité chez lui.

Cette idée avait été une erreur.

— Je n'ai absolument pas besoin de lui, dit Cora, la gorge serrée par le désespoir. Pas comme ça. Absolument pas. Je vais trouver une autre solution…

— … toute seule.

Travers, Tabby et Gavin avaient terminé sa phrase d'une seule voix. Comme trois bons petits traîtres.

Devant leur expression entendue, Cora sentit son assurance vaciller. Mais plutôt mourir que de perdre la face devant eux. Elle déglutit et rassembla ce qui lui restait d'aplomb pour afficher un air bravache. Hélas, la fière amazone manquait de conviction.

Travers, de son côté, secouait la tête. Il se leva, visiblement avec l'intention de prendre congé.

— Devant l'adresse avec laquelle vous maniez la petite cuillère, lady Dane, je pense que rien ne devrait vous résister, ou presque. Alors si vous en avez terminé avec vos insultes, il est temps pour moi d'aller me mettre au calme.

— Nate, intervint Tabby avec un regard d'excuse à l'adresse de Cora.

Prise de panique, Cora comprit qu'elle ne pouvait pas laisser Travers s'en aller. Malgré son attitude puérile cherchant à prouver le contraire, jamais elle n'y arriverait seule.

Elle avait essayé. Dieu sait qu'elle avait essayé.

Mais elle, seule, ne suffisait pas.

Elle songea alors à ses enfants, et son cœur se serra. Qu'avait-elle dit à Léo, la veille, en jouant à cache-cache ?

« Je vous retrouverai toujours tous les deux. »

— Attendez !

Cora attrapa Travers par la manche, comme si ce geste dérisoire pouvait le retenir physiquement, lui qui faisait deux têtes de plus qu'elle.

Il baissa les yeux sur l'endroit où ses doigts froissaient l'étoffe de sa manche. Elle retira prestement sa main.

— Attendez, répéta-t-elle à mi-voix, à la fois implorante et contrariée.

Si ce rendez-vous n'aboutissait pas, elle se retrouverait sans solution. Quel autre homme accepterait de l'aider ? Dans sa vie, Cora avait sauvé la mise à un seul homme. Et elle ne connaissait qu'un homme suffisamment dans le besoin pour accepter sa proposition.

C'était sa dernière chance de sauver sa famille.

— Travers... puis-je vous rappeler que vous êtes mon obligé ? Le moins que vous puissiez faire est de m'accorder un entretien.

Tabby les regarda avec curiosité, intéressée par ce qu'elle venait d'entendre, et Travers lança un regard noir à Cora. Il s'était raidi.

« Tabby n'est pas au courant », comprit Cora. Même après toutes ces années, Tabitha ignorait toujours en quoi Cora avait aidé son frère. Et, à en croire l'expression circonspecte de celui-ci, Travers entendait que les choses restent ainsi.

Forte de ce détail, Cora soutint son regard, le mettant en garde de ses yeux brillants.

Travers fit craquer ses doigts et, à contrecœur, se rassit.

— D'accord, grommela-t-il. Je vous écoute. Mais, bon Dieu, soyez claire. Pourquoi suis-je ici, lady Dane ?

Nerveuse, Cora regarda son frère, qui l'encouragea d'un hochement de tête. Elle ferma brièvement les yeux. Elle ne se sentait pas la force de regarder qui que ce soit.

— Comme je vous l'ai laissé entendre, monsieur Travers – et soyez-en sûr, ce n'est pas facile à demander –, j'ai une proposition à vous faire. Il s'agit d'un... marché, en quelque sorte.

Elle le regarda subrepticement. Les yeux de Travers s'étaient assombris et la transperçaient. L'espace d'un instant, elle eut de nouveau dix-huit ans et se trouvait dans le bureau du comte de Fordham. Mais cette fois, les rôles étaient inversés ; c'était elle qui avait désespérément besoin d'aide.

— Poursuivez.

Cora inspira profondément, retint son souffle tout en préparant ce qu'elle allait dire. Puis, enfin, elle s'entendit énoncer la phrase la plus absurde de son existence.

— J'ai besoin que vous m'épousiez.

4

Fordham House, Londres, juin 1819

Nathaniel,

Je suppose que tu es fier du petit numéro que tu as joué hier au bal de mon épouse. Je t'assure pourtant qu'il n'y a pas de quoi. Viendra un moment où cette famille cessera de réparer tes bêtises. Que t'arrivera-t-il alors ?

Je te conseille de te regarder dans un miroir, cher frère. Tu as vingt-sept ans. Sais-tu ce que je faisais à cet âge ? J'épousais Rosalie, oui. Je gérais les frasques de notre père, oui. Je m'occupais du domaine à sa place, oui.

Mais c'est aussi l'âge auquel je vous ai accueillis, Tabitha et toi, après le décès de votre mère, chez moi, pour vous soustraire à l'influence de notre père. J'ai fait de mon mieux pour que vous receviez une éducation digne de ce nom.

Je me demande parfois pourquoi j'ai fait tout cela.

Je te prie de passer à Fordham House ce soir. Tu dois des excuses à ta belle-sœur.

Fordham

*

* *

Abasourdi par la proposition de Cora – une demande en mariage ! Non mais qu'est-ce qui lui prenait ? –, Nate se redressa, cogna violemment son genou contre la table et envoya valser une coupelle de glace sur les genoux de Tabitha.

Il lâcha une bordée de jurons. Le choc, sur sa rotule déjà en piètre état, lui fit voir des étoiles. Jésus Marie Joseph, ça faisait un mal de chien.

Mais sa blessure était apparemment moins inquiétante que l'état de la robe de Tabby. Sa sœur hurlait qu'on lui apporte un mouchoir, à croire qu'elle se vidait de son sang sur le magnifique tapis persan de Cora.

On s'agita soudain dans tous les sens. Deux bonnes et un valet se précipitèrent pour s'occuper de la glace renversée sur Tabitha, qui se lamentait sur l'état de sa robe. Sinclair, de son côté, paraissait plus préoccupé par une liasse de feuillets qu'il s'empressa d'éloigner de la flaque de glace fondue répandue sur la table.

Cora semblait ne prêter aucune attention au chaos qui l'entourait. Elle fixait Nate d'un air déterminé mais inquiet, comme si elle venait de le convoquer à un duel qu'elle craignait de remporter.

Nate était certain d'être resté bouche bée. Quand, cinq ans plus tôt, dans un accès de panique, il avait promis à Cora qu'un jour il lui revaudrait ça, ce n'était pas tout à fait ce qu'il avait eu en tête. Certes, elle avait été avec lui d'une incroyable bonté, mais il avait juste considéré cela comme un geste sortant de l'ordinaire. S'unir par les liens sacrés du mariage était-il la même chose que payer une dette ?

Il lança distraitement un mouchoir à sa sœur, qui pleurait sa robe. Comment avait-il pu se méprendre à ce point sur le but de ce rendez-vous ? Il n'en revenait pas. En l'espace de quelques minutes, il avait eu droit à un sermon, avait failli être énucléé à la petite cuillère, avait été demandé en mariage. La facture d'une robe qui n'était pas dans ses moyens n'allait pas tarder, il le sentait. *Fantastique*.

— Cette tache ne partira jamais ! s'écriait Tabby, hystérique. Nate, je vais t'étrangler !

Cora le fixait toujours de ses yeux fascinants, à la couleur si subtile. Il trouva très injuste qu'elle l'empêche ainsi de se concentrer, quand tant de contraintes pesaient déjà sur lui. Il avait fallu à Nate presque toute la saison de 1814 pour s'habituer au regard de Cora. Ses yeux avaient été comme un mystère insondable pour lui. Et ces cinq dernières années, les regards de biche noisette ou les yeux saphir, si pétillants fussent-ils, lui avaient tous semblé un peu… fades. Il leur manquait quelque chose.

Une deuxième couleur, probablement. Le regard de Cora était toujours ambivalent, comme elle.

En cet instant, par exemple, il voyait clairement qu'elle était à la fois furieuse et terrifiée.

Elle avait toutes les raisons de l'être. Le demander en mariage… après sa tirade pleine de dédain. Bon Dieu, elle avait quasiment menacé de révéler à Tabitha l'erreur qu'il avait commise des années plus tôt ! Ce n'était pas la meilleure façon de s'attirer ses bonnes grâces.

Les bonnes terminèrent de nettoyer le tapis – franchement, les dégâts n'étaient pas si importants –, et Tabby cessa de tamponner ses jupes. Elle jeta le mouchoir de Nate et poussa un soupir de dégoût en regardant l'horrible tache violacée sur sa robe rose corail.

— Il faut que je rentre me changer, Cora. Je repasserai plus tard, après être allée voir ma couturière. J'ai besoin d'une nouvelle robe de jour. C'est Mme Lavigne qui va être contente.

Nate avait compris qu'elle s'adressait à lui.

— Tu feras envoyer la facture à l'Albany, dit-il. Non pas que je sois en fonds ces temps-ci, Tab...

— Ce n'est pas mon problème, rétorqua Tabby en empoignant son réticule et son éventail.

Nate s'écarta, au cas où elle aurait l'idée de s'inspirer de Cora et sa cuillère.

— Je n'ai plus rien à faire ici, reprit-elle. Arrête de te conduire en crétin et écoute ce que Cora a à te dire.

Sur ce, elle quitta la pièce d'un pas si décidé que le valet, près de la porte, sembla hésiter à s'incliner. Gavin Sinclair hésita, lui. Puis, quand il devint évident que Nate ne raccompagnerait pas sa sœur, il escorta Tabitha jusqu'à la porte d'entrée.

Nate et Cora restèrent seuls dans le silence retentissant laissé par les conseils péremptoires de Tabby.

— Eh bien..., fit Cora en posant une main délicate sur le léger renflement de sa poitrine. Et dire qu'elle nous a reproché notre comportement puéril.

Nate la regarda, incrédule, tout en se frottant le genou.

— Je ne saurais même pas dire à quand remonte la dernière fois où elle m'a traité de crétin.

— Avril 1814, répondit Cora du tac au tac.

— Ah bon ? Vraiment ? s'étonna Nate.

Elle lui lança un regard oblique, semblant presque regretter cette dernière précision.

— Oui. Au bal des Rutherford. Je revois très clairement Tabitha vous traiter de crétin avec véhémence. Et à raison.

— Ah oui..., murmura Nate comme s'il réfléchissait à voix haute. Le bal des Rutherford. J'avais presque oublié.

— Moi pas, dit Cora avec un sourire hésitant. Nous venions d'être présentés. Vous aviez rempli le carnet de bal de Tabby d'une flopée de prétendants.

Nate eut un sourire malicieux.

— J'essayais juste de faire en sorte qu'elle s'amuse.

— Sir Grant était passionné d'entomologie et tenait absolument à lui montrer sa collection de papillons de nuit.

Une main devant la bouche, Cora tentait visiblement de réprimer un rire.

— Elle manquait un peu de curiosité intellectuelle. Cela aurait pu lui faire du bien.

— Lord Rossford était si décrépit qu'il tenait à peine debout.

— Et Tabby s'en est très bien sortie, dit Nate en riant. Une autre jeune fille se serait pris les pieds dans sa canne.

— Mais avec cette nouvelle robe à volants... elle a quand même failli renverser toute la table des rafraîchissements !

Cette fois, Cora riait ouvertement.

La courbe de son sourire aimanta le regard de Nate.

— N'exagérez pas. Je l'ai rattrapée avant qu'elle tombe dans le bol de punch.

Il étira ses jambes sous la table basse, évitant de justesse les pieds délicatement croisés de Cora, chez qui cette proximité provoqua un sursaut imperceptible.

— J'ai été héroïque, dit-il.

— C'est vrai, admit Cora. Contre toute attente, vous avez réussi à redresser la situation.

L'animosité, entre eux, diminua suffisamment pour que Nate perçoive de nouveau, derrière la façade distante de Cora, la jeune fille espiègle qu'elle avait été. Une jeune fille tout à fait bienvenue au milieu de cet entretien par ailleurs fort déroutant.

Sinclair, qui avait reparu sur le seuil du salon, toussota, hésitant.

— Tout... tout va bien ?

Nate lança un regard interrogateur à Cora, répétant silencieusement la question. Elle le dévisagea, comme si, derrière le fanfaron, elle cherchait le jeune homme d'autrefois avec qui elle avait presque été amie.

Puis, lentement, elle hocha la tête.

— Tout va bien. Pour le moment, en tout cas. Plus de chamailleries, et on ne se bat plus avec la nourriture.

— Plus question de s'arracher les yeux à la petite cuillère, ajouta Nate.

— Ça non plus, acquiesça Cora.

Ses lèvres pulpeuses retenaient un rire, mais cette légèreté s'arrêtait là. Sous ses yeux, sa peau diaphane était ombrée de mauve. Il y avait quelque chose d'éteint, d'affaissé chez elle, comme une voile sans vent qui a cessé de s'agiter. La voir ainsi était étrange. Autrefois, Cora était pleine d'entrain, ouverte à tous les possibles.

Sous le regard de Nate, son sourire se figea.

— En parlant de redresser la situation..., dit-elle en lissant ses jupes. Peut-être faudrait-il que nous revenions au sujet qui nous intéresse et à la raison de votre présence ici.

— À ce propos, si vous vouliez bien tenir des propos cohérents, ce serait formidable.

Cora acquiesça et fit signe à Sinclair d'approcher.

— Vas-y, Gavin. C'est toi l'avocat.

Sinclair s'avança d'un pas solennel et s'installa dans le fauteuil qu'avait quitté Tabitha. Il retira ses lunettes, sortit un mouchoir et les nettoya avec soin, comme s'il réfléchissait à la meilleure façon d'aborder le sujet.

— Juridiquement, la situation de ma sœur est très compliquée, mais je vais essayer de vous l'expliquer.

Il fit une pause, remit ses lunettes.

— Travers, êtes-vous familier avec la notion de tutelle maritale ?

Nate se rembrunit, surpris.

— La tutelle maritale ? Oui, je sais ce que c'est. Pas personnellement, bien sûr – d'un geste désinvolte, il se désigna, comme s'ils avaient devant les yeux l'archétype de l'homme qui ne se marie pas –, mais dans l'absolu, oui, je sais ce que c'est.

Cora devait douter de ses connaissances, car elle expliqua :

— La tutelle maritale est le lien juridique qui unit une femme à un homme par le mariage. C'est la loi selon laquelle en l'épousant, elle devient sa propriété et cesse ainsi d'exister en tant qu'individu. Quand j'ai épousé lord Dane, Cora Sinclair a disparu, conclut-elle avec une moue de dégoût.

Nate grimaça.

— C'est comme ça, dit simplement Cora. Mon cas n'est pas unique et ne doit pas susciter votre compassion. Mais j'ai besoin de votre aide.

Nate réfléchit. Il ne savait pas grand-chose de Dane, mais ce qu'il savait ne lui plaisait guère. Et il n'avait jamais compris ce mariage. Cora était vive et chaleureuse, Dane était fourbe et faible. Pourtant, leur union n'avait surpris personne. Toute la bonne société y avait vu une alliance parfaite.

Il devinait maintenant que pour Cora, les choses n'avaient pas été aussi parfaites.

D'une main, il ramena ses cheveux en arrière. Il commençait à se douter de la direction qu'allait prendre leur conversation, et il devait mettre les choses au point.

— Écoutez, ma chère, dit-il en s'enfonçant dans le canapé, bras croisés, je crois comprendre de quoi il s'agit. Dane était un salaud qui ne vous a rien laissé. Vous avez besoin de trouver un moyen de vous évader de la prison qu'est le dénuement, et vous vous dites qu'une bague passée à votre doigt par un Fordham serait une clé bien utile.

— Hum... ce n'est pas exactement..., voulut objecter Sinclair.

— Malheureusement, je me vois contraint de couper court à vos espoirs, lady Dane, continua Nate. Je ne peux vous être d'aucun secours. Vous ne retrouveriez pas la fortune en m'épousant, ma situation financière n'étant pas, en ce moment, comment dire... mirobolante.

Cora cligna des yeux, impassible.

Nate se pencha en avant avec un sourire insolent.

— Néanmoins, si vous avez besoin d'aide pour combler d'autres manques laissés par votre époux, je serai...

— Ça suffit, Travers ! l'interrompit sèchement Sinclair. Un peu de décence.

Nate leva les mains.

— Je vous prie de m'excuser. Je voulais juste que lady Dane sache précisément quels sont mes points forts et quels sont mes points faibles.

Le sous-entendu fit monter le rouge aux joues de Cora, mais elle ne bougea pas d'un cil.

— Vous n'avez pas tout à fait tort, dit-elle. Mon mari était un salaud. Et ses dernières volontés posent problème. Mais ma situation financière n'est en rien concernée.

— Cora est une femme riche. Elle dispose d'une fortune personnelle qui assure son indépendance, expliqua Sinclair, encore un peu méfiant vis-à-vis de Nate. Notre frère aîné a supervisé avec soin son contrat de mariage – sa dot, la pension reçue pour l'éducation des enfants, tout lui était étonnamment favorable. De plus, bien que le domaine ait été confié en fidéicommis à l'avocat de Dane jusqu'à la majorité de Léo, l'avocat en a laissé la gestion à Cora et à son intendant.

— Qui est vieux et ne sert à rien, précisa Cora.

— Alors où est le problème ? De l'argent, un domaine... On dirait que vous avez tout ce qu'il faut, lady Dane.

— Non, monsieur Travers, je n'ai rien. Je me fiche de mes rentes, et croyez-moi, je trouverais un moyen de vendre ce domaine, substitution héréditaire ou pas, si je pensais que cela pouvait m'avancer à quelque chose. Mais cela ne servirait à rien. Il n'y a que deux choses au monde que je souhaitais que Dane me laisse. Et il ne l'a pas fait.

Sa voix s'était brisée. Elle baissa les yeux. Nate fronça les sourcils. Il avait un très mauvais pressentiment.

— Qu'est-ce que... qu'est-ce qu'il ne vous a pas laissé ?

Cora le regarda avec une indicible tristesse.

— Mes enfants.

Bigre. Nate regretta sa plaisanterie.

— Soyons précis, Cora, intervint doucement Sinclair. Je sais que tu n'as peut-être pas ce sentiment, mais tu as les enfants... d'une certaine façon. Simplement, il faut que tu les partages. Ce qui est inacceptable, j'en conviens, précisa-t-il aussitôt, allant au-devant des protestations de sa sœur. Surtout dans la mesure où les Carleton se font de plus en plus agressifs.

Il se tourna vers Nate pour continuer.

— Du fait de la tutelle maritale, lord Dane était la seule personne sur terre à avoir des droits sur les enfants de ma sœur. Il était libre de désigner à sa mort le tuteur de son choix.

Cora émit un grommellement outré.

— C'est de cette façon qu'une tutelle est établie, d'ordinaire, reprit Sinclair, qui commençait à se sentir plus à l'aise. Une mère est désignée tutrice nourricière – cela veut dire qu'elle s'occupe au quotidien du bien-être de son enfant. Dans son testament, le père peut également désigner un tuteur testamentaire, qui gère les finances de l'enfant et prend les décisions légales qui le concernent, notamment en matière d'éducation et de mariage. La tutrice nourricière et le tuteur testamentaire peuvent tous les deux réclamer la garde de l'enfant.

Nate n'avait pas quitté Cora du regard. Ses épaules fines s'étaient un peu affaissées. Pour la première fois, il voyait combien elle était menue. Il avait, lui, le souvenir d'une Cora qui vibrait comme un diapason et semblait occuper tout l'espace autour d'elle en permanence.

Mais là, elle était *toute petite*.

Et Nate n'aimait pas cela.

— Cora est bien la tutrice nourricière de Tess et de Léo, poursuivit Sinclair sur le même ton pragmatique. C'est la raison pour laquelle elle peut continuer à vivre à Aldworth Park jusqu'à la majorité de Léo. Si Dane avait fait les choses logiquement, c'est moi qui aurais été nommé tuteur testamentaire. Je suis le parent le plus proche de Cora, et je ne peux pas hériter de Léo. Et, en vérité, j'aurais eu très peu à faire, dit-il avec un sourire triste pour sa sœur. Cora est une maman exceptionnelle.

— ... mais...

Nate ne voyait toujours pas comment cette histoire pouvait mener au moment où Cora Dane le demandait en mariage.

— Mais bien sûr, Dane n'a pas désigné Gavin, intervint Cora d'une petite voix. Il a nommé son beau-frère à la place, le mari de sa sœur Édith. Je ne m'explique toujours pas pourquoi il a pris cette décision, sinon pour me faire du mal. Il disait toujours que je maternais trop les enfants.

Elle se tut un instant, se ressaisit.

— Avec moi, Ronald et Édith Carleton sont autoritaires et désagréables au mieux, ouvertement hostiles au pire. Qu'ils puissent s'occuper de mes enfants est inenvisageable. Mais il semblerait que ce soit exactement ce qu'ils recherchent.

Nate se souvint soudain de sa propre mère qui le berçait alors qu'il était encore tout petit. Il n'était pas sentimental, loin de là, mais les enfants de Cora étaient forcément très jeunes. Ils n'avaient pas plus de cinq ans, en tout cas.

Dane était encore plus abject qu'il ne l'avait imaginé.

— Au cours de l'année qui vient de s'écouler, reprit Sinclair, il est devenu de plus en plus évident que la situation était intenable. Édith Carleton, en particulier, n'a cessé de critiquer Cora, d'exiger certaines choses. Elle pense qu'une jeune femme non mariée et indépendante est... Quels ont été ses mots, précisément ?

Cora soupira.

— « Un danger pour la société et un exemple moralement néfaste pour les enfants. » Et peu importe que Dane, son propre frère, ait eu des maîtresses dans tous les quartiers de Londres. Non, c'est moi la dépravée, simplement parce que je me suis retrouvée veuve ! s'exclama Cora, qui avait soudain retrouvé de l'énergie.

Sinclair posa doucement une main sur le bras de sa sœur.

— Très bien, dit Nate d'un ton plus enjoué. Donc vous vous battez pour le bien-être de vos enfants. Ce qui vous arrive est vraiment regrettable. Mais je ne vois toujours pas ce que je viens faire là-dedans.

Sinclair se leva et se mit à faire les cent pas.

— Eh bien... nous pensons que les Carleton veulent exercer leurs droits de tuteurs testamentaires pour évincer définitivement Cora. S'ils parviennent à être désignés comme seuls tuteurs, ils obtiendront non seulement la garde des enfants, mais aussi le domaine de Léo. Et le temps presse. Ils ont décidé de venir à Aldworth Park cet été. Officiellement, c'est pour passer du temps avec les enfants, mais en réalité...

— Ils veulent me prendre en défaut, coupa Cora, qui fulminait. Ils viennent pour me surveiller, dans le but de prouver que je ne suis pas capable d'élever mes enfants.

Sinclair soupira.

— Nous n'en sommes pas certains, mais j'avoue que cette visite prochaine ne me réjouit guère. Si les Carleton viennent effectivement chercher des preuves contre Cora, nous devons pouvoir nous défendre et leur opposer des arguments concrets.

Nate réfléchissait à toute vitesse, tentant d'évaluer à quel moment il entrait en scène.

— Il faut voir les choses sous cet angle, Travers. Pendant presque toute l'année passée, nous avons été coincés, sans moyen de calmer les Carleton. Cora portait le deuil, elle n'avait aucun argument à leur opposer quand ils lui reprochaient son indépendance. Mais au printemps, nous avons commencé à réfléchir à une stratégie plus offensive, sur plusieurs fronts.

Sinclair redressa les épaules avant de poursuivre :

— J'ai préparé une demande auprès de la chancellerie pour obtenir la révocation des droits des Carleton et demander que Cora et moi soyons nommés tuteurs testamentaires à leur place. Mais il est extrêmement rare que la chancellerie annule les dispositions testamentaires d'un père. Nous ne pouvons pas avancer tant que nous n'aurons pas un dossier inattaquable.

— Et nous ne l'avons pas, acheva Cora d'un air sombre. Si Gavin déposait plainte aujourd'hui, il suffirait aux Carleton de faire du foin, de répéter haut et fort qu'en tant que pasteur et épouse de pasteur, et donc moralement irréprochables, c'est à eux que doit revenir l'éducation des enfants. Mais depuis hier, il se trouve que l'éventail des solutions en ce qui me concerne est un peu plus large. Ma période de deuil a pris fin. Je ne suis plus légalement tenue de faire semblant de pleurer mon mari.

Cora avait les yeux brillants, les joues rouges. Et elle était terriblement séduisante pour une femme qui s'apprêtait à lui donner mal à la tête pour encore un bon moment.

— Les Carleton pensent que je ne suis pas digne de confiance. Alors je vais leur prouver qu'ils se trompent. Je vais les empêcher de se servir de mon indépendance contre moi en leur donnant exactement ce qu'ils disent vouloir. Quand Gavin déposera sa demande de révocation de leurs droits, il est impératif que les Carleton – et la chancellerie – croient que j'ai une *vraie* famille à offrir à mes enfants.

Elle se tut un moment avant de reprendre :

— Ce qui, bien sûr, suppose que je trouve... un mari.

Ce fut presque un réflexe : Nate leva les mains comme pour se protéger. Rien, mais alors rien du tout dans ce projet n'avait une chance de réussir.

— Je comprends votre situation, lady Dane, et je suis désolé pour vous. Je ne m'étais pas rendu compte combien vous étiez aux abois, dans vos lettres de ce printemps. Mais... Non, je ne peux pas vous épouser. C'est absolument impossible.

Cora porta une main à sa joue, ne pouvant retenir un éclat de rire.

— Oh, mais non ! Non, non, non… je ne vous demande pas de m'épouser réellement. Mon Dieu, vous *imaginez* ?

Bien qu'il eût pensé la même chose, Nate ne put s'empêcher de se sentir insulté par sa réaction. Après tout, c'était elle qui l'avait laissé se fourvoyer, avec sa demande en mariage.

Cora se leva et s'approcha, comme si elle craignait que trop de distance entre eux ne l'empêche d'être claire. Elle prit place sur le sofa à côté de lui, et Nate sentit son parfum, quelque chose d'agréablement lumineux.

— Monsieur Travers, je viens d'être libérée du joug du mariage. Et jamais, plus jamais je ne me soumettrai à pareille contrainte. Je chéris mon indépendance et j'entends la garder. Mais j'ai besoin de faire comme si j'avais un mari en vue. Pour que le dossier de mon frère ait une chance d'être entendu, je dois absolument être fiancée. Les Carleton ne doivent plus avoir une seule arme contre moi.

Voilà qui était plus clair.

— Vous êtes donc en train de suggérer que…

— J'ai besoin que vous vous fassiez passer pour mon fiancé.

Nate inspira profondément. Les questions se bousculaient dans son esprit. Par laquelle allait-il commencer ?

— Donc… que faisons-nous ? Nous… annonçons simplement que nous sommes fiancés ?

Cora fit la moue.

— J'ai peur que ce ne soit un peu plus compliqué.

— C'est-à-dire ?

— Eh bien, comme je vous l'ai dit, les Carleton doivent venir rendre visite à mes enfants à Aldworth Park. Ils y passeront tout le mois de juillet. Il faudrait… que vous veniez aussi et que vous jouiez le rôle de mon fiancé pendant au moins une partie de leur séjour.

Elle eut un sourire un peu nerveux.

— En gros, vous m'aideriez à étayer mon dossier, Travers, ajouta Sinclair. Pendant que vous serez tous les deux dans le Berkshire, je serai ici, à mettre au point les derniers détails. Une fois que j'aurai déposé ma demande, le tribunal pourra convoquer des témoins – métayers du domaine, domestiques, connaissances – qui attesteront que Cora a bien une famille à offrir à ses enfants. Non seulement nous voulons pouvoir parer à toute contre-attaque des Carleton, mais nous voulons offrir la preuve du remariage imminent de ma sœur. Allez aussi loin que possible sans qu'elle ait vraiment besoin de se marier.

Nate ferma les yeux et se massa les tempes. Comme prévu, son mal de tête avait fait un retour en force.

Il était clair que Cora vivait des moments très difficiles, mais ses remarques désobligeantes, voire méprisantes, un peu plus tôt, ne lui donnaient pas très envie de voler à son secours. Et il maintenait que ce qu'elle lui demandait aujourd'hui dépassait de très loin le prix des deux colliers qu'elle lui avait donnés en 1814.

Cette affaire était fort regrettable, certes, mais elle ne le concernait pas.

— Non.

Un muscle tressauta dans la joue de Cora, qui hocha la tête.

— Je me doutais que vous diriez cela. J'ai donc prévu de quoi vous convaincre, monsieur Travers.

Elle fit un signe à Gavin, qui tendit à Nate les papiers qu'il avait sauvés de la glace fondue.

— Il s'agit d'un contrat, expliqua Cora d'un ton docte. Si vous m'aidez à obtenir ce que je veux, vos efforts seront largement récompensés.

Nate laissa tomber les papiers sur la table sans les lire.

— Non.

— Pourquoi ? fit Cora plus sèchement.

— Je ne parie que si je suis sûr d'avoir au moins une chance de gagner, ma chère. Et cette idée de faux fiancé n'a aucune chance de marcher.

— Regardez au moins les termes du contrat rédigé par mon frère. C'est une offre généreuse...

Nate se fichait de savoir qu'elle était généreuse. Ce que Cora lui demandait était ridicule. Il ne pouvait pas jouer les maris. Il ne pouvait pas jouer les pères. Ni pour quelques heures ni pour quelques semaines.

— Je ne suis pas l'homme qu'il vous faut, dit-il en haussant les épaules, comme si cela ne dépendait pas de lui.

Elle le fixa d'un regard où brillait l'intelligence.

— Vous êtes l'homme qu'il me faut, Travers. Je sais que vous avez besoin d'argent. Je connais votre situation.

Nate retint un soupir agacé. *Tabitha*.

— Ma situation ne vous regarde pas, lady Dane.

— Je me suis laissé dire que les choses se passaient assez mal entre vous et le comte... Il vous a coupé les vivres en attendant que vous vous ressaisissiez, c'est ça ?

Nate se frotta la joue. Devant le regard insistant de Cora, il hocha la tête.

— En quelque sorte.

Elle écarta les mains d'un geste triomphal.

— Alors accepter mon offre serait la chose à faire. Réfléchissez. Votre frère verra que vous faites des efforts pour changer : des fiançailles avec une pauvre veuve éplorée, des enfants innocents et orphelins de père dont vous allez vous occuper...

Nate secoua la tête, pas convaincu.

— Je ne pense pas que...

Elle poussa de nouveau les papiers vers lui.

— Jetez-y un œil. Pourquoi être aussi buté ? Vous savez que j'ai raison. Cette histoire peut aussi tourner à votre avantage.

Nate saisit le contrat d'un geste brusque.

— Pour l'amour de Dieu ! Bon, faites voir...

Il parcourut le premier feuillet et émit un sifflement, les yeux ronds. Cora avait dit vrai, c'était une très belle offre. Elle lui demandait de passer seulement deux semaines dans le Berkshire. Il serait de retour à Londres à la mi-juillet. Mentalement, il crédita la somme qu'elle proposait à son compte en banque, la mit en balance avec les stipulations du contrat.

S'il parvenait à jouer ce rôle correctement, il épongerait presque toutes ses dettes. Et sans l'aide de Raymond.

— Et après les deux semaines, que se passera-t-il ?

Sinclair montra le contrat.

— Vous rentrerez à Londres. Vous devrez continuer à avoir un comportement irréprochable. Léo est un lord, mais il faudra peut-être un peu de temps avant que le dossier soit examiné par le tribunal, et c'est pour cette raison que le dernier versement ne sera effectué qu'une fois prononcé le jugement nous accordant la garde. Quand les choses se seront un peu calmées, Cora rompra vos fiançailles sans faire de bruit.

— Vous vous rendez compte que je ne suis pas le complice idéal, n'est-ce pas ? Ma réputation ne me vaudra pas les faveurs d'une femme de pasteur mal lunée.

Nate venait de souligner la faille la plus évidente de leur plan, qui en comportait un certain nombre. Cora et Sinclair se regardèrent.

— C'est vrai. Et comme l'a souligné mon frère, vous devrez vous ressaisir, Travers. C'est pour cela que nous vous payons. Cela dit, votre réputation n'est pas si mauvaise. Vous vous appelez Fordham. Que Léo fréquente la famille d'un comte fera bon effet. Pour un futur lord, c'est tout de même mieux que de grandir auprès d'un pasteur.

— En fait, vous n'avez trouvé personne d'autre, je me trompe ?

Cora se mordit la lèvre. C'était une réponse comme une autre.

Tout en jouant avec son bouton de manchette, Nate tenta de faire le point. De fausses fiançailles, pourquoi pas ? Mais son petit doigt lui soufflait qu'il y avait autre chose. Tant de petits détails pouvaient mal tourner, et les enjeux étaient si importants… Faire tapis, il en avait l'habitude, mais le faire au nom de quelqu'un d'autre, ça changeait tout.

Et surtout, cela revenait ni plus ni moins, pour lui, à changer de créancier. Il passerait de Raymond à Cora. Il serait encore endetté, il lui faudrait continuer à faire le beau pour manger. Tout bien considéré, ce n'était pas la solution en or.

Il regarda Cora. La nervosité lui avait mis du rouge aux joues, et une mèche tombée de son chignon ondulait sur sa nuque. Il fallait reconnaître que s'il avait détesté qu'elle lui fasse la leçon, il trouvait très séduisante sa façon de le remettre à sa place. Cora avait toujours été un peu autoritaire. Nate avait oublié combien chercher à la faire céder avait été tentant.

Mais ces petits jeux, il les avait trouvés agréables pendant une demi-heure, peut-être. Pas pendant des semaines. Quoique… Quitter Londres et l'ombre de son frère pendant une quinzaine aurait des avantages. La somme qu'elle proposait aussi.

Il tapota sa joue du bout des doigts.

— Travers...

La voix de Cora était si éraillée que Nate sursauta.

— ... prenez ce contrat. Je vous en prie.

Elle semblait au bord du désespoir, ne parvenait pas à le cacher, et la voir dans cet état lui serra le cœur.

Et puis, en un instant, l'angoisse disparut, et Cora retrouva sa contenance.

Mais Nate ne pouvait pas oublier ce qu'il avait vu.

Il comprit alors que Cora faisait tout son possible pour lui donner l'impression que la situation était simple et claire quand elle était tout sauf cela.

Elle risquait de perdre ses enfants.

Bon Dieu.

Nate tendit une main et, à contrecœur, prit le contrat.

C'était une folie, assurément.

Mais « raisonnable » n'était pas le terme qui qualifiait le mieux Nate.

5

Paroisse St Lawrence, Essex, juin 1819

Lady Dane,

Le pasteur et moi-même sommes impatients de vous rendre visite dans le Berkshire. Avant notre arrivée, j'aimerais vous rappeler quelques points importants.

J'ai besoin pour dormir de deux oreillers pas trop rembourrés. S'ils sont trop fermes, j'ai mal au cou. J'aime aussi lire dans mes appartements, le soir ; j'aurai besoin d'une fenêtre orientée à l'ouest, et de suffisamment de chandelles. M. Carleton et moi-même préférons rompre le jeûne tôt le matin, plus tôt que l'heure à laquelle vous vous levez probablement, aussi vous demanderai-je de bien vouloir faire en sorte que les domestiques soient prêts.

Par ailleurs, pouvez-vous me confirmer que vous avez emmené régulièrement les enfants à la messe ? Pendant mon séjour, j'assisterai aux offices de votre paroisse, et j'attends des enfants de mon frère qu'ils sachent se tenir correctement à l'église. Des rumeurs courent selon lesquelles vous auriez fait preuve d'un peu de laxisme dans ce domaine.

Bien à vous,

Madame Édith Carleton

*
* *

— Alors ? Que s'est-il passé après mon départ ?

La tiédeur de l'après-midi s'était changée en une délicieuse soirée de juin. Tabitha et Cora étaient assises dans le petit jardin derrière Dane House et regardaient le soleil descendre vers l'horizon, paré de somptueuses teintes orangées.

— Gavin était dans son élément, et cela valait le détour, répondit Cora avec un sourire en coin. Ce n'est pas tous les jours qu'il a l'occasion de noyer un voyou sous un jargon compris de lui seul.

La remarque amusa Tabitha.

En cette fin de journée, Cora se sentait fripée et moite, alors que son amie était fraîche comme une rose, vêtue d'un impeccable ensemble couleur crème. Elle avait tenu parole et était revenue chez Cora après avoir géré la crise vestimentaire de l'après-midi.

— Je suis navrée pour ta robe, dit Cora. Les broderies étaient vraiment exquises. Je suppose qu'elles sont irrécupérables.

Les deux femmes s'autorisèrent une minute de silence à la mémoire de cette exceptionnelle mousseline corail.

— As-tu eu le temps d'aller chez ta couturière ? La facture a-t-elle tiré des larmes à ton frère ?

Tabby écarta le sujet d'une main élégante.

— Pas aujourd'hui. Et de toute façon, je ne ferai pas mettre cela sur le compte de Nate. Soyons claires, il le mérite, mais il n'a vraiment plus un sou. Je n'exagérais pas, Cora, lorsque je t'ai dit qu'il accepterait sans hésiter ta proposition.

— Mmm..., murmura Cora, évasive.

Tabby se pencha pour prendre son verre de citronnade.

— Qu'y a-t-il ? Il a accepté, n'est-ce pas ?

Cora ne savait comment formuler ses doutes.

— Oui… Il a accepté…

— C'est ce que tu voulais, non ? Ce serait dommage d'avoir sacrifié une robe pour rien, dit Tabitha en faisant tinter son verre contre celui de Cora. Et maintenant ? Qu'as-tu prévu en ce qui concerne les fiançailles ?

Cora but une gorgée de citronnade, savourant son acidité.

— Nous avons rendez-vous demain à Hyde Park. Je vais le présenter aux enfants, si étrange que cela puisse paraître. Mon Dieu, Tabitha, j'ai encore du mal à me faire à cette idée. Ton frère a-t-il déjà eu affaire à des enfants ?

Tabby plissa les yeux, cherchant dans ses souvenirs.

— Alors, pas aux miens, déjà, ça c'est sûr.

Elle eut un rire un peu rauque. Tabby était anticonformiste à tout point de vue, y compris pour ce qui avait trait à la maternité.

— Et les filles de Raymond sont à peine plus jeunes que nous – Nate n'était qu'un gamin à la naissance d'Annalise et de Viola. Mais je pense qu'il devrait s'en sortir. Bizarrement, j'ai toujours pensé qu'il ferait un bon père.

Cora s'étrangla, et Tabby éclata de rire.

— Attention, je n'ai pas dit un bon époux ! Mais je pense qu'il s'entendra avec les enfants. Il est resté enfant lui-même à bien des égards.

— Nous verrons, murmura Cora.

Cette conversation la rendait mélancolique en lui rappelant inutilement que le seul papa dont Tess et Léo se souviendraient serait un homme payé pour jouer ce rôle pendant une très courte durée.

Il lui arrivait parfois de souhaiter de tout son cœur trouver un père pour ses enfants. Il aurait été si bénéfique pour eux d'avoir quelqu'un d'autre à qui parler, quelqu'un pour les guider, pour la remplacer quand elle était absente. L'idée que ses enfants ne se blottiraient jamais dans des bras plus forts que les siens lui faisait de la peine.

Hélas, ses bras allaient devoir suffire.

— Quelque chose te préoccupe, ma chérie ?

Quand elle s'en donnait la peine, Tabby pouvait être très observatrice, au point que c'était parfois pénible.

— Je ne sais pas trop, reconnut Cora.

À sa grande déception, l'entrevue de cet après-midi n'avait guère allégé l'anxiété qui l'étreignait. Elle avait espéré que la conversation avec Gavin et Travers suffirait à la rassurer. Mais elle n'éprouvait pas le soulagement espéré. Au contraire, elle avait les nerfs à vif.

Elle leva son verre et regarda les reflets du soleil couchant à travers.

— Connais-tu les fables d'Ésope ? Plus précisément, celle du Laboureur et du Serpent ? Je l'ai lue aux enfants hier.

— Celle où le serpent revient, contre toute attente, pour aider le laboureur quand il en a besoin ?

— Non. Celle où inviter la crapule chez lui détruit la vie du laboureur.

Tabby sourit.

— Ah. Je vois. Les choses auraient pu se passer différemment. On ne sait jamais. Que tu le croies ou non, faire confiance à autrui ne se termine pas toujours mal.

— Même s'il s'agit d'un débauché notoire ?

Tabby resta silencieuse un long moment, et Cora craignit de l'avoir offensée. Après tout, le débauché notoire en question était son frère.

— Écoute..., dit enfin son amie. Si cela t'inquiète vraiment, je t'encourage une nouvelle fois à envisager l'autre solution.

Elle regarda Cora. Comme Travers, Tabby avait les yeux gris. Mais là où ceux de son frère étaient d'un gris sombre, ardoise, les siens étaient clairs et évoquaient une brume matinale. Elle hocha lentement la tête, et Cora sut exactement ce qu'elle allait dire.

— Non, Tabby.

— Écoute-moi, au moins...

— J'ai dit non.

— Tu n'es pas obligée de faire ça, ma chérie. Rien ne te pousse à jouer la comédie avec mon imbécile de frère. Il y a une solution plus simple et plus agréable, une solution qui n'implique de tromper ni de soudoyer personne.

— Tabby...

— Tu pourrais trouver un homme que tu aurais vraiment envie d'épouser, Cora. Tu n'es pas obligée de te lancer dans une mascarade pareille. Tu pourrais parfaitement faire la cour à quelqu'un, tout recommencer, et avoir une vraie vie.

— Mais j'ai une vraie vie, répliqua Cora. J'ai mes enfants. Avec Tess et Léo, j'ai déjà mon conte de fées qui finit bien.

Tabitha soupira. Il y avait dans son regard quelque chose qui ressemblait à de la pitié.

— Je sais, Cora. Je sais qu'ils te suffisent... Mais tu as vingt-trois ans, ma belle. Tu peux encore espérer avoir ce que tu voulais, une grande et heureuse famille...

Cora prit la main de son amie.

— Tabitha, je sais que tu essaies de m'aider, mais il faut que tu comprennes : faire semblant d'être fiancée ne me gêne pas. Je n'ai pas besoin d'un mari. J'ai besoin d'une solution.

Tabby serra fort les doigts de Cora entre les siens. Cora baissa les yeux sur leurs mains nouées, se forçant à rester patiente. Son amie ne voulait que son bonheur. Simplement, elles en avaient toutes les deux une conception très différente.

— Tous les hommes ne sont pas comme Frederick Dane, dit enfin Tabby d'un ton très calme.

— Bien sûr que non. Certains sont comme Gavin ou comme le capitaine Finch, ajouta Cora avec un sourire, car Tabby adorait son bel officier de mari. Mais chez certains autres, la bonté n'existe qu'en surface.

Les yeux de Tabby brillèrent.

— Cora, tu n'imagines pas combien il est difficile de voir quelqu'un qu'on aime tendrement ne pas connaître le grand amour. Je sais que ta famille ne voulait que ton bien, mais ce maudit mariage arrangé a fichu ta vie en l'air.

— Mon père pensait bien faire, protesta doucement Cora. Je me souviens combien il était inquiet quand sa santé a commencé à décliner. Il savait qu'il ne serait plus de ce monde quand arriverait pour moi l'âge de me marier. Il voulait juste qu'il y ait quelqu'un pour s'occuper de moi.

Cora eut un pincement au cœur à ce souvenir. Elle ne reprochait pas à sa famille ce qui s'était passé avec Dane. Elle était certaine que son père avait cru bien faire. Avant son décès, lord Sinclair, baron fortuné, avait tout mis en œuvre pour garantir un bon mariage à Cora. Il n'avait pas voulu laisser cette responsabilité à ses fils, considérant que c'était là le devoir d'un père. Arranger l'union de sa fille unique et du vicomte Dane avait été un véritable soulagement pour lui. Et, sur le papier, c'était un beau mariage.

Son dernier devoir accompli, il avait pu mourir en paix.

— Je n'en veux pas à ma famille, dit Cora. C'est à moi que j'en veux.

Tabby leva les yeux au ciel, visiblement incrédule.

— J'ai eu toute la saison 1814 pour apprendre à connaître Dane avant notre mariage. C'étaient les conditions, dit Cora avec un rire amer. Et j'étais trop naïve pour repérer les signes qui auraient dû me mettre la puce à l'oreille – la seule personne que Dane apprenait à connaître à cette époque était la meneuse de revue du *Sans Pareil*.

» Je sais que tu ne veux que mon bonheur, Tabitha, mais je peux t'assurer que ce n'est pas le mariage qui m'aidera à le trouver. Jamais plus je ne serai assez bête pour permettre à un homme de me dicter ma conduite. Et puis maintenant, je ne suis plus la seule concernée. Je préfère que Léo et Tess n'aient pas de père du tout plutôt que de risquer de leur en imposer un second aussi épouvantable que le premier.

Tabby poussa un soupir résigné et lâcha la main de Cora. Cette dernière comprit qu'elle renonçait. Tabitha était déterminée, mais pas obstinée.

Elles restèrent silencieuses un moment. Cora sirota sa citronnade en regardant le jardin autour d'elle, lentement gagné par l'ombre dans les derniers reflets du soleil couchant. Ce spectacle éveilla en elle une pointe de satisfaction. Elle avait décidé de tout refaire. Fini les buis rectilignes, Cora voulait un foisonnement de couleurs, un déferlement de fleurs. Des pivoines ployant sur son chemin, surprises par le poids de leur vigueur. Des roses à l'audace impétueuse, mêlées de digitales. Une vie plantée par elle, soignée par elle.

Elle seule.

— Très bien, dit enfin Tabby en se frottant énergiquement les mains. Si tu as pris ta décision, alors je te suis. Donne-moi quelque chose à faire. Sinclair se démène sur le dossier. Nate va partir cavaler dans le Berkshire. Et moi ? Comment puis-je soutenir ta cause ? Mais si cela ne te dérange pas, je préférerais quelque chose qui ne mette pas ma garde-robe en péril.

Cora eut un sourire espiègle.

— Tu peux faire ce que tu sais si bien faire, ma chérie : alimenter la rumeur. Fais passer le mot dans le beau monde et relance les débats dès qu'ils se calment. J'ai besoin que la bonne société croie que je suis fiancée à ton frère.

Tabitha sourit à son tour, ravie. Elle posa son verre et se leva.

— Ça, c'est tout à fait dans mes cordes. Je commence dès demain. J'étais au bal de Rosalie hier et je me suis couchée à 6 heures ce matin. Je n'étais déjà pas en état de supporter l'agitation de cette journée, mais là, il me faut un bain chaud, un verre de bordeaux, une lettre de mon mari et une bonne nuit de sommeil.

Cora ferma les yeux.

— Mmm... quelle chance. Je ne dors pas très bien en ce moment.

Tabby l'embrassa sur la joue.

— Il va falloir y remédier. Mon frère est un homme plein d'énergie. Il attendra de sa future épouse qu'elle soit reposée.

Tabby plaisantait, mais un frisson parcourut Cora.

— Ce n'est pas drôle, dit-elle, incapable d'oublier le regard de Travers soutenant le sien.

— Mais je suis très sérieuse, ma chérie, rétorqua Tabitha avec un clin d'œil.

Il était très tard. Cora avait essayé de faire comme Tabby : un bain, un verre de vin et, ne disposant pas des lettres d'un beau capitaine de marine, quelques pages d'un roman. Mais on était maintenant au cœur de la nuit, et elle ne dormait toujours pas.

Dans quel pétrin me suis-je fourrée ?

Il fallait reconnaître que si elle avait espéré l'aide de Travers, une bonne partie d'elle-même s'était attendue à ce qu'il refuse. Elle avait pensé que son plan échouerait, la forçant à trouver une autre solution. Mais Travers était partant pour l'aventure. Ce qui signifiait que Cora, prête ou pas, devait se lancer.

Quinze jours en compagnie de Nathaniel Travers.

Et soudain, les Carleton n'étaient plus la variable la plus inquiétante de l'équation.

L'idée n'avait pourtant pas semblé si folle quand Gavin avait pour la première fois évoqué le sujet, un soir de mars un peu frais. Elle avait même paru… étrangement logique. Gavin allait et venait devant la cheminée, chez Cora, et avait posé cette question purement rhétorique :

— Qui serait assez fou pour accepter de participer à un stratagème aussi ridicule ?

La réponse était aussitôt venue à Cora, comme si elle y avait déjà réfléchi. Le seul homme de sa connaissance pas assez sérieux pour *être* un mari digne de ce nom, mais juste assez fantaisiste pour accepter d'en *jouer* un.

Cora craignait d'avoir sous-estimé le côté indépendant de Travers. Il n'était pas homme à respecter les règles, cet après-midi le lui avait efficacement rappelé. C'était un fauteur de troubles, qui ne se conformait jamais à ce qu'on attendait de lui. Pourtant, Cora ne s'était pas inquiétée outre mesure de ses frasques… parce que les frasques en question ne la renvoyaient à rien de réel.

Maintenant, elle allait devoir l'affronter dans sa troublante réalité.

Elle se retourna dans son lit.

Dans l'obscurité de sa chambre, le sourire nonchalant de Travers se dessina, sensuel, éclatant, et se glissa en elle. Son cœur se mit à battre dangereusement sous l'effet de cette malicieuse intrusion.

Elle se redressa brusquement, enfouit son visage dans l'oreiller et poussa un grognement. Elle n'avait vraiment pas besoin de ça en ce moment.

Le fait est que Cora avait toujours été sensible à quelque chose chez Travers qu'elle ne parvenait pas à définir. Peut-être était-ce cet air satisfait qu'il dégageait en permanence ; il donnait toujours l'impression d'être à l'aise. C'était d'ailleurs sa façon arrogante et fluide d'occuper l'espace qui avait d'abord attiré Cora, cinq ans plus tôt. Jamais elle n'avait rencontré quelqu'un d'aussi naturellement sûr de lui.

Mais aujourd'hui, c'était au tour de Cora d'être sûre d'elle. Quoi qu'il arrive, il fallait qu'elle garde le contrôle de la situation.

Une nouvelle fois, elle se tourna dans son lit, remit ses oreillers en place, s'allongea sur le dos et contempla le dais au-dessus d'elle.

Ne fais jamais confiance à une crapule.

Et Travers en était une, n'est-ce pas ? C'était un débauché jusqu'au bout des ongles. Même après toutes ces années, il continuait à s'attirer des ennuis, se comportait de la manière la plus cavalière qui soit et fuyait comme la peste tout ce qui pouvait avoir des relents de respectabilité.

Cora était le laboureur ; elle savait exactement à qui elle avait affaire et qui elle ramenait chez elle.

Après tout, elle l'avait connu en proie aux pires ennuis. Si quelqu'un devait faire preuve de davantage de bon sens, c'était bien elle.

Elle ferma les yeux et repensa malgré elle à cette terrible soirée, cinq ans plus tôt. Elle en gardait un souvenir étrangement intact, clair et net.

Fordham House, le couloir qui passait devant le bureau du comte, la nuit tombante… Cora se dirigeait vers le salon pour rejoindre Tabitha quand elle avait entendu les grognements rauques d'un animal blessé. Elle se revoyait jeter un coup d'œil dans l'obscurité du bureau, ne sachant trop ce qu'elle allait trouver, et découvrir le corps meurtri et ensanglanté de Nathaniel Travers recroquevillé sur le plancher. Elle en avait instantanément oublié tout le reste. Le bureau du comte donnait sur la rue, et il était évident que le pauvre imbécile était entré par la fenêtre pour ne pas révéler son piteux état aux domestiques. Cora n'avait même pas réussi à éprouver une once d'exaspération devant ce nouvel incident. Les suppliques incompréhensibles de Nate – à croire que sa bouche n'était plus au bon endroit – lui avaient fendu le cœur, y répandant à la fois terreur et compassion.

Aujourd'hui encore, Cora se demandait ce qui lui avait pris ce jour-là, lorsque, étouffée par la panique, elle avait posé la tête de Nate sur ses genoux, et palpé son visage pour tenter d'en évaluer les blessures. Elle venait de se fiancer et cette proximité avec un autre homme était tout à fait inconvenante… mais l'abandonner à son sort l'aurait été tout autant. Travers n'avait pas voulu lui dire ce qui s'était passé. Elle avait dû lui tirer les vers du nez pour lui faire avouer la dette exorbitante qu'il avait dans les tripots les plus mal famés, sans aucun moyen de la régler.

Cora avait essayé de le convaincre d'en parler à son frère, mais sur ce point, Travers avait été très clair : sous aucun prétexte le comte ne devait être mêlé à cette affaire. Ce n'est que lorsque sa bague de fiançailles avait scintillé à la flamme de sa bougie que Cora s'était souvenue du cadeau de fiançailles envoyé par sa grand-tante. Deux parures de diamants, démodées mais de grande valeur, que Cora n'aurait jamais portées.

— Je peux vous aider… Je peux payer vos dettes.

Elle se souvenait combien ces mots lui avaient brûlé la gorge, combien le regard gris de Nate lui avait fait battre le cœur.

Il lui avait pris la main pour la porter à sa joue, comme si elle avait le pouvoir de lui redonner figure humaine. Son visage était moite, il était mal rasé, mais au contact de sa peau, elle s'était embrasée.

Elle n'oublierait jamais le son de sa voix.

— Vous pouvez me demander n'importe quoi. Je le jure devant Dieu, si vous m'aidez, je ferai n'importe quoi pour vous.

Une promesse faite à la hâte alors qu'il était à demi conscient. Cora avait immédiatement su qu'elle ne lui rappellerait jamais ses propos, à la fois inconvenants et inconcevables. Aurait-il un jour quelque chose à lui offrir ?

Mais elle savait aujourd'hui que le destin n'avait pas son pareil pour bouleverser les existences les plus rangées, pour ouvrir de force les poings les plus serrés et les contraindre à la supplique. Quand une femme est à genoux, c'est d'abord sa fierté qui est atteinte.

Cora se leva, abandonnant l'idée de dormir. Elle allait monter à la nursery pour être auprès de Tess et de Léo. Elle les borderait et leur caresserait les cheveux.

Une façon pour elle de se rappeler pourquoi elle faisait tout cela.

Ce soir, dans le jardin, Tabitha avait eu pitié d'elle. Elle voulait que Cora connaisse le grand amour, ne comprenait pas que son amie était déjà comblée. Ses enfants lui avaient tout donné. L'indifférence de Dane, pendant toutes ces années, ne l'avait jamais privée d'amour. Elle connaissait l'amour inconditionnel et sans limites. Même si cet amour était né de rien, même si elle avait dû le porter.

Cora aurait voulu interrompre le cours du temps. Elle s'était tant inquiétée au cours de l'année qui venait de s'écouler ! Elle voulait juste profiter de ses enfants, de leurs premières années. La façon dont sa situation actuelle la forçait à se souvenir du moindre détail lui était insupportable.

À peine six mois plus tôt, Cora avait décidé de remplacer les robes d'enfant de Léo par des culottes courtes et des marinières. La transition avait été douloureuse mais nécessaire. Son premier enfant avait l'âge de s'habiller en garçon. Quant à Tess, elle cherchait à tout prix à imiter son frère.

Ils étaient déjà si grands. Ils avaient grandi si vite.

Souvent, la nuit, allongée dans son lit, Cora cherchait à se rappeler la sensation de son doigt caressant la petite main rebondie de Léo, le souffle de Tess dans son cou. Elle passait ses nuits d'insomnie à amasser le souvenir de ces sensations, de crainte qu'un jour les Carleton ne mettent un terme à toute cette tendresse.

Cora savait que ses enfants finiraient par lui échapper. Tout ce qu'elle voulait, c'était connaître le même chagrin que toutes les mères – celui, inévitable, qui accompagne le passage du bébé à l'enfant.

Tout ce qu'elle voulait, c'était en être le témoin.

Elle tendit la main vers la poignée de sa porte, avec l'intention de monter voir ses chéris.

Mais sa main tremblait, et soudain, le tremblement se communiqua à son corps tout entier. Seule dans sa chambre, elle se laissa tomber sur le sol, enfouit son visage entre ses mains et pleura.

Mon Dieu, aidez-moi.

Son seul espoir gisait entre les mains contusionnées du pire voyou qu'elle connaissait.

6

Résidence des Finch, Londres, juin 1819

Nate,

Tu vas dire que cela ne me regarde pas, mais justement, il n'y a que ce qui ne me regarde pas qui m'intéresse.

Je te jure, mon cher frère, que si tu fais échouer le plan de Cora, tu m'auras sur le dos chez Madame Roost tous les soirs pour le restant de ta petite vie insignifiante. Imagine comme ce sera formidable de m'avoir à tes côtés, faisant des remarques sur tes cartes, flirtant avec les sbires de Madame Roost, parlant chiffons avec tes conquêtes.

Tu crois que je plaisante, j'en suis sûre, et pourtant, en ce moment même, je m'entraîne à battre les cartes.

S'il te plaît, Nathaniel, fais en sorte que tout se passe bien.

Et pendant que tu y es, n'oublie pas de régler ma couturière.

Tabby

*

* *

— Avant mon rendez-vous à Hyde Park, je devrais avoir le temps de passer aux écuries, dit Nate. Il faut que je dise aux palefreniers de préparer Icare pour le voyage.

Affalé dans un fauteuil à oreilles, il parcourait la liste des choses à faire que Barnes avait dressée le matin même. Celui-ci brossait consciencieusement un chapeau.

— Aurez-vous besoin d'une tenue de soirée, Monsieur ?

Nate fit la grimace, songeant aux modifications qu'il avait apportées au contrat de Cora la veille.

— Si cela ne dépend que de moi, non. Apparemment, un bal est prévu, mais je ne pense pas être concerné. Donc ma garde-robe non plus.

Barnes emballa le chapeau dans un linge, le plaça dans la malle ouverte devant lui et posa un regard appuyé sur Nate.

— Quoi qu'il en soit, Monsieur, je suggère que nous prévoyions de quoi faire face à toutes les situations. Puis-je me permettre de vous faire remarquer que l'organisation dudit voyage laisse un peu à désirer ?

Nate se redressa et regarda le champ de bataille autour de lui. Pour la première fois depuis un certain temps, il avait des choses à faire, qui s'avéraient plutôt ennuyeuses – se préparer pour un séjour dans le Berkshire, régler ses affaires à Londres, prévenir de son absence, toutes ces choses assommantes qui allaient de pair avec un voyage.

Ces fausses fiançailles l'épuisaient déjà.

— Votre queue-de-pie bleu marine est encore chez le tailleur, lui rappela Barnes tout en pliant un nombre inquiétant de foulards. Je m'occupe de l'envoyer chercher.

— Très bien, fit Nate. Je ne risque rien à l'emporter, après tout. Qui sait quelles cartes lady Dane aura glissées dans sa jolie petite manche ? Barnes, mon vieux, il va falloir qu'on soit sur nos gardes, dans le Berkshire, si nous voulons éviter les surprises en tout genre.

— Mmm...

Barnes serra la mâchoire, ce qui ne lui ressemblait pas. Autant dire qu'il sortit de ses gonds.

— Quelque chose vous préoccupe, Barnes ?

— Pas du tout, Monsieur. Simplement...

Il se tourna vers une pile de chemises. Nate devina sa question, sachant très bien que Barnes ne la poserait pas. Barnes était d'une discrétion extrême. Descendant d'une famille d'esclaves jamaïcains affranchis, il avait quitté les Antilles pour Londres à un très jeune âge. L'esprit vif, et très observateur, il avait fait son chemin, occupant différents emplois chez Raymond et Rosalie dans leur maison de Hill Street. Lorsque Nate avait été en âge d'avoir son propre valet, il avait demandé à son frère de lui laisser Barnes. C'était l'une des rares décisions sensées qu'il avait prises dans sa vie.

— Vous vous posez des questions à propos de ce séjour soudain dans le Berkshire ? Et à propos de lady Dane ?

— Ce serait inconvenant de ma part, Monsieur, répondit Barnes en fermant la malle d'un geste vif. Je ne doute pas que vous ayez maintes bonnes raisons de partir à la campagne au débotté.

Nate eut un sourire en coin. Une cascade de cheveux acajou et une coquette somme... étaient-ce là de bonnes raisons ? Quoi qu'il en soit, Barnes lui offrait l'occasion rêvée de tester le plan de lady Dane.

Les mains jointes, il tenta de prendre l'air sérieux.

— Barnes... Que diriez-vous si je vous annonçais que je vais me marier ?

Barnes cligna des yeux deux fois. La consternation ne tarda pas à se lire sur son visage.

— Je vous dirais… Je crois que je vous dirais qu'il est temps de ranger votre flasque et de sortir prendre l'air, Monsieur.

Nate eut un petit rire, malgré la sensation désagréable qui l'étreignait soudain. Cette entreprise était ridicule, n'est-ce pas ? Malheureusement, que cela lui plaise ou non, elle était aussi vitale.

— Merci, Barnes. Ce sera tout pour le moment.

Il se massa le front. C'était tout de même incroyable, ce qu'il devait faire pour de l'argent. Si elle n'avait pas été aussi pathétique, sa situation aurait été risible. Nathaniel Travers, héritier présomptif d'un comté prospère, mari à louer.

Bon Dieu.

Ce naufrage était plus douloureux qu'il ne voulait l'admettre – non seulement ses finances prenaient l'eau, mais son orgueil aussi. Raymond persistait à le traiter comme un enfant capricieux qui n'écoutait que ses envies du moment. Et Nate ne supportait pas que son frère écarte d'emblée toutes ses « envies », refusant de voir que certaines présentaient un intérêt.

Il en voulait pour preuve ces foutus chemins de fer. L'investissement qui avait mis le feu aux poudres. Si Raymond l'avait écouté, Nate n'aurait pas eu aujourd'hui entre les mains cette maudite liste de choses à régler avant son départ.

Au comble de l'exaspération, il se passa la main dans les cheveux.

Cora avait eu beau dire, l'annonce de leurs fiançailles n'attendrirait pas son frère. Au contraire, Raymond verrait cela comme une provocation. Dès lors qu'il s'agissait de devoir, il était intraitable. À peine avait-il hérité du titre de comte qu'il était devenu Fordham, et non plus Ray, le frère qui avait élevé Nate.

C'était une autre barrière entre eux, un rappel de leur différence de caractère et de position sociale.

Certes, les fiançailles de Raymond et Rosalie avaient elles aussi été précipitées. Mais Nate se doutait que son frère ne verrait pas d'un bon œil son intérêt soudain pour une riche veuve. C'était une discussion qu'il n'était pas pressé d'avoir, aussi résolut-il de la repousser aussi longtemps que possible. Il ferait tout le reste – écuries, tailleur, petits gestes affectueux à Hyde Park – avant de passer à Fordham House pour parler de ses fiançailles.

Et d'ailleurs... il était temps d'y aller. Mieux valait ne pas être en retard au rendez-vous que lui avait fixé Cora. Déjà qu'il avait modifié certaines petites choses dans le contrat, ce qui n'allait sûrement pas lui plaire... La veille, il avait trouvé ses yeux très séduisants lorsqu'ils avaient lancé des éclairs, mais aujourd'hui, à l'idée d'une scène, il était fatigué d'avance.

Toutefois, puisqu'il lui rapportait un contrat amendé, la moindre des choses était d'apporter aussi de quoi faire passer la pilule. Des fleurs aideraient peut-être à effacer les heurts de l'entretien de la veille et le fait qu'il refusait tout net de se rendre à un bal.

— Barnes, appela Nate en allant jusqu'à la porte du salon, avez-vous déjà envoyé le coursier ?

— J'allais le faire, Monsieur, répondit la voix de Barnes du fond du couloir. Vous avez besoin d'autre chose ?

— Demandez-lui de s'arrêter chez le fleuriste. J'aimerais un bouquet pour mon rendez-vous de cet après-midi.

L'état catastrophique de ses finances le fit hésiter, puis il reprit :

— N'importe quoi, il choisira. Quelque chose de pas trop extravagant, tout de même.

— Très bien, Monsieur.

Nate réfléchit encore un instant. Cora avait une fille, c'était bien ça ?

— Et un petit bouquet de violettes.

Cora était très avisée, il fallait le reconnaître. Pour lancer une rumeur, il n'y avait pas meilleur endroit que Hyde Park. L'allée qui reliait Hyde Park Corner aux jardins de Kensington était bondée. Ce soir, aucune oreille bien née n'ignorerait que Nate Travers s'y était promené en compagnie de lady Dane en plein après-midi.

Mais ça, c'était s'il arrivait à la trouver.

Nate était sur le point de renoncer. Il faisait une chaleur étouffante, il était encombré de ce foutu bouquet, et il avait déjà été contraint de s'arrêter pour faire la conversation à cinq personnes de sa connaissance. Sans parler de Mlle Rhiannon Burns et de sa mère qui arrivaient dans sa direction pour la *seconde* fois...

— Monsieur Travers ?

Il se retourna et vit Cora, assise sur un plaid à l'ombre d'une rangée d'arbres. Elle portait une robe jaune pâle et avait caché l'essentiel de sa chevelure sous un chapeau de paille. Elle le regardait en plissant les yeux, comme si elle venait de se réveiller, et...

— Attention ! lança un conducteur de cabriolet à Nate, qui se trouvait dans le couloir réservé aux équipages.

— Oh, désolé ! dit-il en s'écartant, avant d'approcher de Cora.

À côté d'elle, une jeune femme assez jolie, au visage rond, préparait des sandwichs pour deux enfants. Nate s'apprêtait à dire bonjour à un petit garçon aux joues roses et rebondies sous une tignasse brune quand une mini-tornade entra en scène.

— Des fleurs !

La jeune femme, sans doute la nurse des enfants, fit taire la petite fille et tenta de l'attirer sur ses genoux. L'enfant se tortilla dans tous les sens, sans quitter Nate des yeux.

— Euh... bonjour, dit-il, pris de court. Serais-tu...

— Des fleurs.

La fillette s'approcha de Nate d'un pas décidé, s'arrêta devant lui et leva la tête. Nate put enfin la regarder correctement – des cheveux d'un beau blond doré, et les yeux les plus ronds et les plus bleus qu'il avait jamais vus.

— Tess, ce que tu fais est très impoli. Viens ici immédiatement, dit Cora en attrapant le bas de la robe jaune de sa fille.

Nate remarqua qu'elles portaient toutes les deux la même couleur et trouva cela étrangement attendrissant.

Il s'inclina galamment, en tendant les violettes à l'enfant. Si absurde cela fût-il, il était très fier d'avoir pensé à apporter des fleurs à la fille de Cora.

La fillette – Tess – considéra le bouquet d'un air circonspect.

— Non, dit-elle en l'écartant comme s'il s'agissait d'un bouquet de misère. Rose.

Ses yeux saphir fixaient les centaurées que Nate avait apportées pour Cora.

— Euh...

Nate se tut, ne sachant comment réagir. Les centaurées étaient bleu-violet.

— Elle sait dire que « rose », expliqua son frère. Elle connaît pas encore toutes les couleurs.

La nurse semblait atterrée, mais Nate trouva cela hilarant. En ce qui le concernait, cette adorable poupée pouvait tout lui demander. Jamais il n'aurait cru que les petites filles puissent avoir des avis arrêtés sur une question ou une autre. Avec un large sourire, il lui tendit les centaurées.

— Mais tout à fait, ma jolie. Les roses sont pour toi.

Le visage de Tess s'illumina. Elle attrapa l'énorme bouquet à deux mains et s'éloigna aussitôt d'un pas mal assuré pour aller s'asseoir toute seule sous un arbre.

Nate se retourna vers les autres, hilare.

— C'est…

— C'est Tess, confirma Cora.

— Et moi, je suis Léo, ajouta timidement le garçonnet. Enfin, je veux dire… je suis lord Dane, s'empressa-t-il d'ajouter.

— Enchanté, lord Dane.

— Je peux ? chuchota Léo à l'intention de Cora, sans quitter Nate des yeux. J'ai la permission ?

Elle hocha la tête, en essayant de ne pas sourire.

— Vous pouvez m'appeler Léo, monsieur, annonça lord Dane d'un ton solennel.

Ce fut au tour de Nate de retenir un sourire.

— Léo, dit Cora en prenant la main de son fils, je te présente mon… mon ami, M. Travers.

Nate fit un clin d'œil à Léo.

— Et voici la nurse des enfants, Annie. La personne la plus efficace de mon entourage.

Annie le salua poliment, sans cesser de surveiller Tess, occupée à détruire très méthodiquement le bouquet de centaurées.

— Maman ? murmura Léo en regardant d'un air triste le bouquet de violettes refusé par Tess. Est-ce que M. Travers a apporté une surprise pour moi aussi ?

Cora lui reprocha son impolitesse, tout en lançant à Nate un regard de reproche. Ce dernier comprit alors son erreur. Il n'avait apporté de cadeau qu'à l'un des enfants.

Fichtre.

— Bien sûr ! Mais bien sûr, où avais-je la tête ? dit-il en tâtant ses poches.

Il n'avait hélas rien sur lui, en dehors de son mouchoir.

— Tiens, dit-il d'un ton enjoué en le tendant à Léo. Je t'ai apporté... ça.

Léo resta dubitatif, ce qui était légitime.

— Un mouchoir ?

— Non... pas *juste* un mouchoir, fit Nate. Un...

Il regarda autour de lui, ignorant le soupir sceptique de Cora. Avisant une branche sur le sol, il se jeta presque dessus, reprit le mouchoir des mains de Léo, l'attacha adroitement, par deux nœuds, à la branche et brandit le tout.

— Un drapeau de pirate.

Léo sourit, radieux, au comble de l'excitation. Il courut vers Tess en agitant son drapeau. Annie, en bonne nurse qu'elle était, rejoignit les enfants.

Soulagé, Nate se laissa tomber sur le plaid, à côté de Cora, et prit un sandwich.

— Donc... ce sont vos enfants ?

Cora regardait Léo agiter fièrement son drapeau de pirate et souriait, visiblement satisfaite. En la voyant ainsi, Nate comprit à quel point sa situation était aux antipodes de celle de Cora.

Cora était une *mère*.

Et maintenant qu'il avait rencontré ses enfants, il voyait son problème de tutelle sous un jour complètement différent, cent fois pire au moins.

Un sentiment proche de la honte le parcourut. Cinq ans plus tôt, Cora et lui avaient été amis, à leur manière. Et ensuite ? La triste réalité, c'était qu'il ne lui avait pas écrit pour la remercier de lui avoir donné ses bijoux ; il ne lui avait pas écrit à la naissance de ses enfants ; il ne lui avait pas écrit à la mort de son mari.

Et il ne lui avait même pas répondu lorsqu'elle lui avait demandé de l'aide.

Se rendant compte que Cora lui parlait, il avala à la hâte sa bouchée de sandwich.

— Je dois vous prévenir, monsieur Travers, qu'en ce qui concerne Tess et Léo je ne suis pas du tout une mère détachée comme il est de bon ton de l'être dans le beau monde. Annie est formidable, mais je refuse de cantonner mes enfants à la nursery. Ce sont les deux êtres que j'aime le plus au monde, et je déteste être séparée d'eux. J'espère que cela ne sera pas un obstacle à notre arrangement.

Nate se rembrunit, la bouche encore pleine.

— Ce n'est pas un problème en soi. Mais que font-ils, exactement ?

— Que voulez-vous dire, que font-ils ? La même chose que tout le monde, sauf qu'ils sont plus bruyants, plus remuants et plus joyeux.

Elle s'interrompit et regarda Nate reposer la moitié de son sandwich.

— En y réfléchissant, je pense que vous devriez bien vous entendre avec eux.

— Tess !

En entendant Annie, Nate regarda en direction des enfants et vit Tess frapper son frère à coups de bouquet de centaurées. Il repensa à la cuillère assassine que Cora avait brandie la veille – Tess avait de qui tenir.

— Attention avec les fleurs, ma chérie, lança Cora.

Tess s'approcha, tenant fièrement le bouquet qui n'en était plus un.

— Tu as vu, maman ?

— Oui, ma chérie. C'est très joli !

Tess, ravie, se laissa tomber sur les genoux de sa mère. Cora lui caressa la tête tandis que la fillette se blottissait contre elle comme un chaton repu.

— Seigneur, ces yeux ! murmura Nate.

Cora regarda tendrement sa fille et laissa courir ses doigts sur ses joues rondes.

— Je sais, dit-elle d'un air absent.

Et soudain, comme si les raisons de la présence de Nate à leur pique-nique lui revenaient, elle se tourna vers lui.

— Alors, monsieur Travers...

Mais Nate s'était penché en avant, appuyé sur un coude, pour mieux voir les yeux de Tess.

— Je crois que je vais t'appeler lady Swifte, dit-il.

— Swifte ? Quelle idée ! Pourquoi voudriez-vous l'appeler ainsi ? s'étonna Cora.

— Edmund Swifte est le gardien des joyaux de la Couronne. Mais je ne serais pas surpris que cette enfant lui fasse de la concurrence, avec les saphirs qu'elle a dans les yeux.

Il sourit à Cora, mais celle-ci ne lui rendit pas son sourire. Elle ramena une mèche folle derrière son oreille et se concentra sur sa fille.

— Vous allez vous en voir, quand elle fera ses débuts, plaisanta Nate en se délectant de l'expression de dégoût qui répondit à sa remarque. En ce moment même, il y a quelque part une bande de gamins de six ans passionnés de pêche à la grenouille qui se jetteront aux pieds de lady Swifte à la seconde où elle apparaîtra à son premier bal, ajouta-t-il en se penchant vers Cora.

— Je vous en prie, ne me parlez pas des vauriens qui ne manqueront pas de s'approcher de ma fille.

Tess étant repartie, Cora croisa les bras.

— Vous savez ce qu'on dit, insista Nate. Un fils, c'est une paire de pantalons à surveiller. Une fille, ce sont tous les pantalons de Londres qu'il faut avoir à l'œil.

Un frisson d'excitation le parcourut lorsque le regard de Cora glissa sur lui, jusqu'à ses propres pantalons. Mais elle se ressaisit et le considéra d'un air exaspéré.

— Non, monsieur Travers. Je ne savais pas.

Nate eut un petit rire satisfait. Puis il tira de sa poche le contrat froissé de Cora.

— Bien, lady Dane, dit-il en le dépliant. J'ai noté deux/trois choses.

Elle plissa les yeux, soudain méfiante.

— Ce contrat n'est pas vraiment négociable.

Nate l'ignora et lui montra les points qu'il avait annotés.

— Comme nous l'avons vu hier, vos conditions sont très généreuses. Mais j'ai tout de même quelques inquiétudes.

Cora lui arracha le contrat des mains et le parcourut, étudiant attentivement les notes en question.

— Vous avez précisé que nous nous rendrions ensemble à trois réceptions…

— En deux semaines, cela me paraît très raisonnable. Le but de toute cette comédie est de donner des preuves de notre relation.

— Oui, et c'est très bien. Mais vous avez précisé une fête paroissiale, un dîner et un bal.

— Et alors ?

Nate haussa les épaules, comme si c'était l'évidence même.

— Je ne vais jamais au bal.

Cora leva les yeux au ciel et poussa un soupir d'impatience.

— D'ordinaire, peut-être pas, mais là, si. Vous irez. Une seule fois. À ce bal.

Déjà, il faisait non de la tête.

— Je vous dis que je ne vais à aucun bal. Je déteste les bals. D'ailleurs, récemment, j'ai eu l'occasion de me rappeler pourquoi. Et sachez que je ne suis pas de ces gens qui changent d'avis.

— Le bal des Monmouth est un incontournable, monsieur Travers. Il faudra qu'on nous y voie.

— Mais techniquement, il a lieu le dernier jour de mon contrat, fit remarquer Nate. Je suis embauché du 1er au 15 juillet, et le contrat stipule que le bal a lieu le 15. Il y a là matière à discussion, car si j'y assiste, je ne pourrai partir que le lendemain.

— Oh, pour l'amour du ciel !

Nate haussa une épaule.

— Un contrat est un contrat. J'irai à la fête paroissiale et à la partie de chasse des Wallace, mais je n'irai pas au bal.

Cora se renfrogna, visiblement mécontente.

— Très bien, dit-elle au bout d'un moment. Oublions le bal des Monmouth. Mais...

Elle leva un doigt, coupant court au sourire victorieux de Nate.

— ... vous devrez compenser par autre chose.

— Comment cela ? demanda-t-il, méfiant. Une autre sortie mondaine ?

Cora se tapotait le menton en réfléchissant.

— Non..., murmura-t-elle en se mordillant la lèvre. Nous ferons quelque chose de complètement différent. Il ne faut pas tout miser sur le même cheval, pour reprendre une expression qui doit vous être familière.

Nate se sentit tout à coup très mal à l'aise.

— Lady Dane...

— Des lettres d'amour, dit-elle, triomphante. Vous allez devoir m'écrire des lettres d'amour. Et les antidater, comme si elles avaient été écrites entre cet hiver et ce printemps. Gavin les versera au dossier, en guise de preuve de la cour que vous m'avez faite.

Il pâlit.

— Je ne crois pas que…

— C'est ça ou le bal. À vous de choisir.

Cora se redressa et le toisa d'un air supérieur.

Nate capitula.

— Très bien. Entre deux maux choisissons le moindre. Va pour les fausses lettres d'amour.

Cora se tourna brièvement vers ses enfants tandis que Nate prenait un autre sandwich.

— Parfait. Si tout est réglé, je vais pouvoir remettre ce contrat à mon frère. Il s'occupera de vous faire parvenir les différents paiements.

Il mangea, songeur. Il n'y avait plus rien à ajouter – deux bouquets, un contrat, zéro bal. Il était officiellement fiancé.

Quel romantisme !

Comme si elle lisait dans ses pensées, Cora laissa glisser son regard sur lui. Et Nate se rendit soudain compte qu'ils offraient au reste du monde un tableau des plus intimes. Lui, allongé sur le plaid, tourné vers Cora alanguie, appuyée sur une main.

Au cours de ces deux derniers jours, jamais ils n'avaient été aussi proches.

Nate inspira, humant le doux parfum qui flottait jusqu'à ses narines et qui émanait de Cora, dont la peau n'était qu'à quelques centimètres de la sienne.

Un éclair de désir le parcourut.

Nate avait le don de saisir les choses à la fois dans leur globalité et dans leur particularité, simultanément. Un don très utile à une table de jeu, mais jamais autant qu'en cet instant.

D'un côté, vue panoramique, premier acte de la comédie de leurs fiançailles.

De l'autre… les taches de rousseur sur les joues de Cora. Ses jupes jaune pâle épousant le galbe de ses jambes élégamment repliées. La ligne souple de son bras guidant le regard de Nate jusqu'à une main gantée posée près de la sienne.

Les cris des enfants s'éloignèrent. Nate ne voyait plus que la courbe délicate du poignet de Cora, à peine visible au-dessus du gant en agneau. La finesse de sa main contrastait de façon saisissante avec les contusions qui marquaient la sienne.

Comme si son regard avait mis sa paume en mouvement, Cora changea de position, révélant l'intérieur de son poignet. Nate en fut hypnotisé. Cette peau si délicate qu'elle laissait entrevoir les veines… S'il avait pu y poser son doigt, il aurait senti son cœur palpiter en signe de bienvenue.

Bon Dieu, je pourrais faire tant de choses avec ce poignet…

— Monsieur Travers ?

Il fit un effort pour quitter sa main des yeux, remonta le long de son bras et la regarda. Ses joues avaient rosi. C'était fort joli.

Avec un toussotement, Cora ramena sa main sur ses genoux et enfouit ses doigts dans les plis de sa jupe.

— Y a-t-il un autre point que vous souhaiteriez aborder ?

— Oui, justement. Je pensais à quelque chose…

Nate avait la gorge sèche et regretta soudain qu'il n'y ait rien à boire.

— Ne pensez-vous pas que nous pourrions laisser tomber le formalisme, maintenant ? Tous ces « lady Ceci » et « monsieur Cela », c'est très guindé, non ?

Cora parut méfiante.

— Ce n'est pas vraiment…

— *Cora.*

Il avait savouré son prénom, en avait goûté les voyelles, et cela avait quelque chose de si intime que Cora serra ses jolies petites lèvres. Prononcer son prénom et la laisser sans voix avait un délicieux goût de péché. Il regretta d'avoir attendu si longtemps pour le faire.

Cora se ressaisit et parut vouloir le remettre à sa place, mais il l'interrompit d'un geste. Jamais plus il ne l'appellerait « lady Dane ».

— Je croyais que nous étions censés être fiancés.

Elle hésita.

— Vous, par exemple, pouvez désormais m'appeler Nate, poursuivit-il en écartant les bras, comme s'il lui accordait là une merveilleuse faveur. Toutes mes maîtresses m'appellent comme ça, conclut-il, magnanime.

Elle retint un grognement mécontent.

— Nathaniel, c'est très bien, soupira-t-elle avec emphase. Et je suppose que... Cora ira aussi.

Entendre son nom sur ses lèvres mit instantanément Nate dans un état étrange. Il changea de position, se souvenant soudain qu'il avait ressenti la même chose pour Cora cinq ans plus tôt. Mais à l'époque, la bague de fiançailles qu'elle avait au doigt dressait une barrière entre eux ; leur flirt ne pouvait, ne devait pas aller plus loin.

Aujourd'hui, sous le gant, son doigt ne portait plus de bague.

Devant l'intensité du regard de Nate, Cora se détourna et entreprit de ranger le panier de pique-nique, empilant délicatement les abricots pour chercher quelque chose au fond. Trop pressée de passer à autre chose, elle renversa le panier.

— Mince ! Oh non...

Les abricots roulèrent de toutes parts.

Nate en attrapa un au passage, le nettoya au creux de sa paume et le lui tendit. Cora cligna des yeux. Les rayons du soleil filtrant à travers les branches du chêne accrochèrent ses yeux noisette et bleu et y répandirent un océan de fractales lumineuses.

— Vous le vouliez ?

— N… non. Non, gardez-le.

Nate ouvrit le fruit en deux avec un sourire en coin et lui en tendit la moitié.

— Nous voici dans le même bateau, à présent.

Un craquement retentit du côté des enfants. Nate se retourna. De toute évidence, Annie était en train de subir le supplice de la planche.

Craignant que son tour ne vienne, Nate comprit qu'il était temps de lever le camp. Rien dans le contrat ne l'obligeait à jouer aux pirates.

— Lord Dane, lady Swifte, dit-il en se levant pour saluer les enfants de Cora. Mademoiselle Annie.

Il porta un doigt à son chapeau, et Annie rougit. Avec un clin d'œil, il déposa le bouquet de violettes abandonné entre les mains de Cora.

— À bientôt dans le Berkshire, ma chérie.

Et il s'éloigna en sifflotant, sa moitié d'abricot dans la main.

Sur le chemin de l'Albany, il décida d'écrire à Raymond plutôt que de passer à Fordham House.

Il était de bonne humeur, ce détour aurait tout gâché.

7

Résidence des Finch, Londres, juillet 1819

Cora,

À la suite de notre discussion, j'ai jeté sur le papier deux/trois petites choses destinées aux potins mondains. Tu m'as demandé de faire dans le style conte de fées. Ma chérie, tu sais que la rumeur ne me fait pas peur, mais je voudrais être absolument sûre que c'est bien ce que tu souhaites. Redorer ton blason après cette délicieuse affaire pourrait s'avérer délicat.

Ta chère, très chère, très très chère amie,

Tabby

*

* *

Le 1er juillet fut, sans l'ombre d'un doute, une journée épouvantable.

Ronald et Édith Carleton arrivèrent à Aldworth Park bien avant l'heure prévue, et à partir de là, pour Cora, les choses allèrent de Charybde en Scylla. Le pied à peine posé devant la maison, Mme Carleton fit des manières, donnant des ordres aux domestiques, supervisant le déchargement de ses bagages à la manière d'une reine dont les valises auraient été pleines de reliques d'une inestimable valeur.

Prévoyante, Cora accompagna Mme Bainsbridge, sa gouvernante, lorsque celle-ci montra leurs appartements à ses invités. Elle avait fait préparer plusieurs chambres, au cas où Mme Carleton trouverait quelque chose à redire à celle qui lui était destinée. Le fait qu'Édith Carleton ait grandi à Aldworth Park mettait Cora très mal à l'aise. Qui sait sur quoi elle risquait de porter son attention ? Mais, à son grand soulagement, Mme Carleton, après avoir inspecté d'un air méprisant la chambre plein ouest et inondée de soleil qu'on lui avait réservée, ne demanda pas à être installée ailleurs.

Cora proposa de leur faire monter le thé, insinuant qu'un peu de repos après ce long voyage leur ferait du bien, mais dans la foulée, le pasteur tint à visiter le domaine, et sa femme à voir les enfants.

Enfin, au moment où Cora, à cran, envisageait d'en finir d'un coup d'épingle à chapeau, Mme Carleton reconnut être un peu fatiguée – les enfants débordaient d'énergie.

Retenant une remarque ironique, Cora accompagna ses invités jusqu'à leurs appartements et envoya Léo et Tess à la nursery pour la sieste. À peine avait-elle regagné son salon pour un instant de répit bien mérité que Coates, son majordome, entra.

— M. Nathaniel Travers est arrivé, Madame, annonça-t-il, apparemment ravi par cette nouvelle.

Depuis que Cora était rentrée de Londres, deux jours plus tôt, la rumeur de ses fiançailles secrètes s'était répandue comme une traînée de poudre. Comment en vouloir aux domestiques ? Depuis qu'elle était devenue vicomtesse, cinq ans auparavant, c'était la première fois qu'elle provoquait un peu d'agitation – si l'on exceptait le jour où Tess s'était enfermée dans le garde-manger. Son personnel salivait littéralement à l'idée de rencontrer le mystérieux M. Travers ; Annie, visiblement, leur en avait fait un portrait très flatteur.

— Oh, soupira Cora en se laissant aller contre les coussins en velours caramel du sofa. Merci, Coates. Faites-le entrer, je vous prie.

Cora avait prévu d'installer Nate – elle avait du mal à l'appeler Nathaniel, trouvant ce prénom trop sérieux pour lui – dans l'ancien pavillon de chasse du domaine. C'était une petite maison confortable et bien entretenue, nichée dans un bois, derrière les écuries, et Cora avait pensé qu'il en apprécierait le calme. Ce logement présentait aussi l'avantage de mettre autant de distance que possible entre les Carleton et lui, sans l'exclure pour autant.

Maintenant, si chacun voulait bien faire ce qu'elle lui demandait pendant les quinze jours à venir, il était possible que son plan ridicule fonctionne.

Coates reparut quelques minutes plus tard, suivi de Nate. On entendit un léger bruit de pas précipités dans le couloir, et Cora se demanda combien de ses bonnes étaient derrière la porte, à tenter de glaner quelques bribes d'information. Entre Nate et les Carleton, il y avait de quoi faire.

— M. Travers, Madame, annonça fièrement Coates.

Nate entra à grands pas, tout sourire, insupportable.

— Cora, ma chérie. Cela ne fait que trois jours, mais vous m'avez tellement manqué.

Coates avait un sourire jusqu'aux oreilles.

Celui de Cora était nettement plus factice.

— Vous savez ce qu'on dit, « l'absence attise les grandes passions ».

Nate répondit d'un clin d'œil qui lui rappela Hyde Park et l'agaçante décontraction avec laquelle il avait englouti le déjeuner de Tess et de Léo, avant de l'appeler par son prénom. Devant son majordome, elle s'efforça de rester impassible. Fort heureusement, Coates se retirait déjà, avec la promesse de revenir avec des rafraîchissements.

Nate fit le tour du salon, laissant dans son sillage un parfum boisé – comment faisait-il pour toujours sentir comme s'il rentrait d'une promenade idyllique au grand air ? Il s'arrêta devant un tableau représentant un paysage, beaucoup trop à l'aise dans son espace intime.

— Vous voulez certainement vous reposer un peu dans vos appartements, dit-elle, ne se sentant pas l'énergie d'affronter Nate dans l'immédiat. Ou au moins vous rafraîchir ?

— Je me sens tout à fait frais et dispos. C'était la journée idéale pour voyager à cheval.

Il se laissa tomber dans un fauteuil, en face d'elle, étendit les jambes et s'étira. Cora s'autorisa un rapide coup d'œil sur ce qu'elle devinait être des cuisses fort musclées sous les culottes de peau, puis remonta vers son visage.

D'un air entendu, Nate soutint son regard, et l'on aurait pu croire que c'était lui qui répandait le rouge sur les joues de Cora.

« Seigneur, se morigéna-t-elle. Reprends-toi ! Tu n'es plus une innocente débutante ! »

— Un dîner est prévu avec les Carleton ce soir, dit-elle en nouant ses mains sur ses genoux. Vous avez pensé à prendre un habit, j'espère ?

Nate leva les yeux au ciel.

— Je ne suis pas un clochard. Croyez-le ou non, je possède une tenue de soirée digne de ce nom. Barnes, mon valet, ne supporterait pas qu'il en soit autrement. À peu de chose près, cet homme est tout ce que j'ai de bien.

— Très bien, Nate. Je vous prie de m'excuser, mais je n'ai pas le temps de bavarder, je dois m'assurer que tout va bien du côté des Carleton. N'hésitez pas à prendre le thé dans le petit salon. Un valet vous montrera ensuite où vous logerez.

— Ah bon. C'est Nate, alors ? dit-il en se carrant dans son fauteuil, visiblement pas pressé de s'en aller.

— Nathaniel, c'est un peu compliqué, se défendit Cora. Et comme vous avez pu le constater, j'ai un penchant pour les diminutifs – Léo, Tess...

— Je comprends. L'efficacité avant tout.

— Ce qui me fait penser... Attendez un moment...

Cora se leva d'un bond. Les taquineries de Nate, bien qu'agaçantes, lui avaient redonné de l'énergie.

D'un pas vif, elle alla chercher sur une table, dans un coin de la pièce, un papier qu'elle agita dans sa direction.

— Voilà. Je vous conseille de lire ceci attentivement. Je me suis permis de rédiger un emploi du temps.

Lentement, Nate baissa les yeux sur le papier qu'elle lui tendait. Les yeux ronds, il parcourut le plan détaillé de son séjour.

— Cora, je croyais que nous nous étions déjà mis d'accord sur les termes du contrat.

— Ce n'est pas un contrat, c'est un emploi du temps. Des notes, si vous préférez. Rien n'est gravé dans le marbre, bien sûr. Je suis ouverte à toutes les suggestions, mais nous devons présenter un front uni...

— Vous précisez quels sujets de conversation seront abordés, et à quel moment.

— Oui, je me disais que...

Il plissa les yeux, se pencha sur la feuille.

— Qu'est-ce qui est écrit, là ?

— Oh. Euh... gestes tendres.

— Cora.

Elle croisa les bras.

— Quoi ? Nous devons avoir l'air crédibles, tout en respectant les convenances. Souvenez-vous, c'est ma prétendue légèreté qui a tout déclenché.

— Mais vous n'êtes pas légère ! Vous êtes veuve.

— Pour les Carleton, c'est blanc bonnet et bonnet blanc. Mme Carleton a des idées très arrêtées.

Cora regarda le plafond d'un air sévère, comme si, à l'étage supérieur, Mme Carleton faisait la liste de ses défauts.

— Vous verrez, ce soir, reprit-elle. Elle est... difficile, Nate.

Nate croisa les mains derrière sa tête. Cora s'appliqua à ignorer la façon dont ce geste déplaça son foulard, dénudant légèrement son cou.

— Ça tombe bien. Les défis, ça me connaît, j'aime ça.

— Vous aimez les relever ou les lancer ?

Il eut un sourire mielleux.

— Quelle importance, ma chérie ?

Elle leva les yeux au ciel, puis examina sa mise.

— À propos, puis-je vous suggérer de soigner votre apparence ? Vos cheveux... cette longueur, c'est un peu négligé, non ? Il faut que vous ressembliez à un vrai gentleman venu me faire la cour.

— Si je vous faisais la cour, vous aimeriez mes cheveux longs. Où donc, sinon, ces ravissants petits doigts iraient-ils se perdre quand...

Cora leva les mains, comme si elle cherchait à repousser ces mots, mais ne put s'empêcher de rougir.

— Ça suffit ! Demandez juste à votre valet de vous les raccourcir, d'accord ?

Nate haussa les épaules, se leva et mit la feuille dans sa poche.

— Je vais tâcher d'y penser. Encore faut-il que l'emploi du temps le permette.

— Vous verrez, dit Cora d'un ton d'avertissement. Vous verrez quand vous les rencontrerez. Nous n'avons pas droit à l'erreur. Il est indispensable que vous vous conduisiez correctement. Vous comprenez cela, n'est-ce pas ?

— Je comprends que c'est votre vision des choses.

Nate quitta le salon, et Cora se laissa aller contre les coussins. Il lui restait quatre heures pour se préparer à ce dîner avec les Carleton. Et déjà, elle avait l'estomac retourné.

Comment disait-on, déjà ? Que la fête commence.

Si la journée avait mal débuté, ce n'était rien à côté de ce que fut la soirée.

Édith Carleton avait peut-être été autoritaire dans ses lettres, mais dans la réalité, c'était un véritable tyran. Cora faisait tout ce qu'elle pouvait pour garder son calme, mais le vase se remplissait dangereusement vite et manquait de déborder à chaque remarque méprisante et à chaque mesquinerie de l'épouse du pasteur.

Comment allait-elle faire pour tenir un mois ?

Les enfants étaient venus dire bonne nuit sur la terrasse. Tess et Léo étaient très élégants – petit gilet serré et manches bouffantes, des tenues trop amidonnées et trop chaudes pour cette soirée d'été, Cora voyait bien qu'ils n'avaient qu'une hâte : se changer. Mais Mme Carleton ne les autorisait pas à se retirer.

Édith Carleton avait les cheveux noirs et la personnalité qui allait avec. Entre son chignon sévère, sa robe noire et ses remarques désagréables, elle ressemblait à un corbeau.

Pour l'heure, sourcils froncés, elle bombardait Léo de questions. Celui-ci, mal à l'aise, tournait vers Cora un regard anxieux avant de répondre.

— Ce n'est pas à ta mère que je m'adresse, mon garçon. Regarde-moi quand tu me parles. Un peu de respect, tout de même.

La voix flûtée de Léo s'éleva dans la tiédeur du soir.

— Je sais écrire presque toutes les lettres, oui, madame.

— Presque toutes ? Donc ta mère a estimé que tu étais assez grand pour porter des pantalons, mais pas assez pour apprendre l'alphabet en entier ?

— Les minuscules sont un peu difficiles, répondit-il d'une voix à peine audible.

Cora lui serra l'épaule, retenant la colère qu'elle sentait monter en elle. *Pauvre petit chéri*. Il savait écrire ses lettres, mais cette horrible femme lui faisait peur.

— Vraiment ? Eh bien, tante Carleton sera là pendant un mois et a l'intention de te faire travailler un peu plus sérieusement. Ton père aurait exigé qu'à ton âge, tu fasses la différence entre *b* et *d*.

Léo bafouilla quelque chose en regardant Cora d'un air inquiet.

Ça suffit.

— Madame Carleton, vous vous rendez compte, j'espère, que Léo ne s'attendait pas à un tel interrogatoire une demi-heure avant d'aller se coucher…

— Bonsoir…

Cora se retourna brusquement en direction des portes-fenêtres qui ouvraient sur la terrasse.

L'imposante silhouette de Nate se découpait dans la lumière orangée du soleil couchant. Il portait une redingote sombre et observait Mme Carleton et Léo d'un regard plus sombre encore.

Il arrivait à point nommé.

Cora n'avait jamais été aussi heureuse de voir quelqu'un.

Elle s'avança, faisant signe à Nate d'approcher.

— Monsieur et madame Carleton, permettez-moi de vous présenter officiellement mon… mon… fiancé. M. Nathaniel Travers, de Londres.

— Enchanté, dit Nate avec un signe de tête.

Sur son visage, le charme habituel était absent, et Cora lui fut reconnaissante de son attitude austère. Elle l'avait prévenu, n'est-ce pas ? Il ne fallait pas plaisanter avec Édith Carleton.

M. Carleton le salua en retour, et Mme Carleton lui tendit la main. Tous deux scrutaient Nate avec un intérêt qui frôlait l'impolitesse.

Avant que d'autres banalités forcées puissent être échangées, Coates apparut et annonça que le dîner était servi. Annie, venue chercher Tess et Léo pour les conduire à la nursery, se tenait juste derrière lui.

— C'est l'heure d'aller au lit, vous deux, murmura-t-elle en leur tendant les mains.

Léo se tourna vers sa mère, inquiet. Elle déposa un baiser sur son front. Il s'inquiétait pour elle. Cora avait beau faire, elle ne parvenait pas à donner le change face à son fils, d'une nature si perspicace. Elle prit son petit visage entre ses mains pour le rassurer, et Léo appuya ses joues au creux de ses paumes.

Tess, quant à elle, était restée anormalement silencieuse. Elle se réfugia derrière les jupes en soie lilas de Cora, jetant des coups d'œil craintifs en direction des Carleton.

— Dites bonne nuit, les enfants, leur demanda Cora.

Léo fit un geste timide de la main et prit celle d'Annie, mais Tess s'accrocha à la jambe de Cora, comme pétrifiée.

— Maman, murmura-t-elle d'une petite voix plaintive.

— Allons, Tess, viens, dit Annie. Ta maman viendra vous embrasser tout à l'heure.

Tess secoua la tête, faisant glisser le ruban qui retenait ses jolies boucles.

— Non.

Cora essaya de lui faire lâcher prise, avec un sourire gêné, tandis que l'expression de Mme Carleton se faisait encore plus désapprobatrice.

— Allons, Tess. Va avec Annie...

— Un peu crampon, non ? remarqua M. Carleton, ce qui n'arrangea rien.

— Plutôt, renchérit sa femme, lèvres pincées.

— Tess, s'il te plaît, dit Cora en se baissant pour tenter d'ouvrir les doigts de la fillette.

Tess hurla et se mit à taper des pieds, s'accrochant plus fermement encore aux jupes de sa mère.

Cora eut un regard inquiet en direction des Carleton, sentant monter son angoisse. La dernière chose dont elle avait besoin ce soir, c'était une scène devant ceux qui jugeaient le moindre de ses actes.

— Tess, tu dois aller avec Annie. S'il te plaît, ma chérie, tu dois y aller maintenant.

Tess fondit en larmes et noua ses bras autour de la jambe de Cora.

Les Carleton échangèrent un regard entendu.

Cora tourna le dos aux autres adultes et entraîna Tess dans un coin de la terrasse, loin des regards inquisiteurs, pour la supplier d'obéir.

— Allez, mon cœur, ne fais pas d'histoires. Maman a besoin que tu te comportes comme une grande fille…

Une ombre apparut soudain derrière elle. Nate s'accroupit à côté de Tess et lui tapota l'épaule. Il fut presque obligé de se mettre à genoux pour la regarder en face.

— J'ai une idée, lady Swifte. Puis-je venir moi aussi ? Lord Léo et toi pourrez me montrer votre nursery. J'imagine que tu as une histoire préférée ?

Tess regarda Nate un long moment, hésitante. Cora retenait son souffle, doutant quelque peu de l'efficacité de ce stratagème. Puis, à sa grande surprise, Tess la lâcha.

— C'est bien, murmura Cora avec un soupir de soulagement. C'est très bien, mon cœur.

Une main sur la balustrade, elle tenta de se ressaisir.

Nate se releva et tendit la main à Tess, qui la prit. Puis il regarda en direction des Carleton et, dans un élan de solidarité aussi inattendu que provocateur, posa son autre main sur celle de Cora.

— Tout va bien, ma chérie, murmura-t-il en la pressant doucement.

Oh.

Sous l'effet de la surprise, Cora cessa de penser et de respirer. Face au bouleversement sensuel que ce contact provoquait en elle, plus rien ne comptait.

L'espace d'un instant, la large main de Nate plaqua la sienne contre la pierre, ses longs et larges doigts à côté des siens. Malgré son gant, elle sentit sa chaleur, sa force, son soutien.

Quand un homme m'a-t-il tenu la main pour la dernière fois ?

Elle essaya de se souvenir. Deux ans ? Trois ? Quatre ? Durant leur mariage, Dane lui avait-il une seule fois pris la main ? Avait-il eu des gestes tendres pour elle ? L'avait-il jamais touchée sans raison ?

Elle n'en avait pas le moindre souvenir.

Elle bougea les doigts, et Nate resserra son étreinte, pour l'aider à se calmer. Elle leva les yeux vers lui. Il lui sourit, puis la lâcha.

— Bien. On y va, lady Swifte ?

Tess agrippée à sa main, Nate suivit Léo et Annie à l'intérieur.

Cora souffla lentement, lissa ses jupes du plat de la main et se tourna vers les Carleton, encore sous le coup de l'émotion mais forte d'une nouvelle détermination.

— Je suggère que nous passions dans la salle à manger. Après vous, madame Carleton.

Assise en tête de table, Cora s'appliquait à respirer.

Inspire. Souffle.

Elle fit signe au valet de servir l'entrée. Avec un peu de chance, Nate ne tarderait plus.

— Un peu de potage printanier, madame Carleton ? demanda-t-elle.

Tandis que le valet faisait le service, elle repensa à ce qui s'était passé sur la terrasse. Elle s'y était mal prise. Elle aurait dû défendre Léo. Elle aurait dû s'attendre à ce que Tess fasse un caprice. Sa fille n'avait pas froid aux yeux, mais elle réagissait mal en présence d'inconnus.

Enfin, ce n'était pas tout à fait vrai. Par miracle, elle avait accepté de suivre Nate sans discuter. Mais, après tout, Tess et Nate avaient tous les deux un petit côté peste. Qui se ressemble s'assemble.

Intérieurement, Cora secoua la tête. Peu importait son analyse de la chose. Les enfants étaient eux-mêmes, quoi qu'on fasse. Les Carleton pouvaient tirer au sujet de Tess et de Léo les conclusions qu'ils voulaient.

Cora faisait de son mieux. Cela devait compter, au moins un peu, non ? Ils ne pouvaient que penser d'elle qu'elle était une bonne mère. Elle était *vraiment* une bonne mère.

— Je ne m'y connais guère, mais je dirais qu'ils se sont calmés, annonça Nate.

Il semblait très content de lui. S'arrêtant sur le seuil de la salle à manger, il étudia le placement des convives et comprit que sa place était en face de Cora, à l'autre bout de la table.

En le voyant – grand, large d'épaules, son frac noir parfaitement ajusté –, Cora en perdit une nouvelle fois le souffle. Trop occupée par les enfants et ses invités, sur la terrasse mal éclairée, elle n'avait pas pris le temps de l'examiner.

Elle se rattrapa sans vergogne.

Doux Jésus.

Nate était rasé de frais, et ses cheveux avaient été raccourcis, comme elle le lui avait demandé. Elle regretta aussitôt ses boucles trop longues. Ses cheveux en bataille lui conféraient un air espiègle qui, pour quelque raison obscure, la rassurait, lui rappelant probablement le jeune homme taquin d'autrefois. Mais le Nate qu'elle avait en face d'elle, sophistiqué, sûr de lui, portant le gilet mieux que personne, n'avait plus rien de gamin en lui.

L'espace d'un instant, Cora se sentit terriblement vulnérable, comme si la prestance de Nate avait attendu, tapie telle une panthère, prête à bondir sur elle au moment de la soupe. Elle ne savait plus quoi faire de ses mains, de ses couverts, de son cœur qui battait à tout rompre.

— De l'artichaut ? demanda Nate en prenant place et en attaquant sa soupe dans la foulée avec enthousiasme. Excellent.

Cora cligna des yeux et se rendit compte qu'elle était quasiment bouche bée. Elle avait chaud, se sentait moite, signe qu'il était temps pour elle de se ressaisir. À contrecœur, elle quitta Nate du regard, pour se concentrer sur la conversation en cours.

M. Carleton s'était tourné vers Nate. Il était aussi corpulent que sa femme était maigre, mais les différences s'arrêtaient là. Il se comportait de la même manière que son épouse. Cora avait toujours eu le sentiment que c'était un homme indifférent aux autres et plutôt autoritaire. Selon la rumeur, Édith Dane avait presque trente ans et était depuis longtemps cataloguée comme vieille fille quand elle avait enfin trouvé chaussure à son pied en la personne de ce pasteur veuf. Cora avait toujours trouvé étrange que la fille d'un vicomte épouse un homme d'Église. Mais Dane et Cora n'avaient jamais parlé de ce genre de chose – ni de quoi que ce soit d'autre, d'ailleurs.

— Dites-moi, demanda le pasteur en avalant son vin à grands traits, je n'ai pas vraiment bien entendu, avec ce fâcheux épisode, sur la terrasse. C'est bien Travers, n'est-ce pas ?

— Travers..., dit Mme Carleton en dévisageant Nate. Seriez-vous par hasard parent avec le comte de Fordham ? C'est son nom de famille, si je me souviens bien.

Nate se redressa.

— Oui. Feu mon père était le comte de Fordham. C'est mon frère aîné qui a hérité du titre.

Mme Carleton prit un air que Cora soupçonna d'être faussement affligé.

— Toutes mes condoléances.

— Il est mort il y a de nombreuses années déjà, dit Nate. Nul besoin de condoléances. Et nous n'étions pas très proches.

— Ah bon ? s'étonna le pasteur en aspirant bruyamment sa soupe du bout de sa cuillère.

— J'étais encore enfant quand j'ai quitté la résidence de mon père, juste après le décès de ma mère, répondit sèchement Nate. Ma sœur et moi avons vécu avec la famille de mon frère aîné. Il est beaucoup plus âgé que nous.

— J'imagine, dit Carleton comme s'il réfléchissait à voix haute, avant de fixer Nate d'un regard curieux.

— C'est mon demi-frère, précisa celui-ci d'une voix tendue. Nous n'avons pas la même mère.

— Je vois, commenta Mme Carleton avec une grimace de dégoût. Votre frère doit être un saint. Vous prendre chez lui était excessivement généreux de sa part. J'ai dû faire la même chose, bien sûr, pour le fils que M. Carleton a eu avec sa première femme. C'est une lourde tâche. Votre frère a fait preuve d'une grande bonté et de charité chrétienne.

Nate ne put retenir une grimace.

— Nathaniel est l'héritier présomptif du titre, dit soudain Cora, pour tenter de changer de sujet.

— Donc vous êtes le second, observa Mme Carleton avec une moue dédaigneuse.

Nate se tut, regarda Cora puis Mme Carleton, avant de boire une gorgée de vin qui sembla lui redonner de l'énergie.

— Oui, je suis le second fils. Même si, bizarrement, j'ai souvent eu l'impression d'être l'aîné. Ma jeune sœur et moi avons eu une enfance à part, notre frère étant déjà adulte. Fordham me faisait parfois plus l'effet d'un père que le vieux comte. En tout cas, c'est ce qu'il se plaisait à penser.

— Mais ce n'était pas votre père, souligna Édith Carleton en regardant Cora avec un sourire méprisant. Il est important que les enfants sachent toujours qui est leur père.

Cora posa brutalement sa cuillère, qui cogna sur la table. L'arbre généalogique incomplet et incorrect des Dane dans la bible de la maison lui revint en mémoire, et elle dut se retenir de l'évoquer. Et l'importance pour les pères de se souvenir de leurs enfants, alors ?

Elle allait poser la question quand un valet apparut discrètement à son côté pour ôter les assiettes à soupe et servir le jambon froid. Cora en profita pour inspirer, souffler et tempérer sa colère. Elle ne pouvait pas se permettre de se mettre les Carleton à dos.

Mais sa réaction avait interpellé Nate, qui la fixait, cherchant à comprendre. Quelque chose dans son regard la troubla.

— Sauf si… sauf si ces pères ne méritent pas qu'on se souvienne d'eux, dit-il.

Un lourd silence tomba sur les convives.

— Un problème qui ne concerne cette maison en aucune manière, j'en suis sûr, ajouta-t-il en souriant. Je ne connaissais pas vraiment le vicomte Dane, madame Carleton, mais je vois bien que votre frère était un homme plein de qualités très diverses.

Il ponctua son propos d'un sourire entendu à l'adresse de Cora et se servit de jambon. Cora, elle, faillit s'étrangler et se mordit la lèvre derrière sa serviette.

Mme Carleton ouvrit la bouche, puis se ravisa, pas sûre d'avoir saisi ce qui venait de se produire.

— Mes compliments à votre cuisinière, Cora, dit Nate au bout d'un moment. Ce jambon à l'espagnole est succulent.

Contraints d'acquiescer poliment, les Carleton cessèrent de poser des questions pour goûter à leur tour le jambon, et la conversation cessa. Cora mâchait lentement, tout en regardant Nate et Mme Carleton. Celle-ci semblait ne pas savoir quoi penser de lui. *Parfait*. À elle d'être en position d'infériorité, pour une fois.

Cora en profita pour tenter une autre approche. Après tout, ils étaient tous ici pour une raison précise.

— La sœur de Nathaniel, lady Tabitha, est une amie très chère. C'est elle qui nous a présentés.

— Elle n'a pas perdu de temps, remarqua le pasteur.

— J'allais le dire, acquiesça sa femme. Ces fiançailles sont arrivées très rapidement, il me semble.

— En fait, il est important pour moi que les enfants aient une vraie famille, comme vous me l'avez si gentiment et si souvent fait remarquer, madame Carleton, dit Cora, qui s'efforçait de s'adresser avec déférence à sa belle-sœur.

— C'est vrai, répondit sèchement celle-ci. Oserai-je vous demander quand auront lieu les noces ?

Si la première partie de sa réponse soulagea Cora, la question qui vint ensuite la laissa sans voix.

— Oh. Euh… eh bien… nous n'avons pas encore…

Elle tenta de rassembler ses esprits. … Elle n'avait donc pas pensé à cela ? Après avoir si méticuleusement organisé cette mascarade, avait-elle oublié de choisir une date possible pour le mariage ?

— Je vous en prie, ne me dites pas que nous nous acheminons vers une cérémonie aussi catastrophique que celle du baptême, dit Mme Carleton en posant sa fourchette pour croiser les bras.

— Allons, Édith, intervint son mari en toussant. Léo a bien fini par être baptisé.

— Cinq mois, c'est beaucoup trop…

Cora se redressa, incrédule.

— Il a été malade tout l'été qui a suivi sa naissance !

— C'était affligeant. Et totalement inconvenant.

— Je ne voulais pas qu'il sorte avant d'avoir repris des forces…

— Et voilà qu'une fois de plus on dirait que vous traînez les pieds. Et pourquoi, je vous le demande ? M. Travers semble être un excellent parti.

— Je ne traîne pas les pieds. Ce n'est pas du tout ça !

Cora sentait son cœur battre à ses tempes. C'était tout de même incroyable. Jamais elle ne ferait ce qu'il fallait. Elle était en train de se fatiguer pour rien. Soudain épuisée, elle avait le cœur lourd, et les larmes lui piquaient les yeux. Elle ne supporterait pas les Carleton pendant un mois. Ce soir, c'était déjà trop.

Nate se mit à pianoter sur la table pour attirer son attention. Elle fut surprise de trouver dans son regard quelque chose de chaleureux et de réconfortant.

— Lady Dane et moi-même ne voulons pas précipiter les choses, annonça-t-il avec une assurance qui ne permettait aucune objection. L'an dernier a été, pour elle et ses enfants, une année difficile, il leur a fallu s'adapter à leur nouvelle situation. Je suis ici pour quelques semaines, afin de mieux faire connaissance avec les enfants et leurs parents proches.

D'un mouvement de tête élégant, il indiqua les Carleton, avant de conclure :

— Mais nous ne manquerons pas de vous tenir au courant, dès qu'une date de mariage aura été fixée.

Et soudain, Cora comprit quel était le sentiment étrange qu'elle avait éprouvé sur la terrasse, quand Nate avait posé sa main sur la sienne.

Elle n'était plus seule.

Elle avait un allié.

Cette prise de conscience fit exploser en elle espoir et soulagement. Tout ce temps, elle avait dû tenir le choc, encaisser, seule face aux Carleton. Mais maintenant...

Le souvenir de la main de Nate sur la sienne fit bouger ses doigts.

— Bien, dit enfin Mme Carleton d'un ton résolu, tout en tripotant nerveusement sa serviette. Puisque M. Travers s'est donné la peine de nous rendre visite pour que nous fassions connaissance, je suggère qu'il s'installe ici, dans la maison. Franchement, lady Dane, votre pavillon de chasse est à l'autre bout du domaine, ce n'est pas possible. Il y a bien assez de place ici, et dans la mesure où je serai présente en tant que chaperon, cela n'aura rien d'inconvenant. Je pense que nous serons tous d'accord pour dire que c'est la meilleure solution, étant donné le rôle que M. Travers est destiné à jouer dans la vie des enfants.

Cora n'avait pas saisi la moitié de ce qu'avait dit Mme Carleton.

Elle ne voyait que deux yeux gris enjôleurs qui la fixaient, la scrutaient.

Pour la première fois, elle avait le sentiment que quelqu'un la voyait, et cela éveillait en elle des pulsions presque animales.

8

Fordham House, Londres, juillet 1819

Nathaniel,

Un coursier vient de me remettre la plus hilarante des lettres. Vraiment, je dois te remercier, mon cher frère, ma journée ayant par ailleurs été des plus moroses.

Je ne peux te dire à quel point ta lettre m'a fait rire – toi, en route pour la campagne afin de passer un peu de temps avec ta fiancée et sa famille. Tu imagines mon incrédulité, étant donné que tu n'as pas de fiancée.

Je t'en supplie, Nathaniel, dis-moi que tu n'as pas de fiancée.

Je pensais avoir été clair : plus d'écart de conduite.

Qu'es-tu en train de faire, Nate ? Et quelles en seront les conséquences ?

Fordham

*
* *

Enfin, l'issue du dîner le plus insupportable de la vie de Nate se profila, on mangea le dessert, et les abominables Carleton se retirèrent pour la nuit.

Bon débarras.

Nate fit craquer les os de son cou et envisagea de se retirer lui aussi dans le pavillon de chasse, avant de se souvenir que Barnes et lui étaient désormais bienvenus dans la maison principale. De plus, il n'avait pas tant envie de dormir que de boire quelque chose de fort.

Quelle soirée atroce.

Il remonta un couloir, pensant qu'il y aurait peut-être une armoire à alcools dans le fumoir... Encore fallait-il qu'il se rappelle comment y aller. Il n'avait pas fait deux pas qu'il buta sur Cora, assise par terre, dos contre le mur, les yeux fermés.

— Cora ?

— Je sais, marmonna-t-elle sans ouvrir les yeux. Je suis dans le passage. Mais j'ai besoin de rester ici, à un endroit où personne ne viendra m'embêter, pendant encore une minute.

— Ah. Je pense que je comprends, dit Nate en s'appuyant contre le mur d'en face.

Il la voyait sous un jour nouveau. Cette femme était une héroïne, elle avait supporté les remontrances d'Édith Carleton pendant toute une année.

Dire que cette vieille chouette bouffie avait osé le traiter de second en face ! S'il était une chose que Nate détestait par-dessus tout, c'était bien qu'on le compare à Raymond. Maudite soit la Carleton, qui n'avait pas compris ça. Un affront pareil aurait pu le pousser à tout remettre en cause.

S'il n'y avait pas eu...

S'il n'y avait pas eu cette jeune femme très décoiffée, assise par terre en face de lui.

Nate avait prévu de mener leur plan à bien pour servir ses propres intérêts. Son indépendance financière en dépendait, peut-être même la possibilité de regagner la confiance de Raymond – quoique... il ne fallait pas rêver. Mais après ce qu'il avait vu ce soir, il se sentait obligé de réussir, parce que les Carleton étaient de fieffés tyrans.

Cora soupira et se releva avant que Nate ait pu lui tendre la main.

— Bien. Puis-je savoir maintenant ce que vous faites à errer dans les couloirs de ma maison, si tard dans la nuit ? lui demanda-t-elle avec un petit regard en coin. Je croyais que nous étions d'accord : vous devez bien vous tenir.

— Les négociations sont encore en cours sur ce dernier point, répondit Nate. Mais puisque vous en parlez... savez-vous où je pourrais trouver un remontant un peu plus costaud que le bordeaux ?

Cora sourit malgré elle.

— Suivez-moi.

Elle longea le couloir jusqu'à une porte fermée.

— Le bureau, expliqua-t-elle en s'arrêtant pour allumer une chandelle. Les enfants n'ont pas le droit d'y entrer. Et c'est ici que sont rangés les alcools.

Cora posa la chandelle sur le bureau et s'approcha de la vitrine. Machinalement, Nate fit un pas en arrière pour admirer la courbe ferme de son postérieur lorsqu'elle passa devant lui. Cora était un petit gabarit, mais il y avait une énergie dans ses mouvements qui laissait entrevoir une constitution athlétique et souple. Et Nate s'y connaissait dans ce domaine.

Elle trouva deux verres, y versa une bonne rasade de liquide ambré et lui en tendit un. Nate but lentement la première gorgée, savourant sa brûlure âcre et fumée. Puis il leva son verre et regarda la flamme de la chandelle y disperser ses reflets.

— Aux Carleton, dit-il en se tournant vers Cora. Hypocrites de mes deux.

— Nate !

— Oh, je vous en prie, Cora. Nous sommes en privé. Admettez que j'ai raison.

Assise sur le bureau, les jambes pendantes, Cora leva son verre, hésitante.

— Vous avez raison, murmura-t-elle. Ce sont de foutus hypocrites.

Et elle cacha son ravissant sourire scandalisé derrière une gorgée de whisky. Nate la trouva adorable.

— Bieeen !

Ils restèrent silencieux un moment, sirotant leur whisky. Ce genre d'amitié simple, avec juste une pointe de tension, éveilla une certaine nostalgie chez Nate. Combien de fois avait-il apporté en douce du sherry à Cora et à Tabby, pour ensuite les écouter se lamenter à propos de tous les prétendants de Tabby ?

Mais, si attaché fût-il à sa sœur, il était heureux que Tabitha ne soit pas là ce soir.

Et il n'avait pas envie de chercher à savoir pourquoi.

Sans prévenir, d'un geste décidé, Cora posa son verre et se laissa glisser du bureau pour faire les cent pas, sa fine silhouette oscillant entre la lumière de la chandelle et la pénombre, telle une sylphide. Puis elle se retourna un peu brusquement, faisant tinter les bouteilles dans le meuble à alcools. Nate changea d'avis. Pas une sylphide. Peut-être une créature guerrière.

— Vous avez vu, n'est-ce pas ? Vous comprenez maintenant dans quelle situation impossible je me trouve ? Ils déforment tout… Enfin, surtout elle. Le pasteur est une chiffe molle. Mais Édith Carleton est impitoyable, et elle ne renonce jamais.

Le ton de Cora, qui montait à chaque mot ou presque, et ce qu'elle décrivait éveillèrent en Nate un sentiment douloureusement familier. Il la regarda aller et venir, avec l'impression d'avoir jusque-là observé une image à l'envers et de la voir enfin à l'endroit.

Depuis cet après-midi dans le salon de Dane House, Nate avait été presque affligé par le besoin compulsif qu'avait Cora de tout superviser. Combien de fois l'avait-il comparée intérieurement à Raymond, redoutant la perspective de devoir se soumettre, une fois de plus, à un garde-chiourme autoritaire ?

Mais il s'était trompé dans les grandes largeurs. Dans ce cas de figure, Cora n'était pas Raymond. C'était une autre version de Nate, bien plus solide, et plus admirable.

Il repensa au seul bon moment de la soirée : la petite main de Cora sous la sienne, ses doigts tremblant légèrement jusqu'à ce qu'il les recouvre de sa paume. Cela avait été plus fort que lui ; il avait ressenti le besoin irrépressible et nouveau de l'aider, de lui donner des forces... Et qu'elle autorise une chose pareille avait été la source d'une satisfaction tout aussi inédite.

Ils n'étaient pas si différents. Ils essayaient tous les deux d'être libres.

Et il pouvait l'aider à y arriver.

— Impossible, mais pas désespérée, dit-il, songeur. Vous avez raison sur un point, néanmoins : ça ne va pas être facile.

Elle se tourna brusquement vers lui, étonnée.

— Que voulez-vous dire ?

Nate s'appuya contre le bureau.

— Eh bien, pour commencer, il va falloir que vous me fassiez confiance.

Elle voulut protester, mais il leva la main pour l'interrompre.

— Écoutez, je vois bien que les enjeux ne sont pas les mêmes pour vous que pour moi. Mais sachez que je souhaite moi aussi que les choses tournent en notre faveur. Je n'ai pas honte de reconnaître que les termes de votre contrat sont particulièrement séduisants en ce qui me concerne et que je suis décidé à tout faire pour que votre plan aboutisse.

Dans la lumière vacillante de l'unique chandelle, le regard circonspect de Cora revêtait des reflets ambrés semblables à ceux du whisky. Ses cheveux, retenus dans un chignon pour le dîner, semblaient chercher à reconquérir leur liberté, et des boucles folles encadraient son visage.

— Poursuivez.

— Mais je ne veux plus que les choses se fassent dans mon dos. Si je m'engage dans cette histoire, alors je fais les choses *avec* vous, Cora. Et, de mon point de vue, il semblerait que vous ayez vraiment besoin de moi.

— C'est la meilleure, ça, dit Cora. Il a suffi d'une soirée, et grâce à vous, tout va s'arranger. Heureusement que vous êtes là ! Un *homme* a volé à mon secours pour résoudre tous mes problèmes ! Je vous en prie, Nate, dites-moi ce qu'il faut faire !

Bon Dieu, il n'aurait pas fallu le lui dire deux fois. Il sentit des picotements dans ses doigts et pensa immédiatement à une bonne douzaine d'ordres tout à fait agréables qu'il aurait été ravi de lui donner. Pour commencer, elle aurait pu l'autoriser à ramener ces mèches derrière ses oreilles. Il n'arrêtait pas d'y penser.

Lentement, il haussa les sourcils. Avec la faible lumière, il n'aurait pu le jurer, mais il lui sembla tout de même que Cora avait rougi. Elle avait cette façon de se raidir un peu, comme si la raideur était une barrière physique contre l'émotion.

— Ce que je voulais dire, reprit-elle sans desserrer les dents, c'est : qu'ai-je oublié de prévoir, à votre avis, dans mes plans ?

Il la regarda, incrédule.

— Je ne sais pas. Une date de mariage, par exemple ? Cora, vous avez décidé de la longueur précise à laquelle il fallait que je me fasse couper les cheveux, mais vous avez oublié de faire publier les bans. Qu'aviez-vous prévu, exactement ?

— Je... Bon, oui, d'accord. C'était un oubli, mais cela ne se reproduira pas...

— Septembre, l'interrompit Nate en faisant tourner son whisky dans son verre.

— Quoi ?

— À Mme Ediktat Carleton, il faut dire que nous nous marions en septembre.

Cora ignora le surnom plutôt bien trouvé et reprit ses allées et venues dans le bureau.

— Pourquoi ? Pourquoi ferions-nous une chose pareille ? Septembre ? Ce n'est même pas...

Elle lui donnait le tournis. Lorsqu'elle passa devant lui, Nate l'attrapa par le coude et la contraignit à s'arrêter.

— Pourriez-vous cesser de marcher et me regarder, s'il vous plaît ?

Elle se planta devant lui, bien droite.

— Réfléchissez, Cora. Vous m'avez fait venir ici parce que je suis censé être votre fiancé. À un moment du séjour, il faudra bien que nous évoquions la durée de nos fiançailles, la date des noces et Dieu sait quoi encore qui puisse rendre toute cette comédie un tant soit peu crédible.

— Mais je suis sûre que...

— Septembre, répéta Nate d'un ton ferme. Nous n'allons pas faire lire les bans dans votre paroisse tout de suite, puisque nous n'avons pas l'intention de nous marier. Votre frère a dit qu'il avait encore besoin de quelques semaines pour préparer son dossier. Donc nous dirons juste aux Carleton que nous projetons de nous marier en septembre, pour vous laisser encore un peu de temps après la fin de votre période de deuil. Ou, comme je l'ai évoqué au dîner, pour permettre aux enfants de s'adapter à cette nouvelle situation. De cette façon, notre mariage semblera imminent, mais nous n'aurons pas besoin d'entreprendre quoi que ce soit d'officiel.

Cora fit la moue. Il voyait presque les rouages de son cerveau tourner tandis qu'elle réfléchissait.

— Ce n'est pas faux, je suppose..., soupira-t-elle enfin, plus détendue. C'est assez logique, finalement.

— Inutile d'avoir l'air si surprise.

— Pardonnez-moi, Nate. Ce n'est pas facile pour moi.

D'un geste, il écarta ses excuses. Il n'en avait pas demandé. Il savait ce que cela faisait de savoir ce que l'avenir vous réservait sans pouvoir y rien changer.

— Je n'ai jamais pensé que ça l'était. Simplement… si vous pouviez me traiter comme un complice plutôt que comme une marionnette au bout de son fil…

Elle s'approcha, leva l'index.

— Très bien. Nous allons faire les choses à votre manière. Ensemble.

Il était douloureusement conscient de leur proximité, dans ce bureau mal éclairé. L'air fougueux, le chignon défait, Cora semblait prête à tout, et Nate regretta soudain que cet état soit la conséquence d'une journée éprouvante ou de l'alcool qui était dans son verre.

— Je ne peux pas échouer, Nate.

Il se redressa, et l'index de Cora lui effleura la poitrine. Lorsqu'il était debout, elle lui arrivait tout juste à l'épaule.

— Alors vous avez bien fait de vous trouver un seigneur et maître, ma chérie.

Dès sa deuxième journée à Aldworth Park, Nate comprit qu'il avait sous-estimé l'implication dont il allait devoir faire preuve dans cette histoire.

En acceptant les conditions de Cora, il s'était imaginé qu'il passerait une partie de son été dans un domaine à la campagne, livré à lui-même la plupart du temps. Il avait prévu de passer des journées tranquilles à pêcher, à nager, à se promener à cheval, bref, à profiter des grands espaces en manches de chemise. Puis, quand la session du Parlement prendrait fin, la semaine suivante, et qu'un certain nombre de gentlemen de sa connaissance reviendraient sur leurs terres, Nate pourrait varier un peu les plaisirs en y ajoutant parties de cartes et dégustations de bon whisky. L'un dans l'autre, cette escapade promettait d'être revigorante.

Les choses ne se passèrent pas tout à fait comme cela.

Il était difficile de ne pas se laisser aspirer par le tourbillon qu'était Cora.

Chaque jour, Nate la découvrait davantage. Cora ne s'arrêtait jamais, ni de bouger ni de parler. On eût dit qu'elle cherchait délibérément des sources d'inquiétude qui la plongeaient ensuite dans des abîmes d'angoisse – il n'y avait plus de marmelade ; Édith Carleton avait fait la grimace devant sa nouvelle robe pervenche ; les molaires de Tess perçaient ; qu'allait-on faire s'il pleuvait pendant la fête de la fraise au village ? ; le pasteur avait grondé Léo ; et s'il ne pleuvait pas et que les fraises se desséchaient ?

Elle semblait toujours sur le point de demander de l'aide, pour finalement se mettre en colère contre elle-même et s'agacer du fait que Nate l'avait remarqué. Le fait qu'elle soit à cran aurait été des plus charmants si Nate n'en avait pas eu par-dessus la tête.

Il fallait suivre Cora, assurer la logistique de leur plan, supporter le venin quotidien d'Édith Carleton. Bref, Nate avait des responsabilités à ne plus savoir qu'en faire.

Bon Dieu, à entendre Cora, il aurait aussi fallu qu'il maîtrise la météo !

Si seulement son frère avait su tout cela ! La réaction caustique de Raymond à l'annonce de ses fiançailles avait mis Nate hors de lui. Il avait aussitôt rédigé une réponse cinglante mais, dans un accès de bon sens qui ne lui ressemblait guère, s'était abstenu de la faire envoyer par Barnes. Après tout, n'était-il pas censé prouver à son frère qu'il avait bien caché son jeu jusque-là et pouvait faire preuve de maturité lui aussi ?

De plus, Nate était déjà dans le neuvième cercle de l'enfer de la correspondance. Cela faisait un bon quart d'heure que, penché sur son petit déjeuner, il tentait de rédiger l'une de ces maudites lettres d'amour qu'il avait bêtement accepté d'écrire pour que Gavin Sinclair puisse étoffer son dossier.

Il baissa les yeux sur sa prose.

Petite, mais étonnamment solide…
Facilement effarouchée.
Plutôt émotive.
Bonne mère.
Ordonnée.

Le bal des Monmouth ne semblait plus si terrible à présent.

— Flûte !

Le soupir exaspéré de Cora l'interrompit dans ses efforts. Des efforts bien modérés, il fallait le reconnaître.

Il versa un peu de lait dans son café et regarda distraitement Cora, assise près de la fenêtre. Ses cheveux acajou détachés cascadaient dans son dos, et elle affichait une moue positivement séduisante. Nate se redressa ; cette cohabitation imposée n'avait en rien altéré le charme de Cora.

Il posa les coudes sur la table.

— Qu'est-ce qui ne va pas, cette fois ?

Cora examinait des échantillons de tissus. Où se les était-elle procurés ? Il n'en avait pas la moindre idée.

— Je ne sais pas... Aucune de ces couleurs ne semble convenir pour l'automne.

Nate but une gorgée de café pour dissimuler son amusement.

— Cora...

Elle leva un petit carré de tissu en direction du soleil.

— Mmm ?

— Vous avez conscience d'hésiter sur un tissu destiné à une robe de mariée *fictive*, n'est-ce pas ?

Elle agita l'échantillon dans sa direction.

— Croyez-le ou pas, Nate, mais certains d'entre nous ont une réputation à entretenir. « Démodée » est une rumeur que je ne peux pas me permettre de laisser courir à mon sujet. Et le moins qu'on puisse dire est que vous ne m'avez pas beaucoup aidée sur ce point. Un mariage en automne n'est vraiment pas idéal.

Nate leva les yeux au ciel.

— Je suis navré, ma chérie. Aviez-vous en tête une date plus adaptée au calendrier mondain pour nos fausses noces ?

Elle lui décocha un regard noir et retourna à ses échantillons.

— C'est vous qui avez suggéré que des préparatifs de mariage apporteraient une touche plus authentique à la chose. Et puis, je n'ai pas vraiment pu préparer mon mariage avec Dane. On s'est chargé de tout pour moi. Je sais, vous me trouvez pathétique, mais moi, finalement, cela me distrait.

Elle ponctua son propos en écartant d'un geste vif un échantillon de tissu d'un beau marron cuivré.

Nate considéra le tas de ceux qu'elle avait déjà éliminés. Décidément, ils n'avaient pas du tout la même conception de la distraction.

— Qu'est-ce qui ne va pas avec celui-là ?

Elle regarda le tissu en question.

— Il est un peu terne, non ?

Nate leva les mains.

— Ça, je n'en sais rien. Je le trouve juste... joli. C'est la couleur de vos yeux. Je veux dire... des parties marron, s'entendit-il ajouter.

Cora ouvrit la bouche, prête à riposter, mais en prenant conscience de ce qu'il venait de dire, elle resta sans voix.

Un sourire timide et heureux éclaira son visage. Elle se pencha pour ramasser l'échantillon et le regarda. Ses joues avaient rosi.

Un picotement étrange parcourut la nuque de Nate. Il prit sa tasse de café, la reposa brusquement, ratant la soucoupe. *Bon Dieu.* Il grimaça, atterré, en tamponnant la nappe tachée avec sa serviette.

Cora posa l'échantillon sur la pile « possible ».

Nate sentit qu'il était presque troublé. Pour se donner une contenance, il ajouta à son piètre brouillon :

Avec des yeux un peu marron.

— Qu'est-ce que c'est ?

Il sursauta. Il ne s'était pas rendu compte que Cora avait traversé la pièce et lisait par-dessus son épaule.

— C'est...

Elle fronça les sourcils et s'empara de la feuille.

— Un peu marron ? Facilement effarouchée... Ordonnée ?

Elle regarda autour d'elle, un peu perdue, puis regarda par la fenêtre, avant de revenir à ce qu'il avait écrit.

— Vous... vous observez les oiseaux ?

Nate récupéra sa feuille d'un geste vif.

— Non, je n'observe pas les oiseaux, dit-il, agacé. Je... je vous écris une lettre d'amour.

Sur les traits de Cora se succédèrent différentes versions d'un même amusement.

— Ça, c'est une lettre d'amour ?

— Je n'ai pas encore terminé.

— À mon avis, vous n'avez même pas commencé.

Nate croisa les bras.

— Dites-moi, Cora, ai-je la tête d'un homme qui écrit souvent des lettres d'amour ?

Elle rit, visiblement réjouie par la situation.

— Vous n'en avez jamais lu, n'est-ce pas ? Des lettres d'amour vraiment écrites par des gens ?

Furieux, Nate se jura sur-le-champ que Cora ne verrait les siennes que lorsqu'il aurait regagné Londres. Il n'était pas là pour se faire humilier.

— Écoutez, j'ai dit que je les écrirais. Je n'ai jamais dit qu'elles répondraient à vos critères intellectuels, et…

— Nate, Nate, Nate !

En entendant Léo courir dans le couloir et approcher de la salle du petit déjeuner, Nate poussa à la hâte sa tasse, la cafetière et le pot à lait au centre de la table, manquant de tout renverser. Il avait appris à ses dépens que pareille cavalcade, accompagnée de son nom ainsi hurlé, pouvait signifier catastrophe en vue. Le mieux, dans ces cas-là, était de ne pas avoir de boisson chaude entre les mains.

Léo entra en trombe. Nate tendit l'oreille un instant, et comme il s'en doutait…

— Attends-moi ! Attends-moi !

Lady Swifte surgit sur les talons de son frère, tel un petit limier aux yeux bleus.

— C'est « monsieur Travers », Léo, rappela Cora à son fils. Je te l'ai déjà dit plusieurs fois.

— Alors pourquoi tu l'appelles Nate, toi ? demanda Léo, les mains sur les hanches.

D'un regard, Cora remit son fils à sa place.

— Parce que je suis une grande personne. Et ne sois pas impertinent, je te prie.

— C'est pas juste, bougonna Léo.

— Être un adulte non plus. Tu dois appeler notre invité « monsieur Travers ».

— C'est inutile, dit Nate en reculant sa chaise pour que Tess puisse grimper sur ses genoux. Et pas très commode. De plus, Léo est plus titré que moi. Il est vicomte, je vous rappelle.

Il fit un clin d'œil à Léo, qui répondit d'un sourire fier.

— Je n'aime pas beaucoup cet air suffisant, marmonna Cora.

— Bonjour, dit Tess en prenant entre ses petites mains le visage de Nate. Vous voulez voir quand je fais la grimace ?

— Bonjour, répondit Nate en gonflant les joues. Et non, pas vraiment.

— Je peux avoir un biscuit ? demanda-t-elle en montrant deux doigts. Oui ?

— Tu as assez mangé, Tess, dit sa mère.

Nate tendit un biscuit à la fillette. Ces deux derniers jours, il avait appris, entre autres, que résister était inutile.

— Merci de rien, dit Tess avant de se laisser glisser à terre pour rejoindre sa mère.

— Donc, si j'ai bien compris, plus personne ne m'écoute dans cette maison, dit Cora en ouvrant ses bras à sa fille.

Léo regarda autour de lui, soudain inquiet.

— Maman, où sont passés les Carleton ? Je veux dire... oncle et tante Carleton.

— Ils ne devraient plus tarder. Je dois accompagner Mme Carleton au village, aujourd'hui.

À voir son expression, Cora aurait de loin préféré se faire pendre.

— Alors on a le droit de jouer ?

— Mais bien sûr que vous pouvez jouer, dit-elle en réussissant à sourire.

Devant le soulagement de Léo, Nate éprouva un malaise. Il en voulait aux Carleton de gâcher l'été de l'enfant, et s'apercevoir que cela le touchait le déstabilisait.

Dans cette histoire, le plus difficile pour lui était de trouver quelle attitude adopter vis-à-vis des enfants de Cora. Certes, elle l'avait prévenu. Tess et Léo étaient désordonnés, faisaient beaucoup de bruit, avaient de l'affection à revendre et n'étaient presque jamais dans la nursery. À tout moment, Nate pouvait entendre une petite voix hurler son nom, sentir une petite main attraper la sienne ou voir une pomme apparaître sous son nez pour qu'il la coupe.

Et il ne savait pas quoi en penser.

Son instinct lui soufflait de ne rien en penser du tout. Il n'était ici que pour deux semaines, à quoi bon les laisser s'attacher à lui ? Mais jusque-là, tous ses efforts pour rester en dehors de leur monde avaient été vains.

— Bien, dit Cora en se levant à contrecœur. Il faut que je me prépare pour cette visite au village. Annie ne devrait pas tarder à venir chercher les enfants. Venez ici, tous les deux, et donnez-moi un baiser.

Tess et Léo se ruèrent sur leur mère pour la couvrir de miettes et de baisers. Nate était bien forcé de le reconnaître : objectivement, ces enfants étaient adorables.

Mais, objectivement aussi, il n'en était pas responsable.

— Attendez, Cora. Vous ne pouvez pas me laisser seul avec eux.

— Vous écoutez bien Annie, d'accord ? demandait Cora à ses enfants, ignorant Nate. Je lui dirai que vous pouvez descendre jouer ici cet après-midi.

Nate leva un doigt pour protester. On ne le payait pas pour jouer les nurses.

— J'ai quelque chose de prévu, figurez-vous, Cora.

C'était faux, et elle le savait. Elle ramena ses cheveux par-dessus son épaule, découvrant la courbe de son cou et un petit creux tentant juste au-dessous de son oreille.

— Vous avez raison. Vous avez quelque chose de prévu. Quand Annie aura pris le relais, vous vous précipiterez à la bibliothèque, où vous chercherez des recueils de poèmes afin d'en citer quelques-uns dans vos lettres. Vous vous adressez au tribunal de Sa Majesté, Nathaniel. Alors je vous en prie, cessez de parler de moi comme de quelqu'un de facilement effarouché et de plutôt émotif.

Nate éclata de rire.

— Sérieusement ? Vous allez me dicter vos propres lettres d'amour ? Vous n'avez rien trouvé de plus désobligeant ?

Cora ne releva pas et se dirigea vers la porte. Mais Nate refusait de céder aussi facilement.

— Vous êtes ma fiancée, non ? À ce titre, n'êtes-vous pas censée me flatter ? À vos yeux, je devrais être celui qui fait des prouesses, quoi qu'il entreprenne, y compris dans le domaine épistolaire...

Cora quittait la pièce.

— Pourquoi me fatiguerais-je ? Vous vous flattez pour deux, cela devrait suffire.

— Bon après-midi au village, ma chérie, lui lança Nate. Si vous pouviez me rapporter une nouvelle plume... Et une nouvelle nurse, sait-on jamais ?

Il se tourna vers Tess et Léo, qui le regardaient comme si Cora venait de les confier à la garde d'un éléphant. Le fait est qu'un éléphant aurait mieux su s'y prendre avec des enfants.

— Bon. Qui veut apprendre à jouer au vingt-et-un ?

9

Cabinet Sinclair, Gray's Inn, Londres,
juillet 1819

Chère Cora,

Beau travail, petite sœur – à peine cinq jours se sont écoulés, et tout paraît déjà en bonne voie.

J'avoue que le ton enjoué de tes lettres m'a grandement réconforté ; savoir que tu as trouvé un ami en Travers me rassure. J'ai d'abord été dubitatif quand ton choix s'est porté sur lui, mais il semblerait qu'il s'en tire plutôt bien. La rumeur va bon train, même à Londres (lady Tabitha fait ce qu'il faut, je n'en doute pas).

Finalement, ton plan fonctionne, Cora. Je suis en mesure de dresser pour le tribunal un tableau idéal : deux parents, capables et impatients de prendre en main l'éducation de deux enfants. Une famille qui mérite de rester unie.

Garde le cap ; ton rêve n'a jamais été si près de se réaliser.

Je t'embrasse,

Gavin

*
* *

L'après-midi tirait à sa fin quand Cora et Léo reprirent le chemin de la maison, leurs paniers débordant de fraises. Il avait plu le matin, mais en milieu de journée le ciel s'était éclairci et affichait désormais un bleu limpide. Cora croisait les doigts pour qu'il fasse aussi beau le lendemain, pour la fête du village.

La fête de la fraise était une tradition locale très respectée. Autrefois simple commémoration de la consécration de l'église du village, c'était devenu avec le temps une journée festive au cours de laquelle on mangeait, on buvait et on s'amusait. Cora n'aurait pas su dire à quel moment la partie « fraises » s'était greffée sur l'ensemble, mais pour les métayers du domaine, le petit fruit rouge était au moins aussi important que la fête elle-même, voire plus. Il fallait absolument que tout aille pour le mieux.

Entre autres parce que cette fête marquerait sa première apparition en public en compagnie de Nate.

Cora était résolue à alimenter le moulin à rumeurs en annonçant ses fiançailles. Mais pour cela, elle avait besoin de la coopération du beau temps. Une annonce pareille sur fond de fraises gorgées d'eau et de paysans trempés comme des soupes n'aurait pas l'effet recherché. Elle comptait sur le soleil, le champagne, et le plus grand nombre possible de langues déliées lorsqu'elle et Nate paraderaient dans le village.

— Tu crois qu'on en a gardé assez pour les tartes ? demanda Léo en étudiant le contenu de son panier d'un air inquiet.

— Je crois que nous avons largement de quoi, répondit Cora en lui ébouriffant les cheveux.

Le matin même, Mme Edmonds, la cuisinière, avait promis à Léo qu'il pourrait l'aider à préparer la dernière fournée de tartes destinées à la fête. Léo avait insisté pour ramasser les fraises lui-même, et Cora n'avait pas vraiment offert de résistance. Pour elle, cueillir une fraise mûrie au soleil sur un plant trempé par la pluie était l'un des vrais bonheurs de la vie.

Pour l'heure, Léo et elle rentraient d'un pas alerte, les doigts tachés de rouge et les lèvres encore brillantes de sucre, après avoir mangé tout leur content de fraises. *La perfection.*

Ils passèrent par le jardin potager, gagnèrent la porte de service et empruntèrent le long couloir qui menait aux cuisines.

— Allons porter tout ça à Mme Edmonds, dit Cora.

— Attention !

Pressé de montrer sa récolte, Léo était passé devant elle et venait de heurter Ronald Carleton, qui arrivait d'un couloir annexe. Les fraises volèrent de toutes parts.

— Léopold Dane !

Cora se reprocha aussitôt sa réaction. Ce n'était pas la faute de Léo. Franchement, la maison était grande, comment les Carleton faisaient-ils pour toujours être dans les parages ?

— Je suis désolé, monsieur, murmura Léo en s'agenouillant pour ramasser les précieux fruits.

Carleton le considéra avec une moue de dégoût.

— Quel empoté tu fais, mon garçon… Il n'est pas bon à grand-chose, on dirait…

Léo ne connaissait pas le mot « empoté », mais il en avait saisi le sens. Il rougit jusqu'aux oreilles. Cora lui prit la main et la serra dans la sienne.

— Léo ne vous avait pas vu, monsieur Carleton, dit-elle sèchement. Et, à dire vrai, je ne m'attendais pas moi-même à vous trouver ici. Aviez-vous besoin de quelque chose aux cuisines ?

Elle avait remarqué la façon dont les yeux chafouins du pasteur s'attardaient sur ses petites bonnes.

Carleton fut pris d'une quinte de toux grasse.

— Pas du tout, lady Dane. J'allais juste... Je sortais dans le jardin. Mais dites-moi... ai-je bien entendu ? Son nom de baptême est Léopold ?

Cora le regarda, étonnée. Le pasteur était le tuteur légal de Léo, et il ne connaissait pas son prénom ? Quelle honte !

— Oui, c'est bien ça. Comment pensiez-vous qu'il s'appelait ?

— Je... Sans doute avais-je imaginé Léonard. Mais tous ses papiers sont au nom de Léopold, alors ? Pas de Léo ?

Le pasteur semblait soudain très mal à l'aise. Cora le regarda, les mains sur les hanches.

— Monsieur Carleton, puis-je savoir pourquoi vous...

— Il faut que j'y aille, marmonna le pasteur en s'éloignant.

Mais il s'engagea dans l'escalier et ne sortit pas dans le jardin. Songeuse, Cora regarda s'éloigner sa silhouette un peu avachie. Une sensation désagréable lui noua l'estomac, y répandant une acidité qui effaça le goût sucré des fraises.

Les Carleton n'étaient là que depuis cinq jours, et déjà, ils faisaient peser une ombre détestable sur Aldworth Park. Si Cora avait craint pour son statut de mère quand ils n'étaient qu'une vague menace, ce n'était rien à côté de la panique qui montait en elle depuis qu'elle avait vu le mépris dont faisaient preuve le pasteur et sa femme à l'égard de ses enfants.

Sans parler de leurs caractères respectifs, tous deux imbuvables. Elle ne supportait pas l'idée que ce vieux libidineux puisse élever sa fille. Ou son fils. Quel exemple minable pour un enfant !

Elle espérait vraiment que Gavin avançait bien dans la constitution du dossier destiné au tribunal. Elle ne pouvait guère en faire plus de son côté et, par conséquent, se sentait inutile, ce qu'elle détestait.

« C'est en bonne voie, se rassura-t-elle. Gavin a dit que c'était en bonne voie. »

— Viens, Léo, murmura-t-elle en ramassant les fraises tombées à terre. Ne t'en fais pas, mon chéri. Il en reste encore beaucoup dans ton panier.

Léo hocha la tête, visiblement affecté par ce qui venait de se passer.

Cora s'approcha et lui souleva doucement le menton pour le regarder en face.

— Et tu n'es pas un empoté, c'est compris ?

Il soupira, découragé.

— Mais...

— Il n'y a pas de « mais », dit Cora en l'embrassant sur le front. Je vais te confier un secret, Léo. Grandir, entre autres, c'est savoir qui écouter. En particulier quand on évoque ta personnalité. Qui, en toute objectivité, est absolument formidable.

Un petit sourire se dessina au coin des lèvres de Léo.

— Allez, on va les faire, ces tartes ? dit Cora en se redressant.

Et j'en profiterai pour m'assurer que Carleton ne harcèle pas mes employées.

Dans la cuisine, Cora fut soulagée de constater que tout allait bien. Filles de cuisine et aides-cuisinières étaient de fort bonne humeur. Tout le monde s'activait énergiquement à la préparation du lendemain.

Enfin, presque tout le monde.

Pour d'obscures raisons, Nate était appuyé à une table et réglait méthodiquement son compte à un plateau de chaussons aux fraises. Il avait tombé la redingote et remonté ses manches de chemise, offrant aux regards deux avant-bras musclés et hâlés.

Cora retint une exclamation de surprise. Jamais elle n'aurait cru qu'il puisse y avoir autant de muscles entre le poignet d'un homme et son coude. Elle n'avait certainement rien vu de tel chez Frederick Dane.

Elle se mordit la lèvre et se força à reporter son attention sur Léo.

— Oh, mais regardez ce que nous avons là !

Mme Edmonds se pencha sur le panier de Léo, s'extasiant devant les fraises qu'il contenait, comme si le garçonnet avait passé l'après-midi à les faire pousser lui-même.

Cora fut soulagée de voir que l'incident du couloir était oublié. Léo trépignait d'excitation. La cuisinière le poussa en direction de l'une de ses aides.

— Allez, lord Dane. Lydia va vous montrer ce qu'il faut faire.

Cora encouragea Léo d'un sourire, et son fils s'éloigna en compagnie de la jeune fille.

Léo entre de bonnes mains, Cora se tourna vers Nate, qui n'avait rien à faire en cuisine. Celui-ci lui sourit, levant un chausson encore tiède en guise de salut.

— Bonjour, ma chère.

— Que faites-vous ici ? Vous ne jouez pas au loup dans la bergerie, j'espère ?

Cora n'avait pas imaginé devoir s'inquiéter à la fois de Carleton *et* de Nate.

— C'est plutôt votre *autre* invité qui tient ce rôle, grommela Mme Edmonds. M. Carleton traînait dans le coin jusqu'à ce que M. Travers vienne à notre rescousse en s'installant dans la cuisine.

Cora regarda autour d'elle et remarqua qu'il y avait dans la cuisine au moins deux bonnes de plus que d'ordinaire. Et Nate, en canaille invétérée qu'il était, ne semblait nullement perturbé par cet excès d'attention féminine. Cora essaya de contrôler son agacement. Du moment qu'il n'importunait pas ses employées, ce que faisait Nate ne la regardait pas.

Sauf que… si, cela la regardait. Au moins jusqu'au 15 juillet. Il fallait absolument que tout le monde, personnel compris, croie qu'il allait l'épouser.

La présence de Nate aux cuisines était peut-être plus appréciée que celle de Carleton, mais elle n'en était pas convenable pour autant.

Et pourquoi était-il en manches de chemise, d'abord ?

Lentement, elle se tourna vers lui. Il plaisantait avec Emily, une fille de cuisine, qui lui servait un verre de citronnade alors qu'il en avait déjà un.

— Je vois qu'il est descendu sans sa redingote, dit-elle d'un ton cinglant.

Sa jalousie n'était pas aussi feinte qu'elle aurait dû l'être, et cela l'inquiéta.

— C'est parce qu'il fait une chaleur d'enfer, ici. Il est mieux comme ça, dit Mme Edmonds en posant sur Nate un regard d'adoration, à croire qu'il s'agissait d'un dieu de l'Olympe.

Devant l'état de pâmoison de sa cuisinière, Cora leva les yeux au ciel. Mais comment en vouloir à ces femmes de préférer un Nate trompant son ennui en se gavant de pâtisseries à un Carleton rôdant comme un prédateur ?

De nouveau, elle jeta un coup d'œil au galbe de ses avant-bras.

— Vous ne m'avez toujours pas dit ce que vous faisiez ici, dit-elle en acceptant avec un sourire un peu forcé le verre de citronnade que lui tendait Emily.

— Ve goûche les fauffons, répondit Nate, la bouche pleine, visiblement content de lui.

Il mâcha encore un moment puis s'inclina galamment en direction de Mme Edmonds.

— Je ne pensais vraiment pas qu'il était possible de rendre la fraise encore meilleure en la cuisant, mais Mme Edmonds me prouve le contraire depuis une demi-heure.

D'un geste brusque, Cora s'empara du plateau de chaussons.

— Mais...

— Ça suffit, dit-elle en s'adressant à la ronde. Plus de chaussons pour monsieur. Nous en avons besoin pour demain.

Même si les métayers du domaine préparaient eux aussi toutes sortes de pâtisseries à base de fraises, l'essentiel des préparatifs de la fête incombait à la vicomtesse. Et il n'était pas question que l'appétit de Nate Travers vienne gêner le bon déroulement des choses.

— Il y en aura plus qu'il n'en faut, demain, soupira-t-il.

Il s'était penché en arrière et s'étirait lascivement, offrant une vue imprenable sur son cou car il ne portait pas de foulard.

Perdue dans la contemplation des veines saillantes qui disparaissaient sous sa chemise, Cora imagina malgré elle une cuisine déserte, un bol de fraises roulées dans le sucre, et Nate qui la plaquait contre la table...

Elle s'empourpra violemment, frémit et recula d'un pas, plaçant le plateau entre eux, dérisoire rempart sucré.

— Vous ne comprenez pas la pression qui pèse sur moi, reprit-elle d'un ton de reproche. C'est la première fête de la fraise depuis le décès de Dane, celle de l'an dernier ayant dû être annulée. Je veux que tout soit absolument parfait. Tout le monde a travaillé si dur... sans parler du fait que vous allez faire la connaissance des métayers.

— Écouchez...

Une fois de plus, Nate avait la bouche pleine. C'était insupportable. À la fois furieuse et troublée, elle attendit en trépignant qu'il veuille bien finir de manger.

— Écoutez, Cora. Tout ira bien. Vous avez prévu des musiciens, la cave déborde de caisses de champagne, le village fournit la bière, et tout le monde va se gaver de fraise sous toutes ses formes. Et je suis bien certain qu'absolument personne ne sera déçu par les merveilleuses pâtisseries de Mme Edmonds...

— Il est tellement gentil, soupira la cuisinière en souriant tendrement à Nate, avant de lui tendre une tartelette.

Cora se tourna vivement vers sa cuisinière.

— Madame Edmonds, je viens de dire que...

La cuisinière lui fourra entre les mains un saladier et un fouet, l'interrompant.

— Lady Dane, si vous voulez aider le vicomte à préparer ses tartelettes, il faudrait commencer par tamiser la farine, s'il vous plaît.

Cora capitula avec un soupir. Cette discussion ne menait à rien. Elle prit le saladier et entreprit de faire ce qu'on lui demandait.

Nate la regarda travailler.

— Vous avez l'intention de rester là, les bras croisés, ou vous comptez m'aider ? demanda-t-elle.

Il éclata de rire.

— Vous aider ? Ah non, sûrement pas. Je suis là pour profiter des fruits du labeur, mais pour ce qui est du labeur lui-même...

Cora secoua la tête, encore agacée par la présence de Nate dans les cuisines.

— Vous devez être très fatigué. Flirter avec mes domestiques tout l'après-midi a dû vous épuiser, dit-elle à mi-voix.

— Je ne flirtais pas, répondit Nate en riant. Je faisais juste...

— ... les yeux doux à tout ce qui porte un jupon dans cette maison ! Nate, vous ne pouvez pas vous conduire avec autant de légèreté, ajouta-t-elle en baissant une nouvelle fois le ton, ne tenant pas à ce que les domestiques l'entendent.

— Vous plaisantez ? protesta Nate, outré. Jamais je n'ai abusé d'une domestique !

Cora rougit.

— Ce n'est pas ce que je voulais dire. Je n'insinue pas que vous... euh... Je dis juste que toute la maisonnée doit être convaincue que nous allons nous marier. Vous devez feindre de ne vous intéresser qu'à moi. Je vous sais de nature plutôt désinvolte, certes, mais là, il est nécessaire de vous imposer des limites.

D'un air sévère, il indiqua le saladier posé devant elle.

— Bien, madame la vicomtesse. Alors dites-m'en un peu plus sur les limites de la bienséance. Est-il normal que la maîtresse de maison prépare la pâte à tarte ?

Elle baissa les yeux sur ses mains, plongées jusqu'aux poignets dans un mélange de farine et de beurre. Nate n'avait pas tort.

— Le fait est qu'au grand dam de ma mère je n'ai jamais été douée pour garder mes distances avec les domestiques, avoua-t-elle. Mais elle vit dans le Wiltshire, où elle tient à la perfection son rôle de baronne douairière et fait tourner en bourrique mes pauvres belles-sœurs. Et...

— Et vous, vous êtes ici, conclut Nate d'un ton cette fois dénué d'ironie.

— Et moi, je suis ici, oui, dit Cora en rajoutant du beurre à la farine. Ma mère est pleine de bonnes intentions, mais elle attache beaucoup trop d'importance aux convenances.

— Vous aussi, autrefois...

Elle sentait sur elle le regard insistant de Nate. Levant les yeux, elle le fixa.

— C'est vrai. Et puis j'ai découvert qu'il y avait des choses plus importantes dans la vie.

— Par exemple ?

Une aide-cuisinière vint prendre le saladier de pâte pour l'apporter à Léo qui attendait, un rouleau à pâtisserie à la main. Cora les regarda, appuyée contre la table, à côté de Nate.

— La compagnie d'autrui, dit-elle en soufflant, songeuse, sur une mèche de cheveux qui lui tombait dans les yeux. Je me sentais plutôt... seule, ici, parfois. Surtout avant la naissance des enfants. Alors j'aimais bien descendre aux cuisines, pour m'occuper et croiser des visages souriants. Je me suis toujours sentie soutenue par mon personnel.

— Pendant votre deuil ? demanda Nate en penchant la tête.

Il l'observait d'un regard attentif. Cora réfléchit. Il y avait en elle une douleur qui n'avait jamais vraiment disparu. Mais certaines blessures étaient peu à peu étouffées, au point qu'on oubliait leur existence.

La solitude en faisait partie.

— Pendant un peu plus longtemps que cela, murmura-t-elle en regardant Léo éclater de rire dans un nuage de farine.

À côté d'elle, elle perçut un mouvement. Les doigts de Nate, sur la table, s'étaient imperceptiblement rapprochés des siens.

Debout dans cette cuisine, à côté de lui, le rire de Léo résonnant en elle, la farine blanchissant ses cheveux, Cora eut bizarrement un éclair de lucidité. Elle avait été élevée pour mener une vie respectable et avait naïvement supposé que faire ce qu'on attendait d'elle la mènerait tout droit au bonheur. Mais la respectabilité n'avait débouché pour elle que sur le chagrin.

Et aujourd'hui, il suffisait de la regarder : ses mains, ses enfants, ses projets, cet homme... Qu'était-il arrivé à sa respectabilité ?

Si peu judicieux que ce soit, elle appréciait la compagnie de Nate. Entre eux, les choses avaient repris le cours interrompu cinq ans plus tôt. Elle commençait à s'habituer à lui.

— J'aime ma mère, et ma mère m'aime, dit-elle en s'essuyant les mains avec un torchon de cuisine. Mais son moteur n'était pas l'amour. Elle faisait les choses avec pragmatisme, détermination et, oui, par convenance. Je suis la fille que ma mère a élevée, mais je n'élèverai pas ma fille ainsi.

Un sourire chaleureux se dessina sur les lèvres de Nate.

— C'est sage, répondit-il. J'ai cru remarquer que Tess n'aimait pas beaucoup qu'on lui donne des ordres.

— En parlant d'ordres, dit Cora, avez-vous fait ce que je vous ai demandé ? Pour mes lettres ?

Nate haussa les épaules.

— Je... C'est en gestation, répondit-il, évasif.

Cora soupira.

— J'en déduis que non. Je m'en doutais. S'il vous plaît, ne tardez pas trop. J'ai besoin de ces preuves. Et, si je puis me permettre, vous devez écrire au comte, également.

Il fit la moue.

— Je suis vraiment content que vous soyez venue faire un tour en cuisine. Vous mettez une si bonne ambiance.

— Nate.

— Je lui ai écrit. Mais je n'ai pas envoyé la lettre.

— Nate !

Cora balaya la cuisine du regard, mais personne ne faisait vraiment attention à eux. Malgré tout, elle se pencha vers lui et poursuivit tout bas :

— Vous êtes censé profiter de ce séjour ici pour résoudre certains de vos problèmes. Le temps passe. Comment voulez-vous convaincre votre frère que vous vous êtes assagi si vous ne répondez jamais à son courrier ?

Le visage de Nate se ferma.

— Croyez-moi, Cora, ce n'est pas une simple lettre qui va changer grand-chose à l'opinion que Fordham a de moi. Il a déjà tiré ses propres conclusions, indépendamment de la solidité de mes projets. Et puis, soyons honnêtes, en l'occurrence, notre plan n'est pas solide du tout.

— Je peux vous aider, vous savez, proposa Cora. Pour écrire au comte. Nous pouvons rédiger cette lettre ensemble, faire en sorte que tout cela paraisse très raisonnable. Il m'a toujours appréciée, je crois.

— Parce que, entre vous, Tabby et moi, vous étiez la seule qui l'écoutait.

— C'est vrai. Mais je peux peut-être apporter un nouvel éclairage, lui faire voir les choses sous un autre angle...

Nate voulut intervenir, mais Cora ne l'écoutait pas. Un par un, elle énuméra les points sur lesquels elle pensait pouvoir convaincre lord Fordham.

— Nous allons lui dire qu'il y a cinq ans déjà, nous avions eu le béguin l'un pour l'autre. Et que lorsque vous m'avez écrit l'an dernier pour me présenter vos condoléances, nos sentiments ont été ravivés...

— Cora...

— Ce qu'il faut, c'est ne pas se laisser emporter, rester réaliste – la crédibilité avant tout ! Vous pourriez me montrer ce que vous avez déjà écrit, je vous arrangerais tout ça avec plaisir.

— Vraiment ? demanda sèchement Nate. J'ai plutôt l'impression que vous ne me faites pas confiance. Vous pensez que je ne vais pas l'écrire, cette lettre, c'est ça ?

— Qu'est-ce qui me prouve le contraire ? Il est dans mon intérêt que le comte nous croie, Nate. Si vous ne prenez pas cela au sérieux…

— Mais je prends ça au sérieux !

L'espace d'un instant, il sembla sur le point d'en dire plus, de sortir de cette nonchalance permanente qui était la sienne. Il n'en fut rien.

— Laissez tomber.

Mais Cora décida de saisir l'occasion. Elle avait soudain envie d'en savoir plus.

— Pourquoi vous en veut-il à ce point, d'abord ? Je ne voudrais pas être indiscrète mais déjà, il y a cinq ans, quand je vous ai apporté mon aide, votre situation n'était pas reluisante. Que s'est-il passé, cette fois ? Lord Fordham est un homme raisonnable, pour autant que je sache…

— C'est bon, l'interrompit Nate d'un ton sans appel. Je m'occupe de mon frère. La lettre partira demain. Et s'il vous plaît, Cora, si vous ne voulez pas être indiscrète, ne posez pas de questions indiscrètes.

Cora encaissa sans rien dire. Elle se sentait à la fois punie et vaguement blessée. Nate venait-il de la remettre à sa place ? Mais pour qui se prenait-il, à traîner dans ses cuisines en la bombardant de questions personnelles ? Et quand elle cherchait à obtenir une information importante pour elle…

Elle voulait aider, c'est tout.

Troublée, elle se redressa et fit tomber son fouet. Face à son embarras évident, la mauvaise humeur de Nate sembla s'envoler.

— Cora..., commença-t-il, conciliant.

— Ça va, rétorqua-t-elle. Je vous laisse.

Elle se baissa, ramassa le fouet... et se trouva face au sourire de Nate lorsqu'elle se releva.

— Tenez, dit-il doucement en lui tendant un chausson aux fraises – à croire que la source ne se tarissait jamais !

Elle hésita, mais il insista.

— Toutes ces histoires, là... et vous n'avez même pas eu droit à un gâteau.

Délicatement, il lui prit la main et replia ses doigts autour de la pâte encore tiède. Cora sentit un agréable picotement remonter le long de sa nuque. C'était la deuxième fois cette semaine qu'il la touchait.

Elle baissa les yeux sur le chausson, qu'il n'avait pas encore lâché. Son énervement s'évapora.

Nate avait raison. Elle n'avait pas eu de gâteau.

Elle mordit dans le chausson et émit un gémissement sous l'effet combiné du sucre chaud et de la pâte feuilletée.

— Madame Edmonds, vous vous êtes surpassée, dit-elle, la bouche encore pleine. C'est tellement bon ! Jamais je...

Elle se tut soudain et rougit. Nate la fixait comme s'il ne savait plus que penser d'elle, comme s'il ne voyait plus qu'elle, comme s'il n'allait plus jamais cesser de la regarder...

Lentement, il leva une main, glissa son index sous le menton de Cora et, sans lui laisser le temps de protester, fit glisser son pouce sur sa joue. Une fois. *Deux fois*.

Elle resta figée, bouche bée.

— Vous aviez de la farine sur la joue, expliqua Nate avec un petit sourire qui raviva la sensation de brûlure laissée par son doigt sur la joue de Cora.

Il se baissa pour ajouter, tout contre son oreille :

— Je remarque ce genre de détail. Et puis, après tout, vous allez être ma femme. Il est normal que je vous regarde.

— Ah. Oui. Merci.

Cora s'écarta et se passa une main sur le visage, pour le cas où Nate aurait eu d'autres idées avec la farine restante. Elle comprenait mieux pourquoi la maîtresse de maison ne descendait jamais aux cuisines. Qui sait si un beau ténébreux aux yeux gris n'attendait pas là en bas, tapi, pour vous faire un brin de toilette ?

Seigneur.

— En tout cas, j'imagine que vous êtes de meilleure humeur, reprit-il en lui tapotant l'épaule avant d'indiquer les fenêtres de la cuisine. Cela ne me réjouit pas, mais il semblerait qu'une fois de plus vous ayez obtenu ce que vous vouliez.

— C'est-à-dire ?

Cora suivit son regard jusqu'au bleu du ciel, dehors. Nate sourit et attrapa ce qui restait de son chausson, qu'il avala dans la foulée.

— Il va faire beau demain.

10

Cora,

Tout bien considéré, accepter d'assister à ce fichu bal aurait été moins désagréable que de m'astreindre à l'écriture de lettres d'amour. Je tremble à l'idée que ces textes ridicules soient lus un jour. Tout ce que j'espère, c'est que vous ne saurez plus lire quand le moment sera venu pour moi de les remettre.

Si j'étais intelligent, je recopierais quelques sonnets, et je passerais à autre chose. Mais ce serait renoncer, n'est-ce pas ? Et je ne peux pas vous laisser prendre l'avantage, ma chère. Quelqu'un, ici, doit tenir tête à ces yeux brun et bleu.

Me voilà donc, hélas, contraint de persévérer… même si je m'afflige moi-même.

Vous me compliquez beaucoup les choses, savez-vous ? J'aurais aimé un peu plus de simplicité chez vous, au moins à certains égards. Votre parfum, par exemple : j'y ai décelé une note de romarin, mais il y a autre chose, n'est-ce pas ? Je n'arrive pas à discerner ce que c'est, et ça m'énerve, ça m'énerve…

Parce que c'est le genre de chose qu'un homme devrait reconnaître pour pouvoir écrire une lettre d'amour, non ?

*
* *

Nate était à Aldworth Park depuis presque une semaine lorsqu'il rêva pour la première fois de Cora. Un voyage hors du temps, enivrant et érotique...

Plonger la main dans cette chevelure abondante et indocile... Faire lentement glisser son gant le long de son bras... Remonter à petits coups de langue de l'intérieur de son poignet jusqu'au bout de ses doigts... L'allonger sur le bureau et poser les lèvres sur sa peau rosie par le désir... Descendre le long de son cou, suivre la courbe de son épaule, s'arrêter sur ses seins fermes jusqu'à ce qu'elle se cambre sur l'acajou ciré...

Il émergea lentement du sommeil, enchevêtré dans les draps, le torse luisant de sueur. Il avait une érection massive, et il n'était pas pressé de sortir de la brume imprécise du désir.

En s'étirant, il se demanda si un rêve pareil risquait de poser problème, avant d'écarter rapidement cette éventualité. Cora était très belle, désirable, et il la côtoyait au quotidien. Même si, contractuellement, elle était intouchable, il était tout à fait normal que son subconscient réagisse.

Et puis, ce rêve n'avait rien à voir avec la réalité. C'était un fantasme, rien de plus.

Il évita, malgré tout, de se rendormir.

Il ne tenait pas à ce que son subconscient lui donne d'autres idées.

Le matin de la fête au village, il faisait un temps radieux. Le ciel était d'un bleu intense, à croire que les dieux avaient finalement accumulé suffisamment d'azur pour concurrencer les yeux de la petite lady Swifte.

Cora n'avait pas touché terre, réglant ici et là des problèmes de dernière minute, et elle n'avait pas eu le temps de se préparer. Depuis une heure déjà,

Talbot, sa fidèle femme de chambre, la pressait de monter se changer.

Nate ne voyait pas en quoi c'était nécessaire ; Cora était déjà très belle dans sa robe rose pâle. Mais lorsqu'il lui en fit la remarque, Cora réagit comme s'il suggérait qu'elle assiste à la fête vêtue d'un sac de pommes de terre.

Enfin, elle descendit dans la salle du petit déjeuner, où Nate l'attendait en compagnie de Léo. Il la regarda, momentanément troublé, retrouvant chez la vicomtesse élégante et parfaite la femme offerte de son rêve. Les cheveux de Cora étaient relevés en un savant chignon surmonté d'un chapeau, et elle portait... une robe rose.

— Je croyais que vous deviez vous changer ?

Cora sembla vexée.

— Mais je me suis changée, rétorqua-t-elle en désignant d'un geste sa robe, quasiment identique à la précédente.

— Vous étiez en rose pâle lorsque vous êtes montée.

Nate croisa les bras. Il était sûr de lui, ayant passé toute la matinée à se dire que cette robe était exactement de la même teinte que la pointe dressée des seins de Cora dans son rêve.

— Celle-ci n'est pas rose pâle, corrigea-t-elle avec véhémence, comme s'il avait dit « vert amande ». Elle est vieux rose.

— Pas la peine de discuter, Nate, murmura Léo, en enfant raisonnable qu'il était.

Mais Nate, n'étant pas un homme raisonnable, discuta.

— Le vieux rose est une déclinaison du rose pâle, non ?

— Vous parlez sérieusement ?

Il sourit.

— Je dois ?

Désemparée, ne sachant plus que croire, Cora regarda sa robe. Nate fit aussitôt machine arrière.

— Non, attendez, Cora. Cette robe – cette robe vieux rose – est magnifique. *Vous* êtes magnifique.

— Je ne peux pas porter du rose pâle à une fête de la fraise ! s'écria-t-elle avant de quitter la pièce en courant. Il faut que je me change !

Il y avait déjà une bonne demi-heure de cela.

Nate avait discrètement distribué les cartes pour une partie de vingt-et-un. Léo apprenait remarquablement vite. Une fois que Nate avait compris qu'il connaissait ses chiffres, il lui avait suffi de l'aider à les additionner.

— Un dix ? dit Léo, concentré sur son jeu.

— Et quelle était ta première carte ?

Léo posa les deux cartes.

— Un quatre.

— Donc ça fait quatorze. Que dis-tu ?

— Carte, répondit Léo d'un air décidé.

Nate regarda la carte suivante dans le jeu sans que l'enfant le voie faire. C'était un neuf de pique. Il secoua discrètement la tête. Léo hésita.

— Non, attendez. Je reste.

— Bien joué, dit Nate en lui donnant une petite tape sur l'épaule. Si j'avais eu autant de jugeote que toi quand j'avais quatre ans... ou même le mois dernier...

Léo sourit timidement. Sa petite main ramassa les cartes et les tendit à Nate pour qu'il les batte.

— Tu es impatient d'aller à la fête, cet après-midi ?

Nate ne savait pas comment parler aux enfants, mais il avait remarqué que Cora s'adressait à eux comme à de grandes personnes, et cela semblait marcher.

— Ta maman, elle, tient vraiment à ce que tout se passe bien.

— Moi… je n'ai pas envie de porter mes chaussures du dimanche, dit Léo au bout d'un moment.

Et il sortit ses pieds de sous la table pour montrer à Nate ses bottines.

— Je te comprends, dit Nate en distribuant une nouvelle fois les cartes. Les chaussures du dimanche, c'est du sérieux.

— Vous deviez en porter, quand vous étiez petit ? demanda Léo en ramassant ses cartes.

Nate ne se rappelait pas grand-chose de son enfance, avant qu'il parte vivre avec Raymond et Rosalie. Mais la question de Léo réveilla de vagues souvenirs – la raideur du banc, à l'église, celle du col qu'on lui faisait porter, et celle, pire encore, de ses bottines. Sa mère lui prenant la main parce qu'il ne tenait pas en place.

— Eh bien, figure-toi que oui, Léo. Je crois que j'en portais.

Léo sourit, ravi qu'ils aient cette expérience douloureuse en commun.

Il y eut du bruit dans le couloir.

— Et maintenant nous allons devoir sortir au moment le plus chaud de la journée. Qu'est-ce que j'avais dit ? Elle n'a aucun sens pratique. Toute la matinée, elle a traîné, et voilà qu'elle décide de monter se changer…

Ediktat Carleton.

Nate et Léo échangèrent un regard entendu. Les règles étaient strictes dans la maison : interdiction formelle d'apprendre aux enfants à jouer aux jeux de hasard. Nate ramassa les cartes en un tour de main et fourra le paquet dans sa poche à l'instant même où Mme Carleton entrait.

— Peut-on savoir ce que vous faites, tous les deux ? Tiens-toi droit, mon garçon.

Léo et Nate se redressèrent comme un seul homme.

— Nous parlions religion, madame Carleton, répondit Nate, le plus sérieusement du monde. Il me semble me souvenir que cela figure sur votre liste de sujets de conversation autorisés.

Mme Carleton le fusilla du regard. Si Cora l'avait entendu, elle lui aurait donné un grand coup de pied sous la table, mais Nate n'avait pas pu résister. Puisque Ediktat le provoquait, il la provoquait en retour.

— Vous avez donc lu ma liste ? J'ignorais que vous saviez lire, monsieur Travers, dit-elle d'un ton narquois. Je ne vous ai pas encore vu un livre à la main. Mon frère, lui, était un grand lecteur.

Il fallait reconnaître que la femme du pasteur avait de la repartie.

— C'est que je n'ai guère eu le temps de lire, madame Carleton, dit Nate avec un sourire innocent. J'ai été très occupé par la gestion du domaine. Il semblerait que nous ayons un problème de vermine depuis quelque temps.

Il n'avait même pas essayé de masquer l'ironie de ses propos. Quelqu'un devait remettre Ediktat à sa place et s'en charger ne le dérangeait pas, loin de là.

Pour tout dire, il commençait à s'inquiéter. Dans une semaine à peine, son contrat prendrait fin et Cora resterait seule ici. Le matin même, Barnes avait demandé à Nate ce qu'il envisageait de faire une fois de retour à Londres, et penser à cela lui avait rappelé qu'après son départ, les Carleton resteraient ici jusqu'à la fin du mois. Laisser Cora aux prises avec ces misérables lui semblait injuste.

Nate n'irait pas jusqu'à prolonger volontairement son séjour à Aldworth Park au-delà de la date prévue par le contrat, mais le fait était – et c'était cela le pire – que depuis son arrivée dans le Berkshire, il se sentait de plus en plus... utile.

L'agitation permanente et quelque peu désordonnée de Cora, qui tenait à contrôler tout ce qui se passait autour d'elle, aurait dû le faire fuir. Or, à sa grande surprise, Nate découvrait que ce trait de caractère, chez elle, ne le dérangeait pas le moins du monde.

C'était devenu comme un jeu entre eux. Cora cédait à la spirale de la panique, dont Nate la sortait aussitôt.

À croire qu'elle avait besoin de lui.

À croire qu'il aimait cela.

Mme Carleton, décidant apparemment de ne plus s'intéresser à Nate, se tourna vers Léo.

— Où est ta sœur, mon garçon ?

— Elle est en haut, madame. Elle réfléchit à sa conduite.

— Mmm. Elle a intérêt, en effet.

Le pasteur apparut.

— La voiture est prête, ma chère. Allons-y. Je dois visiter le presbytère, aujourd'hui. Cela me donnera des idées pour la rénovation du nôtre.

Mme Carleton hocha la tête et suivit son mari.

— Veuillez dire à lady Dane que M. Carleton et moi prenons une voiture pour nous rendre à la fête. Mon mari a quelques affaires à régler au village.

Peu après leur départ, Cora reparut, vêtue d'une robe ivoire et d'un spencer assorti.

— Vous tombez bien, dit Nate. Ediktat Carleton et son Charon ventripotent viennent de partir.

Cora regardait fixement Léo.

— Nate ? Pourquoi mon fils est-il assis sur un valet de carreau ?

— Parce que c'est une bonne carte ? répondit-il, tentant de détourner la colère de Cora.

— Vous n'êtes pas en train de lui apprendre à jouer aux cartes, j'espère ? s'exclama Cora, horrifiée. Les Carleton auront ma peau s'ils le découvrent !

— Si on y pense, c'est très utile pour apprendre à compter.

— Vous ne croyez pas un mot de ce que vous dites !

Elle se jeta sur Nate et le fouilla, ses petites mains palpant son gilet. C'était de loin la fouille la plus érotique qu'il ait jamais subie. Lorsqu'elle trouva le paquet de cartes, ses yeux lancèrent des éclairs.

— S'ils vous avaient vu !

— Ils auraient fait quoi ? rétorqua Nate, que l'irritation gagnait. Ils m'auraient grondé ? Je suis un adulte, vous semblez l'oublier. Et vous êtes une adulte aussi, Cora. Vicomtesse, qui plus est ! Pour l'amour de Dieu, ils vous doivent le respect.

Cela avait perturbé Nate toute la semaine. Cora était beaucoup trop gentille avec les Carleton. Il n'en pouvait plus de la voir tenir sa langue et rester polie alors que la colère consumait son regard.

— Vous savez très bien que nous devons être prudents. Comment pouvez-vous me faire courir de tels risques ?...

— Il ne s'est rien passé, Cora. Calmez-vous, s'il vous plaît.

— Comment le pourrais-je, quand vous ne cessez de saper tous mes efforts ? Vous savez que nous devons jouer leur jeu, même si nous les trouvons insupportables. Nous ne pouvons nous permettre le moindre écart de conduite.

Elle indiqua Léo, et Nate comprit que le sujet était clos.

— Si vous pouviez juste vous abstenir d'apprendre des jeux d'argent aux enfants... s'il vous plaît.

— Très bien, dit Nate en reprenant son paquet. Je m'abstiendrai... si elle s'abstient, elle aussi, de vouloir enseigner aux enfants des règles absurdes. C'est tout ce que je peux vous promettre.

— Bonjour, lady Dane. Avez-vous goûté ma confiture ?

— Pas encore, monsieur Perkins..., répondit Cora d'un ton enjoué à un homme au visage rougeaud. Chacun son tour, il ne faut pas tricher !

Elle se détourna du vendeur de confitures impatient, et son ombrelle oscilla dangereusement en direction d'un groupe de promeneurs. Nate l'attrapa par le coude avant qu'elle aille heurter le stand de fruits tout proche. Et se garda, au prix d'un effort certain, de lui faire remarquer que son ensemble ivoire n'était peut-être pas le choix le plus judicieux pour une fête de la fraise.

Cela faisait déjà plus d'une heure que, Cora à son bras, Nate naviguait entre les stands du marché, sur la place du village, souriant aux voisins et aux métayers de lady Dane. Dans leur sillage, il percevait les sourires et les murmures. C'était plutôt positif. Le moment était venu pour lui de mériter son salaire.

Léo et Tess étaient avec Annie. Nate venait de les apercevoir, riant aux éclats, en route pour rendre visite aux chevreaux, dans la grange. Nate s'était aussitôt assuré qu'Ediktat ne se trouvait pas dans les parages, prête à leur faire un sermon sur les fraises et les bébés chèvres qui allaient assurément les conduire en enfer. Mais, Dieu merci, les Carleton étaient de l'autre côté de la place, en pleine conversation avec le pasteur de la paroisse.

Parfait. S'ils pouvaient se faire exorciser, tant qu'ils y étaient...

Pendant ce temps, Cora ne cessait de répéter, soulagée, que tout se déroulait comme prévu.

— Ça se passe plutôt bien, vous ne trouvez pas ? murmura-t-elle en saluant gracieusement un couple qui les croisait.

— C'est un sacré événement, en fait, dit Nate en regardant autour de lui. Je ne m'attendais pas à cela.

La fête battait son plein ; il y avait beaucoup de monde et beaucoup de bruit.

Cora s'arrêta pour le fixer, et Nate dut s'écarter pour ne pas être éborgné par son ombrelle.

— Vous n'étiez jamais allé à une fête de village ?

Elle semblait abasourdie, et cela lui allait à ravir.

— Pas depuis ma petite enfance. Je me souviens d'au moins un incident, lors d'une fête des moissons, dit-il tout en adressant un sourire dévastateur à Mme Rollins, sa nouvelle amie d'âge canonique, qui insistait pour qu'il prenne la part de tarte aux fraises qu'elle lui tendait.

Il décocha un clin d'œil triomphant à Cora et leva la main, indiquant qu'il en était à trois parts. Elle retint un sourire. Entre eux, la compétition était rude pour savoir qui se verrait offrir le plus de gâteaux.

— Mmm..., dit Cora. Bonjour à vous, madame Rollins. Non, vraiment, pas de tarte pour moi, merci...

— Toutes mes félicitations, madame la vicomtesse, lança un homme depuis son stand. Vous faites un très beau couple, tous les deux, si je peux m'permettre !

— Mais permettez-vous, je vous en prie ! C'est la vérité, après tout, répondit Nate d'un ton jovial, la bouche pleine, une nouvelle fois.

Peut-être en faisait-il un peu trop, mais il ne voulait pas risquer d'être payé moins – ou pas du tout – pour ne pas avoir été un futur époux suffisamment charmant. Cora ne cessait de le lui rappeler, le tribunal pouvait, en théorie, convoquer n'importe qui pour témoigner. Même Mme Rollins, qui était à moitié aveugle.

— Vous feriez bien d'être attentif, aujourd'hui, lui dit-elle avec un sourire taquin. Après tout, c'est le genre d'événement campagnard auquel il vous faudra assister régulièrement.

Nate la regarda, interdit. Il n'avait accepté de se rendre qu'à une seule fête de la fraise.

Cora se mit à rire.

— Mais non, pas à cause de moi ! Je voulais juste dire qu'un jour vous serez comte de Fordham, non ? Sinon vous, votre futur fils. Dans tous les cas, vous aurez ce genre d'obligation aussi.

Nate ralentit le pas, songeur.

— Vous avez raison, je le crains.

— Vous ne souhaitez pas devenir comte ? demanda Cora en le scrutant. Ni avoir de fils ?

Nate haussa les épaules, mal à l'aise.

— J'ai du mal à l'imaginer, pour tout vous dire.

— Comment ça ?

Comme ils passaient devant un stand de rafraîchissements, Cora accepta un verre de champagne. Nate lui reprit le bras.

— À bien des égards, Fordham me semble immortel. Il m'est difficile d'imaginer prendre sa place un jour. Je ressemble plus au vieux comte que mon frère, je crois.

— Au vieux comte ? Votre père ? C'est drôle, Tabby ne parle jamais de lui.

Nate ajusta ses poignets de chemise. C'était lui qui avait abordé le sujet, certes, mais il n'aimait pas parler de son père. Pendant des années, Raymond lui avait répété que s'il ne faisait pas attention, il finirait comme leur irresponsable de père. Les bons jours, Nate mettait cela sur le compte de la jalousie – Raymond enviait sa liberté. Les mauvais jours, il se disait qu'on ne pouvait rien faire contre l'hérédité. Inconséquence, négligence, il avait ça dans le sang.

— Notre père était… difficile à vivre. Un peu comme moi, je suppose. Ou, plutôt, je suis un peu comme lui. C'était un fêtard, ivre la plupart du temps. Il se fichait comme d'une guigne d'être comte et fuyait ses responsabilités familiales. Il était assez… dur. Avec Tabby, surtout. Il s'en prenait sans arrêt à elle. Enfant, déjà, je me demandais où était l'adulte en lui. Et puis mon frère… a… pris les choses en main. Il est devenu chef de famille bien avant d'en avoir l'âge. Et il s'est occupé de nous.

— Comment se fait-il que vous vous soyez installé chez lui ? C'est un arrangement un peu étrange, non ?

Nate la guidait tranquillement à travers la fête. Sa main s'était posée, légère, dans son dos, pour l'aider à contourner un stand.

— La mère de Raymond est morte alors qu'il était à Cambridge. Notre père… disons juste qu'il n'avait jamais passé beaucoup de temps dans le lit conjugal. Mais, ô miracle, il avait réussi à ne pas être rattrapé par le scandale. Puis, quand sa première femme est morte, c'est devenu n'importe quoi. Avec ma mère, en tout cas.

L'insinuation fit rougir Cora.

— Ah. Vous voulez dire que…

Il hocha la tête.

— Lorsque Raymond a appris que le vieux comte avait fait un enfant à sa maîtresse, il a quitté Cambridge et a traîné notre père devant le pasteur. Il ne voulait pas que l'enfant à naître – moi – connaisse la honte des bâtards. Plus tard, quand notre mère est morte, il a souhaité nous éviter, à Tabby et à moi, la mauvaise influence de notre père. Le vieux comte ne voulait pas de nous, de toute façon, donc c'était aussi simple.

— Votre frère doit être… fort.

Cora semblait impressionnée.

— S'il vous entendait, il vous embrasserait. Mais vous n'avez pas tout à fait tort. Fordham a toujours su quoi faire. À croire qu'il est né comme ça. Il a su administrer la vie de notre père, la sienne, et maintenant la mienne et celle de Tabby. Et il ne se prive pas de me le rappeler, je vous assure, conclut-il avec un petit rire amer.

C'était vrai. Raymond ne lâchait jamais prise. Après la deuxième lettre de son frère, Nate avait finalement suivi le conseil de Cora et répondu. Suivant presque mot pour mot ses recommandations – ce dont il ne se vantait pas –, il avait fait à Raymond la description d'un homme follement épris. L'avait-il convaincu ? Il l'ignorait. Mais il avait fait de son mieux.

Grâce à Cora. S'il avait une chance de convaincre Raymond qu'il revenait dans le droit chemin, c'était parce que Cora – voulant bien faire, il est vrai – l'asticotait sans arrêt.

Nate la regarda. Son ombrelle se balançait sur son épaule, inutile. Déjà, le soleil avait fait naître quelques taches de rousseur sur son nez. Il ne cessait de repenser à son sourire adorable, plein de farine, dans les cuisines. Elle se donnait toujours tant de mal. Trop. Pour elle, pour les autres.

Surpris et gêné, Nate se rendit compte soudain qu'il voulait que Cora soit contente de lui. Qu'elle parle de lui comme elle parlait de Raymond. Et soudain, sans qu'il ait le temps d'y réfléchir...

— C'étaient les chemins de fer.

Elle le fixa, surprise.

— Pardon ?

— L'autre jour, dans les cuisines, vous m'avez demandé pourquoi Fordham m'en voulait, pourquoi il m'avait coupé les vivres, cette fois et pas les autres. C'était à cause des chemins de fer.

— Euh... vous m'avez perdue, là.

— L'an dernier, une étude de terrain a été faite pour la construction d'une ligne de chemin de fer du côté de Darlington. Je cherchais à investir dans une affaire, pour que Fordham me laisse un peu tranquille. Un projet rien qu'à moi, vous voyez ? Je me suis intéressé à cette ligne de chemin de fer. Mais sérieusement, Cora. Ce n'était pas un caprice. Il y avait la perspective d'un retour sur investissement de cinq pour cent.

— Et que s'est-il passé ? demanda Cora.

Nate secoua la tête, l'air sombre.

— Il s'est passé qu'ils ne sont pas arrivés à se mettre d'accord sur l'itinéraire, qui devait couper à travers un domaine privé. La décision a été portée devant le Parlement en mars, et le projet a été recalé de treize foutues voix !

Treize voix, mais la seule dont il ait vraiment eu besoin était celle de son frère. Un vote de confiance.

Cette histoire l'avait mis hors de lui.

— J'étais motivé. Je le suis toujours. Il y a de l'argent à gagner dans les chemins de fer, j'en suis convaincu. Mais quand le projet a capoté, Fordham a piqué une colère monstre, en disant que j'avais été imprudent, que tout ce que je voulais, c'était de l'argent facile. En réalité, il cherchait depuis des années une excuse pour me couper les vivres, et il l'avait enfin trouvée. Quand le projet de chemin de fer s'est arrêté, la plupart de mes revenus se sont taris aussi.

Cora eut l'air sincèrement navrée.

— Je suis désolée, Nate. J'ignorais... C'est vraiment dommage, mais ce n'est pas votre faute. Je suis certaine que lord Fordham finira par s'en rendre compte lui aussi. Il est évident qu'il tient à vous. Et... et vous tenez à lui. Beaucoup, si j'en crois ce que je vois.

Nate lui donna un léger coup d'épaule, soudain pressé de mettre un terme à cette discussion qui réveillait de mauvais souvenirs.

— Je ne suis pas sûr que vous voyiez grand-chose, d'aussi bas, la taquina-t-il.

Elle s'arrêta pour acheter des fraises, qu'elle mit dans son panier. Nate paya le marchand.

— Riez, riez, dit Cora. Mais moi, je vois bien que votre frère est un homme bon. Et que vous vous connaissez très mal.

— C'est-à-dire ? demanda Nate, sceptique.

Cora mordit dans une fraise, et il ne put s'empêcher de remarquer la façon dont ses lèvres roses s'arrondissaient autour du fruit. Un frisson de désir le parcourut.

— C'est-à-dire que vous n'êtes pas du tout tel que vous vous décrivez. Vous dites que vous êtes comme votre père, indélicat et fainéant. Mais vous venez de passer une semaine ici, et vous avez peut-être essayé d'être indélicat et fainéant, mais vous m'avez été d'un grand secours.

— Vraiment ?

Cora fit tourner son ombrelle et lui sourit.

— Vraiment. Croyez-le ou non, dans l'ensemble, j'ai trouvé cela plutôt... plaisant de vous avoir ici.

Elle avait une drôle d'expression. Un sentiment chaleureux, lumineux se fraya un passage jusqu'au cœur de Nate. N'avait-il pas pensé la même chose ? Il avait trouvé agréable de poursuivre un objectif, même si celui-ci consistait à se faire passer pour ce qu'il n'était pas.

Et surtout, il trouvait très agréable que Cora s'en soit aperçue.

— Un baiser !

Un fol instant, Nate crut que c'était Cora qui avait parlé et faillit la plaquer contre le stand le plus proche pour s'exécuter. Mais ce n'était qu'un petit groupe de fillettes, les joues et les lèvres maculées de jus de fraise et de sucre, visiblement ravies de rencontrer la vicomtesse et son beau fiancé.

Cora devint rouge pivoine et se mit à rire nerveusement en leur faisant signe de passer leur chemin.

— Enfin, mesdemoiselles ! Ce n'est pas convena…

Elle ne parvint pas à finir sa phrase. Nate s'était penché vers elle. Il fallait qu'il gagne sa vie, après tout, et ils avaient un rôle à jouer, tous les deux.

— Ah, lady Dane, murmura-t-il en souriant. Comment leur en vouloir ?

Son trouble était si attendrissant… Elle était adorable et, visiblement, ne s'en rendait pas compte. Il lui prit le poignet, l'attira doucement vers lui, bloquant le groupe de fillettes qui se faisait envahissant.

— Chuuut, murmura-t-il. Laissez-moi faire.

Attrapant le manche de l'ombrelle, il le fit tourner et s'arrangea pour le poser sur l'épaule de Cora. Celle-ci ouvrit de grands yeux lorsqu'il lui souleva délicatement le menton, la détournant des badauds.

— Qu'est-ce que…

Nate redressa l'ombrelle de manière qu'elle cache leurs deux visages et se pencha vers elle.

Là, dans l'ombre, à l'abri des regards, il la fixa pendant un instant qui sembla durer une éternité. Son souffle léger exhalait une senteur de fraise à laquelle se mêlait son parfum habituel, frais, vert. Il n'arrivait toujours pas à en distinguer les composantes, et cela le rendait fou.

Étourdi par le désir, Nate faillit fermer les yeux tant l'expérience sensorielle, à l'abri de ce refuge ensoleillé, était intense. Mais les grands yeux de Cora étaient rivés à ses lèvres, et il n'était pas question de rater ça une seule seconde.

Nom d'un chien.

Un baiser, en cet instant, aurait le goût du sucre. Rien, ici, ne serait plus délicieux que les lèvres de Cora. La souplesse ferme de sa bouche pressée contre la sienne, ses mains dans ses cheveux, le panier de fraises tombant à terre... c'était comme s'il vivait la scène.

Mais il ne se pencha pas plus que nécessaire. Derrière l'ombrelle, leurs deux visages restèrent distants.

— Vous voyez ? La confiance...

Cora eut un petit rire nerveux.

— Seigneur, vous m'avez prise par surprise. L'espace d'un instant, j'ai cru que vous...

Elle n'alla pas plus loin. Malgré l'ombre diffuse de l'ombrelle, elle avait les joues empourprées.

— Personne n'aura vu la différence. Nous pourrions même...

Dans les pupilles dilatées de Cora, le sourire de Nate devint dangereux.

— Non, murmura-t-elle, bougeant à peine les lèvres.

— Non ?

Elle se lécha la commissure des lèvres. Le désir déroula son fil le long du dos de Nate, alla courir au creux de son ventre. Cora pouvait saisir ce fil, si elle en avait envie. Il était à sa merci.

Et si Nate ne se trompait pas, une partie d'elle-même en avait envie.

— Non.

Cora détourna le regard. L'armure se remit en place. L'avait-elle seulement retirée ?

— Bel effort, ma chère, murmura Nate, partagé entre légère déception et désir intense. Un autre homme que moi s'y serait laissé prendre.

Il se redressa brusquement, baissa l'ombrelle et adressa un sourire malicieux à l'assistance. Mais son cœur battait à tout rompre.

Il profita du trajet jusqu'au kiosque à musique pour se ressaisir.

— Ma chère vicomtesse, je dirais que notre plan fonctionne à merveille.

— Oui, répondit distraitement Cora en portant une main à sa joue. Je pense que nous les avons tous convaincus.

Cette nuit-là, Nate fit le même rêve, aussi flou et torride que le précédent.

Il nouait les doigts dans ses cheveux, tirait juste assez pour lui arracher un petit cri. Son autre main descendait le long de son bras, jusqu'à son gant. Lentement, il faisait rouler la soie, découvrant la peau diaphane de son poignet tandis qu'il portait sa main à ses lèvres...

— Vous êtes fou ? Nate, ce gant est en soie sauvage. Ôtez vos lèvres de là, vous allez l'abîmer !

Son baiser étouffait son rire.

Nate se redressa, les cheveux en bataille, les yeux comme des soucoupes, la voix de Cora résonnant encore dans ses oreilles.

« Ça se passera exactement comme cela, songea-t-il, le corps tout entier tenaillé par le désir. Oui, exactement comme cela. »

Et c'est là que Nate comprit qu'il avait un problème.

11

Résidence des Finch, Londres, juillet 1819

Très chère Cora,

J'espère que tu vas bien. Mais pas trop. Tu ne fais pas de bêtises avec mon frère, j'espère ?

Je plaisante. J'approuve de tout cœur que tu fasses enfin quelque chose pour toi, ma chérie. Tu ne serais pas la première veuve à profiter des charmes d'un beau jeune homme. (Attention, loin de moi la pensée de qualifier mon frère de beau jeune homme !)

Je me disais simplement qu'en quelque sorte tu te retrouves avec tous les inconvénients qu'il y a à être fiancée, sans peut-être en connaître les plaisirs.

Voilà.

Affectueusement (et malicieusement !)

Tabitha

*
* *

— Maman, j'ai une idée formidable !

En entrant dans la nursery, Cora trouva Léo bondissant joyeusement sur Nate. À sa grande surprise, celui-ci avait proposé de lire une histoire aux enfants, mais il s'était endormi sur le sol, le livre en guise d'oreiller. L'enthousiasme de Léo l'avait réveillé en sursaut.

— Alors, on peut ?

— On peut quoi ? demanda Nate, tentant de comprendre de quoi parlait le garçonnet.

— Aller se baigner ! s'exclama Léo.

Nate se massa la nuque. Malgré elle, Cora remarqua que dans son état de torpeur, il avait la voix plus rauque mais le regard plus doux. Une vague de chaleur se répandit en elle, dont elle savait désormais qu'elle monterait jusqu'à ses joues, où Nate la remarquerait, puis descendrait au creux de son ventre, où elle provoquerait de délicieuses sensations.

C'était à la fois enivrant et effrayant.

La plupart du temps, elle parvenait à contrôler ces pulsions, de plus en plus fréquentes, en les mettant sur le compte du type d'homme qu'était Nate, séducteur ambulant qui éveillait probablement ce genre de réaction chez tout être vivant de sexe féminin. Elle se disait ensuite qu'ils étaient de simples associés, liés par un contrat.

Un contrat qui prenait fin dans quatre jours.

— Tu sais nager ? demanda Nate à Léo.

— Non. J'ai jamais essayé.

Nate regarda Cora, que l'enthousiasme de son fils semblait gêner. Son fils ne savait pas nager parce que son père ne s'en était jamais occupé.

— Il n'avait... personne pour lui apprendre.

— Mais Nate, il peut m'apprendre, lui ! Hein, Nate ?

Léo était suspendu au bras de Nate, au comble de l'excitation.

Nate hésita.

— Euh... oui, je suppose que je pourrais essayer.

— Ouiiii ! hurla Léo. Tess, tu as entendu ?

— On va à l'étang ? hurla Tess.

À l'idée d'apprendre à nager à Tess, Nate ne put réprimer un frisson. Cora ne lui en voulut pas. Sa fille n'avait encore aucun sens du danger.

— Pas toi, jeune fille, dit-elle fermement. Pas avant que tu aies quatre ans. Tu resteras avec moi ici pour le thé.

Tess poussa un gémissement de frustration, que Cora ignora.

— Mais moi, je peux ? demanda Léo, ravi.

Cora interrogea Nate du regard. Celui-ci hocha la tête.

— Très bien. Si Nate est d'accord, tu peux. Mais Annie ira avec vous, ajouta-t-elle en haussant la voix pour couvrir les cris de joie de son fils. Elle pourra intervenir si quelqu'un se noie.

— Très bien.

Nate semblait aussi mal à l'aise que l'était Cora. Elle avait beau faire, sa famille comptait de plus en plus sur son faux fiancé.

— Alors c'est juste nous deux, mon vieux !

Cora se sentit défaillir.

Nate et Léo avaient parlé d'une seule voix.

À son grand dam, en entrant avec Tess dans le petit salon, Cora constata qu'elles ne seraient pas seules pour le thé.

Édith Carleton se tenait debout près d'une console et examinait les échantillons de tissus destinés à la robe de mariée imaginaire de Cora. Celle-ci les avait posés là et oubliés.

— Madame Carleton ? Que puis-je faire pour vous ?

— Vous faites refaire les rideaux ?

Un échantillon à la main, l'épouse du pasteur affichait une moue de profond dégoût.

— Non, c'est pour ma robe de mariée.

— Et vous avez choisi *ça* ?

C'était le tissu qui avait plu à Nate. Cora avait décidé de se faire faire une robe de cette couleur, même si ce n'était pas pour se marier.

— Je me disais que dans un autre genre de tissu, peut-être avec un voile en superposition, ce serait joli, pour l'automne.

— Vous êtes trop petite pour porter ce genre de robe.

Le ton de Mme Carleton était sans appel.

Cora alla se servir une tasse de thé et donna un bonhomme en pain d'épice à Tess. Elle sentait sa patience s'émousser.

— Ce sera un petit mariage, madame Carleton. Je n'ai pas besoin d'une robe spectaculaire.

— Oui, un petit mariage est plus raisonnable. Après tout, c'est le second, pour vous. Sans compter que vous allez perdre votre titre. C'est vraiment dommage, lady Dane. Quand on voit le domaine familial, le train de vie que mon frère vous a assuré en se dépensant sans compter… Penser que vous allez convoler avec un individu sans titre…

À cette évocation totalement délirante de son mariage avec Dane, Cora refoula une vague d'horribles souvenirs. Les seules choses pour lesquelles Dane s'était dépensé sans compter, c'étaient ses maîtresses. Machinalement, elle regarda le fauteuil usé, devant la cheminée, dans lequel elle avait passé tant de soirées seule. Son titre ne lui avait pas vraiment tenu compagnie.

— Disons que le jour – lointain, certes –, où Nate héritera de son frère, je deviendrai comtesse. Ce qui fait que je ne perds finalement que le « vi » de mon titre.

Son intention avait été de clouer le bec à Mme Carleton, mais son cœur protesta. L'espace d'un instant, l'image d'une robe couleur fauve, d'une église fleurie d'asters et de deux yeux gris moqueurs l'attendant près de l'autel lui fit perdre toute assurance.

Elle afficha un sourire pincé. Elle n'avait plus aucune envie d'évoquer ses noces fictives. Cela lui rappelait trop que, depuis quelque temps, elle soupçonnait Tabitha de se tromper. Nate Travers ferait un jour un excellent mari, si seulement il voulait bien grandir un peu. Il était gai, tolérant, beau, attentionné...

Un excellent mari pour quelqu'un d'autre, bien sûr.

— Quoi qu'il en soit, nous viendrons à votre mariage.

Mme Carleton buvait son thé d'un air maniéré, posant un œil sévère sur Tess, qui faisait danser son pain d'épice.

— Bien sûr. Je n'en attends pas moins de vous.

— Et ensuite, le pasteur et moi-même emmènerons les enfants dans l'Essex, où ils vivront avec nous. J'espère que vous n'envisagez pas une date trop proche de la fin septembre. Le temps se rafraîchit à cette époque, et le voyage est long pour nous, alors pour la petite Tess...

Qu'est-ce que...

Cora se figea. Elle lutta pour cacher son émotion.

— Pou-pourquoi... pourquoi les enfants partiraient-ils avec vous après le mariage ?

Le sourire de Mme Carleton était purement factice.

— Pourquoi ? Mais parce que vous serez une jeune mariée, bien sûr. Je prévois de garder les enfants avec moi cette année. Afin que vous ayez un peu d'intimité.

Cora eut froid, soudain. Comme si son cœur ne battait plus assez fort et que son sang ne circulait plus.

Mme Carleton, raide comme un piquet, prit sa tasse et but une gorgée de thé.

— Après tout, le pasteur et moi avons un droit de garde au même titre que vous. Et cela fait un an que les enfants sont avec vous.

Parce que ce sont les miens.

— Vous... vous voulez les prendre... pour un an ? résuma Cora avec toutes les difficultés du monde. Je vous assure que ce ne sera pas nécessaire, je...

— Il n'est pas convenable que des enfants vivent auprès de jeunes mariés.

— Mais ce n'est pas à vous de décider, et...

— Si, justement. C'était précisé dans le testament de mon frère : mon mari est leur tuteur.

— Mais...

Cora s'interrompit avant de franchir le point de non-retour. Un voile de larmes obscurcit sa vision, et elle tourna le dos à Édith Carleton.

Elle aurait voulu s'arracher les cheveux. Depuis si longtemps, elle rêvait d'être libre comme l'air, mais partout où elle se tournait, les cieux n'étaient guère cléments. Elle ne parvenait pas à sortir de sa fichue cage, même lorsque la porte était ouverte.

Au bord du désespoir, elle entendit une petite voix.

— Maman ?

Tess était là. Au prix d'un immense effort, Cora se ressaisit. S'effondrer maintenant, c'était mettre un genou à terre. À partir de là, Édith Carleton, certaine d'avoir gagné, ne rentrerait plus jamais les griffes. Elle s'en prendrait aux enfants de Cora, encore et encore, ce serait sans fin. Pour Tess et Léo, ces semaines en compagnie des Carleton avaient été difficiles. Cora savait que si elle perdait son sang-froid maintenant, elle risquait de leur imposer une année difficile. Une *vie* difficile.

Elle sourit, prit la main de Tess et se dirigea vers la porte.

— Si vous voulez bien m'excuser, madame Carleton, on m'attend... dans le jardin. J'avais complètement oublié que le jardinier voulait s'entretenir avec moi cet après-midi. Viens, Tess.

— Dites-lui de faire quelque chose pour vos massifs fleuris, lui lança Mme Carleton en se resservant une tasse de thé. Les rosiers ont besoin d'être taillés.

Mue par la nécessité de trouver un endroit calme, sonnée par ce qu'elle venait d'entendre, Cora traversa la maison, sortit dans le jardin et offrit son visage au soleil. Les miettes du pain d'épice de Tess, forcée de courir pour suivre le rythme de sa mère, collaient à leurs deux mains serrées.

« Je prévois de garder les enfants avec moi cette année. » Sans qu'elle s'en aperçoive, Cora avait pris le sentier qui menait à l'étang. Elle répugnait à l'admettre, mais ce dont elle avait vraiment besoin, là, c'était... Nate.

Elle s'arrêta net, étourdie par ses propres pensées.

Pendant des années, elle avait tout supporté seule. Son dos s'était habitué au joug des contraintes et des difficultés, façonné à la taille de ses étroites épaules. En cas de besoin, elle avait Gavin, ou Tabitha. Mais avant tout, c'était sur elle-même qu'elle comptait.

Que s'était-il passé ? Elle devait retrouver la maîtrise de ses émotions. Depuis quelque temps, elle se laissait beaucoup trop aller dans ce domaine.

Par ailleurs... ces dix derniers jours, Nate s'était montré étonnamment doué pour l'empêcher de faire le pas de trop. Il semblait toujours savoir quoi dire pour chasser sa mauvaise humeur et excellait dans l'art de rester impassible devant les critiques incessantes des Carleton.

— Maman ? demanda Tess en tirant sur sa main. Je veux aller voir Léo.

Cora hésita un instant, prise entre la maison et l'étang.

— Oui, ma chérie. Allons-y.

Elles cheminèrent tranquillement, Tess s'arrêtant çà et là pour cueillir fleurs et graminées. Comme elles approchaient de l'étang, des cris de joie leur parvinrent, suivis d'un énorme plouf.

— Léo !

Tess lâcha son bouquet et se mit à courir, disparaissant derrière un massif de gaillet jaune.

Ne voulant pas la perdre de vue, Cora s'élança derrière elle, contourna le massif et déboucha sur l'étang.

Et...

Oh.

Oh...

Oh.

Elle oublia momentanément tous ses soucis.

Léo se baignait, effectivement.

Et Nate Travers se baignait avec lui.

Cora se figea, subjuguée. Léo, malgré son visage encore poupin, était déjà un petit homme solide et agile. Essoufflé, heureux, il se propulsait dans l'eau à grand renfort d'éclaboussures, soutenu par Nate, debout, torse nu, de l'eau jusqu'aux cuisses.

Cora se sentit défaillir.

— Regarde ! cria Tess en courant vers Annie, qui faisait semblant de lire au bord de l'étang.

— Oh, ma chérie, murmura Cora. Je ne fais que ça.

Même si elle n'en avait plus besoin ; cette image était à jamais gravée dans sa mémoire.

Bonté divine.

Il était... magnifique. D'une beauté si insolente que la tête lui tourna. Intuitivement, elle avait imaginé que son corps serait puissant ; le charisme de Nate n'était pas feint. Cet homme était bien dans sa peau parce qu'il savait que cette peau était probablement la destination la plus désirable au monde.

Ce... n'était pas à cela qu'avait ressemblé son mari.

Nate était trempé de la tête aux pieds. De ses cheveux ébouriffés au charme exaspérant, l'eau ruisselait sur son visage, dans son dos, sur ses épaules. Sous la toison parfaite qui ombrait son torse, sa musculature souple se contractait sous l'effort et conduisait le regard de Cora un peu plus bas encore, à l'endroit où ses culottes de peau moulaient son anatomie de façon presque obscène.

Elle avait vu des statues grecques, des études anatomiques représentant la perfection masculine, mais elle comprenait aujourd'hui à quel point l'art était trompeur. Le marbre n'exprimait pas le mouvement du corps, la tension et la flexion des muscles, le reflet de l'eau et de la lumière sur la peau.

Un fol instant, il sembla à Cora qu'elle devait tendre la main et le toucher, que sa bouche était là pour rattraper chaque goutte, en remonter le cours jusqu'à ses lèvres...

Comment un homme pouvait-il être aussi beau ? Comment était-ce possible ?

— Je fais de la boxe, dit Nate.

Cora crut mourir de honte. Avait-elle dit quelque chose à voix haute ?

— Je...

Elle porta une main à sa joue en feu. Nate sourit d'un air entendu et satisfait. Les gouttes d'eau, sur ses épaules...

Elle aurait voulu être à leur place.

— Ne soyez pas timide, chérie, lança-t-il. Souvenez-vous de ce que vous m'avez dit dans la cuisine. Je vais être votre mari.

Un court instant, Cora se laissa aller à fantasmer. Cette peau lui appartenait ; elle pouvait presque sentir l'eau glisser entre ses doigts tandis qu'elle explorait ce torse chauffé par le soleil.

Tu ne serais pas la première veuve...

Tout ça, c'était la faute de Tabitha. Qu'est-ce qu'il lui avait pris d'écrire une lettre aussi indécente et de mettre des idées pareilles dans la tête de Cora ?

Au prix d'un réel effort, elle détacha son regard de Nate. Mais ses yeux tombèrent malheureusement sur un affleurement rocheux qui lui rappela la courbe de sa hanche, juste au-dessus de ses culottes moulantes.

Cora chancela.

— Qu'est-ce qu'il y a, maman ?

— Annie...

Cora se tourna. Annie tenait la main de Tess et regardait fixement l'étang.

— Annie !

La nurse cligna des yeux, sembla revenir à elle.

Pour l'amour du ciel.

— Vous voulez bien ramener Tess et Léo à la maison ? Je vous rejoins dans un moment.

Sa voix était étonnamment calme pour quelqu'un que le désir enflammait.

Annie prit tout son temps pour envelopper Léo dans une serviette et reprendre Tess par la main. Ils disparaissaient au bout du chemin quand Nate sortit de l'étang, aussi lumineux qu'un second soleil.

— Ah, flûte..., dit-il en regardant le sentier.

— Quoi ?

— Tess est déjà partie. Je voulais lui dire que j'avais vu le canard.

Sa déception étonna Cora. Un canard blanc solitaire nichait quelque part sur le domaine. Sa méchanceté et sa voracité étaient de notoriété publique. Le volatile avait un jour poursuivi Léo sur la berge, battant furieusement des ailes, jusqu'à ce que l'enfant lui jette tout son pain. Mais c'était aussi l'animal préféré de Tess, et Cora trouva attendrissant que Nate s'en souvienne.

Elle ne tarda pas à se rendre compte qu'être seule avec Nate Travers, gentil et torse nu, était de sa part une erreur fatale.

— Avez-vous... avez-vous une serviette, peut-être ? Ou... des vêtements ?

Nate haussa une épaule à l'arrondi parfait.

— J'avais prévu de me sécher au soleil.

— Alors... trouvez... autre chose que le soleil. Ça, par exemple.

Elle se baissa, ramassa sa chemise et la lui lança d'une main tremblante, avant de se retourner. Elle l'entendit se rhabiller.

— Vous pouvez venir, vous savez. Il y a suffisamment de place pour deux sur ce rocher. Si vous ne craignez pas de vous mouiller un peu.

Cette fois, c'en était trop.

Cora fit deux grands pas en avant, s'approchant suffisamment de Nate pour compter les gouttes d'eau dans son cou.

Mais elle ne compta rien.

Elle allait le pousser dans l'eau.

— Je devrais vous renvoyer d'où vous venez.

Elle posa une main à plat sur sa poitrine et faillit perdre l'équilibre. Elle s'était imaginé que, sans chemise, Nate présentait un danger. Mais maintenant qu'elle sentait la chaleur de son torse à travers l'étoffe... le danger semblait plus présent que jamais.

— Chiche, murmura Nate en l'attrapant par le bras. Croyez-moi, Cora, rien ne me ferait plus plaisir.

Elle sentit son pouce caresser doucement le creux de son coude, devenu soudain le centre de toutes ses sensations.

Quelque part, loin en elle, une petite flamme s'alluma, vacillante, et s'approcha lentement mais sûrement d'une mèche bien huilée.

Le désir.

Ce devait être ainsi que les choses se passaient.

Lentement.

Vite.

Nate se pencha vers elle, et elle sentit son souffle sur sa tempe.

— Mais je vous préviens, ma chère, je ne tomberai pas seul. Si je plonge, vous plongez avec moi.

Elle fit un pas en arrière, méfiante. Il la tenait toujours. Sa main était si grande qu'elle faisait le tour de son bras.

— Vous n'oseriez pas.

— Je n'hésiterais pas un instant.

— Et si je ne sais pas nager ?

Il eut un sourire carnassier.

— Alors je devrai vous réanimer.

— Pff ! Je préférerais demander de l'aide au canard.

Surpris, Nate regarda derrière lui.

— Pourquoi, il est ici ?

Ce fut plus fort qu'elle, Cora éclata de rire. Nate la lâcha, ravi de voir qu'elle avait retrouvé sa bonne humeur. Une fois de plus, il lui avait changé les idées.

Mais Cora se souvint soudain de la raison pour laquelle elle avait pris le chemin de l'étang, le ventre noué par l'inquiétude, justement parce qu'elle avait besoin de penser à autre chose. Les menaces d'Édith Carleton refirent surface, et sa bonne humeur s'évanouit.

Devant ce changement brutal, Nate s'inquiéta.

— Cora ?

Le regard de la jeune femme se perdit sur l'étang, ses épaules se voûtèrent.

— Ah, je vois, soupira-t-il. Ediktat Carleton. Que vous a-t-elle encore fait ? Des reproches, comme d'habitude ?

Cora se pinça l'arête du nez, tentant de repousser le mal de tête qu'elle sentait poindre, et se laissa lentement tomber sur le rocher.

— Pire. Bien pire. Elle a déclaré qu'après notre mariage son mari et elle prendraient les enfants. Pour nous laisser tranquilles. Pendant un an...

Nate se passa une main sur le visage et s'assit à côté d'elle. Il était presque sec et sentait le grand air, l'eau et le soleil.

— Cela vous surprend-il vraiment ?

Elle le regarda sans comprendre. Il haussa les épaules.

— Ne vous est-il jamais venu à l'idée que votre veuvage n'avait rien à voir dans la décision d'Édith Carleton de prendre vos enfants ? Que c'était juste un prétexte pour elle, l'éventualité d'un remariage étant peu probable ? Et que maintenant que vous lui agitez votre fiancé sous le nez, elle cherche une nouvelle approche ?

Cora frissonna.

— Je n'avais pas vu les choses sous cet angle, soupira-t-elle, se faisant l'effet d'une imbécile. Mais vous avez sans doute raison.

Nate ramassa un caillou et en frotta la surface lisse du bout des doigts.

— Fordham est pareil. Son raisonnement varie de temps en temps, mais son objectif est toujours le même : me changer.

Il lança le caillou, qui ricocha deux fois sur l'étendue scintillante et verte de l'étang avant de disparaître en ridant la surface de l'eau.

— Je sais que c'est difficile, mais vous devriez essayer de ne pas attacher tant d'importance à ce que raconte cette vieille pie.

— Vous croyez ?

— C'est bon signe, déclara Nate. Elle croit à notre histoire.

À son tour, Cora prit un caillou, le soupesa au creux de sa paume, sentit sa chaleur.

— C'est un jeu, Cora. Vous n'avez pas les bonnes cartes, alors vous devez bluffer. Et je bluffe avec vous. Tout ça, là – sa main fit un va-et-vient entre eux –, sera terminé bien avant le mois de septembre. Ses menaces resteront lettre morte.

Cora fixait le caillou dans sa main d'un air sombre. Même si elle partageait le point de vue de Nate, voir combien il était pressé de rentrer à Londres la blessait. Il devait s'ennuyer à mourir ici, compter les jours qui restaient jusqu'au versement de son salaire. C'était un débauché notoire, après tout. Et à cause d'elle et de sa famille, il se retrouvait à jouer les nurses, passait ses journées à lire des histoires et à se baigner.

— Vous avez raison, dit-elle, chassant ses idées noires. C'est un jeu. Et c'est temporaire.

Elle se leva et lança son caillou, qui ricocha sur l'eau.

— Pas mal pour une vicomtesse, dit Nate avec un sifflement admiratif, avant de se lever à son tour.

— Qu'est-ce que vous croyez ? dit Cora en lui donnant un coup d'épaule un peu plus appuyé que nécessaire. Je suis une vicomtesse qui a trois frères. Et je peux encore vous pousser dans l'étang...

Elle ponctua sa menace d'un autre coup. Un frisson électrisa son épaule à l'endroit où elle l'avait touché, et...

Avant qu'elle comprenne ce qui se passait, Nate était tout contre elle et posait les mains sur ses hanches.

L'espace d'un instant incroyable, elle se sentit à l'abri.

Il baissa les yeux sur elle, la prit par la taille. Sous la pression de ses doigts brûlants, elle sentit le sang pulser dans ses veines. La pointe durcie de ses seins était à l'étroit sous l'étoffe de sa chemise, et elle avait la gorge sèche.

Elle le regarda, son sourire s'évanouissant devant la puissance insondable qui se dégageait de Nate en cet instant précis.

Soudain, il pivota, et elle s'envola, dans ses bras, en direction de l'étang.

Un instant, elle crut qu'il la jetait vraiment à l'eau et, dans un sursaut puéril, se prit à espérer qu'il le ferait.

S'il te plaît. Fais-moi voler.

Mais il ne la lâcha pas, la ramena vers le rocher et la posa.

Cora chancela, sidérée.

— Vous êtes sûre de ne pas avoir envie d'un petit bain ? J'ai l'impression que vous avez un peu chaud, non ?

Il la fixait, insolent. Cora se sentit perdue.

C'était un monstre. C'était un ami.

Et il allait partir.

L'espoir qui l'avait animée se tut. Elle le sentit replier ses ailes autour de son cœur, en étouffer les battements. Il ne pouvait rien advenir de bon de cette histoire. Elle devait garder le cap et ne songer qu'au bien-être de sa famille.

Elle opposa à Nate un regard buté.

— Non, ça va très bien, merci. Je préfère la terre ferme.

Il secoua la tête. Cora sentit qu'elle l'avait déçu et eut soudain très envie qu'il la lance dans le ciel.

— Si vous le dites.

12

Cora,

Vu que je ne sais vraiment pas quoi écrire… je vais peut-être commencer par évoquer certaines de vos habitudes.

À 10 h 30 ce matin, vous aviez déjà écrit huit lettres : quatre à envoyer et quatre doubles, apparemment à conserver pour la postérité (je peine à imaginer un avenir lointain où quiconque pourrait avoir besoin de prouver que Tabitha et vous dissertiez longuement sur les relations extraconjugales de Mme Putman, mais bon, c'est comme ça).

Ensuite, vous avez renversé du thé sur votre robe à fleurs et vous avez réagi assez sèchement à ma plaisanterie, pourtant très drôle, concernant l'arrosage des plates-bandes. Vous avez prêté une oreille plus que distraite à l'évaluation faite par le pasteur des récoltes de cette année ; vous avez caché à Mme Carleton votre roman coquin ; vous avez refait les rubans de Tess au moins trois fois – après, j'ai perdu le compte.

Et vous m'avez souri deux fois.

*

* *

— Bien, tout le monde est prêt ? On nous attend au domaine des Wallace dans une heure.

L'enthousiasme de Cora était convaincant, mais Nate n'était pas certain de le partager. Rejoindre les rangs de la bonne société ne le réjouissait pas plus que cela. Néanmoins, la session du Parlement ayant officiellement pris fin, toute la campagne était en effervescence. Aujourd'hui, ils étaient invités à une partie de chasse chez lord et lady Wallace. Le lendemain, Cora se rendrait au bal des Monmouth.

Et Nate rentrerait à Londres.

Quitter Aldworth Park le contrariait. Il n'avait toujours pas eu de réponse de Raymond. Il ignorait ce qui l'attendait en ville. Et ce qui attendait Cora dans le Berkshire. Et surtout, il ignorait pourquoi tout cela distillait en lui un sentiment de crainte.

— Je crois que nous sommes prêts, dit Cora à son valet, en lissant nerveusement sa robe verte.

— Vous êtes très jolie, Cora.

Nate toussota, tout en refoulant une irrépressible envie de lui prendre la main. En bon débauché qu'il était, il joua avec ses boutons de manchettes et en fit tomber un.

— Tu ne trouves pas que ta maman est très jolie ?

Léo sourit, aux anges, et tapota la main de sa mère. Au moins un homme dans cette voiture était-il capable de se comporter en gentleman.

Cora sourit à ses enfants, ravis et impatients. Elle avait cet effet sur Nate aussi. C'était tout de même incroyable – quelques semaines plus tôt, il avait fui le bal de son frère parce qu'il ne supportait pas ce genre d'épreuve digne d'un autre siècle que la bonne société persistait à vouloir lui imposer. Mais il y avait quelque chose chez Cora quand elle s'enthousiasmait qui semblait transformer tout le monde. Léo et Tess se comportaient si adorablement que c'en était ridicule. Même Annie, qui était du voyage, paraissait d'humeur plus légère que d'habitude.

Inutile de dire que tous avaient besoin d'une journée sans les Carleton. Et les Wallace étaient d'agréable compagnie. Nate avait étudié à Eton avec Finnegan, et Cora connaissait sa femme depuis longtemps. Qui plus est, la semaine précédente, lady Wallace lui avait écrit en la pressant de venir accompagnée de sa famille ; ses fils étaient presque du même âge que Léo.

Cora avait été soulagée à l'idée de ne pas devoir laisser Tess et Léo à Aldworth Park. Mais Nate ne pensait qu'à l'étrange réaction de son estomac lorsqu'il avait entendu le mot « famille ».

— Cette partie de chasse vous fait-elle plaisir ? lui demanda Cora.

La grosse berline du domaine s'ébranla. Un courant d'air bienvenu circula par les fenêtres ouvertes. Le domaine des Wallace était à peine à une demi-heure de route, mais il régnait déjà dans l'habitacle une chaleur étouffante.

Nate se tourna vers Cora, étendant un bras sur le dossier de la banquette. Son intention avait été de s'asseoir en face d'elle, comme le dictaient les convenances, mais Léo et Tess avaient insisté pour être à côté d'Annie, ce qui aurait pu déboucher sur une dispute si Cora n'avait pas été d'humeur aussi indulgente.

La solution retenue convenait très bien à Nate.

— Ce n'est pas une partie de chasse, rectifia-t-il. Nous allons juste tirer des faisans.

Cora haussa les épaules, perplexe.

— Je sais que c'est ce que disait l'invitation, mais la saison du faisan ne commence-t-elle pas en...

— Novembre ? C'est bien une réflexion de bonne femme, ça.

Cora leva les yeux au ciel. Sur le dossier, la main de Nate n'était plus qu'à quelques centimètres d'elle.

Plus qu'une journée.

La brise faisait flotter par intermittence dans la voiture le parfum de Cora, fleuri, capiteux. Encore ce fichu mélange – romarin et… agrumes ? Il l'ignorait toujours et se posait la question à chaque effluve. Était-ce un parfum dont elle déposait une goutte au creux de son cou ? Ou un baume qu'elle passait sur ses lèvres d'un rose poudré ? Sans doute ne le saurait-il jamais. Franchement, il fallait être un saint pour supporter ce qu'il avait vécu ces quinze derniers jours.

Mais Cora ne semblait pas remarquer son trouble.

— Donc, si la saison du faisan est en novembre, pourquoi, au juste, aller les chasser en plein mois de juillet ?

Était-elle consciente de la présence de sa main, tout près de son cou ? En tout cas, elle n'en laissait rien paraître. Devant sa chevelure d'un acajou profond, si près de ses doigts, il eut soudain l'image d'un autre couple, dans une autre vie. Deux êtres satisfaits de cette affection tranquille qu'apporte le quotidien, les doigts d'un homme glissés dans les cheveux d'une femme, tête posée au creux de sa paume, tous deux alanguis au soleil de l'après-midi.

— Nate ?

Bon. Personne, dans cette voiture et dans cette vie, ne pensait quotidien ou affection.

— D'après le mot que Wallace a envoyé, les sous-bois de son domaine sont envahis de faisans. Il aimerait en réduire la population avant l'ouverture de la saison à l'automne.

— Et lady Wallace a sauté sur l'occasion pour organiser cette garden-party. Enfin. J'étais en manque de sorties, vous savez.

Cora rayonnait, à croire qu'elle avait personnellement orchestré la surabondance de faisans.

— Êtes-vous prête ?

Nate se risqua à effleurer son épaule du bout de son index. Si Cora le laissait faire, il ne bougerait pas. Il en était à ramasser les miettes qu'elle voulait bien lui laisser, à respecter tout en les détestant les règles qu'elle imposait. C'était pathétique.

Rien n'avait changé.

Et pourtant...

D'un geste, elle le repoussa, puis se frotta vigoureusement les mains.

— Absolument, dit-elle avec délectation. Je sais qu'Emmeline Carrington se croit la reine du piquet, mais elle ne sait pas ce qui l'attend aujourd'hui.

— Vous n'avez pas oublié ce que je vous ai dit ? Toujours écarter...

— Les neuf et en dessous, poursuivit Cora avec un hochement de tête à la fois guindé et calculateur. Même si je perds la suite.

Ces derniers soirs, Nate lui avait appris à jouer aux cartes en fin stratège. Elle avait révélé un esprit de compétition surprenant, ce qui l'avait réjoui. Bon Dieu, la détermination de Cora était irrésistible.

— Perdez tous les points que vous voulez au début, ce sont les derniers tours qui comptent, lui rappela Nate. Et si rien ne marche, empêchez-la de se défausser. Comme je dis toujours...

— « Si vous ne pouvez pas gagner, essayez de ne pas perdre. » Je sais, dit Cora avec un sourire ravageur. Mais je n'aurai pas besoin d'un garde-fou. Je vais tous les battre à plate couture.

— C'est bien.

La voix de Nate était tombée dans les graves. Cora rosit et, apparemment consciente de sa réaction, baissa aussitôt les yeux pour jouer avec son bracelet.

Nate retira son bras. C'était devenu son rituel quotidien : savoir où commencer, savoir quand s'arrêter.

« Si vous ne pouvez pas gagner, essayez de ne pas perdre. »

La présence de Cora, si près de lui mais inaccessible, rappela à Nate qu'il ne la verrait pratiquement pas de la journée. Ce n'était pas plus mal. Il avait besoin de boire, de pousser des jurons, de courir dans la forêt, une arme à la main. N'importe quoi qui lui permette de se défouler.

— Je sais que je vous en ai déjà parlé, reprit-il en se tournant vers Cora, mais je rentrerai à Aldworth de mon côté, ce soir. Wallace a un nouvel étalon et m'a demandé de le débourrer un peu. Je rentrerai donc à cheval.

— Vous prendrez un valet avec vous ? demanda Cora, faussement détachée. Parce que... il sera peut-être tard, et vous ne connaissez pas ces allées cavalières.

Elle s'était résolument tournée vers la fenêtre pour dissimuler son inquiétude.

Cela émut Nate. Deux semaines plus tôt, il se serait moqué de ce genre d'attention. Mais finalement, ce n'était pas si mal, d'avoir quelqu'un qui s'inquiétait pour vous.

— Je ne rentrerai pas tard.

À son tour, il regarda par la fenêtre, ne sachant s'il avait envie de sourire ou de s'agacer. Comment expliquer que sa main brûlât de retrouver sa place sur le dossier ?

Plus qu'un jour.

Deux semaines plus tôt, si quelqu'un avait dit à Nate qu'il passerait son été dans le Berkshire, à jouer les futurs époux avec une femme qui rédigeait toute sa correspondance en double, il aurait demandé à cette personne un verre de la même chose, parce que, assurément, ce breuvage vous faisait faire un sacré tour de manège.

Et pourtant, ne voir dans cette expérience qu'une mascarade aurait été très réducteur. Cora était bien réelle – étonnante, agaçante, joueuse, douce. Avec elle, il se sentait en décalage permanent, toujours à essayer de la rattraper. Et ce qu'il n'arrivait pas à découvrir d'elle pendant la journée, son inconscient se chargeait de le lui décrire la nuit.

Ces rêves incessants étaient devenus une véritable torture. Le désir de Nate pour Cora n'avait d'égal que l'évidente impossibilité de sa concrétisation. Chaque matin, c'était la même chose : il ouvrait les yeux, fébrile, dans un état d'excitation intense, et n'avait d'autre solution que de se masturber pour soulager son érection, sans parvenir pour autant à calmer son désir, le regard brûlant de Cora le fixant dès qu'il fermait les yeux. Ensuite, il se mettait à son bureau et faisait tourner sa plume entre ses doigts, pas par manque d'inspiration mais parce qu'il craignait d'en dire trop dans les fausses lettres qu'elle lui avait demandées.

Elle était à la fois fantasme et réalité. Et, bon Dieu, si ce n'était pas explosif, ce genre de mélange...

Pour le moment, son regard frondeur suivait la délicate courbe de sa nuque. Il y avait là une boucle rebelle qu'aucune épingle à cheveux ne semblait capable de retenir. Il s'autorisa une parenthèse de fantasme – une main plaquée sur sa cuisse, il soufflerait doucement sur ces mèches pour les faire s'envoler, puis dessinerait la ligne de son collier de perles du bout de la langue. Elle pousserait un soupir, qu'il attraperait en posant ses lèvres sur les siennes, humides, entrouvertes...

— Nate ? Ça veut dire quoi, tirer des faisans ?

La question de Léo le tira de sa rêverie érotique.

— Eh bien... euh...

Cora le fixait, comme pour le mettre en garde.

— Léo aime beaucoup les animaux. N'est-ce pas, mon chéri ?

Nate fit son possible pour expliquer le concept de la chasse au garçonnet sans pour autant le traumatiser.

— Et ensuite, une fois que les faisans... *dorment*... les chiens remontent leur piste pour que le garde-chasse les retrouve...

Tess tourna aussitôt la tête dans sa direction, les yeux comme des soucoupes.

— Les chiens ?

— Euh... oui. Lord Wallace aura sorti ses chiens de chasse...

La lèvre inférieure de la fillette se mit à trembler. Nate se tut, avec le sentiment qu'il avait fait une bourde.

— Non, non, non...

Tess grimpa d'un bond sur les genoux de sa mère.

— J'avais oublié, murmura celle-ci en posant une main sur la tête de sa fille. Tess, écoute, ma chérie. Il ne faut pas t'en faire, ce...

— Pas les chiens, déclara Tess. Pas les chiens.

Nate n'en revenait pas. S'agissait-il bien de l'enfant qui adorait les canards enragés et les pirates ?

Annie avait repris Tess et tâchait de la calmer.

— Allons, Tess, ne t'inquiète pas. Nous resterons loin des chiens.

— Je veux voir les chiens, moi, intervint Léo.

Tess se mit à hurler.

— Les chiens la terrifient, expliqua Cora en la reprenant. Je ne sais absolument pas d'où ça vient.

— Je dois avoir un biscuit quelque part, marmonna Annie en cherchant dans son sac.

— Nous allons la soudoyer ? murmura Cora, horrifiée.

— Si vous ne le faites pas, c'est moi qui m'en chargerai, fit Nate avec une grimace.

Il y avait dans le cri de Tess des aigus à faire rougir une soprano, et la maison des Wallace n'était plus très loin.

« Plus qu'un jour, se rappela-t-il en priant pour que ses tympans tiennent le coup. Il ne reste plus qu'un jour. »

Hélas, le soulagement escompté ne fut pas au rendez-vous.

— Lady Dane, monsieur Travers. Si vous voulez bien me suivre.

— Cette fois, c'est parti, ma chérie, murmura Nate. Notre public nous attend.

L'épisode chiens mis à part, le trajet s'était terminé sans encombre et, étonnamment, tout le monde était arrivé d'excellente humeur au domaine des Wallace. Tess avait fini par se calmer – les biscuits avaient prouvé leur efficacité –, et la gouvernante accueillit chaleureusement les enfants et Annie avant de les accompagner jusqu'au jardin, où se trouvaient les autres enfants et leurs nurses.

— On reste calmes, murmura Nate tandis que Cora et lui suivaient le majordome jusqu'au salon des Wallace.

Il lui prit le bras, laissa ses doigts courir sur l'intérieur de son poignet et sentit Cora se raidir légèrement, ce qui eut pour effet de réveiller d'agréables sensations du côté de son entrejambe.

— Je suis calme, dit Cora, manquant de marcher sur sa jupe. Mais vous, l'êtes-vous ?

— Je suis toujours calme, répondit Nate avec un clin d'œil. De ce point de vue au moins, on peut compter sur moi.

— Alors ne changez rien. Les clins d'œil. Les... caresses sur le poignet. C'est le genre d'attitude qu'il nous faut. Et ne lésinez pas sur les fossettes non plus.

— J'aime tellement quand vous me dites ce que je dois faire. Presque autant que lorsque vous me dites ce que je ne dois pas faire, ajouta-t-il à son oreille.

— Vous vous amusez. C'est déjà ça.

— Je pourrais faire en sorte que vous vous amusiez vous aussi, mais vous me répétez sans arrêt que je dois bien me tenir. Et malheureusement, ces deux activités sont incompatibles.

Tant qu'il pouvait la taquiner, il n'allait pas s'en priver...

— Espèce de...

— Lady Dane et M. Travers, annonça le majordome.

Nate espéra sincèrement que sa voix de stentor avait couvert le juron vraiment très grossier de Cora.

Lady Wallace vint aussitôt à leur rencontre.

— Lady Dane ! Et... monsieur Travers.

D'un regard oblique, elle avait jaugé Nate, et ce qu'elle avait vu l'avait visiblement impressionnée. Mais elle se ressaisit bien vite et le laissa s'incliner et lui prendre la main.

— Lady Wallace, dit-il avec un sourire chaleureux. Vous êtes magnifique, comme il fallait s'y attendre.

Elle rosit, rit pour se donner une contenance, puis se tourna vers Cora.

— J'ai appris la nouvelle ! souffla-t-elle.

Aussitôt, Cora fut séparée de Nate et accaparée par un petit groupe de femmes qui gloussaient nerveusement. Il reconnut parmi elles les filles Carrington, célibataires, avec qui il aurait dansé au bal de Fordham s'il n'avait pas pris la tangente.

Il lui semblait que cela faisait des années.

Cora ayant l'escadron de commères en main, Nate contourna le groupe parfumé aux dominantes pastel et se dirigea vers les hommes, qui se tenaient tous à l'autre bout du salon.

Il accepta un verre de cognac et salua d'un mouvement de tête lord Monmouth et John Carrington. Il lui était difficile d'ignorer la demi-douzaine de regards féminins qui le scrutaient, comme s'ils avaient affaire à un étalon avant la mise aux enchères.

— Messieurs, vous êtes prêts ? dit Wallace en leur faisant signe d'avancer. Les chevaux nous attendent.

Les hommes quittèrent le salon sans un regard pour ces dames. Nate suivit le mouvement, mais alors qu'il s'apprêtait à franchir le seuil du salon, quelque chose le fit s'arrêter, et il se retourna. Cora le regardait. Elle aussi le jaugeait. « Elle joue le jeu », se rappela-t-il. Mais il lui rendit son regard, en lui décochant lentement un sourire possessif et lourd de sous-entendus.

Lui aussi jouait le jeu, mais l'intensité de ce qu'il ressentit alors n'était pas feinte. Pas plus, lui sembla-t-il, que l'émotion sur le visage de Cora.

Lady Wallace poussa un petit cri.

— Lady Dane, il est…

Nate n'entendit pas ce que lady Wallace et ses amies pensaient de lui. Il était déjà sorti.

De toute façon, c'était le cadet de ses soucis.

— Bravo, messieurs, sacré butin. On peut dire que la chasse a été bonne aujourd'hui.

Comme promis, les faisans avaient été nombreux. Lord Wallace regardait le garde-chasse, qui attachait les oiseaux deux par deux et semblait très content de lui.

Nate manifesta son approbation sans grande conviction et détourna le regard, pensant à Léo.

Pour tout dire, cette chasse au faisan n'avait pas été aussi distrayante qu'il l'avait espéré. Il était assez bon tireur, et le garde-chasse avait calé leur sortie sur le moment où les faisans étaient nourris. L'expérience aurait dû être un vrai moment de détente.

Mais justement, c'était le problème ; tirer ces oiseaux était trop facile. Il n'y avait rien de naturel dans cette chasse. Nate préférait relever un défi. Il avait besoin d'authenticité.

Et il savait qu'avec Cora à ses côtés il aurait les deux, en abondance.

— Je propose que nous rejoignions ces dames pour un rafraîchissement, dit Wallace en faisant signe à ses invités d'avancer.

Dans un joyeux brouhaha, tout le monde confia son gibier au garde-chasse et prit la direction du manoir, à travers le sous-bois.

Nate, d'humeur maussade, l'esprit occupé par une ampoule qui devenait douloureuse, n'écoutait qu'à moitié ce qui se disait autour de lui, quand il entendit son nom et fut forcé de prêter attention à la conversation.

— J'avoue que je me demande encore comment vous avez fait, Travers.

— C'est exactement ce que j'ai dit à ma femme. C'est tout de même bizarre que lady Dane se remarie, non ? s'étonna Wallace. Elle n'a pas grand-chose à y gagner. Elle perdra sa dot, ça, c'est certain. Et ne le prenez pas mal, Travers, mais vous n'êtes pas encore titré.

Nate serra les dents. Cette façon de préciser en passant qu'il n'apportait strictement rien à cette union claqua dans son esprit comme un coup de feu. Entendre ces mots dans la bouche d'un autre homme – il était ridicule qu'une vicomtesse riche et libre puisse s'attacher à un mufle sans le sou – lui rappelait que Cora l'avait simplement choisi parce qu'il était le seul homme de sa connaissance dont elle savait qu'il accepterait de jouer ce rôle.

— Mais qu'est-ce qu'un titre, après tout ? dit-il d'un ton badin. Je n'ai pas l'impression que cela vous ait apporté grand-chose, à tous.

Il y eut des rires, quelques moqueries, et grâce à Dieu, personne ne se rendit compte que Nate ne plaisantait pas.

— Une chose est sûre, dit Monmouth avec un sourire en coin, Travers, lui, y gagne quelque chose.

À l'idée que ces êtres sans intérêt puissent insinuer quoi que ce soit de vulgaire concernant Cora, un éclair de fureur le traversa. Puis un doute nettement plus préoccupant le saisit : et s'ils parlaient du contrat ? Monmouth avait-il pressenti l'existence d'un arrangement entre Cora et lui ? Non, impossible. Personne n'était au courant en dehors de Cora, de Tabby, de Gavin Sinclair et de lui-même.

Et pour tout dire, Nate n'avait plus pensé à ce contrat depuis des jours.

Son séjour à Aldworth Park ne lui faisait plus du tout l'effet d'un emploi rémunéré.

— Que voulez-vous dire ? demanda-t-il prudemment.

— Eh bien, le fils de lady Dane hérite d'Aldworth Park, ne l'oubliez pas, répondit Monmouth en le regardant. J'imagine qu'en tant que beau-père vous vivrez bien.

— Ça, c'est vrai, confirma Carrington. Mon cousin est le tuteur de son neveu – il est plein aux as.

Nate fronça les sourcils. Cette information le laissait perplexe.

— Je croyais que la loi était assez stricte dans ce domaine. Un tuteur ne peut pas tirer un bénéfice financier de son rôle, si ?

— Sur le papier, il ne peut pas, dit Carrington. Et, bien sûr, un tuteur ne peut pas hériter non plus. Mais si des investissements fructueux sont réalisés, il n'est pas impossible, pour le tuteur, d'écrémer les plus-values, surtout si de son côté il a quelques affaires. Il suffit qu'il s'arrange pour que tout concorde dans les comptes à la majorité de l'enfant… et hop, ni vu ni connu.

La conversation se poursuivit sur le cousin de Carrington, mais Nate ne pensait qu'à ce qu'il venait d'entendre. Il ne s'était pas rendu compte que Carleton pourrait tirer profit de son rôle de tuteur de Tess et de Léo.

Voilà qui donnait à réfléchir.

Alors que les chasseurs, sortis du sous-bois, remontaient vers la maison, une cacophonie d'aboiements tira Nate de ses pensées.

Le garde-chasse de Wallace était resté en arrière pour s'occuper des faisans, et le responsable du chenil avait disparu. Les chiens, en liberté, s'égaillaient sur la pelouse, en direction du jardin.

— Wallace ! appela Nate en accélérant le pas. Vos chiens.

— Ce n'est rien, ne vous inquiétez pas, répondit Wallace avec un geste de la main. Ils ont dû entendre les enfants dans le jardin.

Nate regarda aussitôt vers le jardin. Le petit groupe d'enfants s'y trouvait et jouait. En cherchant bien, il repéra la tignasse brune de Léo et, en marge du groupe, les boucles blondes de Tess, dont le ruban avait une fois de plus disparu.

Un début d'angoisse l'étreignit.

Les chasseurs continuaient leur chemin vers le manoir sans se soucier des chiens, et encore moins des enfants. Nate aurait dû faire comme eux, il le savait. Il devait jouer son rôle jusqu'au bout, suivre la pelouse jusqu'à la terrasse, vers un bon cognac, un déjeuner et la désinvolture oiseuse qu'on attendait de lui.

Mais il ne pouvait pas. Car soudain, Nate était de retour dans la voiture et entendait les hurlements terrifiés de Tess. « Pas les chiens. »

— Wallace, insista-t-il. Rappelez vos chiens, s'il vous plaît.

— Ils sont inoffensifs, dit Wallace avec une pointe d'agacement. Ils veulent juste voir les enfants, ce n'est pas...

Nate comprenait, bien sûr. La raison lui dictait de ne pas insister, de ne pas se mêler de cette histoire d'enfants. Cela ne le regardait pas. Les chiens étaient bien dressés, et Wallace ne les laisserait pas jouer avec son fils s'ils présentaient un danger.

Les limiers aboyèrent joyeusement quand un garçonnet leur ouvrit la grille et les laissa entrer dans le jardin.

Les boucles aériennes de Tess jaillirent presque aussitôt derrière le muret de pierre. Nate était loin, mais il vit ses yeux s'arrondir sous l'effet de la peur.

Puis son cri terrifié résonna.

— Nooooon !

Nate paniqua et oublia son rôle.

— Travers ?

Wallace le regardait sans comprendre.

Mais la pondération n'était tout simplement plus possible. Rien ne l'avait jamais fait réagir aussi vite que ce cri. C'était absurde, mais d'une certaine façon, Nate eut l'impression que ses oreilles étaient réglées sur la fréquence du cri de Tess.

Il entendait parfaitement sa petite voix par-dessus celle des autres enfants, par-dessus les aboiements des chiens.

Et par-dessus tous les doutes qui l'avaient assailli jusqu'ici.

Il se mit à courir en direction du jardin.

— Tess a peur des chiens.

On avait promis à Tess qu'il n'y aurait pas de chiens, et il y en avait. Ceux de Wallace étaient très doux, mais cela ne comptait pas. Pas plus que les mines stupéfaites de ces messieurs lorsqu'ils virent Nate courir comme un dératé vers le jardin.

La seule chose qui comptait, c'était d'atteindre Tess.

Mais il arriva trop tard.

Les chiens s'étaient rués sur le groupe d'enfants qui, pour la plupart, étaient ravis de voir leurs jeux interrompus par ces visiteurs à poils.

À l'exception d'une petite fille qui tremblait de peur.

— Nom de Dieu...

Nate la perdit de vue en contournant un massif. Mais il entendait toujours son cri.

Il franchit le muret d'un bond et la vit qui cherchait à se hisser sur un banc. Ses petites jambes remuaient dans le vide, ne trouvaient rien pour s'appuyer. La panique la faisait glisser, et ses pleurs redoublaient.

La terreur déformait son visage. Annie tentait de la calmer, mais la terreur était plus forte que tout. La fillette se mit à trépigner, hoquetant, tremblant de tout son être, essayant sans y parvenir de prononcer trois mots.

— P-p-pas... l-les... chiens.

La voir dans cet état plongea Nate dans un abîme de désarroi.

Il avait peur pour elle ; il avait peur avec elle.

Jamais il ne s'était senti aussi mal de sa vie.

Il courut jusqu'à elle, le cœur battant à tout rompre.

— Tess ! Tess, tout va bien, ma chérie. N'aie pas peur.

En entendant sa voix, elle se retourna. Ses yeux bleus brillants de larmes se posèrent sur lui. *Enfin, te voilà.*

— Nate !

Il s'arrêta l'espace d'un instant et la regarda, stupéfait, descendre du banc et courir vers lui aussi vite que le lui permettaient ses courageuses petites jambes.

Elle venait vers lui.

Il fit encore deux grands pas et la souleva dans les airs, la serra dans ses bras. Tremblante, elle s'accrocha à ses épaules, se lova contre lui, petit animal blotti.

— Chuuut... chuuut. Tess...

Ses menottes agrippèrent le revers de sa veste, et elle enfouit son visage dans son cou.

— J'aime pas...

Nate comprit alors ce qui se passait. Tess avait peur, mais pas des chiens. C'était sa propre terreur qui lui faisait peur. Elle avait compris qu'elle pouvait ressentir de la peur, qu'elle le devait, dans certaines situations, et c'était cela même qui la terrifiait.

Il connaissait très bien ce sentiment.

— Tout va bien, ma chérie, je suis là, murmura Nate en lui caressant les cheveux, priant pour que ce geste soit le bon. Ne pleure pas, tu ne risques rien... Je suis là.

— Tu es fort, dit-elle en reniflant contre lui.

Nate pouvait dire adieu à son foulard, mouillé de larmes et de Dieu sait quoi d'autre.

— Oui, je suis très fort, confirma Nate. Plus fort que les chiens. Plus fort que tous ceux qui voudront t'embêter, Tess.

La détermination que Nate éprouva en cet instant n'avait rien à voir avec ses fausses fiançailles, rien à voir avec le rôle qu'il devait jouer pour mériter la somme promise par Cora.

Tess l'avait choisi. Elle lui offrait son affection, et ce cadeau n'avait pas de prix.

Bon Dieu.

Enfin, le souffle de Tess se fit plus régulier et, sous sa grande main, Nate sentit les hoquets de l'enfant se calmer.

Tess posa une joue mouillée contre celle de Nate. Il chercha sa petite main, la trouva, la serra fort.

Elle le serra en retour.

— Alors, voyons voir. Où sont vos beaux saphirs, lady Swifte ? Montrez-les-moi.

Tess s'écarta un peu. Ils étaient bien là. Deux joyaux un peu rougis par le chagrin, qu'un grand sourire vint bientôt illuminer.

Fin du drame. Nate frissonna de soulagement. Il allait l'emmener dans la maison. Elle voudrait sûrement voir sa maman.

C'est alors qu'il vit Cora, sur la terrasse, qui les regardait.

Une main posée sur sa gorge, elle faisait rouler ses perles entre ses doigts, son beau visage empreint d'une émotion étrange qui l'intrigua.

Ce n'est que lorsqu'il la sentit s'installer au plus profond de son être que Nate la reconnut.

13

Cabinet Sinclair, Gray's Inn, Londres,
juillet 1819

Cora,

Je m'apprête à procéder au règlement prévu par le contrat de Travers, mais j'ai besoin de savoir comment il souhaite percevoir ces fonds. Il ne m'a jamais communiqué ses coordonnées bancaires et n'a pas répondu à ma dernière lettre. Or je serais étonné qu'il ait décidé de renoncer à son paiement !

Peux-tu, s'il te plaît, lui poser la question ou lui demander de m'écrire ? Je ne voudrais pas être accusé de rupture de contrat. Nous avons suffisamment de soucis comme cela.

Je t'embrasse,

Gavin

*
* *

La soirée était déjà bien avancée quand Cora et les enfants arrivèrent à Aldworth Park. Tess et Léo tombaient de sommeil après un après-midi bien occupé et, au grand soulagement de Cora, les

Carleton s'étaient retirés tôt dans leurs appartements plein ouest et correctement éclairés.

Cora aussi était épuisée, mais bien trop sur les nerfs pour arriver à dormir.

Comme prévu, Nate était resté chez les Wallace pour s'occuper du nouvel étalon, encore une mission qu'il devait à sa réputation de casse-cou. L'imaginer sur un cheval fougueux, à parcourir des chemins qu'il ne connaissait pas, inquiétait Cora. Il allait bientôt faire nuit, et il deviendrait dangereux pour lui de repartir.

Peut-être passerait-il sa dernière nuit dans le Berkshire chez les Wallace.

Peut-être n'était-ce pas plus mal.

Cora entra dans le salon. Déjà, la pénombre y régnait. Elle alluma une chandelle, hésitant entre lire et faire de la broderie. Il lui fallait une activité qui calme son esprit en ébullition.

Quelque chose... était arrivé, aujourd'hui, après la partie de chasse.

Elle en avait été troublée tout l'après-midi, ne sachant que penser de ce qu'elle avait vu – Nate consolant Tess. Ce souvenir lui revenait sans cesse, trop fort et trop lourd de sens pour qu'elle réussisse à l'analyser.

Combien de fois, ces dernières années, avait-elle regretté que ses enfants n'aient pas de père ? Avec eux, Dane avait toujours été distant et froid. Elle aurait voulu qu'ils aient un vrai papa, qui prenne de drôles de voix quand il leur lisait une histoire, qui aide Léo à construire une mini-cabane pour ses sauterelles.

Un homme qui sache calmer leurs craintes, dérisoires mais bien réelles, en les prenant simplement dans ses bras.

Cora regarda sans enthousiasme le roman posé sur la console. Elle savait déjà qu'elle ne réussirait pas à se concentrer. Elle tourna sur elle-même, et la lumière de sa chandelle se refléta sur le cadre doré d'un tableau, dans un coin de la pièce.

Ah.

Elle s'en approcha. Peu à peu, la lumière révéla ce qu'elle aurait préféré oublier.

C'était le premier – l'unique – portrait de Cora et de Dane, achevé juste après leur mariage.

Après la mort de son mari, elle s'était demandé que faire de ses portraits. Elle n'avait toujours pas trouvé. Une chose était sûre, elle ne voulait plus voir cet homme suffisant et prétentieux, mais comment l'expliquer à Tess et à Léo ? Finalement, elle avait décidé de remiser les portraits où il posait seul et avait gardé les portraits de famille, ainsi que celui de leur mariage, qu'elle avait fait accrocher d'abord dans le bureau, puis dans l'entrée, et enfin ici, au fond du petit salon. À un endroit où ses enfants pouvaient le voir.

Ce n'était pas faute d'en avoir envie, mais Cora ne pouvait effacer son mari. Souvent, elle se prenait à imaginer que Tess et Léo étaient à elle seule, mais ce n'était pas une décision qu'elle pouvait prendre pour eux. Il lui semblait important que ses enfants se fassent leur propre opinion de Dane, qu'ils aient la possibilité de choisir leur père.

Elle regrettait juste qu'ils n'aient pas beaucoup le choix.

Chassant ses idées noires, elle regarda le piano au-dessus duquel était accroché le portrait. Elle s'en approcha, laissa courir sa main sur le bois verni, puis posa sa chandelle et s'assit lentement sur le banc étroit. Instinctivement, sa paume se creusa lorsqu'elle posa la main droite sur les touches d'ivoire. Elle n'avait pas joué depuis longtemps.

Elle se mit à fredonner un air, posa un doigt sur le *si* bémol, joua la note, mélancolique et douce.

Sans réfléchir, elle monta une gamme de *do* mineur. Les notes s'envolèrent dans la pièce, y résonnèrent. Elle attendit que la dernière se soit tue avant de jouer de mémoire les premières mesures de la *Sonate en do mineur* de Haydn.

Elle ne jouait que de la main droite, celle de la mélodie. Sa main gauche restait posée sur sa cuisse. La clé de *fa* avait toujours été sa bête noire, elle n'arrivait pas à faire les accords. Aujourd'hui, elle préférait jouer parfaitement la moitié d'un morceau plutôt que d'en massacrer la totalité.

Tandis que résonnait la mélodie de la sonate, le regard de Cora se posa sur le portrait. Le mode mineur reflétait bien son humeur.

Après tout, son mariage avait été en mode mineur.

La phrase suivante était *allegro*. Ses doigts coururent sur le clavier, mais elle redoutait l'*adagio*, plus lent, plus lourd.

Cette appréhension musicale faisait écho à son trouble intérieur.

Pour Cora, épouser Dane avait été s'ouvrir au champ des possibles. Elle était pragmatique, elle était patiente. Leur mariage ayant été arrangé, elle savait qu'elle ne se mariait pas par amour, mais bêtement, elle avait supposé qu'elle finirait par aimer son époux. Son mari et elle se découvriraient et, chemin faisant, bâtiraient une relation nourrie des notions de devoir, de protection et d'affection.

La jeune fille qu'elle était à l'époque imaginait pouvoir créer quelque chose à partir de rien. C'était à la fois ridicule et naïf. Les premiers temps, elle n'avait cessé d'espérer, ses sentiments pour son mari avaient grandi, telle une jeune pousse cherchant la lumière.

Mais elle n'avait trouvé que l'ombre – une sensation insidieuse, aussi inexorable que la chute du soleil derrière l'horizon, annonçant la fin du jour.

La réalité était douloureusement simple, et simplement douloureuse. Dane ne l'aimait pas, ne l'aimerait jamais. L'aimer ne l'intéressait pas. Cora était là pour satisfaire les obligations dictées par sa position sociale ; les maîtresses de Dane satisfaisaient tous ses autres désirs. Elle ne pouvait que subir, prise dans la froideur et l'indifférence de ce mariage.

Savoir qu'elle ne connaîtrait jamais le bonheur de tomber amoureuse avait changé la musique de sa vie.

Autrefois, Cora avait vécu en *do* majeur.

Elle se demandait aujourd'hui s'il était possible de retrouver ce mode. Peut-être était-il trop tard pour elle. C'était une voie sans issue, inaccessible.

Nate, lui, vivait à n'en pas douter en mode majeur.

— Vous avez un problème à la main gauche ?

Elle sentit un mouvement, juste derrière elle. Une ombre se dessina sur le clavier. Cora leva la tête, brusquement tirée de sa rêverie.

Nate venait probablement de rentrer. Il apportait l'odeur tiède d'une soirée d'été un peu humide. Et il avait encore son chapeau.

Cora sentit son cœur changer de tempo. Il était venu ici directement, dans le salon. Avant toute autre chose, il l'avait cherchée.

— Enfin, vous voilà ! s'exclama-t-elle, soulagée. Je me demandais...

Elle se tut, gênée d'être aussi directe. Mais c'était plus fort qu'elle. Un frisson étourdissant la parcourait. Dans la pénombre, Nate était incroyablement beau.

— Vous m'avez attendu.

Il y avait une pointe d'ironie dans sa voix, mais quand il se laissa tomber sur la chaise près du piano, il semblait sincèrement ravi. Cora revit la façon dont il avait réconforté Tess.

— Je... je n'arrivais pas à dormir.

— Vous ne jouez que de la main droite, remarqua Nate avec un mouvement du menton en direction de sa main gauche, toujours immobile sur sa jambe.

Son demi-sourire cherchait son regard. Elle baissa les yeux sur le clavier et sourit, gênée.

— C'est vrai, dit-elle en posant délicatement les doigts sur les touches. Vous voyez ? J'ai du mal avec les intervalles. J'arrive à peine à faire une sixte, et encore. Du coup, je préfère me concentrer sur la mélodie.

Nate secoua la tête.

— Il faut vraiment que vous maîtrisiez tout, n'est-ce pas ? Même Haydn.

Cora fit la moue.

Si Nate avait eu la moindre idée du vague à l'âme qui la saisissait quand elle repensait à sa vie aux côtés de Dane, il aurait compris pourquoi elle cherchait à maîtriser les choses dès qu'elle le pouvait.

Même s'il ne s'agissait que d'une sonate.

Nate se leva.

— Poussez-vous. Faites-moi de la place.

Cora le regarda, surprise.

— « Poussez-vous » ? Où sont vos manières, Nathaniel Travers ? Je suis une lady. Et nous ne sommes pas à une table du Finish, que je sache.

Nate leva les yeux au ciel et écarta la remarque d'un geste.

— Allez, faites-moi de la place.

Cora hésita, mais sa curiosité l'emporta, et elle fit glisser son banc sur la droite. Nate prit sa chaise et l'installa à sa gauche, devant le piano.

— Mmm, dit-il en étudiant leur installation. Vous allez devoir bouger encore un peu.

Nate se pencha en avant, attrapa fermement l'étroit banc, une main de chaque côté de ses cuisses. Son menton frôla son épaule, et son souffle chaud caressa la courbe de son cou, soulevant au passage une boucle de cheveux. Cora se mordit la lèvre.

Lentement – plus lentement que nécessaire, elle en était certaine –, Nate les déplaça, elle et son banc, sur le côté. Puis il prit place sur la chaise, si près que leurs coudes se touchèrent.

Il plaça correctement ses jambes – ses genoux cognaient presque contre le piano – et plaça sa main gauche sur le clavier. Il était tout contre elle ; Cora aurait dû se sentir à l'étroit. Pourtant, elle ne pensait à rien d'autre qu'à leurs deux mains qui ne se touchaient pas. La sienne, sagement posée sur sa cuisse, et celle de Nate, sur son genou.

Si proches.

— Bien, dit-il, soudain sérieux. Je joue la main gauche, vous jouez la droite.

Cora ne put retenir un éclat de rire.

— Vous plaisantez ?

Nate haussa les épaules, et son bras droit effleura celui, nu, de Cora, provoquant une onde de frémissement dans son sillage. Les nerfs à vif, Cora se demanda ce qu'elle aurait ressenti s'il n'avait pas eu de veste. Leurs deux peaux nues l'une contre l'autre...

Mais, pour l'heure, elle avait une autre question à élucider.

— Vous... vous savez jouer Haydn ?

— Ma belle-sœur, Rosalie, est une excellente pianiste. Elle nous a appris à jouer, à Tabby et à moi, quand nous étions petits. Elle disait que c'était le seul moment où j'acceptais de rester tranquille.

Cora resta un instant sans voix, aussi déconcertée à l'idée d'un petit Nate débraillé, gigotant sur son tabouret de piano, qu'elle l'était aujourd'hui devant le nombre de touches couvertes par sa main.

C'était certain, les accords ne devaient pas lui poser problème.

— Eh bien… il faut que je voie ça.

Ils commencèrent à jouer, beaucoup trop lentement. Cora regardait la main de Nate, pas la sienne.

Sa manche de chemise frottait contre son coude, à l'endroit même où son pouce avait caressé sa peau, près de l'étang. Son odeur boisée flottait tout autour d'eux, et c'était comme s'il avait fait entrer une bouffée d'air frais dans le salon.

Cora, plus tendue qu'un arc, se sentait proche de la rupture. Autour d'elle, en elle, il n'y avait plus que *Nate*.

Il jouait de façon hésitante, comme si la musique ne lui revenait qu'au fur et à mesure. Cora trouva cette maladresse attendrissante. Elle aurait voulu poser sa main sur celle de Nate et la guider, comme il l'avait fait pour elle le premier soir. *Laissez-moi vous aider moi aussi.*

Mais elle s'aperçut soudain que Nate se retenait de rire et se ressaisit. Juste à temps pour mesurer pleinement l'ampleur du désastre.

Des fausses notes comme s'il en pleuvait, les doigts de Nate perdus sur le clavier, Cora ratant une fois de plus le *mi* bémol…

— Continuez, dit-elle en lui donnant un petit coup de coude. Nous sommes bien plus loin.

— Vous pourriez aller moins vite, vous savez, dit Nate en plaquant énergiquement un accord de septième mineure complètement dissonant.

— Si j'allais moins vite, nous jouerions à l'envers, répliqua-t-elle avec un sourire en coin.

— Bon, très bien. J'accélère, alors.

Les doigts de Nate tentèrent un glissando calamiteux. Il lui lança en regard en coin, comme pour voir si elle s'en était aperçue.

— Votre belle-sœur est une sainte, c'est tout ce que j'ai à dire.

Nate lui donna un coup d'épaule et lui décocha un sourire éblouissant.

— Je croyais que nous étions associés.

— Je ne suis plus très sûre de la pertinence d'une telle association.

Cora était partagée entre le rire et un tout autre genre de plaisir.

Ils poursuivirent. C'était une telle catastrophe que Haydn devait se retourner dans sa tombe.

Bientôt, Cora renonça à masquer son hilarité.

— Mon Dieu. Nous avons assassiné Haydn.

Nate la regarda, surpris. Il avait au moins dix mesures de retard et était peut-être bien passé en *si* majeur.

— Ah bon, nous jouons du Haydn ?

Elle éclata de rire.

— Nate, allons ! Je vous ai demandé...

Cette fois, elle avait complètement perdu la mélodie.

— Je pensais que c'était un point de départ et qu'ensuite...

— Vous avez dit que vous saviez jouer du piano !

— Oh non, pas du tout. Je suis très mauvais. Mais vous sembliez si triste... et ça avait l'air de vous faire plaisir.

— Et maintenant ?

Il sourit.

— Maintenant... vous n'êtes plus triste.

Il avait raison. Son humeur sombre avait cédé le pas à quelque chose de beaucoup plus compliqué. Nate la regardait fixement. La lumière de la chandelle n'éclairait qu'un côté de son visage.

Il hésita, puis se lança.

— Que... À quoi pensiez-vous ? Quand je suis arrivé, je veux dire.

Elle resta silencieuse.

— Ça n'a pas d'importance, reprit-il. Vous n'êtes pas obligée de me répondre. Cela ne me regarde pas.

Il se mit à jouer avec ses boutons de manchettes ; elle avait remarqué qu'il les desserrait toujours quand il se sentait mal à l'aise.

Imaginer que Nate, si imperturbable d'ordinaire, puisse être nerveux lui donna du courage.

— Je pensais à mon mari, dit-elle. Après ce qui s'est passé aujourd'hui. Avec vous et Tess.

Elle soupira. Nate suivit son regard en direction du portrait d'elle et de Dane.

— Je suis navré, dit-il doucement. Ce n'était pas mon intention.

Dans la lumière vacillante, son expression était insondable. Cora retint une soudaine envie de lui prendre le menton et de le détourner du tableau.

Ils restèrent silencieux un moment, puis Nate se tourna vers elle.

— À vrai dire, Cora, je ne sais pas grand-chose de votre mariage. Je n'ai pas besoin d'en savoir plus, notez, ajouta-t-il vivement. Je pense que j'ai saisi l'essentiel. Mais...

— Je pense tout le temps à lui, murmura Cora.

Sa main se promenait sur le clavier sans jouer les notes, machinalement.

— Mais pas à cause de lui. À cause de moi. Quand quelque chose arrive, je me demande comment j'aurais réagi avant. Est-ce qu'il m'a changée ? Est-ce que je suis la même personne ? Je n'ai pas envie d'être différente à cause de lui. Mais je crois que si, j'ai changé.

Il lui sembla que Nate oscillait vers elle. Sur sa cuisse, il avait serré le poing.

Cora inspira profondément. Elle avait entrouvert une fenêtre en rentrant, et la brise qui s'engouffrait dans le salon lui faisait un bien fou.

— Mon mari et moi... avions chacun une idée très différente de ce qu'était un mariage heureux. Dane voulait une femme comme il faut, vous comprenez. Et moi, je voulais tout sauf un mari comme il faut.

Elle eut un petit rire nerveux. C'était si libérateur de le dire enfin à voix haute. Elle n'avait pas l'habitude d'exprimer ce qu'elle désirait. Et n'avait pas non plus l'habitude que quelqu'un l'écoute quand elle le faisait.

— Je voulais une existence pleine de rires, de rebondissements et d'amour. Dane voulait une vie ordonnée et tranquille. Pour moi, il allait de soi que deux personnes pouvaient grandir ensemble. Que si l'on aspirait à l'amour, celui-ci finissait toujours par arriver.

Les yeux de Cora trouvèrent ceux de Nate, s'y noyèrent.

— Mais ça ne s'est pas passé comme ça.

Elle resta silencieuse. Au-delà de la présence rassurante de Nate, elle sentait celle du fantôme de la jeune fille qu'elle avait été à dix-huit ans.

— La leçon a été rude. Je me suis d'abord sentie toute petite, puis j'ai été très seule, et finalement, je me suis endurcie. C'est plus facile, finalement de... d'être ainsi. Mais il m'arrive de penser à ce que j'ai raté. J'ai deux enfants, certes, mais je n'ai jamais reçu de vrai baiser. Pas le genre de baiser qu'on redoute de recevoir. Celui qu'on redoute de ne jamais connaître.

La main de Nate bougea de nouveau sur sa cuisse. Cora avait peur de le regarder. Elle sentait sa carapace se fendre ; une vérité trop longtemps enfouie se frayait un passage vers la liberté.

— Combien de fois me suis-je dit que Tess et Léo me suffisaient ? Mais ce n'est pas vrai, Nate. Loin de là.

Cette fois, elle osa le regarder. Et, malgré le manque de lumière, elle vit que son expression s'était assombrie.

— J'aurais aimé... Je ne me souvenais pas que je voulais une autre vie que la mienne, finit-elle tout bas.

— Cora...

La voix grave de Nate semblait monter du plus profond de son être et faisait vibrer une corde dans le cœur de Cora. Elle en voulut soudain à la brise nocturne de caresser Nate alors qu'elle ne le pouvait pas et craignit de faire une bêtise. Se sentant trop à l'étroit, elle tenta d'écarter son banc... et de s'éloigner de cette énergie nouvelle, dangereuse, qui pulsait entre eux.

— En attendant, dit-elle avec un petit rire pour faire retomber la tension, nous n'avons guère rendu hommage à la musique de Haydn. Finalement, ne jouer que la mélodie n'était peut-être pas une si mauvaise idée.

— Disons qu'à nous deux nous avons créé une œuvre de notre cru, souffla Nate d'une voix étrangement rauque.

— Quelque chose d'objectivement épouvantable.

— Au moins aurons-nous essayé. On ne peut pas jouer une sonate d'une seule main, Cora. Même si on en a envie. C'est un morceau qui nécessite *deux* mains. Vous le savez, n'est-ce pas ?

Elle glissa sur son banc, n'avait plus qu'une fesse dessus désormais.

— Bien sûr, je le sais. Et j'essaie, je vous assure. J'essaie... sans arrêt.

Nate se mit face à elle. Elle voyait la petite cicatrice, sous sa pommette. Et elle se souvint du soir, il y avait bien longtemps de cela, où il était arrivé, la joue en sang. Elle avait dû se retenir de suivre l'entaille du bout du doigt.

— Mais c'est la question, justement. Le faites-vous vraiment ? Ou bien est-ce juste une demi-vérité que vous vous répétez chaque soir pour vous en persuader ? Parce que vous pourriez essayer, Cora.

La voix de Nate avait sur elle l'effet d'un bon whisky. Elle sentit sa gorge se serrer.

Il se pencha vers elle, les yeux rivés sur ses lèvres.

— Vous pourriez essayer... là, tout de suite.

Cela aurait été si facile. Tout ce qu'elle avait à faire, c'était d'avancer un tout petit peu elle aussi. Déjà, elle sentait le goût de Nate, percevait la caresse de ses lèvres sur sa bouche.

Elle n'avait pas besoin de regarder le portrait au-dessus du piano pour sentir le poids de son passé. Elle s'était crue libérée par la mort de Dane, mais chaque jour qui passait lui prouvait qu'elle s'était trompée. Elle était prisonnière d'elle-même, se restreignait elle-même, s'imposait elle-même des contraintes.

Pendant des années, elle avait travaillé à sa propre survie. Son monde avait rétréci, mais elle avait tenu bon. Et tenir bon avait été un véritable accomplissement.

Plus jamais d'homme, tel avait été son credo. C'était le prix, simple et nécessaire, à payer pour son indépendance. Et jusque-là, elle l'avait payé sans se poser de questions.

Mais son désir avait refait surface.

Et elle le sentait, qui la consumait. Il était là, tout près. Assis à son piano.

Soudain, ce fut plus fort qu'elle. Elle eut besoin de savoir si une autre mélodie se faisait jour en elle et attendait ses mains pour faire résonner les notes lumineuses d'une gamme en mode majeur.

— *Nous* pourrions essayer, Cora.

D'un geste léger, Nate posa son pouce sur l'arrondi de sa pommette, en suivit délicatement la courbe tout en caressant sa joue du dos de la main. Cora ferma les yeux pour accueillir son désir.

Lorsqu'elle les rouvrit, ceux de Nate semblaient refléter les ténèbres. Soutenant son regard, il laissa glisser sa main sur le cou de Cora. Lentement, presque respectueusement, il enroula une boucle folle autour de son index. Elle se sentit fondre. La tendresse de ce geste était un luxe prodigieux.

Mais ce n'était pas assez.

Poussée par une audace démesurée, Cora referma la main sur le revers de la veste de Nate et le sentit se raidir.

— Dites-le-moi, souffla-t-il contre son front, d'une voix qui la plongea dans un océan de douceur. Il faut que vous me le disiez, Cora.

Savoir qu'il l'attendait, que si les choses devaient changer entre eux, ce serait parce qu'elle l'avait décidé, lui donna des ailes.

— Oui, murmura-t-elle avec le sentiment de hurler ce tout petit mot. Oui, nous...

— Dieu merci...

Déjà, il prenait sa bouche. Ses lèvres effleurèrent celles de Cora avec une telle délicatesse qu'elle faillit en pleurer. Elle referma les poings sur les revers de sa veste, comme pour se préparer à ce qui allait suivre.

Nate prit son visage au creux de sa main et aspira ses lèvres entre les siennes, brièvement. Puis, comme s'il la savourait, d'un petit coup de langue, il explora la commissure de sa bouche. Lorsqu'il repassa au même endroit, un peu plus pressant, Cora comprit qu'il lui reposait la question.

Un vrai baiser.

Elle entrouvrit la bouche, attendit la caresse de sa langue et alla à sa rencontre. C'était une réponse hésitante, mais une réponse malgré tout.

Nate réagit aussitôt, déterminé cette fois, et plaqua ses lèvres sur celles de Cora, s'ajusta à elles avec une précision à la fois stupéfiante et délicieuse.

Cora s'abandonna contre lui.

Ce baiser. Celui qu'elle attendait.

Depuis si longtemps.

La bouche de Nate glissa sur la sienne, insistante, accueillante. Le temps ralentit lorsque son baiser se fit plus profond et que sa langue alla chercher celle de Cora. Un soupir. Un gémissement. Était-ce elle ou lui ? Elle n'aurait su le dire.

Nate prenait son temps, s'appliquait, s'attardait, revenait, sans autre objectif que de mieux la goûter et de lui donner du plaisir. Il avait glissé une main dans ses cheveux et refermé délicatement le poing sur ses boucles. Les lèvres de Cora étaient brûlantes ; elle se sentait un peu groggy, mais pleinement consciente de ce qui se passait, des battements du cœur de Nate sous sa main, de son petit doigt qui lui caressait la nuque.

Il quitta sa bouche pour suivre la ligne de son menton, descendre sur sa gorge, laissant dans son sillage une multitude de baisers. Sa langue plongea sous le collier de perles, et Cora se cambra contre lui, cherchant sa solidité.

— Oh oui, souffla-t-elle.

Nate lui répondit d'un grognement sourd.

Oui, oui, oui.

Le désir montait au creux de son ventre. Elle se sentit faiblir sous l'assaut sensuel de Nate et s'agrippa à ses épaules, l'attirant vers elle.

Mais, à cette impatience, Nate répondit par des gestes de plus en plus lents. Tandis que sa bouche s'attardait sur elle, ses mains prirent son visage, et il posa le front contre le sien.

— Cora...

La douceur d'un baiser, puis d'un autre... et il s'écarta, laissa glisser ses mains jusqu'à ses bras, pour finalement prendre ses mains dans les siennes.

— Nate ?

Il sourit, détendu, avec l'expression de celui qui se réveille après une sieste au soleil.

Cora, elle, avait le sentiment d'avoir été rouée de coups. Elle le regarda, interdite.

— Qu'est-ce que vous...

Il porta sa main à ses lèvres et en embrassa chaque doigt.

— Je vous souhaite une bonne nuit, simplement, murmura-t-il. Vous allez peut-être arriver à dormir, maintenant.

— Mais...

Déjà, Nate était à la porte du salon.

— Faites de beaux rêves, ma belle.

Et il disparut.

14

Fordham House, Londres, juillet 1819

Nathaniel,

Je ne prétendrai pas comprendre les motifs de ta décision, mais en presque cinq décennies d'existence, j'ai appris à reconnaître à quel moment je dois présenter des excuses. Ta récente lettre et les termes passionnés que tu emploies m'ont pris de court. J'ignorais totalement que tu avais correspondu toute cette année avec lady Dane et ne me doutais certainement pas que votre relation avait dépassé le stade de la simple amitié.

Alors, pour commencer, je te présente mes excuses les plus sincères pour la légèreté avec laquelle j'ai accueilli la nouvelle de vos fiançailles. Je ne pensais pas voir ce jour et, ce faisant, j'ai failli le rater.

Ensuite, toutes mes félicitations pour tes futures noces avec la vicomtesse. Cette nouvelle est complètement inattendue, mais assurément bienvenue.

Je te demande de bien vouloir rentrer à Londres le plus vite possible, afin que nous puissions tous les deux nous mettre d'accord sur de nouvelles conditions financières. Puisque tu vas te marier, je dois faire en sorte que tu disposes des ressources nécessaires.

Ton frère,

Fordham

*

* *

La lettre de Raymond déconcerta Nate. Ne sachant qu'en penser, il la relut, puis se passa une main sur le visage, avec un sentiment proche de l'accablement.

C'était la réponse de son frère à la lettre qu'il avait envoyée avant la fête de la fraise. Dans la confusion de ces derniers jours – et de la soirée de la veille –, Nate n'avait plus du tout pensé à Raymond.

D'un air sombre, il parcourut la lettre une nouvelle fois. D'abord, il n'aurait pas parlé de « termes passionnés » pour qualifier sa description des événements. Il avait simplement essayé d'être convaincant, de coucher sur le papier une explication plausible à ses fiançailles, qui puisse suffire à son frère. Il ne se souvenait plus des mots exacts qu'il avait employés, mais ils n'étaient pas passionnés, il en était certain.

Ensuite... ça avait marché ?

— Monsieur ? Quelque chose ne va pas ?

Barnes préparait une cuvette d'eau et son nécessaire de rasage. Ses gestes étaient précis, efficaces.

Nate regarda son valet sortir le cuir à affiler et y passer le rasoir. Malgré la lame qu'il avait entre les mains, Barnes regardait Nate.

— Non. Bizarrement... les choses vont... plutôt bien.

Barnes prit le broc d'eau chaude, en versa un peu dans la cuvette.

— Parfait. Voilà qui est rassurant.

Nate jeta la lettre sur la table de nuit et s'installa face au miroir que lui présentait Barnes.

— C'est juste que... le comte semble être content de moi, dit Nate en faisant mousser le savon à barbe sur ses joues.

Il regarda son valet. Les yeux de Barnes étaient d'un brun profond et son teint d'ébène, mais son expression était un miroir plus fiable que celui qu'il avait en main.

— Et c'est une mauvaise chose, Monsieur ?

Nate passa le rasoir sur sa joue, réfléchissant aux mots écrits par son frère. *Je ne pensais pas voir ce jour... complètement inattendue... mes excuses les plus sincères...*

C'était typique du comte de Fordham, tant apprécié de la bonne société. Toute cette générosité, toute cette affection, enfin adressées à Nate. La promesse d'une sécurité financière et une tape dans le dos pour le féliciter. Le but de sa mission auprès de Cora parfaitement atteint.

Nate aurait dû sauter de joie. Le stratagème avait fonctionné, au moins pour ce qui le concernait.

Et, au lieu de cela, il se sentait étrangement abattu.

Au printemps, Nate avait fait de réels efforts avec son investissement dans les chemins de fer, mais son frère était resté dubitatif et avait cherché partout la petite bête, critiquant chacune de ses décisions. Aujourd'hui, il avait suffi que Nate lui écrive une lettre prétendument sincère, et Raymond le traitait comme le fils prodigue ?

Tout ça parce que Raymond croyait que Nate allait se marier. Son frère ne prenait pas *Nate* au sérieux, mais il prenait très au sérieux *le fiancé de lady Dane*. Il était juste soulagé de voir Nate rentrer dans le rang et ne plus mettre en danger la réputation de la famille.

Le soulagement de son frère n'avait rien à voir avec Nate.

Il baissa les yeux, évita son regard déçu dans le miroir et se concentra sur la trace que laissait le rasoir sur sa joue savonneuse.

— Monsieur ? dit Barnes en inclinant le miroir.

Nate soupira et se força à mettre des mots sur ses doutes.

— Ce n'est pas une mauvaise chose en soi. Simplement… ce serait bien, un jour, que mon frère se réjouisse de ce que je fais vraiment. Et non plus de ce que j'invente pour duper mes proches.

— Ah. Je vois. Et c'est ce que vous pensez faire, Monsieur ?

Nate pencha la tête sur le côté. Il ressemblait à un Père Noël détraqué, avec de la barbe sur une seule joue.

— Faire quoi ?

— Duper votre frère, Monsieur ?

Mal à l'aise, Nate toussota et plongea son rasoir dans la cuvette. À la demande de Cora, il n'avait jamais complètement expliqué leur stratagème à Barnes, mais son valet s'était forcément rendu compte qu'il n'avait pas courtisé Cora cette année. Barnes n'ignorait rien de ses faits et gestes.

— Allons, Barnes, murmura Nate en s'attaquant à la joue gauche, vous vous êtes sûrement rendu compte que je ne suis pas vraiment fiancé à lady Dane.

Il eut un pincement au cœur, essayant de ne pas penser à l'alliance que ne porterait jamais cette jolie main réfractaire aux accords majeurs.

Barnes resta un long moment silencieux.

— Puis-je vous parler franchement, Monsieur ? demanda-t-il enfin.

Intrigué, Nate posa son rasoir.

— Le contraire serait une insulte.

— Depuis que je vous connais, monsieur Travers, jamais l'idée de duper qui que ce soit ne vous a posé problème.

Nate s'avança au-dessus de la bassine et s'aspergea le visage d'eau tiède pour en rincer la mousse.

— Et jamais, Monsieur, vous n'avez prêté autant d'attention à votre apparence. Jamais vous ne vous êtes levé aussi tôt et d'aussi bonne humeur.

Les coudes sur la coiffeuse, Nate fusilla son valet du regard quand celui-ci lui tendit une serviette.

— Pour quelqu'un qui parle franchement, Barnes, vous n'êtes vraiment pas très clair.

— Je vous fais simplement part de ce que j'ai constaté, Monsieur. En tant que valet.

— Et à quelles conclusions êtes-vous arrivé ?

Barnes entreprit de nettoyer le rasoir.

— Nous devons partir pour Londres ce soir, Monsieur, et vous n'en avez pas parlé une seule fois. Vous n'avez pas parlé de bagages, de préparations, ni de ce que vous comptez faire en rentrant.

— C'est ça, votre conclusion ?

Barnes le considéra d'un regard lourd de sens et lui tendit un flacon de lotion.

— À votre avis ?

Nate se passait de la lotion sur les joues lorsqu'il s'interrompit soudain, son geste en suspens. Le parfum qui se répandait autour de lui venait de faire entrer Cora dans sa chambre. Il faillit se retourner, regarda le flacon, le sentit.

C'était la mystérieuse composante du parfum de Cora, celle qui le rendait fou.

— Barnes, avez-vous...

— C'est de la verveine des Indes, dit Barnes en repliant la serviette de Nate. Il y en a dans le jardin de lady Dane. C'est excellent pour la peau. Ma mère en faisait pousser, en Jamaïque.

Les yeux de Nate s'arrondirent.

— Oui, c'est ça. On dirait...

— ... de la citronnelle, Monsieur, dit Barnes avec un sourire en coin. C'est ainsi qu'on l'appelle ici.

Nate poussa un grognement de satisfaction.

Romarin et citronnelle.

— Merci, Barnes. Ce sera tout pour l'instant.

Barnes hocha la tête, prit la cuvette et sortit.

Songeur, Nate passa le pouce sur sa joue fraîchement rasée. Dans sa chambre flottait le parfum de son savon mêlé à l'odeur qu'il avait jusque-là associée à Cora.

Il n'avait pourtant pas besoin que quoi que ce soit lui rappelle sa présence.

Toute la nuit, de brûlants souvenirs avaient hanté son sommeil, le ramenant sans cesse à la divine insistance des lèvres de Cora. L'aube venue, il avait acquis une certitude : sa vie avait basculé dès l'instant où il avait embrassé Cora.

Il ne pouvait plus faire machine arrière ; il ne le souhaitait pas.

La veille, Cora s'était enfin révélée, telle une géode au cœur de laquelle on découvre d'étincelants cristaux. Ce que Nate avait découvert en elle était beau, unique et fascinant. Précieux. Comment était-il possible qu'elle lui ait fait confiance au point de lui laisser entrevoir son être profond ?

Et comment avait-il fait pour se retenir d'aller piétiner la tombe de Frederick Dane ? Ignorer la valeur de Cora, de Tess et de Léo était tout bonnement scandaleux, et stupide.

Comment pouvait-on passer à côté d'un trésor pareil ? Une erreur que Nate lui-même avait failli commettre.

Un douloureux sursaut le ramena à la réalité. Plus rien de tout cela n'avait d'importance. Le contrat, même s'il n'avait plus de sens désormais, arrivait à son terme aujourd'hui.

Nate préférait être pauvre plutôt que d'accepter l'argent de Cora, quoi qu'il se soit passé entre eux. Il n'était plus celui qui avait failli refuser de l'aider, avant de se raviser uniquement pour des raisons financières. Il n'était plus le même homme.

Il posa un regard hésitant sur la lettre de Raymond.

Je ne pensais pas voir ce jour…

Nate ne pouvait nier que, jusqu'à présent, en matière de respectabilité, il s'était toujours contenté d'en faire le minimum. Il était prisonnier de son image, empêché. On n'attendait rien de lui. Et, franchement, il n'en pouvait plus de feindre que cela l'indifférait. Aux yeux de son frère, Nate n'était rien de plus qu'une cause perdue.

Mais le regard de Raymond n'était pas le seul à compter.

Pour le restant de ses jours, dans les pires moments, Nate se souviendrait de Tess courant vers lui pour venir se jeter dans ses bras. Elle avait perçu quelque chose en lui, quelque chose de valeur. Et peut-être n'était-il pas ridicule de penser que Cora l'avait perçu elle aussi.

Il se leva, contrarié, indécis. Raymond voulait qu'il rentre à Londres pour parler de l'avenir. Mais Nate n'était plus si certain que sa place soit là-bas, finalement. Que souhaitait-il exactement ? Quel cap voulait-il prendre ? Il l'ignorait. En revanche, il était désormais certain d'une chose : il pouvait faire sourire Cora.

Et ce n'était pas rien.

Raymond l'ignorait peut-être, mais ici, à Aldworth Park, les choses étaient différentes. *Nate* était différent. Il pouvait intervenir s'il le fallait, et surtout, on pouvait avoir besoin de lui.

C'était une sensation extraordinaire.

Lentement, mais sûrement, il sentait une détermination se faire jour en lui. Il était censé partir ce soir. Il l'avait bêtement exigé ; c'était lui qui avait fait cette scène ridicule au sujet du bal des Monmouth.

Mais enfreindre les règles n'avait jamais effrayé Nate.

Même si c'était les siennes.

Il devait parler à Cora, mais ne savait que lui dire. Il n'était pas doué pour ce genre de chose, n'avait pas la patience nécessaire à une réflexion approfondie. Tout ce qu'il savait, c'était qu'un raz de marée s'annonçait. Déjà, il sentait le sol se dérober sous lui.

Cora avait-elle le sentiment de perdre pied elle aussi ?

Sa bonne l'informa que Cora était sortie tôt le matin pour une promenade à cheval, aussi Nate se dirigea-t-il vers les écuries. Le ciel était bas, les nuages s'accumulaient à l'horizon, la pluie n'allait pas tarder.

Arrivé aux écuries, il hésita. Devait-il attendre à l'intérieur, près des box, ou de l'autre côté de la cour, près du hangar où étaient rangées les voitures ? L'orage menaçait, mais il préférait retrouver Cora dehors, loin des Carleton et loin des enfants.

— Oh, mais flûte alors…

Quand on parle du loup…

Elle était là – l'objet de ses fantasmes nocturnes et de ses rêveries matinales – et sortait des écuries en jurant à mi-voix, emberlificotée dans une immense cape de cavalière d'un brun profond.

Un court instant, profitant de l'avoir rien que pour lui, Nate la regarda, magnifique et empêchée, jusqu'à ce qu'elle trébuche et manque de tomber.

— Attention, ma belle !

Il se précipita au-devant d'elle, l'attrapa par le coude et attendit qu'elle retrouve l'équilibre.

— Et bonjour.

Le visage de Cora affichait un sourire débordant de sincérité. Nate maîtrisait le sourire sous toutes ses formes – charmeur, provocateur, coquin. Mais sincère… il manquait un peu de pratique.

Il allait se rattraper.

— Nate !

Cora s'empourpra et parcourut son visage d'un regard nerveux. Malgré lui, Nate se sentit happé par ses lèvres, par le souvenir de leur goût. Et il n'eut plus tellement envie de lui parler, mais plutôt de la plaquer contre la porte d'un box et de l'embrasser à en perdre le souffle.

— Euh… bonjour, fit-elle, troublée mais réussissant enfin à se sortir de sa lourde cape.

Sans y penser, elle se toucha les lèvres, et Nate se prit à espérer qu'elle aussi se souvenait de leur baiser.

Sous sa cape, elle portait une robe jaune pâle dont les manches évasées laissaient entrevoir ses bras nus. Elle avait les pommettes colorées, le souffle court, et les cheveux en bataille.

Une matinée d'été personnifiée.

Elle avait aussi une brindille prise dans ses cheveux.

— Vous sortez vous promener ? demanda Nate tout en connaissant la réponse.

Il se sentait comme engourdi, mais s'en fichait. Cora montra sa cape.

— J'en viens.

— Venez faire un tour avec moi, dit Nate sans réfléchir.

Cora vacilla, se mordit la lèvre.

— D'accord, dit-elle enfin, mais pas longtemps. Il va pleuvoir.

À la fois heureux et surpris, Nate s'engagea sur le chemin qui s'enfonçait dans le bois, derrière les écuries. Il aurait voulu lui prendre la main, mais elle avait agrippé ses jupes et semblait peu disposée à les lâcher.

— Avez-vous bien dormi ? demanda-t-il en calant son pas sur celui de Cora.

— Je… Non. Je n'ai pas bien dormi, répondit Cora, qui fixait le chemin devant elle.

— Trop de soucis ?

— Je dors très mal d'une manière générale, dit-elle en grimaçant. Pour tout vous dire, je déteste la nuit.

— Vraiment ?

Il devenait soudain impératif pour Nate de connaître les habitudes de Cora, afin de savoir, quand il regardait l'heure au milieu de la nuit, ce qu'elle pouvait faire de son côté, dans son lit, vêtue d'une chemise de nuit d'un blanc immaculé.

Elle donna un coup de pied dans un caillou.

— Le sommeil ne m'aime pas beaucoup.

Il écarta une branche basse et s'effaça pour la laisser passer. Elle leva les yeux vers lui.

— Et vous ? Vous dormez bien ? Je veux dire... habituellement ? Et... hier soir ? ajouta-t-elle en rougissant de plus belle.

— J'ai passé une nuit merveilleusement reposante, mentit Nate en ralentissant pour la regarder. J'ai eu la chance de faire le plus merveilleux des rêves.

Il s'adossa contre le tronc d'un châtaignier, ponctuant sa réponse d'une moue suggestive. Il savait qu'il aurait dû évoquer son hésitation à quitter Aldworth Park, mais c'était plus fort que lui, il fallait qu'il la taquine.

L'expression de Cora s'assombrit. Elle croisa les bras, se concentra sur l'arbre contre lequel il s'appuyait.

— Si j'étais vous, je ne m'y habituerais pas, dit-elle lentement. Parce que cela ne se reproduira pas.

Il pencha la tête sur le côté. Il avait du mal à la prendre au sérieux, avec cette brindille feuillue dans ses cheveux.

— Vraiment ?

Un petit pli se creusa entre ses grands yeux.

— Vous... vous partez ce soir. Et j'ai le bal des Monmouth. De plus, nous n'aurions pas dû... nous laisser emporter de la sorte. C'était très risqué. Les Carleton étaient à l'étage.

— Attendez un peu, ma belle, dit-il en attrapant au passage la main qu'elle agitait pour se donner une contenance. Vous avez...

Puis il l'attira contre lui et la tint par une épaule tandis que, de l'autre main, il retirait la brindille prise dans ses cheveux.

— Qu'est-ce que j'ai ? demanda Cora.

— Une brindille et quelques feuilles dans les cheveux.

Nate l'agita devant elle et, d'un geste tendre, remit en place la boucle qui s'était échappée avec la brindille.

Cora poussa un petit cri de surprise.

— Je ne pouvais pas vous laisser me gronder alors que vous aviez l'air d'une nymphe des bois un peu dérangée, dit-il en faisant tourner la brindille d'un geste négligent. Continuez, je vous en prie.

— C'était une erreur, Nate.

La douleur, inattendue, lui fit perdre son sourire.

— Je ne suis pas de cet avis, dit-il en pointant la brindille sur Cora. Nous n'avons commis aucune erreur. Moi, en tout cas, je n'en ai pas commis.

Cora recula et manqua de heurter l'arbre derrière elle. Nate se redressa.

— Vous m'avez dit n'avoir jamais reçu de vrai baiser. Je voulais vous en donner un. J'aimerais vous en donner un autre, et un autre encore après ça... des baisers de toutes sortes, chastes et moins chastes. Je n'ai pas de préférence.

Cora fixait sa bouche.

— Il ne faut pas, Nate. Et puis... notre stratagème arrive à sa fin, de toute façon.

Mais, dans ses yeux, Nate vit la souffrance du désir inassouvi. Et il comprit enfin : Cora ne savait pas désirer quelque chose pour elle-même. Elle ferait toujours tout pour se saboter, s'empêcher de vivre ses rêves.

Il était hors de question que Nate la laisse faire.

Il fit un pas en avant, puis un autre. Cora avait le souffle court, mais elle ne recula pas.

— Le stratagème ? murmura-t-il. C'est cela qui vous préoccupe ?

— Bien sûr ! lâcha-t-elle sans desserrer les dents.

Un sentiment d'euphorie traversa Nate. Elle résistait, mais plus pour longtemps.

Déjà, il était contre elle. Elle ferma les yeux, les rouvrit. Derrière le rideau charbonneux de ses cils, son regard était à la fois expressif et abandonné. Tout était dit. Le désir referma son étau sur Nate. Il voulait Cora, voulait l'ambre et le bleu de ses yeux au moment où elle jouirait dans ses bras.

— Dites-moi, ma belle, croyez-vous vraiment que tout ce qui s'est passé entre nous pendant ces deux dernières semaines ne soit arrivé que pour le bon déroulement d'un stratagème ?

Il s'était penché vers elle et jouait avec une boucle de ses cheveux, contre sa tempe. Cora entrouvrit les lèvres, et la voix de Nate devint plus rauque encore.

— Le désir qui se glisse en vous, court dans vos veines et vous fait tourner la tête est-il seulement destiné à tromper les Carleton ? Ou vous a-t-il trompée, vous aussi ?

Il l'avait prise par les épaules et caressait doucement la courbe de son cou. Son regard revenait sans cesse sur son visage, en soulevait le voile de maîtrise.

— Parce que moi, vous ne me trompez pas, Cora.

Elle trouva ses mains. Lentement, il les tourna vers elle, la laissa caresser ses poignets, la suppliant en silence de sentir la pulsation de son cœur.

— Nate…

Elle secoua la tête, mais il suivait le moindre de ses mouvements, bougeait avec elle. Son nez effleura le sien, la contraignit à revenir vers lui, l'empêcha de regarder ailleurs. Ses cheveux accrochèrent l'écorce derrière elle.

— Je sais, Cora. Je sais. Vous avez un objectif, et mon intention n'est pas de vous en détourner. J'ai compris que vous ne vouliez plus commettre d'erreur.

Leurs lèvres se rapprochèrent.

— Mais je suis là, reprit Nate. Rendez-vous compte, Cora. Nous sommes là tous les deux. Et je peux vous aider. Laissez-moi vous faciliter la tâche au moins sur un point, Cora. Vous avez envie de moi, ma belle. Je le vois. Permettez-moi de satisfaire cette envie. S'il vous plaît, Cora, sortez-moi de ce pétrin et laissez-moi vous donner du plaisir.

Elle ferma les yeux. Sa respiration était saccadée, et Nate en sentait chaque soubresaut dans ses propres poumons.

— Ce... ce n'était pas une erreur.

Le cœur de Nate fit un bond.

— Qu'avez-vous dit ?

Cora secoua lentement la tête.

— Ce n'était pas une erreur, Nate.

Elle serrait ses mains de toutes ses forces.

— Enfin, si, en fait. C'en était une, reprit-elle avec un sourire.

Nate posa le pouce sur ses lèvres. Il voulait sentir leur vibration lorsqu'elle le dirait.

— Mais c'est une erreur que je serais prête à refaire.

Elle laissa tomber sa tête en arrière, contre le tronc.

— Je veux dire...

Il voyait battre la veine au creux de son cou.

— Je voudrais la refaire.

Nerveusement, elle ramena une mèche en arrière.

— Je... Ce que je veux dire, c'est que...

— Cora, murmura Nate en secouant la tête, exaspéré mais tellement heureux. S'il vous plaît, ma chérie. Taisez-vous.

Et enfin, elle fut dans ses bras. Enfin, elle l'écouta.

Il n'était plus question de retenue. Nate la plaqua contre lui. Son corps tout entier avait faim d'elle. La sentir vivante, vibrante sous ses mains le rendit fou.

Il avait plongé dans l'abîme du désir et entendait y rester.

Il aspira ses lèvres, chercha à se glisser entre elles, mû par une irrépressible envie de la posséder. Jamais il n'avait perdu le contrôle comme cela. Une petite voix lointaine lui criait de se retenir, mais il n'en avait cure.

— Cora...

Je t'en prie, ma belle. Dis-moi que ton désir est aussi insensé que le mien.

Cora retint un petit cri. Partout où elle le pouvait, elle s'agrippait à lui, provoquant chez Nate une sensation de gratitude et d'impatience qui le submergea. Sur la pointe des pieds, elle parcourut de ses doigts fins les muscles de son cou, glissa les mains dans ses cheveux.

— Mon pied, souffla-t-elle soudain, haletante. J'ai une crampe.

Sans hésitation, Nate plaqua ses mains sous ses fesses et la souleva. Dans un gémissement surpris et délicieux, elle prit ses lèvres goulûment. Nate l'immobilisait d'un bras puissant et l'explorait de sa main libre, traçant un chemin de la naissance de sa cuisse à l'arrondi de son sein, la fine étoffe de sa robe protégeant sa peau de la brûlure de ses caresses mais pas du frisson qu'elles engendraient.

Quittant son sein, il remonta lentement le long de sa jambe, la caressa à travers son bas, s'attarda au creux de ses reins. Il lui semblait que sa progression décuplait l'intensité du baiser de Cora, qui à son tour décuplait son désir à lui.

Au dernier moment, comprenant qu'il était sur le point de la plaquer contre le tronc et de la prendre sans ménagement, il pivota sans la lâcher et se laissa tomber contre l'arbre, éraflant au passage sa veste sur l'écorce lorsque ses épaules encaissèrent le choc de leur étreinte passionnée.

— Tout va bien ? s'écria Cora en s'écartant.

Nate la serra plus fort encore, glissa la main dans ses cheveux.

— Tout va bien, souffla-t-il, haletant. Venez, ma belle, venez.

Ils continuèrent ainsi, sans penser à autre chose qu'au corps de l'autre. Nate avait remonté les jupes de Cora et glissé une jambe entre ses cuisses. Il se rendit compte soudain qu'elle bougeait contre lui, le chevauchait. Cette idée, aussi vulgaire que délicieuse, lui arracha un grognement, et son désir devint douloureux.

Il s'aperçut alors que sous ses caresses, Cora avait les cheveux mouillés.

— Cora... Cora... il faut qu'on arrête, souffla-t-il en posant une main sur sa cuisse pour l'immobiliser.

— Non. Encore.

Elle le poussa contre l'arbre, presque brutale, et l'écorce lui écorcha les paumes.

— Il pleut, ma belle.

Une fine bruine traversait effectivement la canopée et faisait boucler les cheveux de Cora. La langue de Nate chassa une goutte de pluie sur sa gorge. De la main qui la tenait, il caressa ses fesses, la serrant plus fort encore contre lui.

— Le pavillon de chasse, dit Cora d'une voix éraillée. Celui où vous auriez dû vous installer. Il est tout près...

Il ne pleuvait pas beaucoup, mais au loin, on entendait gronder le tonnerre. Nate retira sa redingote et la tint au-dessus de Cora, qui voulut l'entraîner en direction du pavillon.

Mais Nate ne bougea pas.

— Vous êtes certaine, Cora ? C'est vraiment ce que vous voulez ?

Lui-même n'en pouvait plus d'attendre – son désir l'obsédait, aussi impatient d'être satisfait que les nuages l'étaient de se répandre –, mais il fallait qu'il soit sûr, absolument sûr. Car s'il entrait dans ce pavillon avec Cora, le point de non-retour serait franchi. Pour lui comme pour elle.

— Oui. Oui... oui, je suis certaine.

Le tonnerre gronda tout près. La pluie s'intensifia ; les gouttes devinrent lourdes, claquèrent sur les feuilles. Au-dessus des arbres, le ciel était de plomb.

Nate l'embrassa fougueusement. Il aimait son goût, y retrouvait le ciel, la nature. Il aurait voulu rester là, à cet endroit précis où elle était assez folle pour le laisser l'embrasser sous la pluie.

Elle prit son visage entre ses mains, y arrêta le ruissellement des gouttes. Le tonnerre gronda de nouveau, si proche cette fois qu'il semblait venir des arbres, de Nate.

— Allons-y, lâcha-t-il.

Sans plus de sommation, la pluie se mit à tomber à verse. Cora poussa un cri et le prit par la main. Essoufflés, trempés, heureux, ils coururent ensemble, fuyant une tempête pour en affronter une autre.

15

Aldworth Park, Berkshire, juillet 1819

Ma Tess chérie,

Tu ne liras cette lettre que dans bien des années, mais j'avais besoin de te l'écrire aujourd'hui, quand ce que je viens de découvrir est encore douloureusement frais. Vois-tu, il y a certaines choses qu'une fille doit apprendre de sa mère. Il serait injuste que tu grandisses et deviennes adulte sans connaître la vérité à mon sujet.

Et la vérité, Tess... c'est que j'ai été lâche.

Quand je suis devenue mère, je me suis fait une promesse : je voulais que vous ayez, ton frère et toi, une vie extraordinaire. Mais comment pourrais-je vous transmettre le seul conseil qui en vaille la peine, quand je me suis moi-même résignée à une vie ordinaire ?

À ta naissance, j'ai ressenti la plus exquise douleur de ma vie. Une fille. La joie la plus intense, la responsabilité la plus lourde. Une fille à qui apprendre la vie, une fille qui ne ferait pas mes erreurs.

Alors voici la vraie leçon à retenir, ma chérie, celle que j'essaie encore d'apprendre : il faut être courageuse.

Nous devons l'être toutes les deux.

*
* *

Du ciel tombait un rideau de pluie. À l'abri sous la veste de Nate, Cora courait sans penser à rien d'autre qu'à mettre un pied devant l'autre. Nate était avec elle, évitant les flaques et les racines.

— Et dire que je m'inquiétais parce que vous aviez une brindille dans les cheveux...

Cora éclata de rire. Ce qu'elle était en train de vivre était comme la version fantasmée de l'existence qu'elle n'avait pas eue. Mais Nate la ramenait à la réalité – ses ongles qui mordaient sa main, ses pas qui tentaient de se caler sur les siens, le poids de sa main au creux de son dos.

Mon Dieu. Ô mon Dieu.

Derrière un bosquet de bouleaux à l'écorce argentée apparut le pavillon de chasse. Encore quelques enjambées et ils s'arrêtèrent sur le pas de la porte.

— La clé. M. Watts la cache derrière cette brique disjointe.

Nate déposa un baiser à l'intérieur de son poignet, tout en retirant la brique de sa main libre.

— Vraiment ? Vu comme votre gardien a l'air pointilleux sur la sécurité, je ne suis pas mécontent d'avoir emménagé dans la maison principale, finalement.

La porte s'ouvrit d'un coup, et ils s'engouffrèrent à l'intérieur. On n'entendait plus que le bruit étouffé de l'orage. D'un regard, Cora balaya la pièce – l'âtre en brique, les jolis rideaux jaunes, les fauteuils rustiques devant la cheminée. Et, dans une petite chambre adjacente, le grand lit à baldaquin.

Mon Dieu, ce lit...

— Cora...

Le désir, dans la voix de Nate, faisait écho aux battements de son cœur et à son propre désir, qui pulsait entre ses cuisses. En un instant, il fut contre elle. Cora oublia sa robe et ses cheveux trempés, lâcha la redingote de Nate et s'agrippa à lui.

Les yeux de Nate étaient aussi sombres que le ciel d'orage et la fixaient sans un battement de cils, malgré l'eau qui gouttait de ses cheveux sur son front. Il n'était que tension. Plus question de la taquiner, ni de plaisanter. Nate était éminemment sérieux et concentré. Sur elle et elle seule.

Sans un mot, elle l'entraîna vers la chambre et s'arrêta sur le seuil, en proie à la plus merveilleuse des impatiences. Elle avait toujours fait ce qu'on attendait d'elle, avait façonné ses envies pour se conformer à l'image qu'elle était censée renvoyer.

Mais c'était terminé.

La veille, à son piano, Nate avait retiré une épine si profondément plantée en elle qu'elle en avait oublié l'existence. Sa peau, en se refermant, en avait caché la trace et contenu la douleur. Ces dernières semaines, jour après jour, il s'était appliqué à dégager cette ronce, à la libérer pour que Cora, enfin, puisse la rejeter et la lui remettre.

Voilà qui je suis. Voilà pourquoi j'existe.

Son soulagement était incommensurable.

Pour la première fois, Cora voulait quelque chose pour elle.

Elle voulait ce moment, cet instant. Avant que Nate s'en aille, avant qu'il rentre à Londres, avant qu'elle reprenne son existence solitaire.

Elle lui fit face. Elle avait froid, cherchait sa chaleur. D'une main, elle lui caressa la joue, puis glissa ses doigts dans ses cheveux. Ils restèrent silencieux une minute. C'était un silence nouveau, et profond. Leurs journées, jusque-là, avaient été émaillées de mots, de taquineries, de joutes verbales.

Mais en cet instant, aucun mot n'aurait pu exprimer ce qui se passait entre eux.

— Juste une fois, réussit-elle à articuler. Une fois avant votre départ. J'ai besoin de savoir…

— Dites-moi ce que vous voulez, murmura-t-il à son oreille, en passant un bras autour de sa taille. Je peux vous prendre comme vous le désirez. Autant de fois que vous le désirez.

Son baiser s'attarda sur son front puis descendit sur sa joue, suivit sa pommette avant de remonter sur ses yeux clos. Quand il arriva à sa bouche, elle sentit sur ses lèvres le sel de son propre désir.

— Lentement, souffla-t-elle contre sa bouche.

— Que dites-vous, mon amour ?

— Lentement, répéta Cora. Je voudrais que vous alliez lentement. Je veux me souvenir de cet instant.

Il eut un petit rire, aussi doux qu'une brume d'été. Elle sentit ses mains se tendre sur ses hanches.

— Cora… Ma belle et exaspérante Cora. Qu'est-ce qui vous fait croire un seul instant que je serais assez stupide pour vous prendre à la hâte ?

Il s'empara de ses lèvres dans un baiser passionné, profond. Son pouce lui caressa la joue jusqu'à ce que Cora cède et s'ouvre, accueille sa langue et l'enlace de la sienne, goûtant son désir.

— Oh…

Nate l'embrassait de tout son être, comme s'il cherchait à se fondre en elle, à la consumer pour mieux la remodeler, à faire naître en elle un désir que lui seul pouvait satisfaire.

— Mmm…

Son soupir était aussi un reproche. Nate, à la fois comblé et en manque, à cause d'elle.

— Tu as le goût de… la pluie.

Elle répondit d'un gémissement, parce qu'elle n'avait plus les mots.

Nate la fit pivoter et se plaqua contre son dos. À petits coups de langue, il attrapa les gouttes de pluie qui perlaient encore dans son cou. Puis, en prenant tout son temps, il retira l'une après l'autre les épingles qui retenaient ses cheveux.

Cora frissonna quand ses boucles tombèrent sur ses épaules et dans son dos.

— Tu as froid ? demanda Nate en glissant ses doigts dans son abondante chevelure.

— Non.

Cora n'aurait plus jamais froid.

— Tu frissonnes.

— Mais pas de froid, murmura-t-elle en frottant ses fesses contre lui, cherchant le réconfort de cet être massif contre son dos. S'il vous plaît, Nate...

Posant fermement ses mains sur ses hanches, Nate l'immobilisa, ne pouvant s'empêcher de sourire.

— Tu avais dit « lentement »... Tu voulais que je prenne mon temps.

— Je ne pensais pas que vous m'écouteriez, gémit Cora en cherchant à remuer contre lui.

— S'il te plaît, Cora, souffla-t-il brusquement au creux de son oreille. Ne me pousse pas à précipiter les choses. Parce que je pourrais. Si tu me le demandes, c'est ce que je ferai. Je te prendrai contre ce lit, contre cette armoire, et tu jouiras avant que je t'aie retiré ta robe. Mais ne me le demande pas, Cora. Moi aussi, je veux me souvenir de ce moment.

Délaissant ses hanches, il suivit la courbe de ses reins puis remonta jusqu'à sa poitrine, arrondit ses mains autour de ses seins à travers le tissu trempé de sa robe.

Les jambes de Cora tremblèrent contre les siennes. Elle rejeta la tête en arrière, voulut protester mais ne réussit qu'à produire un gémissement guttural.

D'une main, Nate défit patiemment, méthodiquement chaque bouton qui fermait sa robe, avec une lenteur qui frisait la torture. Puis il s'attaqua aux lacets de son corset, et enfin aux liens de sa chemise. Posant les lèvres sur son épaule, il en suivit la courbe jusqu'à ce qu'elle frémisse sous le trait chaud et appuyé de sa langue.

— Savais-tu que tu avais des taches de rousseur, juste là ?

— N-non..., réussit à répondre Cora, le souffle court. Je ne...

— Je ne penserai plus qu'à cela, désormais.

Il poursuivit son exploration tout en la déshabillant. Ses caresses, ses baisers étaient autant d'exquises brûlures. Cora avait l'impression de se tenir au bord d'un précipice dans lequel elle rêvait de plonger, sans tout à fait oser s'y jeter.

— Nate...

Qu'allait-elle lui demander ? Elle n'en savait rien elle-même. Mais prononcer son nom était merveilleux, lui rappelait qu'elle ne rêvait pas. Elle était avec lui et s'embrasait sous l'assaut de ses mains.

— Redis mon nom, murmura-t-il en se laissant tomber à genoux. Et cette fois, agrippe le montant du lit.

Il se plaça derrière elle, lui retira son corset, puis sa robe et sa chemise. Effleurant ses hanches, il glissa les mains sur son ventre, remonta vers ses seins, en trouva les pointes, les agaça.

— Mmm, point sensible, on dirait, murmura-t-il contre ses reins. Tu réagis alors que je te touche à peine. Je ne pouvais pas rêver mieux.

Ses mains se refermèrent sur les seins de Cora, les pétrirent, en firent durcir les mamelons, revenant à la charge jusqu'à ce que, en guise de réponse à cette question muette, Cora écarte les jambes.

Nate posa la main droite sur le haut de sa cuisse encore gainée de soie et descendit lentement jusqu'à sa bottine, cédant au passage à la tentation en prenant à pleine bouche l'arrondi de l'adorable postérieur, avant de déposer une traînée de petits baisers le long de sa cuisse, jusqu'à la bordure de son bas. Lorsqu'il glissa le bout de la langue dans celui-ci, Cora crut défaillir.

— Nate ! Je vais...

— Accroche-toi au lit, Cora, répéta-t-il.

Elle regarda par-dessus son épaule et vit à travers la cascade de ses cheveux qu'il était lui aussi au bord du précipice. Dans ses yeux gris devenus noirs brillait quelque chose de sauvage. On aurait dit un animal à la fois acculé et prêt à attaquer.

Nate était aussi bouleversé qu'elle par ce qui arrivait. Le comprendre décupla le désir de Cora.

D'une main ferme posée sur son dos nu, il la pencha en avant, l'exposa. Avec un cri étouffé, Cora attrapa le montant du lit, obéissante, s'y agrippa de toutes ses forces et attendit.

Derrière elle, Nate s'était figé.

— Qu... qu'est-ce que vous faites ?

Il éclata d'un rire étrange, cassant.

— Nate ? Tout va bien ?

— Je pense à moi, dans quelque temps, dit-il d'une voix si grave que Cora la reconnut à peine.

— Quoi ?

— Moi, dans quelque temps, répéta-t-il en lui retirant sa jarretière. Le bienheureux salaud qui pourra se remémorer ce moment chaque fois qu'il en aura envie. Qui pourra repenser à toi, au bord de l'extase, vêtue de tes seules bottines. Alors non, ma belle. Tout ne va pas bien.

Toujours à genoux derrière elle, Nate lui leva lentement la jambe droite, installa son pied sur sa cuisse et défit sa bottine, les lèvres posées au creux de son dos. Une fois la bottine retirée, il fit rouler son bas sur sa cuisse, son genou, son mollet.

Cora haletait. Son désir frisait l'agonie, son sexe pulsait avec une telle violence qu'il en était douloureux.

Les doigts de Nate descendirent le long de sa jambe jusqu'à la voûte de son pied. Cora était électrisée. Il reposa ensuite son pied nu sur le sol et, au prix d'un effort surhumain, reproduisit tout aussi lentement les mêmes gestes sur sa jambe gauche.

— Il semblerait que vous ayez les choses bien en main, murmura-t-elle.

Le rire de Nate souffla du chaud contre sa cuisse, et le mouvement de ses lèvres sur sa peau nue la fit basculer. Cora se cambra, cherchant le contact pour apaiser la brûlure de l'excitation. Elle se pencha un peu plus en avant, écartant instinctivement les cuisses.

— C'est bien, ça, murmura Nate contre l'intérieur de sa jambe. C'est bien... Laisse-moi te regarder, ma belle.

Lorsqu'elle sentit la chaleur de son souffle balayer son sexe, Cora sut qu'il voyait son désir.

Elle avait entendu Tabby en parler suffisamment souvent pour savoir ce que Nate regardait et ce qu'il avait l'intention de lui faire. Mais elle ne l'avait jamais pratiqué, et elle se demanda si ses jambes la soutiendraient, même avec l'aide du montant du lit.

— Nate... vous ne pouvez pas... Je ne suis pas... je ne...

Avec une infinie délicatesse, sa langue caressa son sexe. Cora se sentit défaillir et s'agrippa plus fermement encore au lit. Nate la prit par les hanches et la maintint contre sa bouche, l'écarta pour pouvoir la lécher encore, d'un long trait affamé cette fois. Elle sentit sa langue la fouiller, la goûter, et le ravissement se mit à courir partout dans ses veines.

— Non... Si... Non ! Si, vous pouvez...

— Bien sûr que je peux...

Elle sentit soudain un filet d'air froid, désagréable. Il s'était éloigné. Elle eut envie de l'étrangler.

— Non ! Encore ! Je ne voulais pas...

Ce qu'elle disait n'avait plus aucun sens.

— Je vais continuer, murmura Nate en se redressant. Mais j'ai besoin que tu me regardes, ma belle. J'ai besoin de sentir tes yeux sur moi. Je veux voir sur ton visage, sur ton corps, ce que je te fais. Ce que tu m'*autorises* à te faire.

Il se leva, la prit dans ses bras et la fit pivoter face à lui, avant de l'allonger doucement sur le lit. Cora l'attira sur elle, impatiente de sentir et de toucher sa peau, le relief de ses muscles, tout ce qu'elle avait vu près de l'étang sans pouvoir…

Mais il était encore habillé. Et trempé.

Elle défit son foulard, le retira et soupira d'aise en caressant sa nuque. Nate laissa échapper un grognement de plaisir et posa la bouche sur son sein, avant d'en aspirer la pointe entre ses lèvres.

— C'est vous qui frissonnez, maintenant, haleta Cora en lui soulevant le menton.

— Mais moi, c'est vraiment parce que j'ai froid, plaisanta Nate.

— Laissez-moi vous toucher, dit-elle en passant une main dans ses cheveux. S'il vous plaît.

Il l'embrassa passionnément, trouva ses mains et les guida partout où des vêtements empêchaient leurs peaux de se toucher.

Lorsqu'elle découvrit enfin son torse nu, une ardeur nouvelle la submergea.

Nate était au-dessus d'elle, appuyé sur ses bras puissants. Les mains de Cora, impatientes et insatiables, parcoururent son corps, dessinèrent les lignes de ses muscles, cherchèrent le creux en haut de ses cuisses. Avec un soupir, elle se cambra contre lui, frottant la pointe de ses seins contre les poils un peu rêches de son torse.

— Cora…

Du bout des doigts, elle suivit le chemin engageant qui disparaissait dans ses pantalons, suivit sa taille pour aller plaquer les mains sur ses fesses avant de revenir poser la paume sur son érection monumentale.

Elle voulut se dégager, lui retirer ses pantalons. Mais, fidèle à lui-même, Nate ne se pressa pas. Il déposait une multitude de petits baisers sur sa gorge, dans son cou, tout en caressant du pouce l'intérieur de son poignet.

Elle était au bord de l'extase, mais il ignora l'insistance de ses coups de reins et lui murmura d'une voix éraillée :

— Je veux voir la couleur de tes yeux quand tu jouiras, Cora. J'ai parié avec moi-même qu'ils seraient bleus.

S'il continuait ainsi, il n'aurait pas à attendre très longtemps. Cora se sentait capable de jouir comme ça, en se frottant contre sa cuisse, clouée sur le lit par son poids et ses mots.

Elle n'avait jamais eu d'orgasme autrement qu'en se caressant, mais déjà, trouvait les sensations qu'elle connaissait ridicules à côté du raz de marée vers lequel Nate la conduisait.

Cet homme aux cheveux trempés par la pluie, ces draps un peu humides, ces caresses aussi denses et absorbantes que la mousse, douces et pressantes à la fois, étaient en train de la transformer. Elle avait le sentiment de revenir à quelque chose de brut, à une version d'elle-même qui n'appartenait qu'à cette matinée orageuse, à ce bois verdoyant, à cet homme déconcertant.

— Nate…

Il leva les yeux, le visage au-dessus de son ventre.

— Ce que tu me fais, Cora… c'est tout bonnement insensé. Tu m'as fait perdre tous mes repères, Cora. Je ne sais plus où j'en suis. Je ne sais plus ce que je fais.

— Mais… c'était déjà le cas, non ? remarqua-t-elle.

Elle avait posé les mains sur ses hanches et se plaquait contre son sexe en érection.

— Oooh... c'est bon... là...

— Attends-moi !

Il la goûta encore avec délectation, prit ses seins, en agaça les pointes d'une langue goulue, puis glissa ses mains sous ses fesses et poursuivit sa descente vers le creux de ses cuisses. Elle poussa un cri, cacha son visage derrière son bras et le supplia de continuer en se cambrant pour venir à sa rencontre.

Elle savait ce qu'elle voulait, comprenait la douleur du désir au creux de son ventre, mais elle avait déjà tant demandé ; elle n'arrivait pas à lui demander cela aussi.

Mais il était déjà là, une main sur son sexe, et elle se sentit aussitôt apaisée et endolorie à la fois.

Il la fixa, les paupières lourdes, la mâchoire contractée. Lorsque leurs regards se trouvèrent, il glissa un doigt dans sa toison bouclée et suivit doucement les lèvres de son sexe. Cora gémit et glissa sur le lit, à la rencontre de sa main.

— Nate...

L'espace d'un instant, elle ne vit plus rien, puis tout devint gris sombre, comme les nuages d'orage, comme les yeux de Nate. La couleur de son désir était le plomb.

— Tu veux toujours que j'aille lentement ?

Les lèvres de Nate effleurèrent l'intérieur de sa cuisse, se rapprochèrent, encore et encore. Avec un nouveau gémissement, Cora souleva le bassin pour aller au-devant de cette folle caresse.

Il glissa un doigt en elle et attendit, sans la quitter des yeux. Cora se mit à haleter, agrippa les draps quand il bougea son doigt. Elle voulut serrer les cuisses, pour le sentir plus près, mais il l'en empêcha.

— Oh oui... oui ! cria-t-elle, incrédule. Oui, encore... lentement... Nate, jamais je...

Nate s'arrêta brusquement.

— Quoi ? En quatre ans de mariage, ton mari ne t'a jamais...

— Non... non... jamais comme ça...

Elle le regarda, s'attendant à un sourire narquois, mais l'expression de Nate était celle d'une détermination sans faille.

— Même si tu as placé la barre très, très bas, Cora, je jure sur ce que j'ai de plus cher de tout faire pour te satisfaire.

Il recourba son doigt en elle, et Cora se raidit sous l'effet de cette sensation nouvelle. Puis il approcha sa bouche de son sexe et posa sa langue exactement, *exactement* où elle en avait envie.

Ce fut une telle révélation qu'elle entendit à peine que lui aussi prenait du plaisir à la satisfaire ainsi.

— Est-ce que tu aimes ?

Son souffle était brûlant contre les plis de son sexe. Lorsqu'il glissa un second doigt en elle, elle poussa un cri et bascula le bassin pour mieux sentir la main large et puissante entre ses cuisses ouvertes.

— Tu veux que je continue ?

Cette fois, c'en était trop. Sa fin était proche, elle en avait la certitude. Ce serait ici, dans ce pavillon de chasse, sous les caresses de Nate. Une révolution se jouait en ce moment même en elle, son désir rendait les armes et cédait à Nate, se soumettait à lui. Mais elle n'éprouvait aucun sentiment de défaite.

— Oh, Nate... S'il te plaît...

Elle n'avait pas besoin de le supplier. Déjà, il explorait son sexe, alternant caresses appuyées et petits coups de langue, lui montrant comment bouger avec lui, suivre son rythme. Elle sentit un tressaillement au tréfonds de son être.

De sa main libre, Nate la plaqua contre lui tandis qu'en elle ses doigts allaient et venaient patiemment, toujours plus loin. Sa langue contournait le sommet de son sexe, la léchait, la fouillait sans ménagement, chaque fois avec plus d'insistance, éveillant des sensations inconnues.

— Ooooh...

Toute à cette découverte sensuelle, Cora sentit son orgasme monter d'abord progressivement, puis la submerger soudain avec une force qui la prit de court. Elle regarda Nate pour le lui dire, mais lorsqu'elle baissa les yeux, elle vit qu'il la fixait déjà et comprit qu'il *savait*. L'embrasement, au creux de son ventre, et la certitude qu'il savait exactement quel genre de plaisir il provoquait en elle lui firent perdre pied. Elle se sentit exploser, quitter le réel. Elle allait vers la jouissance absolue, et Nate l'accompagnait, l'encourageait.

— Oui, c'est ça... c'est ça, Cora...

Les mains sur ses cuisses, il la maintenait fermement, l'empêchant de bouger. Dans un demi-brouillard, Cora vit qu'il avait retiré ses pantalons et revenait sur elle.

Elle enfouit ses mains dans ses cheveux, trouva sa bouche. Sur sa langue, elle goûta son propre désir, et cela l'embrasa de nouveau.

Elle avait faim de lui, avait besoin de le toucher, partout. Ses mains parcoururent son dos, ses épaules, glissèrent sur son torse. Jamais ses sens n'avaient été aussi à vif.

Il glissa une main entre eux, se cala entre ses cuisses. Impatiente, elle le chercha et referma la main sur son...

Mon Dieu.

Quand elle prit conscience de la taille de son sexe, Cora se sentit affamée et inquiète à la fois. Elle était veuve, avait une certaine expérience de la chose.

Mais il lui sembla en l'occurrence que comparer Dane à Nate revenait à comparer une camomille à un bon cognac.

Ah oui, vraiment.

— Bien sûr, souffla-t-elle, euphorique. Évidemment, tu es... Tu as...

Nate eut un petit rire dans son cou et plaqua de nouveau une main sur son sexe. Il glissa deux doigts en elle, déterminé, résolu ; il la préparait.

Elle sentit son membre lourd pulser sous ses doigts et comprit pourquoi.

Puis le plaisir reprit son ascendant sur elle, et elle secoua la tête, cherchant ce que les doigts de Nate ne lui donnaient pas.

— S'il te plaît...

Il étouffa sa supplique d'un baiser vorace, sa langue faisant écho aux mouvements de ses doigts – pressants, caressants, et la hissant une fois encore au sommet d'une vague vertigineuse... pour se retirer au moment où elle trouvait enfin comment accompagner sa cadence.

Cora poussa un cri de frustration, mais c'était inutile, car déjà Nate était là, et son sexe entrait lentement en elle.

C'était trop... Il ne pourrait pas... Elle n'arriverait pas à...

Après son premier orgasme, Cora se sentait fébrile et faillit éclater de rire, hystérique à l'idée que cette histoire allait tourner court si elle était trop étroite pour l'accueillir.

— Cora, ma belle, détends-toi. Détends-toi... Il faut que tu te détendes.

Il parlait d'une voix grave, au creux de son oreille, tout en la pénétrant, encore et encore, chaque fois plus loin, cherchant la position la plus confortable pour elle.

Elle se sentait écartelée. C'était impossible et délicieux à la fois. Jamais, jamais elle n'avait connu ça avec Dane.

— C'est bon. Oui, là... Mmm, c'est tellement bon... Arrête, arrête, je veux te sentir en moi, bredouilla-t-elle en agrippant ses hanches, cherchant à l'immobiliser.

Il posa son front moite contre le sien et l'embrassa à pleine bouche.

— Je te promets, ma belle, que ce sera encore mieux si tu me laisses bouger, murmura-t-il en donnant un léger coup de reins pour lui prouver qu'il avait raison.

Elle était prête à tout tellement elle le désirait. Conventions, normes, tout s'était envolé sous les mains expertes de Nate. Elle aurait fait n'importe quoi pour qu'il reste là, en elle.

— Doucement, le supplia-t-elle, frémissante.

— Doucement, confirma-t-il. Jusqu'à ce que tu changes d'avis.

Sa voix n'était plus la même. Il était en elle, et cela les transformait tous les deux.

Lentement, il se mit à aller et venir. Cora ferma les yeux, luttant pour ne pas se laisser submerger par l'émotion. Là, en cet instant, Nate n'était plus un fantasme, fruit de sa solitude ; il était bien ici, et il lui faisait l'amour, aussi délicat et mesuré que la première fois qu'il l'avait embrassée.

Cora se sentait pareille à un être flottant que le corps de Nate ancrait dans la réalité chaque fois qu'il plongeait en elle. Elle ne voulait être nulle part ailleurs que dans la peau qu'il caressait.

Les bras relevés, les mains nouées dans ses propres cheveux, elle sentit la vague monter.

— Oh oui... Encore !

Nate obtempéra, lui releva les cuisses, les écarta encore un peu plus et accéléra ses va-et-vient.

— Regarde-moi, ordonna-t-il en plaquant sa main sur celle de Cora. Comme ça, ma belle.

— Nate… !

Il plongea en elle, encore et encore, plus vite, plus loin. Cora alla au-devant de lui, accélérant le rythme jusqu'à ne plus pouvoir rien faire sinon hurler son nom en plantant ses ongles dans ses épaules.

Elle sentit qu'elle lâchait prise. Elle s'envolait vers la lumière.

— Prends tout, Cora, souffla Nate. Prends tout, ma belle. C'est pour toi.

En cet instant, après tout ce temps, Cora comprit qu'elle avait encore des ailes et qu'elle était faite pour voler.

Prends tout.

Elle prenait son essor, sa liberté. Prenait sa vie à pleines mains. Et choisissait de se laisser porter par le vent du hasard, qui l'avait amenée ici, dans ce pavillon de chasse, avec Nate.

Nate, dont les yeux lui disaient qu'il avait aussi peur qu'elle.

Ensemble, ils s'acheminaient vers un horizon inconnu, vers un crescendo retentissant. Ensemble, ils allaient repousser leurs limites, jusqu'à les faire voler en éclats.

16

Cora,

~~*J'ai pensé à quelque chose ce matin.*~~
~~*Je ne sais comment le dire…*~~
~~*Voici une lettre que je n'enverrai jamais.*~~
Ce matin, c'est à toi que j'ai pensé en premier.

Je peine à l'admettre, mais tu es restée ici toute la journée. Je t'ai sentie en moi, comblant toutes mes failles.

Comme si tu avais toujours été là.

*

* *

Nate s'était toujours cru libre comme l'air, mais il n'était plus libre. Il était prisonnier, désormais, de son but – faire jouir Cora, l'entendre hurler son nom, devenir le centre de son existence.

Elle avait déjà joui une fois, il avait senti les spasmes de son sexe autour du sien. Puis elle s'était détendue, la peau délicieusement perlée de sueur, mais Nate n'arrivait pas à s'arrêter. Il était possédé. Possédé par elle.

Et il voulait la posséder en retour.

— Encore, Cora. Encore. Donne-moi tout…

Elle cria contre son torse, noua ses jambes autour de sa taille. À chaque coup de reins, il plongeait plus loin en elle, mais ce n'était pas assez. Elle répondait en venant à sa rencontre, aussi fort qu'elle le pouvait. Mais l'orgasme l'avait épuisée.

— Nate, je ne peux plus... S'il te plaît, je ne...

C'est ce que tu crois.

Dans un grognement, Nate se retira, se mit à genoux sur le lit et attira Cora sur lui.

— Tiens-moi, ordonna-t-il. Agrippe-toi à moi.

Elle obtempéra, tremblante, noua les bras autour de son cou et les jambes autour de sa taille. Il la prit par les hanches et la guida sur son sexe. Son gémissement lui fit l'effet d'un coup de fouet.

Lentement, il la fit glisser sur son membre, la pénétra jusqu'à la garde. La sentir se contracter sur lui faillit lui faire perdre toute retenue. D'une main, il lui caressa le dos, remonta jusqu'à sa nuque, glissa la main dans l'épaisseur de ses boucles.

Elle poussa un petit cri d'extase, tout contre son oreille.

— C'est mieux ?

— Oui, souffla-t-elle en basculant le bassin pour mieux s'installer sur lui.

Nate retint son souffle. Elle avait plongé ses deux mains dans ses cheveux. Il revit ses doigts délicats, pas assez longs pour plaquer un accord au piano, mais tellement divins, refermés sur son...

— Bon Dieu, Cora...

Il était livide – le manque et le désir combinés.

Il plaqua une main sur la courbe ferme de ses fesses, les pétrit presque violemment puis, en la maintenant immobile, esquissa un mouvement circulaire.

Ne s'en rendait-elle donc pas compte ? Sa place était ici, écartelée sur lui. Cora était faite pour le prendre, et il était fait pour se donner à elle. Seigneur, ce qu'il était prêt à lui donner.

Instinctivement, il imprima à leurs deux corps un mouvement plus rapide, plus intense. Elle haletait, agrippait ses cheveux. Il trouva cela divin.

— Nate...

— Oui, Cora. Oui, mon amour, tu es si bonne... Je vais te faire jouir encore une fois...

D'un grand coup de langue, il descendit le long de son cou, referma les lèvres sur son sein, en mordilla le mamelon délicieusement durci par le désir.

Puis il leva les yeux vers elle. Ses pupilles étaient dilatées, on n'y trouvait plus qu'un fin cercle bleu – exactement ce qu'il avait parié ! –, et soudain il sentit venir le sommet de la vague. Son sexe palpitait, il crut exploser. Il fallait qu'il se retire. Il devait faire attention, leur mariage, si imminent fût-il, n'en était pas moins faux.

Mais ce qu'ils étaient en train de vivre n'était pas faux du tout.

Lui, en elle, avec elle, à côté d'elle, c'était bien réel.

Nate avait cherché un but dans sa vie, avait cherché à en combler le vide, et il ne s'en était même pas rendu compte. Mais il le voyait aujourd'hui, aussi clairement qu'il avait vu la peur et l'émerveillement dans les yeux de Cora.

Elle *était* son but. Le reconnaître n'avait rien de pitoyable ni de faible. C'était la vérité. Elle avait donné un but à sa vie de bâton de chaise.

Nate glissa son pouce entre eux et la caressa. Le soupir de Cora se changea en hoquet de plaisir, ses ongles lui griffèrent les épaules. La pression était de plus en plus forte, urgente, incontournable.

Mais il ne jouirait pas avant de lui avoir donné encore un orgasme.

— Regarde-moi, Nate... Tu dois me regarder.

Il la fixa, les yeux grands ouverts.

Elle jouit si violemment que sa tête heurta l'épaule de Nate. Il la sentit se contracter autour de son sexe et se retint encore un instant, héroïque, pour la regarder, défaite, s'abandonner aux spasmes de la volupté. Puis, dans un dernier effort, il l'allongea sur le lit et plongea encore en elle, l'accompagnant jusqu'à ce qu'il ne puisse plus se retenir. Alors il se retira pour se répandre dans les draps, ne lâchant pas la main de Cora plus d'une seconde.

Ils restèrent ensuite allongés un long moment, enlacés et haletants dans le pavillon silencieux.

Ce fut Nate qui bougea le premier, pour écarter le drap et prendre Cora dans ses bras. Elle était fourbue.

— Nate... c'était...

— C'était quelque chose, acheva Nate en riant. Et nous en étions les auteurs.

Cora rit à son tour et s'étira contre lui, laissant courir ses doigts sur le torse de Nate.

— Au moins n'avons-nous pas offensé Haydn, cette fois.

— Ah ça, je ne sais pas, ma belle. Je pense que s'il avait été là, il aurait été un peu choqué.

Cora rougit, mais elle semblait assez contente d'elle. Et elle pouvait.

— La pluie a l'air de se calmer, dit-elle en regardant vers la fenêtre. Nous ferions mieux d'y aller. Quelqu'un pourrait nous chercher.

Nate haussa les sourcils, sceptique, et lui pinça doucement les fesses.

— Enfin, moi, corrigea Cora en lui donnant un petit coup de coude. Quelqu'un pourrait me chercher, moi.

Nate se souvint alors qu'il n'avait pas parlé à Cora de ses hésitations concernant son retour à Londres.

Merde.

Qu'il reste allait presque de soi, surtout après ce qu'ils venaient de vivre ensemble. Ils avaient tout partagé. Ses doigts avaient laissé des bleus sur ses hanches, la trace des ongles de Cora était visible sur ses épaules.

Il fallait qu'il lui en parle.

Mais...

Il posa sa bouche au creux de son cou, donna un petit coup de langue, prit la peau entre ses lèvres et aspira. Elle gémit doucement, le laissa faire un moment, avant de s'écarter à contrecœur et de le repousser.

— Pas de marques. Tu ne peux pas me laisser de marques...

— Le bal, c'est vrai..., fit-il en posant le doigt sur la trace violacée du suçon. J'espère que tu as un collier assez large. Je suis désolé, ma belle.

Elle ne semblait pas lui en vouloir. Mais tout de même...

— Je t'autorise à m'en faire un en représailles, dit-il. J'ai un foulard, et aucun scrupule.

Cora sourit et voulut se laisser glisser du lit.

— Attends, je m'en occupe, dit-il en se levant pour aller chercher ses vêtements.

Elle le suivit des yeux.

— C'est très galant de ta part.

Il redressa les épaules, visiblement content de lui, mais Cora ne s'en aperçut pas. Ses yeux étaient descendus bien plus bas que le visage de Nate.

— Je suis un gentleman, figure-toi.

Et pour une fois, Cora ne le contredit pas.

La pluie avait cessé lorsqu'ils prirent le chemin du retour. Un brouillard humide nappait les bois çà et là, mais les nuages avaient dit ce qu'ils avaient à dire et repris leur aspect ordinaire, léger et cotonneux.

Cora, elle aussi, avait retrouvé une attitude posée. Elle ne disait rien et semblait songeuse, mais cela ne surprenait pas Nate.

« Vas-y doucement », se disait-il en la laissant passer devant.

Il devait évoquer avec elle son désir de prolonger son séjour à Aldworth Park, et ce qui venait de se passer entre eux allait soit lui faciliter la tâche, soit la rendre impossible. Avant d'aborder le sujet, il préférait attendre de voir dans quel sens tournait le vent.

Ils s'arrêtèrent sur le perron. Nate la regarda, inspira profondément. *Dis-lui que tu veux rester, gros imbécile.*

Cora leva vers lui des yeux troublés par l'incertitude.

— Entre en premier, murmura-t-il. Nous nous verrons... plus tard.

Son manque de courage le dégoûtait. Ses mots restèrent en suspens, une façon pour lui de se rappeler qu'il devait partir d'ici quelques heures.

— Suis-je... présentable ? demanda Cora en regardant sa robe encore humide.

En vain, elle tenta d'en faire disparaître une petite tache de boue.

Nate retint un rire. Elle était échevelée, avait les joues rouges, et son cou portait la trace de son baiser.

— Tu es magnifique, ma belle. Mais pas présentable du tout. À ta place, je trouverais ma femme de chambre et un peigne le plus vite possible.

Elle lui répondit d'un sourire fatigué et entra.

Nate lui laissa un peu d'avance, vérifia ses boutons de manchettes, son foulard, et s'assura que tout ce qui devait être boutonné et fermé l'était.

En traversant le hall d'entrée, il aperçut Cora, toujours échevelée, en pleine conversation avec son majordome. Cordial comme à son habitude, Coates triait le courrier du jour. Nate, ne tenant pas à ce que Coates le voie, salua discrètement Cora et se dirigea vers l'escalier.

— Il y a un mot pour vous, lady Dane… Ah non. Ça, c'est une autre lettre de la cousine de Mme Carleton… Attendez un instant.

— Ma cousine ?

La voix de Mme Carleton résonna dans la cage d'escalier. Nate se figea.

Cora, les yeux arrondis par la peur, tenta de se recoiffer. Nate en eut le cœur serré. C'était peine perdue.

— C'est une lettre de Prudence ? demanda Ediktat Carleton en bousculant Nate au passage avant d'arracher la lettre des mains de Coates. Elle est souffrante depuis quelque temps, annonça-t-elle à la ronde. M'écrire lui fait beaucoup de bien.

Nate leva les yeux au ciel.

— Ah, vous voilà enfin, lady Dane, reprit-elle. Je vous cherche depuis hier soir. Il y a un problème avec mon linge. Mais vous êtes toujours par monts et par vaux sur le domaine…

Elle s'interrompit devant la tenue négligée de Cora.

— Dieu du ciel, lady Dane ! Cette allure… c'est à faire peur.

Cora se redressa dignement. Nate regretta qu'elle ne couvre pas son cou de ses cheveux.

— J'ai été surprise par la pluie pendant ma promenade à cheval.

C'est cela, oui.

Aussitôt, Coates eut l'air inquiet.

— Mon Dieu, lady Dane, vous auriez dû vous faire accompagner d'un valet.

— Je ne risquais rien, dit Cora en rougissant. J'ai pu m'abriter dans le pavillon de chasse.

Mme Carleton tourna un regard suspicieux vers Nate.

— Et vous ? Vous n'êtes guère plus présentable.

Nate résista à l'envie de regarder Cora.

— Je... je me promenais. Et je me suis laissé surprendre par l'orage. On peut dire que j'ai été balayé par la tempête. Ce tonnerre... quel crescendo retentissant, n'est-ce pas ?

Cora toussa, le visage en feu.

— Mmmph..., lâcha Mme Carleton d'un air pincé. Comment le saurais-je ? J'ai eu le bon sens de ne pas mettre le nez dehors. Bien, je dois y répondre sans tarder, ajouta-t-elle en agitant la lettre de sa cousine. Cet après-midi, j'ai prévu de faire travailler Léo, et cela se terminera sans doute par une migraine.

— Il n'est pas nécessaire que vous le fassiez travailler, madame Carleton, dit Cora d'un ton ferme. Il aura bien le temps plus tard.

— Je savais que vous diriez cela, répliqua Mme Carleton. Mais il est très en retard.

— Léo a quatre ans, madame Carleton, intervint Nate, agacé. C'est un petit garçon.

— Monsieur Travers, permettez-moi encore une fois de vous rappeler que c'est *mon* neveu et que cela ne vous regarde pas, rétorqua-t-elle sèchement.

Blessé par cette réplique, Nate resta néanmoins impassible. De toute façon, Mme Carleton s'adressait de nouveau à Cora.

— Et quand vous aurez un moment, lady Dane, j'ai besoin de parler à une lingère sur la façon d'amidonner les cols.

— Puis-je vous suggérer une façon originale d'utiliser l'amidon ? commença Nate.

Mais Cora l'interrompit, posant une main sur son bras. Heureusement, Ediktat avait déjà tourné les talons et remontait, sa précieuse lettre à la main.

Nate la fusilla du regard. *Quelle vieille bique*.

Sa détermination revint. Il ne pouvait pas laisser Cora seule ici.

— Je suis vicomtesse, non ? dit celle-ci. Alors comment parvient-elle systématiquement à me donner l'impression que je ne suis qu'une gamine de dix ans ?

Nate eut le bon sens de ne pas répondre. Cette question le taraudait depuis deux semaines. Pourquoi Cora se laissait-elle marcher ainsi sur les pieds ?

— Tenez, lady Dane. Une lettre de votre frère, dit Coates, dont le ton posé détendit l'atmosphère.

— Cette femme est abominable, murmura Cora en suivant Mme Carleton des yeux avant de prendre la lettre. Qu'est-ce qu'elle peut bien vouloir enseigner à Léo, d'abord ?

Elle décacheta la lettre de Gavin, la parcourut rapidement.

Nate hésita. Il aurait dû regagner sa chambre, faire sa toilette et ne pas préparer ses bagages pour Londres... tout en évitant d'en parler à Cora. Délicieux après-midi en perspective.

— Non...

La voix étranglée de Cora l'arrêta au moment où il posait un pied sur la première marche. Il se retourna, vit son air défait.

— Oh non, oh non, oh non.

— Qu'y a-t-il, ma belle ?

Elle le regarda, consternée.

— Gavin...

Une main sur la bouche, elle relut la lettre.

— Oh non...

— Quoi, Gavin ? insista Nate.

Elle regarda autour d'elle et secoua la tête lorsqu'elle se rendit compte qu'ils étaient encore dans le hall, en présence de Coates. Nate redescendit, la prit par le bras et l'entraîna vers le bureau. Cora se laissa faire, les yeux toujours rivés sur la lettre.

— Que se passe-t-il ? demanda-t-il lorsqu'ils furent dans le bureau. Qu'écrit ton frère qui te contrarie à ce point ?

Cora lui tendit la lettre, une main sur la gorge. Nate la parcourut. D'une écriture régulière et très lisible, Gavin Sinclair annonçait une nouvelle pour le moins contrariante.

— Il a besoin de plus de temps... Il ne peut pas plaider ce dossier en l'état... Il va lui falloir changer de stratégie ?

Nate regarda Cora, sidéré.

— La jurisprudence qu'il avait cru trouver... Elle n'a finalement pas joué en faveur de la mère, expliqua Cora en se tordant les mains.

— C'est-à-dire ?

— Le tribunal a refusé d'annuler le testament du père concernant la tutelle des enfants. Gavin espérait le contraire et voulait se fonder là-dessus pour plaider ma cause.

— Donc que va-t-il se passer ? Qu'allons-nous faire ?

Nate faisait tout son possible pour canaliser la joie égoïste qu'il sentait naître en lui. Il était évident qu'il allait devoir rester et n'avait donc plus besoin d'aborder le sujet avec Cora.

— *Nous* ? répéta-t-elle.

— Je suppose que tu vas avoir besoin que je reste, non ? Pour jouer la comédie encore quelque temps ? dit-il d'un ton délibérément détaché.

Le visage de Cora se ferma. Elle sembla soudain mal à l'aise.

— Oh... non, dit-elle fermement. Non. Ce ne serait pas... une bonne idée.

Il revit ses pupilles dilatées, ses jambes nouées autour de ses reins, ses lèvres criant son nom.

L'idée ne lui semblait pas si mauvaise que cela, au contraire.

— Cora...

— Écoutez, Nate. Cette lettre de Gavin, ça ne change rien pour vous. Vous êtes libre de rentrer à

Londres. Et j'aurais dû être claire. Avant que nous... enfin... vous comprenez. Mais je vais mettre les choses au point tout de suite, c'est le moins que je puisse faire.

— Mais enfin, de quoi parles-tu ?

Cora recula et se glissa derrière le bureau. Elle était pâle mais semblait déterminée.

— Je ne... vous demande rien, dit-elle. Inutile de vous inquiéter, Nate. Je n'attends rien de – je ne *veux* rien de vous.

— Cora...

— N'y voyez pas un piège pour vous forcer à m'épouser. Ce n'est... rien. Vous avez rempli vos obligations contractuelles. Je ne cherche pas à vous forcer la main, et j'étais consciente de cela ce matin.

— Cora.

Elle haussa le ton.

— J'aurais dû le dire tout de suite, je sais. Mais au moins le dis-je maintenant. Ce qui est arrivé... n'arrivera plus. Dès le début, je savais qu'il n'y aurait qu'une seule fois. Et s'il vous plaît, ne me jugez pas.

Elle redressa le menton. Ses paroles résonnèrent si clairement que Nate eut l'impression de les lire.

Et ce n'était pas du tout ce qu'il avait envie qu'elle dise.

Je ne veux rien de vous.

Je ne vous demande rien.

Une seule fois.

Le cœur serré, il se sentit vaciller. Cora ne voyait toujours en lui qu'un débauché insouciant qui ne prenait rien au sérieux. Mais Nate n'avait jamais rien pris plus au sérieux que cette histoire.

Il la regarda, en proie à un flot de pensées contradictoires. Et soudain, dans un éclair de lucidité, il comprit les raisons de son désarroi et de ses incertitudes.

Après avoir lu la lettre de Raymond, le matin même, il n'avait pas été troublé parce que son frère avait cru ses mensonges.

Il avait été troublé parce qu'il n'avait pas menti.

Il s'en rendait compte maintenant. Ce qu'il avait écrit à propos de Cora et lui était vrai.

Il était amoureux de Cora, et cette prise de conscience lui fit l'effet d'un coup de poing dans le ventre. Quand était-ce arrivé ? Il ne s'était aperçu de rien. Mais il en était certain.

Il l'aimait.

Et elle voulait qu'il parte.

— C'est ce dont nous étions convenus, disait Cora en allant et venant derrière son bureau, si belle et si douloureusement inconsciente de la détresse de Nate. De plus, il est impératif que vous rentriez à Londres. Le comte vous attend. Vous ne pouvez pas laisser passer cette occasion de parler avec lui.

Elle s'arrêta, le regarda. Elle portait encore la robe qu'il avait déboutonnée, qu'il lui avait remise, et ses yeux, une nouvelle fois, exprimaient le contraire de ce qu'elle venait de dire.

Mais Nate n'était plus vraiment dans le bureau. Il était à une table de jeu, étudiait ses cartes, et se rendait compte que Cora et lui ne jouaient pas à la même chose. Elle ne voulait rien de lui.

Il devenait soudain plus important que jamais d'être honnête avec lui-même. *Ça va être douloureux*. Jamais il n'avait eu à choisir entre tourments futurs et désir présent.

Sa vieille devise lui revint. « Si tu ne peux pas gagner, essaie de ne pas perdre. » Prévenir et protéger.

— Nate ?

Son silence semblait inquiéter Cora.

— Nous sommes d'accord, n'est-ce pas ? Je vais continuer seule avec Gavin. S'il vous plaît, assurez-vous de laisser les lettres avant de partir. Celles que vous avez accepté d'écrire pour que Gavin puisse les verser au dossier. Nous allons vraiment en avoir besoin. Vous les avez bien écrites, n'est-ce pas ?

Le dossier. Les preuves. Voilà tout ce qu'elle attendait de lui.

Nate repensa à tous les revers qu'il avait essuyés, à la façon dont, chaque fois, il avait fait le dos rond, à la capacité qu'il avait d'opposer l'indifférence à presque toutes les situations délicates.

Si Cora ne voulait pas qu'il reste, alors il s'en irait.

Un homme moins lâche aurait fait face ; un homme moins lâche aurait trouvé le courage d'avouer ses sentiments.

Mais Nate ne s'était jamais bercé d'illusions. Il n'était pas un grand homme.

— Nous sommes d'accord, ma belle, lâcha-t-il d'une voix sourde.

Ses boucles encore humides, le rose de ses joues, son parfum mêlé au sien… Ces souvenirs en tête, il la dévora une dernière fois du regard.

— Une seule fois, donc. Mais de celles qu'on n'oublie pas.

La journée passa sans qu'il revoie Cora. Elle avait à faire de son côté – sans doute se préparait-elle pour le bal du soir tandis que Nate était censé rassembler ses affaires pour son retour à Londres.

En réalité, cependant, Nate allait et venait dans sa chambre comme un lion en cage, ordonnant à Barnes de faire puis de défaire ses bagages.

Il voyait parfaitement en quoi ce comportement était insensé. Il devait débarrasser le plancher et ramener ses fesses à Londres. Il aurait déjà dû être parti ; le soir approchait à grands pas.

Mais il ne pouvait s'y résoudre. Il ne pouvait pas quitter Cora. Il n'arrivait même pas à lui laisser les lettres mal tournées qu'il avait cachées au fond du tiroir de sa table de nuit.

Il but une gorgée de whisky au goulot – à quoi bon utiliser un verre ? Autant boire directement à la source. Depuis sa fenêtre, il apercevait la partie est du domaine, les écuries, le bois et la vaste pelouse en manque d'entretien.

S'il partait ce soir, il ne reviendrait probablement jamais. Quel dommage, vraiment ! Aldworth Park était un endroit idéal, sans prétention, propice à l'aventure, lumineux et calme. Et partout, on y trouvait l'empreinte de Cora – des couleurs, de la douceur, et juste ce qu'il fallait de fantaisie.

Il étouffa un juron au souvenir de ce qu'il avait ressenti en tombant contre l'arbre avec elle dans ses bras. Sa bouche affamée goûtant la sienne. Sa peau mouillée par la pluie se réchauffant sous ses caresses. L'indicible plaisir et le luxe inouï de plonger en elle et d'y trouver l'extase.

Non, vraiment, il avait bien fait de ne rien lui dire. Inutile de compliquer les choses. Nate s'était toujours gardé une porte ouverte. Il pouvait sortir de cette histoire aussi facilement qu'il y était entré.

Alors qu'il était sur le point d'ordonner à Barnes de descendre les bagages, il aperçut son reflet dans la fenêtre et sursauta, renversant un peu de whisky. Il avait vieilli de cinq ans et se reconnaissait à peine dans l'expression tourmentée et douloureuse qui marquait son visage.

Pourtant... elle lui rappelait quelque chose, cette expression.

Il avait déjà lu ce trouble fébrile, brut, dans un autre regard que le sien.

Un regard à la fois noisette et bleu.

Le cœur battant à tout rompre, il se regarda. En cet instant précis, son expression était exactement la même que celle de Cora lorsqu'elle l'avait vu réconforter Tess dans le jardin des Wallace.

Il l'avait reconnue, sur le moment.

Il la reconnaissait maintenant.

Cette expression, c'était la *peur*.

Les paroles de Cora lui revinrent. « Je ne vous demande rien. » Nate se figea, la main serrée autour du goulot de sa carafe de whisky. Il tremblait, était à moitié ivre, et fut soudain absolument certain d'être un parfait imbécile.

Bien sûr que Cora ne lui demanderait rien. Cora ne demandait jamais rien à personne, menait sa vie tout entière sur le principe du « on n'est jamais si bien servi que par soi-même ». Il fallait qu'elle contrôle tous les aspects de son existence.

Mais cette attirance entre eux ? Elle était incontrôlable. C'était une entité vivante, indépendante, déterminée à les réunir.

Et elle terrifiait Cora.

Oh, ma chérie...

— Arrêtez les bagages, s'entendit-il ordonner à Barnes.

— Je vous demande pardon, Monsieur ?

Nate sortit des vêtements de la malle la plus proche et jeta une chemise à Barnes, qui n'y comprenait plus rien.

— Défaites les bagages, mon vieux. C'est mon dernier mot.

Nate était sur le point de renoncer à tout ce qu'il pensait désirer. En ne se rendant pas au rendez-vous fixé par Raymond, il se coupait les vivres lui-même. La prudence aurait été d'ignorer ces sentiments, de terminer ce contrat et de reprendre sa vie où il l'avait laissée.

Mais sa vie n'était plus à Londres.

Les vrais enjeux étaient ici.

Et Nate Travers était sur le point de faire tapis.

17

Cabinet Sinclair, Gray's Inn, Londres, juillet 1819

Cora,

J'ai attendu avant de t'écrire parce que je ne voulais pas t'alarmer outre mesure, mais notre demande de tutelle vient d'essuyer un revers.

Comme tu le sais, j'avais découvert une affaire similaire, dans laquelle la mère contestait la légitimité du tuteur testamentaire de son fils. En dernier recours, le tribunal a jugé que si la chancellerie avait bien le pouvoir de réglementer les tutelles, elle n'était en capacité de contredire le testament du père que si le tuteur était jugé indigne de ce titre.

J'ai bien peur, ma chère sœur, que prouver que tu mérites d'être l'unique tutrice des enfants ne nous serve à rien. À la place, il va falloir prouver que les Carleton ne sont pas dignes de cette responsabilité.

La chancellerie considère la tutelle comme une mission basée sur la confiance ; le tribunal n'intervient que s'il y a abus de confiance.

Je vais devoir trouver un détective privé… et je vais avoir besoin de temps. Cette affaire pourrait ne pas se résoudre aussi rapidement que nous l'espérions. Mais il faut garder espoir.

Bien affectueusement, ton frère vraiment désolé,

Gavin

*

* *

Au fil des semaines, Cora avait attendu le bal des Monmouth avec une impatience grandissante. C'était la première invitation qu'elle avait reçue à la fin de son deuil. Quelques jours plus tôt, sa robe avait été livrée de Londres, et poser les mains dessus avait suffi à lui donner la sensation de valser. Coupée dans une superbe soie améthyste agrémentée de mousseline vaporeuse et d'une magnifique bordure de perles, elle avait coûté une somme astronomique, mais pour Cora la joyeuse perspective de ce bal en valait la peine.

Son impatience, malheureusement, n'était plus aussi vive.

Talbot avait passé une éternité à sélectionner des accessoires, et plus longtemps encore à coiffer Cora. Pour une fois, ses boucles acajou formaient un élégant chignon lisse et soyeux au sommet duquel brillait un peigne orné de topazes. Elle était parfumée, gantée et parée de ses plus beaux bijoux.

Mais elle n'était pas tout à fait prête. Il lui restait une chose à faire avant de partir.

Devant la porte de la chambre de Nate, Cora hésita. À ses côtés, Tess et Léo se tenaient bien droits, tels deux bons petits soldats. Bien sûr, ils ne comprenaient pas ce qui se passait, mais Cora tenait à ce qu'ils disent au revoir à Nate.

Mal à l'aise dans ses ballerines en satin, elle avait le cœur battant. Qu'allait-il dire ? Le reverrait-elle ? Lui écrirait-il ? Le souhaitait-elle ?

Le souvenir de la main de Nate remontant le long de sa cuisse la fit frissonner. Mais le plus insupportable était celui de son rire tandis qu'ils couraient sous la pluie.

« Une seule fois, donc. Mais de celles qu'on n'oublie pas. »

Elle avait pris la bonne décision... n'est-ce pas ? Nate devait partir. Et elle devait reprendre les choses en main. Elle avait fini par se reposer sur lui, et c'était excessivement imprudent.

Léo s'impatientait. Cora se reprit et toqua.

Barnes, le valet de Nate, ouvrit. Derrière lui, elle aperçut un désordre sans nom, malles ouvertes, vêtements épars.

— Nathaniel est-il ici ? demanda Cora en retenant Tess avant qu'elle se précipite dans la chambre de Nate. Nous aimerions lui dire... adieu.

— M. Travers s'est absenté, répondit Barnes, impassible. Mais je lui transmettrai le message, lady Dane.

— Absenté ? Pour aller où ? demanda Cora, au bord de la panique. Je dois m'en aller. Je dois partir pour le bal.

— Je suis désolé, lady Dane. Il a dit qu'il avait besoin de prendre l'air.

Elle allait devoir partir sans le revoir.

À cause d'un bal.

Un événement frivole, sans intérêt, mais auquel il fallait qu'elle assiste. Cora devait paraître en société, surtout en ce moment.

Si Barnes vit ses larmes de dépit, il eut la bonté de ne pas le montrer.

— Si vous pouviez lui demander, Barnes... de passer au moins par la nursery avant son départ.

— On voudrait le voir, dit Léo d'une petite voix timide. Avant son voyage.

Barnes hocha solennellement la tête.

— Je vais faire en sorte qu'il n'oublie pas, lord Dane.

— J'aime bien vos boutons ! s'exclama joyeusement Tess.

Barnes lui répondit d'un clin d'œil, ce qui donna à Cora le temps de masquer son chagrin.

Après tout, c'était sans doute mieux ainsi.

Si on le lui avait demandé, Cora aurait été bien en peine de donner des détails sur le bal des Monmouth. À quel moment arriva-t-elle ? À qui parla-t-elle ? But-elle un peu de citronnade, fit-elle connaissance avec d'autres invités, parla-t-elle du temps ? Elle n'en avait pas la moindre idée.

En apparence, elle faisait de son mieux pour sembler affable et polie. En réalité, elle était effondrée, pour deux raisons aussi douloureuses l'une que l'autre : le revers essuyé par Gavin et le départ de Nate. Elle n'était pour rien dans le premier. Elle avait provoqué le second.

Elle était certaine que Gavin ferait tout son possible pour reformuler sa demande de tutelle. Tout n'était pas perdu, il avait simplement besoin de plus de temps. Et il avait été catégorique : Cora ne devait pas perdre espoir.

Il y avait forcément un moyen de prouver que les Carleton ne seraient pas à la hauteur de leurs obligations. Après tout, jusqu'à cette année, ils n'avaient pas manifesté le moindre intérêt pour les enfants.

Pourtant, Cora frémissait à l'idée que l'été puisse s'achever sans lui apporter de répit. Automne, hiver, printemps, les saisons passeraient, et elle flotterait toujours dans les limbes de l'incertitude, le sort de ses enfants en suspens. Il lui faudrait retrouver l'énergie qu'elle sentait s'épuiser rapidement.

Et elle devrait se débrouiller seule.

Après tout, elle n'avait pas le choix. Chercher à gagner du temps, comme le lui avait proposé Nate, n'était pas envisageable, surtout après ce qui s'était passé dans le pavillon de chasse. Elle se sentait incapable de continuer à jouer la comédie maintenant qu'elle savait ce que la réalité recelait de sublime dans les bras de Nate.

Nate et elles étaient allés trop loin, il était temps pour elle de se reprendre. Ce qui comptait, c'était sa propre existence, et tous les aspects de celle-ci qu'elle pouvait contrôler.

Faux espoir et incertitude ne devaient pas lui faire perdre la tête.

« Continue à marcher, s'ordonna-t-elle tandis qu'elle effectuait le circuit requis dans la salle de bal. Continue à parler. Ne pense pas à Nate. »

Mais Cora n'était pas à ce qu'elle faisait, quand bien même toutes les têtes se retournaient sur son passage. Elle n'entendait qu'un brouhaha mêlant bribes de conversations et commentaires à peine chuchotés.

— Lady Dane, oui, et Nathaniel Travers, le frère de Fordham...

— Elle vient à peine de quitter le deuil...

— Comment lui en vouloir ? Vous le connaissez, vous, non ?

— C'était Dane, j'en suis sûre. J'ai toujours pensé que cet homme était un...

— En tout cas, elle en a fini avec lui, désormais.

— Ça, on peut le dire en effet...

Ces commérages auraient dû la déranger, mais après tout, c'était exactement ce dont elle avait besoin. Elle déambula dans la salle de bal, trouva au pied levé des excuses pour l'absence de Nate – ses affaires à Londres, un rendez-vous avec son frère –, et personne parmi les invités ne sembla douter de ce qu'elle disait. Jamais Cora ne se serait crue capable d'inventer des histoires aussi facilement, mais aux grands maux les grands remèdes.

Et l'heure était grave, indéniablement.

— Lady Dane ?

Cora reconnut la voix, derrière elle, sans toutefois parvenir à l'identifier. Avec un soupçon d'angoisse, elle se retourna. Quelle ne fut pas sa surprise de découvrir le visage radieux de... *lady Fordham* !

Sa main se crispa sur son verre de citronnade. Elle n'avait pas revu la comtesse depuis des années, mais c'était bien elle, accompagnée de deux jeunes femmes qui ressemblaient étrangement à Tabby. La belle-sœur de Nate, celle qui l'avait élevé. Elle, au bal des Monmouth.

Cora se sentit défaillir.

— Lady Dane ? répéta la comtesse, l'air légèrement inquiet.

Cora se ressaisit, essayant désespérément de se souvenir où en était Nate avec son frère – que savait, ou pas, la famille ? Mais il ne lui avait jamais rien dit. Elle n'en avait aucune idée.

— Lady Fordham. Quelle surprise !

— Lady Dane, peut-être vous souvenez-vous de mes filles ? Lady Annalise Travers et lady Viola Travers, dit lady Fordham d'un ton amical.

Les trois femmes regardaient Cora comme le Messie.

Quelle est l'étiquette en pareilles circonstances ? C'était la première fois qu'elle rencontrait sa fausse future belle-famille quelques heures après avoir congédié son amant d'un jour.

— Ravie de vous revoir, réussit-elle à articuler tout en saluant les nièces de Nate.

Lady Fordham était radieuse. Elle avait des yeux émeraude, des cheveux d'un blond cendré, et son sourire était d'une gentillesse désarmante.

L'humeur sombre de Cora s'éclaircit. Elle avait toujours apprécié la comtesse et l'hospitalité dont celle-ci avait fait preuve à son égard, toutes ces années auparavant.

— Je... je ne m'attendais pas à vous voir dans le Berkshire, bredouilla Cora en tâchant de ne pas perdre pied. Je vous croyais à Londres.

— Nous y étions, confirma lady Fordham. C'est la raison pour laquelle je vous dois des excuses. J'aurais dû vous écrire directement, mais la fin de la saison nous a bien occupés, et il fallait préparer notre séjour dans le Hampshire. Mes filles et moi passerons la fin de l'été dans notre domaine. Lady Monmouth a eu l'amabilité de nous inviter à faire étape chez elle.

— Nous ne pouvions pas rater cela, intervint Viola Travers, les yeux brillants. Ce bal clôt la saison londonienne, même s'il a lieu après la saison et loin de Londres. Regardez tout ce monde !

Cora rit, mais elle n'en revenait toujours pas. La famille de Nate était dans le Berkshire.

— Lord Fordham est-il avec vous ?

Si le comte était là, mais pas Nate... Cora ne voyait pas comment elle allait réussir à sauver les meubles.

Mais Annalise secoua la tête.

— Papa est resté à Londres, où il avait à faire. Il nous rejoindra plus tard. Quand il...

Elle s'interrompit, rougissante.

— Quand il aura parlé à Nate, termina Cora à sa place, d'une voix à peine audible.

Bien sûr. Après tout, Nate avait à faire à Londres, lui aussi. Il était parti assurer son avenir.

Un avenir sans elle.

La tête lui tourna. La famille de Nate l'entourait, chaleureuse et attentionnée, sachant sur lui quantité de choses qu'elle ne saurait jamais.

— Lady Dane, comment vous dire à quel point nous nous réjouissons de vos fiançailles ? dit lady Fordham, les yeux brillants. Cette nouvelle m'a transportée de joie. Je n'aurais pu rêver meilleure alliance pour Nathaniel. Il avait juste besoin qu'on le pousse un peu, c'est ce que j'ai toujours dit. N'est-ce pas, mes chéries ?

Viola acquiesça énergiquement. Quant à Annalise, elle semblait se retenir de serrer Cora dans ses bras.

Celle-ci regretta presque qu'elle n'en fît rien ; cela lui aurait fait du bien.

— On ne parle plus que de cela, dit Viola, au comble de l'excitation. Le jour où vous étiez ensemble à Hyde Park... Nate disparaissant à la campagne avec vous... C'est tellement romantique.

Annalise souriait. Sa ressemblance avec Tabitha faisait presque peur.

— Nate n'a jamais été un romantique, dit-elle. Mais papa nous a montré la lettre qu'il a envoyée... Combien il vous regrettait quand vous étiez mariée, et comment, à présent, il était décidé à ne pas laisser passer sa chance. Nous n'avions aucune idée de la situation.

Aucune idée, en effet.

Cora eut envie de disparaître sous terre. Peut-être y trouverait-elle les vestiges de la chance qu'elle venait de laisser passer.

— Et vous avez de jeunes enfants, soupira lady Fordham. J'ai toujours dit que Nate ferait un excellent père, mais personne ne voulait me croire...

— Ce n'est pas vrai ! s'exclama Annalise. Nous disons tous cela, depuis des années. Et c'est le raisonnement qu'a toujours tenu Tabby aussi ! Vous auriez dû le voir quand je me suis foulé la cheville. Il est rentré de Cambridge juste pour me tenir compagnie.

— Enfin, il voulait aussi échapper à ses cours de philosophie..., railla Viola.

Cora n'en pouvait plus. En entendant Annalise, elle revoyait Tess, blottie dans les bras de Nate comme dans les bras d'un père...

Non, n'y pense même pas.

— Nathaniel est-il ici ? demanda lady Fordham en le cherchant du regard dans la salle.

— Je... Il... il ne vous l'a pas dit ? Il rentre à Londres. Il est parti aujourd'hui.

Les trois femmes se regardèrent, surprises.

— Pas que je sache. Mon mari m'a dit qu'il lui avait demandé de le retrouver à Londres, mais Nate n'a pas répondu. J'en ai déduit qu'il avait décidé de rester ici pour le moment.

De rester ici ?

La comtesse et ses filles regardaient Cora, attendant une réponse. Mal à l'aise, elle ne savait que faire, n'ayant pas la moindre idée des intentions de Nate vis-à-vis de son frère. Et elle ne voulait pas lui attirer davantage d'ennuis.

Pourquoi se retrouvait-elle toujours à devoir le protéger de sa propre famille ? De cette famille si merveilleuse, aimable et chaleureuse ? Cora prit soudain conscience que si ses fiançailles avaient été réelles, lady Fordham et Tabitha auraient remplacé Édith Carleton.

— Je suis sûre que Nathaniel est...

Cora s'interrompit, faute de trouver quoi répondre.

— Ah !

Annalise sourit et donna un petit coup de coude à sa mère, qui sourit à son tour et pointa un doigt derrière Cora.

— Ah ! Le voilà ! Juste là, vous le voyez ?

Quoi ?

Cora se retourna et suivit le doigt ganté de lady Fordham en direction de l'entrée de la salle. Son cœur se mit à battre violemment. Elle n'osait y croire.

Il y eut un mouvement dans l'assistance. Queues-de-pie noires et robes de couleur vive s'écartèrent et...

Impossible.

Ce fut comme ce fameux matin, à Londres, quand elle l'avait aperçu depuis la fenêtre. Elle vit d'abord ses larges épaules... mais l'homme que découvrait Cora ce soir n'était ni arrogant, ni débraillé, ni contusionné.

Non. Il était déterminé, inquiet, et d'une beauté si ravageuse dans sa queue-de-pie bleu nuit que Cora en eut les larmes aux yeux.

Viola parlait, mais Cora ne l'entendait plus. Elle avait perdu toutes ses facultés.

Comment était-ce possible ? Était-il...

Puis le regard de Nate se posa sur elle.

Dieu du ciel.

Cora retint son souffle. Deux yeux gris la transpercèrent, brûlants de désir. Elle était encore vaguement consciente de la présence des Fordham à côté d'elle, les imaginait bouche bée, mais elle ne voyait plus que Nate. Lentement, il se fraya un chemin à travers la foule des invités, sans la quitter des yeux ne serait-ce qu'un instant.

— Alors ça..., murmura quelqu'un – elle, peut-être ?

Que faisait-il ici ?

Cette tension érotique entre eux, cette attirance, c'était de la torture. Le sourire séducteur de Nate ramena Cora à ce matin-là, au moment où il l'avait guidée jusqu'au plaisir.

Et soudain, il fut devant elle. Solennel, il s'inclina, prit sa main gantée et la porta à ses lèvres, tout en la buvant des yeux. Visiblement, la robe améthyste lui plaisait.

— Extraordinaire, ma belle, murmura-t-il.

« Voilà un achat qui valait le coup », se dit-elle.

Elle avait retrouvé l'usage de ses sens. Entendait la voix de Nate, d'une gravité qui la faisait vibrer. Sentait son odeur, virile, douloureusement familière.

Sa main tenait la sienne, ferme et douce à la fois. Sa bouche...

— Nathaniel, lâcha enfin lady Fordham d'une toute petite voix.

Elle et ses filles le regardaient comme si elles ne l'avaient jamais vu.

Il pivota vers sa belle-sœur, et Cora éprouva une joie ridicule en comprenant qu'il n'avait regardé qu'elle.

— Rosalie ? Anna ? Vi ? Que... que faites-vous ici ?

Elles échangèrent des sourires ravis, visiblement fascinées de voir Nate aussi épris de Cora.

— La tête dans les nuages, dit lady Fordham, enthousiaste. Vous voilà transformé, Nate !

— Nous sommes en route pour Morrow Woods, intervint Annalise. Nous passons la nuit ici avant de repartir pour le Hampshire.

— Et... Fordham est ici ?

Viola secoua la tête.

— Papa est à Londres.

Le soulagement de Nate fut flagrant.

Mais Cora n'y comprenait plus rien. Pourquoi Nate était-il venu au bal ?

Que se passait-il, à la fin ?

Les invités prirent place au centre de la salle de bal. L'orchestre s'installait.

Nate la regarda. Le cœur battant à tout rompre, elle ferma les yeux. Il l'effleura, et il fallut à Cora toute la volonté du monde pour ne pas se jeter dans ses bras.

— Rosie... mesdemoiselles... je... je vous prie de m'excuser, mais je ne pensais pas vous voir ce soir. Je suis venu pour Cora.

— Nous ne pensions pas vous voir non plus, répondit la comtesse en souriant. Mais je suis heureuse de vous trouver ici. Vous nous avez manqué.

Nate sembla se détendre en entendant ces mots, ce qui ne manqua pas de surprendre Cora. Et la soulagea, aussi.

— Vous aussi, vous m'avez manqué, murmura-t-il avec un sourire presque aussi doux que celui des femmes à qui il s'adressait.

À en juger par la façon dont il parlait de son frère, Cora avait déduit que les relations de Nate étaient tendues avec le reste de la famille. Visiblement, il n'en était rien. Il n'y avait que de l'affection dans le regard de ces trois femmes.

On entendit les violons s'accorder. Les musiciens étaient prêts.

— Allez, dit lady Fordham en poussant pratiquement Nate vers la piste de danse. Allez, allez, ne faites pas attention à nous. Il faut que je présente Viola, de toute façon, alors ne vous occupez plus de nous. Nous vous écrirons cette semaine. Et je vous en prie, faites en sorte de voir votre frère, ajouta-t-elle en baissant la voix.

— Je n'ai prévu de voir qu'une personne pour l'instant, dit Nate d'une voix rauque. Vous la voyez ? Je suis le salaud le plus chanceux du Berkshire.

Un drôle de petit son sortit de la gorge de lady Fordham. Sans doute le même qu'aurait produit Cora si sa voix avait été en état de marche.

— J'espère que vous n'avez accordé les prochaines danses à personne, ma belle, dit Nate en se tournant vers Cora. Parce que la valse est pour moi, et ce n'est pas négociable.

— Nate ! s'exclama lady Fordham, gênée, avec un regard en direction de ses filles. Je vous trouve un peu…

— Je dis les choses comme elles sont, c'est tout.

Une étrange effervescence envahit Cora. Que se passait-il ? Elle l'ignorait, mais avait très envie de le découvrir.

Nate salua sa belle-sœur et ses nièces.

— Rosie, Anna, Viola, je vous dis à bientôt. Et je vous souhaite bon voyage.

— Allez-y, Nate, dit lady Fordham, aux anges. Nous attendons ce moment depuis si longtemps…

Cora les salua à son tour, rapidement. Leur expression surprise et ravie lui faisait chaud au cœur. Tandis qu'il l'entraînait vers le centre de la pièce, elle s'émerveilla. Nate était donc venu à un bal de son plein gré ?

Il était resté de son plein gré ?

Il se mit en place. Elle sentit la chaleur de sa main sur son dos, ses doigts gantés effleurant sa peau nue au-dessus de l'échancrure arrondie de son corsage, et frissonna, impatiente.

La valse commença. Autour d'eux, les danseurs virevoltaient avec grâce et harmonie, mais Cora se sentait spectatrice, prisonnière de sensations étranges, comme si, inconsciemment, elle avait compris qu'elle ne pouvait plus tout contrôler.

Était-il revenu… pour elle ?

— Nate ? commença-t-elle, les lèvres encore engourdies par le souvenir de sa bouche, si proche de la sienne. Vous étiez parti.

— Oui.

— Vous êtes revenu ?

— Oui.

Ce mot résonna en elle, jusqu'au tréfonds de son être.

— Et… allez-vous rentrer à Londres ? Pour voir votre frère ?

— Non, répondit Nate, les yeux rivés aux siens.

Au moment du cotillon, Cora attendit que Nate prenne place, mais au lieu de se mettre à côté d'elle, comme le voulait la coutume, il lui fit face, plaqua une main sur le haut de son dos et avança un pied entre les siens.

Cora n'avait jamais dansé une variante aussi osée du cotillon. Elle posa la main sur son épaule, espérant qu'il savait ce qu'il faisait.

— En fait, je n'ai pas envie d'aller voir mon frère à Londres, murmura Nate. Mais cela dépend de vous, Cora.

Imperceptiblement, la main de Nate glissa sur sa taille. Il l'étreignit puissamment, et le désir l'embrasa. Au contact de sa main si chaude, elle sentit durcir la pointe de ses seins.

Il était revenu pour elle.

— Mais notre contrat...

— Je me moque de ce contrat. Je ne veux pas de votre argent, un point c'est tout.

Le ton sans appel de Nate lui fit oublier tout le reste. Il n'y avait plus de bal. Il n'y avait plus personne d'autre sur terre.

— Si je reste, Cora, c'est pour de bon. Je reste, et je vais vous aider.

La sensation du joug qui pesait sur elle, les nombreux fardeaux qu'elle portait seule depuis si longtemps revinrent la hanter.

Mais il y avait aussi la main de Nate...

Déchirée entre son désir et la nécessité de préserver sa réputation, elle secoua la tête.

— Ça n'est pas raisonnable. Ce que vous suggérez... ce n'est pas possible. Pour moi, en tout cas. Je n'aurais même pas dû vous laisser...

— Taisez-vous, souffla-t-il sur le ton de l'urgence. Vous pourrez faire de moi ce que vous voulez, Cora.

— Mais non, je n'ai pas le choix.

— Si, vous l'avez. Grâce à moi, vous l'avez.

— Je vous en prie.

Pourquoi avait-elle dit cela ? Cela n'avait aucun sens, puisque Nate ne lui refusait rien. Toute la journée, Cora l'avait senti sur sa peau, avait eu le souvenir de sa bouche sur la sienne, et le désir de le sentir en elle.

Et là, elle n'aurait plus à se contenter de souvenirs.

— Je vois le bleu, murmura-t-il en la regardant dans les yeux, lisant sur son visage l'effet du passage de son index sur la couture de sa robe.

— Ils ont été bleus toute la journée, s'entendit-elle avouer.

— Mmm... Et moi, toute la journée, j'ai pensé à votre dos, souffla-t-il.

Malgré la musique et le mouvement, elle entendit chacun de ses mots se détacher clairement. Les doigts de Nate la caressaient à travers l'étoffe de sa robe. Le moindre de ses mouvements l'électrisait. Comment tenait-elle encore debout ? Elle n'en avait aucune idée.

— Pas de corset, je vois...

— Je... Non. C'est un corsage baleiné, en fait, répondit Cora d'une voix étranglée.

— Bon Dieu, Cora, vous enflammez mon imagination.

Il baissa la tête, si bien qu'ils se retrouvèrent presque joue contre joue. Fermant les yeux, Cora les imagina ailleurs, dans un lieu où elle aurait pu se tourner vers lui et prendre son souffle à ses lèvres.

— Nate...

Elle voulait le mettre en garde, mais c'est sur le ton de la supplique qu'elle avait parlé.

Tout en la faisant danser d'un pas sûr, Nate parcourait son dos du bout des doigts.

— Ces trois petites taches de rousseur, juste là...

Elle allait prendre feu, elle en était certaine. Le corps humain n'était pas fait pour supporter pareil traitement.

— Vous devez arrêter, je...

Il y avait dans les yeux de Nate la promesse d'un embrasement.

— D'accord. Si c'est ce que vous souhaitez. Après tout, je suis un gentleman.

Il la guidait sans effort, et Cora pria pour qu'il suive la mesure, car elle-même n'entendait plus la musique, ni rien d'autre, sinon les battements effrénés de son cœur.

Il voulait rester. Avec elle. Elle n'aurait pas à affronter tout cela seule. Les Carleton, le tribunal, l'éducation de deux jeunes enfants ayant besoin d'affection.

On arrivait à la fin de la danse, et pourtant Cora avait le sentiment d'être au début de quelque chose. Mais de quoi ?

— Ne le soyez pas.

La main de Nate se fit plus pressante encore sur elle.

— Ne soyez pas quoi ?

Elle le regarda, débordante d'audace. Les yeux gris de Nate viraient au noir. Elle savait exactement, désormais, ce que ce regard annonçait.

— Ne soyez pas un gentleman.

La musique ralentit.

— Si vous dites des choses pareilles, je vais devoir vous ramener à la maison, Cora.

Il cherchait à la taquiner, mais elle perçut l'urgence dans sa voix.

Un chemin nouveau s'ouvrait devant elle – et avec lui d'autres possibilités, d'autres découvertes.

Tu dois être courageuse.

— Alors raccompagne-moi à la maison, murmura-t-elle. Et ne repars plus jamais.

18

Résidence des Finch, Londres, juillet 1819

Nate,

Hier, alors que je me promenais à cheval dans Hyde Park, j'ai vu deux enfants qui pique-niquaient avec leur gouvernante. Un garçon et une fille.

Cela m'a rappelé l'époque où nous faisions de même, toi et moi. J'ai en particulier le souvenir d'un après-midi ensoleillé, juste avant que tu partes pour Eton. Tu avais fait toute une histoire, en disant que tu étais trop grand pour un pique-nique, mais j'avais insisté. J'avais oublié mon chapeau et risquais de prendre des coups de soleil alors tu m'avais donné ta casquette, et c'est toi qui avais viré au rouge tomate.

Rosalie m'a écrit pour me raconter ton comportement tout à fait inapproprié avec Cora au bal des Monmouth.

Moi, je dis : bravo.

Raymond va en faire une jaunisse, j'en suis sûre, quand il apprendra que tu n'es toujours pas rentré à Londres pour préparer sa succession. Mais bizarrement, cela ne me surprend pas. En présence d'une femme en détresse, tu as toujours eu tendance à perdre la tête.

Tendrement,

Tabby

*
* *

— Je n'en peux plus..., lâcha Cora.

— Alors repose-toi.

Nate se laissa glisser, le souffle court, contre la cloison en bois de la sellerie. Le soleil de l'après-midi dardait ses rayons à travers les ouvertures étroites et hautes, jetant sur l'intérieur un voile de poussière dorée.

Le palefrenier avait conduit la jument de Cora chez le maréchal-ferrant, et Nate avait graissé la patte des valets d'écurie pour qu'ils emmènent les autres chevaux faire un peu d'exercice. Il régnait dans les écuries désertes un silence confortable et doux. Un battant de la porte, de travers, oscillait paresseusement sur ses gonds dans la brise tiède.

— Je crois que j'ai une bride sous la tête, dit Cora. Mais je n'arrive pas à lever les bras.

Elle tourna la tête en grimaçant. Comment lui en vouloir ? Trois jours s'étaient écoulés depuis le bal des Monmouth, et leurs ébats avaient laissé à Nate des courbatures dans des muscles dont il ignorait jusqu'à l'existence. Boxer de temps à autre pour s'entretenir physiquement l'avait à peine préparé à de pareils corps-à-corps.

D'une main, il lui massa la nuque, tentant d'en apaiser les contractures. Elle émit un gémissement et, au souvenir de son poing serré dans ses cheveux, tirant sa tête en arrière, Nate s'en voulut. Il fallait absolument qu'il cesse de maltraiter ainsi sa chevelure.

— Tu peux m'aider ? demanda-t-elle plaintivement. Je suis trop épuisée pour me soucier de mon orgueil.

Avec un petit rire, Nate se leva, attrapa la robe accrochée à un crochet de selle et la lui tendit, après lui avoir offert une main pour l'aider à tenir debout.

Dans la lumière diffuse, sa chemise en linon était transparente. À travers l'étoffe, Nate voyait la courbe de ses hanches, le galbe de ses cuisses.

Il venait à peine de lui faire l'amour – dans son esprit était encore inscrite l'image de Cora offerte, arc-boutée sur une auge en pierre d'un autre siècle, les bras pliant sous la puissance de ses coups de reins –, mais la voir ainsi réveillait tous ses instincts.

Cora se retourna et enfila la robe en mousseline rose pâle. Nate la dévorait du regard et s'avança pour admirer de plus près encore la ligne souple de son dos.

— Tu peux me lacer ?

Déjà, il était contre elle, glissait les mains dans la robe ouverte et plaquait son torse nu contre son dos.

— Il nous reste combien de temps ? murmura-t-il.

Trouvant au creux de son cou la veine qui trahissait son cœur battant, il y appuya la langue.

Depuis le bal, Cora avait été catégorique. Entre eux, les choses pouvaient continuer, mais *jamais* quand les enfants étaient réveillés, et *jamais* quand les Carleton se trouvaient dans les parages.

Ces deux conditions auraient pu efficacement calmer leurs ardeurs, mais Nate était devenu très à cheval sur la mise en place de programmes précis – et sur leur respect. En l'occurrence, il avait fait en sorte de disposer chaque jour d'un laps de temps précieux durant lequel chacun se trouvait où il devait être. Les deux enfants et les deux vieux grincheux devaient se reposer l'après-midi, au moment des plus fortes chaleurs.

Cora laissa échapper un petit cri lorsque Nate agaça la pointe de son sein avec le pouce.

— Il est presque 15 heures… Léo ne va pas tarder à se lever…

— Presque… donc nous avons encore un peu de temps, souffla-t-il dans ses cheveux, cherchant son parfum citronné. Non ?

— Nate… Tu ne peux quand même pas… Nous venons de le faire…

Mais elle se frottait contre lui, l'excitait.

Il lui mordilla l'épaule, et Cora gémit, tout en basculant le bassin pour accueillir ses caresses.

Avec un large sourire, Nate la fit pivoter et la hissa sur un établi.

— Je ne parlais pas de moi…

Il se mit à genoux dans la paille, chercha son pantalon et en sortit sa montre, qu'il tendit à Cora.

— Tu veux bien regarder l'heure, ma belle ?

Puis il remonta ses jupes sur ses cuisses. D'un pied nu, Cora longea son bras, jusqu'à son torse, posa le talon sur son cœur.

— Tu fais vite, alors ?

Il plaqua les mains sur ses genoux et lui écarta les cuisses.

— Faire vite ? protesta-t-il d'un ton faussement offensé, en déposant une multitude de petits baisers sur l'intérieur de ses jambes avant d'effleurer son sexe encore trempé. J'ai jusqu'à 15 heures. Arrête-moi à ce moment-là.

D'un long coup de langue, il lui arracha un gémissement de plaisir. *Là.* Ils en étaient encore à découvrir ce qu'elle préférait, et Nate se prêtait à la chose avec application, n'aspirant plus qu'à obtenir ce gémissement et le basculement de bassin qui l'accompagnait, au moment précis où elle cédait au plaisir et lui abandonnait momentanément la charge de ses soucis.

Que désirer de plus ?

Le soir du bal, Nate s'était proclamé le salaud le plus chanceux du Berkshire, mais il était loin de la vérité. Il était le salaud le plus chanceux de l'univers. Il n'aurait cédé sa place à personne, sous aucune condition.

Dans sa quête de tout ce à quoi elle avait renoncé si longtemps, dans sa volonté de faire éclore la nature sauvage, exquise et rare de son être, Cora était tout simplement magnifique. Nate avait conscience de n'être qu'un passeur, un moyen d'arriver à ses fins, mais il s'en moquait.

Cora était passionnée ; elle n'était pas la seule. Nate avait le sentiment de se noyer, de se débattre dans les flots tandis qu'elle ne lui lançait que des éclats de bois. Ce n'était pas suffisant pour le maintenir à la surface, mais il se refusait à jeter les seules parties d'elle qu'elle consentait à lui donner. La moindre brindille, il la prendrait, s'en ferait un radeau ridicule et dérisoire, et tant pis s'il se noyait un jour. Il aurait essayé.

Du bout de la langue, il caressa le délicat bouton au sommet de son sexe et la regarda perdre pied. Il promena ses yeux partout sur elle, nota les stigmates du plaisir sur ce corps abandonné et éprouva une violente satisfaction à l'idée d'être le seul à avoir ce privilège.

Elle se cambra, impatiente. Il la pénétra avec deux doigts, bougea en elle avec une lenteur délibérée. Dix ongles impatients se plantèrent dans son cuir chevelu, lui faisant monter les larmes aux yeux.

Il n'était pas au bout de ses peines.

— Vous m'écoutez, monsieur Travers ? Je vous parle de ma cousine Prudence.

Dans un mouvement d'impatience, Édith Carleton tapota sa fourchette sur la table.

Nate quitta à regret le visage figé de Cora. Depuis un moment déjà, il taquinait sa cheville du bout du pied sous la table, tout en réfléchissant à une nouvelle lettre dans laquelle il décrirait de manière très imagée ce qu'il envisageait de faire avec le reste de la crème chantilly.

La réponse à la question de Mme Carleton aurait donc été, en toute logique, « non ». Il ne l'écoutait pas. Plongeant la main dans la corbeille à fruits toute proche, il en tira une grappe de raisin.

— Bien sûr, madame Carleton. Votre cousine, qui a récemment fait une crise de... goutte ?

Il fit un clin d'œil à Cora, comme s'il était parfaitement toléré de flirter tout en évoquant un parent malade. Un coup de pied dans le tibia ne l'aurait pas surpris, mais Cora se contenta de prendre sa serviette, d'en tamponner ses lèvres, puis sa nuque, et enfin la naissance de sa poitrine, au bord de son décolleté.

Nate se redressa, ne sachant plus où poser les yeux. Cora jouait les effrontées, et cela menaçait de lui faire perdre le peu de bonnes manières qui lui restait. S'ils avaient été seuls, il l'aurait allongée sur la table séance tenante.

Il la fixa. *Essaie un peu, pour voir.*

— Elle souffre de rétention d'eau, corrigea Mme Carleton d'un air mécontent. Pas de la goutte.

Pauvre cousine Prudence. Les choses allaient aussi mal pour elle que pour Cora. Nate promena son pouce sur le pied de son verre, attirant l'attention de Cora sur le mouvement régulier, insistant.

— J'aimerais que vous ayez tous une pensée pour elle dans vos prières, dit Édith Carleton en secouant la tête, comme si elle savait déjà que cela n'aiderait pas beaucoup. Elle ne va pas bien du tout, et cela me peine. Vous savez combien je suis sensible.

— Je n'ai jamais vraiment apprécié Prudence, dit son mari en haussant les épaules. Elle est assez difficile...

Nate et Cora évitèrent de se regarder. Le mari d'Ediktat Carleton trouvait une femme difficile ? Que fallait-il en déduire ?

Édith jeta un regard noir à son mari.

— Vous pourriez être un peu plus charitable, mon cher. Vous êtes pasteur, tout de même. La pauvre Prudence n'arrive même plus à enfiler ses bottines, tant ses jambes sont enflées.

Cora toussa dans sa serviette. Nate se pencha en avant et, d'un ton bien innocent pour celui qui venait de lui faire comprendre qu'il avait envie de la prendre sur la table, demanda :

— Comment avez-vous trouvé le soufflé, Cora ?

— Bon, répondit-elle d'une petite voix étranglée.

— Vous en voulez encore ?

Les lèvres de Cora s'entrouvrirent, et Nate revécut immédiatement la nuit précédente et la façon dont il l'avait prise contre son lit, en lui soufflant à l'oreille : « Tu en veux encore, Cora ? »

— Oui, murmura-t-elle d'une voix rauque qui indiquait qu'elle aussi se souvenait. J'en veux encore.

Le pasteur la regarda, étonné.

— Le soufflé est devant vous, lady Dane, dit-il en pointant sa cuillère, pour le cas où Cora aurait ignoré ce que « devant vous » signifiait.

Cora se reprit, et Nate retint un sourire. Elle le fusilla du regard, puis se tourna vers les Carleton.

— Je voulais vous annoncer que j'ai décidé de donner une soirée avant la fin de la semaine.

Mme Carleton la regarda comme si Cora suggérait d'inviter une troupe d'acrobates.

— Une soirée ? Pour quoi faire ?

Nate se pinça l'arête du nez. Il avait complètement oublié cette foutue soirée. Cora lui en avait parlé la veille, tout en jouant du bout des doigts sur son torse un morceau connu d'elle seule mais qui, en descendant vers les graves, menaçait de le faire exploser. Son projet consistait à continuer de jouer la comédie en public, puisqu'il était encore à Aldworth Park.

Elle se tourna vers lui, cherchant une aide qu'il était incapable de lui apporter. La veille, il n'avait pas écouté un seul mot de ce qu'elle lui racontait, jusqu'à ce qu'elle lui demande de dire « oui ». En l'occurrence, c'était bien le seul mot qu'il était en état de prononcer.

— Eh bien... Cora n'a reçu personne de tout l'été, improvisa-t-il.

Un hochement de tête encourageant de la part de Cora le soulagea. Il avait vu juste.

— Et je me suis dit qu'il était temps pour moi d'organiser une fête. Nous avons été invités ici et là, il serait impoli de ne pas rendre la pareille.

— Dois-je être présent ? demanda le pasteur, qui s'était levé pour aller jeter un œil à sa correspondance, éparpillée sur une table dans un coin de la salle à manger.

— Oui, répondit Cora, même s'il était évident qu'elle aurait rêvé du contraire. Je pensais à six ou sept couples. Nous dînerions, avant de jouer aux cartes et à différents jeux de salon. Ce serait amusant, non ?

Nate doutait fort que la présence des Carleton puisse être amusante, mais il était impossible de les laisser en dehors de ça. Et c'était l'occasion idéale de jouer une fois de plus les fiancés enamourés.

Ediktat se leva, visiblement contrariée.

— Très bien. Vous me ferez savoir la date. Mais ne prévoyez pas le dîner trop tard dans la soirée, lady Dane.

— Madame ? Annie vous fait dire que les enfants sont prêts pour leur sieste, annonça Coates, qui venait d'entrer.

— Si vous voulez bien m'excuser, dit Cora, ravie. Je vais monter leur lire une histoire.

Mme Carleton se tourna vers elle.

— Une de celles que j'ai jugées convenables, j'espère ? Vous savez ce que j'en pense : rien d'amoral, et surtout pas de contes de fées, lady Dane.

Nate leva les yeux au ciel.

— Je crois qu'en ce moment Cora leur lit des passages de *L'Enfer* de Dante, madame Carleton. Ils sont justement aux portes de l'enfer. Et c'est drôle, votre portrait était accroché au-dessus de la porte.

Cora le fusilla du regard, mais Mme Carleton l'ignora et suivit sa belle-sœur en ronchonnant.

— Vous ne pouvez pas monter les border systématiquement, lady Dane. Vous les dorlotez trop...

Les deux femmes quittèrent la salle à manger, laissant Nate en compagnie de Ronald Carleton, ce qui était bien pire qu'être seul.

— Bien, bien, bien, dit Nate en prenant ce qui restait de raisin. Je crois que je vais y aller moi aussi...

Le pasteur était toujours devant son courrier et parcourait d'un air contrarié différents papiers. Il leva la tête et regarda Nate.

— Dites-moi, fit-il en ramassant les papiers avant de les lui tendre d'un geste hésitant. Que lisez-vous ici ? Les pattes de mouche de mon fils sont indéchiffrables, au grand dam de Mme Carleton.

Nate retint un soupir agacé, prit les papiers et se pencha sur la ligne indiquée par le pasteur.

C'était une page de livre de comptes.

— Euh... fenêtres à guillotine. Soixante-dix-sept livres et quatre shillings.

— Mmm... C'est plus que je ne pensais.

Nate avait les yeux rivés sur la page. C'était une somme exorbitante. Soixante-dix-sept livres ? Pour des fenêtres ? Il se rappela que, lors de la fête de la fraise, Carleton avait parlé d'un rendez-vous avec le pasteur de la paroisse. Une histoire de visite... de rénovations...

Nate se laissa tomber sur la chaise en face de Carleton, curieux d'en savoir plus.

— Vous faites des travaux, monsieur le pasteur ?

Sur une feuille, Carleton nota tout en la répétant la somme que Nate venait de lui lire.

— Comment ? Que dites-vous ?

— Je vous demandais juste si vous étiez en train de faire des travaux de rénovation.

Nate parcourut la page de registre avec un intérêt accru. En plus de fenêtres, il était question de plâtriers, de menuisiers et de maçons.

La liste était considérable.

Carleton lui arracha le papier des mains.

— Oui. Je me suis finalement décidé à faire agrandir le presbytère. Cela fait des années que j'attends d'avoir les fonds, et maintenant que les travaux ont enfin commencé, je dois en laisser la supervision à mon fils, qui n'est pas doué pour la comptabilité. C'est bien ma chance, tiens.

Parti sur sa lancée, le pasteur se mit à bavasser à propos de son fils et des travaux, mais Nate l'écoutait à peine. Un détail le dérangeait.

Il repensait à la semaine précédente, à la partie de chasse de lord Wallace. Sur le chemin du retour, Carrington s'était vanté des combines financières de son cousin, qui se servait allègrement dans le compte de son pupille.

— En effet… ce doit être agaçant, dit-il en observant le pasteur.

Mais Carleton ne prêtait plus attention à lui, occupé qu'il était à rédiger une lettre à l'attention de son fils.

Se penchant vers la table, Nate posa un coude sur une série de feuilles qu'il fit glisser discrètement vers lui. Il jeta un œil au document le plus proche – un morceau de papier, avec une suite de chiffres… un numéro de compte ?

Il déplaça son coude et découvrit un chèque au porteur de chez Coulter & Co, banque londonienne réputée pour être celle de l'aristocratie. Fordham n'y avait pas de compte, mais certains amis de Nate en étaient clients. Quoi qu'il en soit, ce n'était pas le type d'établissement bancaire chez qui un pasteur ouvrait un compte.

Un vicomte de quatre ans, en revanche, oui.

Nate eut soudain un début d'intuition, proche de la sensation éprouvée lorsque, assis chez Madame Roost, tirant ses cartes une à une, il se rendait compte qu'il allait peut-être avoir un bon jeu.

Tout en faisant un peu de calcul mental, il regarda Carleton. Il n'était pas architecte, mais ces sommes étaient beaucoup trop élevées pour une simple rénovation.

— J'imagine que vos paroissiens sont fiers d'avoir collecté autant d'argent pour vos travaux.

— Qui ? Cette bande de miséreux ? Pff ! Le denier du culte n'est plus ce qu'il était. Non, je ne peux pas plus compter sur eux que sur le hobereau du village. Cela fait des années que je me débrouille tout seul, Travers. Mais Dieu y pourvoira, c'est ce que je dis toujours, ajouta-t-il avec un sourire malsain.

Nate se sentit mal à l'aise. Comment un pasteur se trouvait-il soudain en possession de telles sommes, si ses paroissiens n'y étaient pour rien ? Un retour sur investissement ? Peut-être.

Ou un héritage.

Un coup d'œil à la table révéla à Nate la présence de plusieurs lettres de change, certaines d'entre elles encore en blanc. Quelques-unes étaient à l'ordre de Carleton, et l'une d'entre elles, à demi cachée, était à l'ordre d'un certain M. Burke.

Sur la feuille du livre de comptes qu'il avait eue sous les yeux, le maçon apparaissait sous le nom de Burke.

Quelque chose clochait.

Et c'était exactement ce dont Gavin Sinclair avait besoin. Qu'avait-il écrit à Cora ? *Il va falloir prouver que les Carleton ne sont pas dignes de cette responsabilité…*

— Mais c'est vraiment pénible, cet échange épistolaire incessant avec mon fils, dit Carleton en agitant sa plume.

Au même moment, une bonne entra et Carleton se retourna, posant un regard gourmand sur le plateau de scones encore chauds qu'elle apportait.

Il n'y a qu'un moyen de découvrir s'ils le sont ou pas.

Profitant de ce que le pasteur prenait son temps pour choisir un scone, Nate posa un coude sur la feuille du livre de comptes et une lettre de change, et, comme si de rien n'était, les fit tomber sur ses genoux avant de les glisser furtivement sous son gilet. Le tout sans quitter Carleton des yeux.

Sapristi.

Il avait officiellement volé les Carleton.

Comme le pasteur se retournait avec son scone, Nate donna un coup de genou dans la table pour éparpiller les documents restants, de façon à faire disparaître l'espace libre laissé par ceux qu'il venait de subtiliser. À en juger par le désordre existant, le pasteur ne brillait de toute façon pas par sa méticulosité.

Nate comptait là-dessus.

— Si vous voulez bien m'excuser, Carleton, dit-il en se levant.

Il était impatient de quitter la pièce pour cacher les documents, réfléchir à ses soupçons et décider de la marche à suivre.

— Je vous en prie, marmonna distraitement Carleton en se rasseyant pour écrire à son fils.

Une fois seul dans le couloir, Nate tira les papiers de son gilet et étudia la lettre de change.

Il n'avait rien pour prouver ses soupçons, bien sûr. Il ne savait même pas ce qu'il avait entre les mains – un chèque tiré sur un compte numéroté, de chez Coulter & Co, pour une somme de vingt livres payable à Ronald Carleton. Et signé par ce même Carleton.

Nate réfléchit. À moins que le pasteur n'ait vraiment un compte chez Coulter et ne se soit signé un chèque pour retirer de l'argent ou en transférer sur un autre compte, la seule explication plausible était qu'il avait signé ce chèque parce que le compte appartenait à son pupille. Mais comment en être sûr ?

Et même s'il s'agissait du compte de Léo, quel était le problème ? Un tuteur légal faisant usage de sa procuration ? Cela pouvait être aussi louche que Nate le pensait, mais cela pouvait aussi être tout à fait innocent. Nate n'avait pas la moindre idée des dépenses liées à l'éducation de Léo et de Tess.

Il ne pouvait se fier qu'à son instinct, or, s'il avait de l'intuition pour quelque chose, c'était bien pour les activités louches. Le coût des rénovations, tous ces comptes et tous ces fonds, cela sentait mauvais, et Nate aurait préféré qu'un autre nez que le sien le confirme.

Une chose était claire : il fallait qu'il écrive à Gavin Sinclair. Si ses soupçons étaient fondés, si Carleton détournait l'argent de Léo pour ses travaux, cela pouvait peser en faveur de Cora au moment où elle ferait sa demande de tutelle.

Nate avait peut-être trouvé la solution.

Et Cora ? Devait-il lui en parler ?

Il hésitait. Il ne voulait pas lui cacher ce qu'il avait trouvé, mais s'il évoquait devant elle la lettre de change et le livre de comptes, elle risquait de se fixer sur ces soupçons. Elle serait capable de partir séance tenante pour Londres et de foncer à la banque en agitant ces papiers, telle une furie. Au minimum, elle en parlerait aux Carleton et provoquerait une crise diplomatique.

Non. Si Cora apprenait cela, elle n'aurait de cesse d'agir et se mettrait dans tous ses états, alors que ces documents n'avaient peut-être aucune valeur. Nate ne pouvait pas supporter l'idée de lui causer plus d'angoisse juste parce qu'il aurait agi inconsidérément.

« Attends, décida-t-il en gagnant sa chambre. Attends d'en avoir parlé avec Gavin Sinclair. »

Il était tard lorsque Cora se laissa retomber sur lui et se blottit dans ses bras. Sa peau était moite de l'avoir aimé.

— Je dois retourner dans ma chambre, dit-il à contrecœur.

Machinalement, il glissa les doigts dans ses cheveux, joua avec. Il n'arrivait pas à la quitter.

— Non, murmura Cora en faisant glisser son pied contre ses jambes. Je veux que tu restes.

Quelques instants plus tard, elle s'assoupit.

Il la serra contre lui, sentit son cœur battre à l'unisson du sien. Il était épuisé, rassasié, comblé physiquement comme il ne l'avait jamais été.

Mais il ne trouvait pas le sommeil.

Son esprit était en ébullition. Les papiers de Carleton, la lettre qu'il avait envoyée l'après-midi même à Sinclair, la perspective, peut-être, de mettre un terme au cauchemar de Cora...

Cela suffirait-il ? Lui-même suffisait-il ?

Il se posait cette question depuis toujours et n'avait pas encore trouvé de réponse.

Alors, pour le moment, il allait se contenter d'être là, éveillé, Cora dans ses bras, tous les deux blottis dans son lit.

19

Résidence des Finch, Londres, juillet 1819

Ma chère Cora,

Je n'ai pas l'habitude que, de nous deux, ce soit moi qui aie le moins de nouvelles croustillantes à raconter, mais il faut bien reconnaître que tu avais du retard à rattraper dans ce domaine. Une rumeur court la ville depuis peu – sans même que j'y sois pour quelque chose – selon laquelle Nathaniel et toi avez fait sensation au bal des Monmouth la semaine dernière. Comment aurait-il pu en être autrement ? J'ai toujours pensé que vous feriez un couple étonnant, tous les deux.

Mais n'aie crainte, ma douce, j'œuvre toujours en coulisses. Ce n'est pas chose facile, crois-moi, de nourrir le fauve tout en le maintenant à distance. Je diffuse juste ce qu'il faut de détails sur votre histoire pour satisfaire l'appétit de la bonne société, sans susciter trop de questions indiscrètes.

Oserai-je une suggestion ?

Nourris le fauve, Cora. Quant à le maintenir à distance...

Tendrement,

T.

*
* *

— Allons, allons, calmez-vous, tous les deux. Vous êtes beaucoup trop excités. On recommence.

Délaissant un instant son ouvrage, Cora leva les yeux et regarda Nate tenter désespérément d'apprendre à Tess et à Léo à jouer aux boules.

— Veuillez m'excuser, lady Dane, fit Édith Carleton d'un ton agacé.

Assise à côté de Cora sur la terrasse, sa broderie sur les genoux, elle semblait excessivement contrariée. Mais était-ce à cause des jeux des enfants, ou du fait que Cora avait insisté pour s'installer sur la terrasse ? Elle n'aurait su le dire.

— Oui, madame Carleton ?

— Pour autant que je sache, vous avez des domestiques, non ?

Cora serra les dents. *Qu'est-ce qui ne va pas, cette fois ?* Le plus calmement possible, elle se tourna vers sa belle-sœur, qui indiquait son ouvrage en plissant le nez.

— En effet, madame Carleton.

— Alors pourquoi, je vous prie, êtes-vous en train de ravauder vos serviettes de table ?

Cora baissa les yeux sur la rangée de campanules qu'elle rebrodait.

— Parce que Mme Bainsbridge m'a dit qu'il nous en manquait une pour le dîner de ce soir et que je tenais à ce que toutes les serviettes soient assorties.

— Certainement. Mais une bonne aurait pu…

— J'aime broder. Cela me procure un sentiment de calme et d'accomplissement.

C'était faux. Rien de ce qui se passait sur cette terrasse ne la calmait, et la broderie encore moins. Sur la pelouse, Léo et Tess prenaient des coups de soleil, étaient trempés de sueur et menaient la vie dure à Nate.

Il poussa un grognement et enfouit son visage entre ses mains. Tess venait de faire rouler sa boule dans un buisson de lavande sauvage.

— Qui gagne ? lança Cora sans pouvoir se retenir de sourire.

— Certainement pas moi, répondit Nate avec un clin d'œil. Mais je prendrai ma revanche plus tard.

L'aiguille de Cora ripa, et elle se piqua le doigt. Sans réfléchir, elle secoua la main.

— À propos de vos domestiques..., reprit Mme Carleton, sans se douter une seconde de la douce euphorie ressentie par Cora. Il faut que je vous parle, lady Dane.

— Mmm ?

Cora se força à quitter des yeux le joyeux trio sur la pelouse. Un enfant à chaque bras, Nate les balançait pour les récompenser d'avoir triché sans vergogne.

— Je ne voudrais pas accuser qui que ce soit de malhonnêteté, murmura Mme Carleton, visiblement tendue, mais le pasteur a remarqué la disparition de certaines choses.

Le sous-entendu ramena brutalement Cora à la réalité.

— Ah bon ? Quoi donc ?

— Des papiers. Des papiers importants. Ils ont disparu, et je ne pense pas qu'ils aient été simplement mal rangés. Je crains que quelqu'un, ici, ne les ait subtilisés.

Son rictus presque menaçant mit Cora hors d'elle. Jamais ses domestiques n'oseraient voler. Et elle était certaine que personne, sous son toit, ne s'était intéressé à quoi que ce soit appartenant aux Carleton.

— J'ai toute confiance en...

— Vous devriez peut-être en informer votre gouvernante, insista Mme Carleton. Qu'elle prenne conscience de l'existence de certains comportements. Il se pourrait que ce soit dû à une trop grande indulgence de votre part. Ce genre de chose ne s'est jamais produit quand mon cher frère était encore de ce monde, je vous l'assure.

Cora se retint de faire remarquer que M. Carleton avait la fâcheuse habitude de reluquer ses bonnes et qu'elle avait chargé Mme Bainsbridge de le surveiller. Elle ne voyait rien d'indulgent là-dedans.

— J'en parlerai à Mme Bainsbridge, dit-elle d'un ton ferme. Mais je puis vous assurer, madame Carleton, que je prends les accusations de vol très au sérieux. Mon personnel a toujours été extrêmement loyal. Peut-être le pasteur devrait-il vérifier de nouveau.

Et, pour mettre fin à cette conversation, Cora se tourna ostensiblement vers la pelouse.

— Allez, vous deux, regardez, disait Nate. Je vous montre. Cela s'appelle viser.

Cora rit, poussant distraitement son aiguille sur la serviette tandis que Nate lançait sa boule, aussitôt rattrapée par Tess, qui la fit rouler hors du terrain.

— Sept ! hurla-t-elle en sautillant avec une telle ardeur que ses chaussettes tombaient sur ses chevilles.

Léo courut récupérer la boule.

Nate se tourna vers Cora et, d'un geste, lui fit signe qu'il capitulait. Mais c'était elle qui capitulait. Son beau sourire la bouleversait. Elle battit des paupières et oublia totalement son ouvrage.

Sentir les yeux de Nate sur elle lui rappelait son enfance. Elle avait l'habitude de s'allonger dans le jardin de sa mère, sur les dalles baignées de soleil. Le corps tout entier réchauffé à la fois par le ciel et la terre, elle s'abandonnait à une douce torpeur. Le regard de Nate la ramenait à ces après-midi enchanteurs. Avec lui, elle avait toujours l'impression d'être allongée au soleil.

— Vous allez me le payer, lady Swifte ! Une amende de deux biscuits au moins !

— Nate ! cria joyeusement Tess en voyant Léo accroché à ses épaules. Attrape-moi !

Cora sentit son cœur se serrer. Les voir ainsi tous les trois était un bonheur incommensurable. Ses enfants avec un homme aux bras assez grands pour eux deux.

Pour eux trois.

Elle posa son ouvrage, incapable de détourner le regard.

Le vœu qu'elle formula alors réveilla ses rêves de jeune fille, lui rappelant combien elle avait aspiré à ce genre de joyeux désordre.

On dirait une famille.

— Non, vraiment, lady Dane, vous auriez dû laisser cela à une bonne, dit lady Carleton en posant un regard sévère sur l'ouvrage de Cora. Cela fait trois fois que vous repassez sur ces campanules. Ce n'est ni fait ni à faire.

Cora baissa les yeux sur sa broderie et sourit. Cette explosion de campanules semblait appropriée. Après tout, elle avait juré qu'elle en avait terminé avec les arrangements trop sages.

— Ce sera ma serviette, ce soir, dit-elle en haussant les épaules. Cela n'a aucune importance.

Et, posant la serviette, elle rejoignit Nate et les enfants sur la pelouse. Quelle punition Nate lui infligerait-il si elle lançait sa boule en dehors du terrain ?

Mme Carleton lui posa une autre question, à propos de la gouvernante, mais Cora ne l'entendait déjà plus. Elle n'était plus sur la terrasse, elle n'était même plus dans le jardin.

Non, elle était dans une autre dimension.

Elle avait grimpé plus haut que le lierre, plus haut que le toit, atteignait les nuages.

Elle était haut dans le ciel et se regardait vivre la vie joyeuse et épanouie dont elle avait toujours rêvé.

La soirée était un réel succès. Cora le voyait bien et s'en réjouissait immensément. Comme il fallait s'y attendre, les Carleton et leurs mines maussades apportaient une touche d'austérité, mais tous ses autres invités s'entendaient à merveille.

Cela faisait tellement longtemps qu'elle n'avait pas reçu et que sa maison n'avait pas résonné des rires et des conversations d'une joyeuse assemblée. La dernière fois que Dane et elle avaient organisé une soirée, Tess venait de naître. Et, de toute façon, ces dîners avaient toujours été d'un ennui absolu, Dane et ses semblables disparaissant dans le fumoir à la première occasion, laissant leurs assommantes épouses se lamenter sur leur sort, les mains froides et les lits glacés.

Mais ce soir, c'était différent.

Ce soir, Cora découvrait ce que recevoir avec Nate Travers à ses côtés signifiait.

Nate était d'excellente humeur, attentif, aux petits soins pour Cora, charmant avec ses amis, le tout avec une sincérité dont il aurait été difficile de douter. Bien qu'occupée par son rôle d'hôtesse, Cora avait senti son sourire la suivre toute la soirée et, sous son regard chaleureux, avait eu le sentiment de rayonner.

Quoi que Gavin réussisse à prouver, Cora avait la certitude qu'elle et Nate étaient convaincants. Ils formaient un couple amoureux, en complète harmonie, tout le monde ici pouvait en témoigner.

C'était du moins ce que croyait Cora.

Quand les hommes se retirèrent dans le fumoir pour jouer aux cartes, Nate en titubant un peu trop – mais c'était assez séduisant –, Cora en profita pour monter embrasser les enfants dans leur chambre.

Et lorsqu'elle rejoignit ces dames au salon, ce fut pour découvrir que l'odieux vent des commérages s'était levé.

Lady Wallace chapitrait le reste du groupe.

— Vous êtes incorrigibles, vraiment. Je vous l'ai dit. Laissez-la un peu tranquille…

— Laisser qui tranquille ? demanda Cora en prenant place sur une banquette à côté de Bianca Carrington. De qui parlons-nous ?

Elle espérait en apprendre un peu plus sur Mme Putman et son valet d'écurie. Les ragots étaient allés bon train pendant tout l'été à ce sujet.

Un silence pesant lui répondit, tout le monde décidant soudain d'aller se servir en ratafia. Cora pencha la tête.

— Allons, mesdames. Si je n'étais pas sûre du contraire, je croirais que vous parlez de moi.

Mme Carleton toussa. Cora se sentit soudain très mal à l'aise.

Toutes les langues s'étaient donc tues parce que le sujet de prédilection, ce soir, était lady Dane et M. Travers ?

— Bon, très bien. Je me lance, dit enfin lady Monmouth en posant son verre avant de se tourner vers Cora. C'est juste que… nous nous demandons comment c'est arrivé.

— Comment c'est arrivé ?

— Monsieur Travers ! s'exclama Mme Powell d'un ton exaspéré. Ne jouez pas les innocentes, lady Dane.

— Honnêtement, je ne le voyais pas se ranger, dit Mme Carrington. Jamais il n'a manifesté le moindre intérêt pour quoi que ce soit qui impliquerait ne serait-ce qu'une once de responsabilité.

— Vous vous souvenez de cette actrice ? Ou était-ce une soprano ? intervint Mme Powell.

Cora s'était figée, raide comme la justice, se retenant de regarder Édith Carleton qui, à coup sûr, ne perdait pas une miette de ce qui se disait.

— Je crois qu'elle est allée en France, après.

— Actrice ou chanteuse, en tout cas, elle avait un beau crochet du droit, ironisa Christine Carrington, l'aînée des deux filles. Elle lui a mis une sacrée raclée, vous vous souvenez ?

— J'espère que vous n'avez pas prévu d'aller à Paris pour votre voyage de noces, plaisanta lady Monmouth. Je crois que M. Travers y est interdit d'opéra.

Toutes regardaient Cora d'un air amusé. Elle essaya de sourire, mais ne parvint sans doute qu'à grimacer.

« Ne panique pas, se disait-elle. Ne réponds pas, ne soulève pas le tapis pour y chercher des miettes. »

Nate avait mauvaise réputation. Et alors ? Elle était au courant. C'était justement pour cette raison qu'elle avait fait appel à lui au début.

Mais cela faisait presque cinq ans que Cora vivait en marge de la bonne société. Tabby la tenait au courant dans les grandes lignes, certes, mais Cora passait l'essentiel de son temps à s'occuper de ses enfants dans le Berkshire. Elle aimait la campagne, aimait élever ses enfants ici.

Elle en avait presque oublié que ses amies et ses connaissances disposaient d'informations qu'elle ignorait.

Nate bambochait partout dans Londres, enchaînant les conquêtes, se battant même avec elles.

— Lady Dane ?

— Oui ? Veuillez m'excuser, madame Powell.

— Je vous demandais quand vous aviez repris contact avec M. Travers. Et quand a-t-il commencé à vous faire la cour ? Loin de moi l'idée d'insister, mais… ne pas le faire serait négligent de ma part. Le fait est que tout le monde meurt d'envie de savoir comment vous l'avez ainsi transformé.

Un gloussement excité parcourut l'assemblée.

Mme Carleton la fixait. Il était impératif que Cora reprenne les choses en main. Elle ne pouvait pas laisser la jalousie ou le désarroi la détourner de son objectif : jouer la comédie. Le moment était idéal pour répandre des informations que ces femmes pourraient ensuite répéter à la barre, si le tribunal demandait à entendre des témoins de moralité.

Affichant un sourire timide aussi convaincant que possible, elle se lança.

— Il m'a écrit, après le décès de mon mari, pour me présenter ses condoléances. Nous avons entamé une correspondance… et puis en juin, sa sœur, lady Tabitha, nous a de nouveau présentés l'un à l'autre, en bonne et due forme. Et après cela, tout est allé assez vite.

— Pour aller vite, ça a dû aller vite, en effet, remarqua Mme Carrington avec un air pincé. Au bal de son propre frère, il a disparu avec Isolde Simms. Je le sais parce qu'il avait promis une danse à Bianca et que la pauvre…

Cora sursauta. Le bal des Fordham s'était tenu la veille de son rendez-vous avec Nate. Et une autre veuve occupait alors ses pensées ?

Le mal de tête n'était pas loin. Nate avait apparemment un type de femme.

Le type qu'il n'avait pas besoin d'épouser.

En face d'elle, Édith Carleton se pencha pour ne rien perdre de ce qui se disait.

Aïe.

Cora haussa les épaules, feignant l'insouciance.

— Oh, je crois que toutes autant que nous sommes, nous avons conscience qu'il est difficile de savoir ce qui se passe entre un mari et sa femme, dit-elle avec un regard appuyé pour chacune de ses invitées, le dernier réservé à Mme Carleton. Il arrive que, sur le papier, un gentleman semble parfait et que la réalité ne soit pas tout à fait à la hauteur de la perfection annoncée. Et parfois... c'est le contraire.

Une avalanche de questions et de remarques lui répondit, mais Cora se sentait nauséeuse.

Connaissait-elle si bien Nate, finalement ? Et pourquoi, soudain, cela avait-il de l'importance ? Il s'agissait de fausses fiançailles d'un côté, et d'un début de liaison de l'autre. Rien ne justifiait qu'elle s'inquiète des antécédents amoureux de Nate.

Et pourtant, elle s'en inquiétait. Une partie d'elle-même était sur la terrasse et regardait ses enfants lui grimper sur le dos, l'autre partie était avec lui, dans son lit.

Alors oui, Cora était très, très inquiète.

— Je ne vous reproche pas de lui avoir mis la main dessus, lady Dane, souffla lady Wallace en lui tapotant la main dans un geste qui frisait la compassion. Rien que pour cette carrure, je serais prête à oublier le reste.

Elle se couvrit la bouche, surprise par sa propre audace, avant de reprendre :

— Mais surveillez-le quand même. C'est tout ce que j'ai à dire.

Cora était déchirée entre l'envie que lady Wallace lui en dise beaucoup plus et celle qu'elle se taise à jamais.

C'est l'instant que choisit l'objet de cette conversation pour entrer dans le salon.

— Mesdames, les salua jovialement Nate, avant de lui faire un clin d'œil.

Cora en déduisit qu'il avait gagné gros au jeu. Mais là où, une heure plus tôt, elle aurait trouvé cette assurance réjouissante, elle la trouvait maintenant agaçante.

— Vous passez un bon moment ?

— Cela ne va pas tarder, minauda lady Monmouth en lui lançant une œillade tout à fait suggestive. Si vous et ces messieurs avez fini de jouer aux cartes, nous avions dans l'idée de faire un jeu de salon.

Cora faillit lever les yeux au ciel.

— Un jeu de salon, quelle excellente idée, répondit Nate. Je suis sûr que vous avez une idée coquine dans votre manche, lady Monmouth.

Les sœurs Carrington virèrent au rose fuchsia.

— Je vous laisse choisir, mesdames, dit-il avant de se tourner vers Cora, toujours raide comme un piquet. J'ai besoin de m'entretenir avec ma fiancée.

Lady Wallace prit les choses en main.

— Combien sommes-nous ?

— Ne nous comptez pas, déclara Mme Carleton en fixant Nate d'un regard sévère. Le pasteur et moi-même nous retirerons avant, quel que soit le jeu.

Nate offrit son bras à Cora.

— Lady Dane ?

Elle se leva et le suivit à contrecœur dans le couloir. Elle n'avait pas envie de se retrouver seule avec lui pour l'instant.

— Tu avais besoin de quelque chose ? demanda-t-elle, troublée de se sentir aussi blessée et énervée.

Nate s'adossa contre le mur. Elle résista à l'envie de s'approcher de lui.

— J'avais juste envie d'un moment avec toi, dit-il en souriant. Ça change, n'est-ce pas ? Tous ces gens ici ? Je m'étais habitué à ce que les choses soient plus calmes.

Ne cherche pas l'affrontement, Cora. Garde ton sang-froid.

— Oui, c'est vrai. Je suppose que c'était un drôle de changement pour toi, non ? Pour autant que je sache, « calme » n'était pas le maître mot de ton existence.

Nate ferma les yeux, les rouvrit, sidéré.

— Peut-on savoir de quoi tu parles ?

Cora était incapable de garder le silence. Elle croisa les bras.

— As-tu quitté le bal des Fordham en compagnie d'Isolde Simms ?

— Quoi ?

— Tu m'as très bien entendue.

Nate eut un petit rire.

— Alors c'est pour ça que tu es toute... raide ?

Les lèvres pincées, Cora ne répondit pas.

— Cora, mon amour. Oui, j'ai marché en compagnie d'Isolde Simms ce soir-là. Et, crois-moi ou pas, je n'ai fait que marcher. Enfin, pour l'essentiel. Mais nous... en sommes restés là.

Cora serra les dents. Elle se sentait puérile et savait que son comportement l'était, ce qui ne faisait qu'aggraver les choses. Nate ne lui devait rien, et certainement pas des comptes à propos de son passé. Et malgré cela...

— Tu es un débauché. Désinvolte et lâche.

Nate voulut la taquiner, mais une tension assombrissait son beau visage.

— Je suis *ton* débauché. Je t'assure que je n'ai jamais été aussi attentionné qu'avec toi.

Elle aurait tant voulu que ce soit vrai. Mais les commérages de ses invitées avaient ravivé l'étincelle du doute en elle, et elle ne parvenait pas à l'ignorer.

— Découvrir ce genre de chose devant d'autres... devant Mme Carleton, c'était très gênant, murmura-t-elle. D'ailleurs, tu as tout de suite vu que je n'étais pas dans mon état normal.

— Cora… Tu as bien dû t'en rendre compte… Je me suis beaucoup promené, avec beaucoup de femmes, et très souvent le soir. Tu connais ma réputation.

— Oui. Bien sûr que je la connais. Mais c'était avant…

Cora s'interrompit, l'estomac trop noué pour parler. Nate se redressa, croisa les bras et la considéra.

— Avant ? Avant quoi ?

Cora détourna les yeux.

— Avant quoi, Cora ?

— Je ne sais pas, marmonna-t-elle en tripotant son collier. Oublie ce que j'ai dit.

D'un geste tendre, Nate lui ramena les cheveux en arrière, tout en s'assurant qu'ils étaient seuls dans le couloir.

— Avant *toi*, souffla-t-il. Avant *ça*.

— Je ne sais même pas ce que *ça* signifie, murmura Cora, les yeux brillants de larmes de frustration. J'entends raconter toutes ces choses et… Que sais-je de toi, après tout ?

Nate eut un petit rire incrédule.

— Tu ne sais toujours pas ? Tu écoutes ces femmes et tu en oublies ce qu'on a vécu ? Toutes ces semaines passées avec moi, ces derniers jours ensemble ?

— Tu as passé des années avec elles…

Cette fois, Nate n'avait plus envie de plaisanter. Il la regarda, furieux.

— Et toi ? Où étais-tu ? Et aujourd'hui, sais-tu où tu es ?

Cora s'écarta. Elle avait entendu du bruit.

— Pas si fort ! dit-elle.

Les hommes avaient enfin fini de jouer aux cartes et se rendaient au salon, parlant et riant bruyamment. Le temps que le groupe les rejoigne, Nate fixa

Cora jusqu'à ce qu'elle soit contrainte de détourner les yeux.

— Veuillez nous suivre, messieurs, dit-elle en se forçant à sourire. Je crois que ces dames vous ont préparé un jeu.

Elle ouvrit la porte du salon, s'effaça pour les laisser passer et entra derrière eux en compagnie de Nate. Déjà, lady Monmouth indiquait aux joueurs l'endroit où se placer. Elle avait un foulard entre les mains.

— À quoi jouons-nous ?

— C'est une variante de colin-maillard, expliqua lady Monmouth en alignant les messieurs. Au lieu de deviner « où », il faut deviner « qui ». J'y ai joué chez ma cousine, c'est très amusant. Nous allons bander les yeux de quelqu'un puis, au lieu de le faire tourner sur lui-même, nous allons nous mettre en ligne. Le joueur qui aura les yeux bandés devra s'approcher de la première personne et deviner de qui il s'agit en la touchant, et uniquement en la touchant. Et mesdames, cela veut dire que vous devez retirer vos gants.

Un petit sourire coquin se dessina sur ses lèvres tandis que, parmi les joueurs, on laissait libre cours à son excitation.

— Oui, oui, je sais, reprit-elle. C'est assez osé. Vous n'êtes pas contre, n'est-ce pas, lady Dane ?

Cora n'était pas contre, parce qu'elle avait l'esprit complètement ailleurs. Elle avait détesté se disputer avec Nate, avait encore plus détesté avoir des raisons de lui en vouloir. Mais voilà, Nate était un joueur invétéré, elle devait faire avec. Il avait cela dans le sang, et plus c'était risqué, plus il aimait.

Était-elle un jeu pour lui ? Il lui vint à l'esprit que Nate ne lui avait jamais donné les fausses lettres d'amour qu'elle lui avait demandées et qu'il était censé lui remettre avant de partir, le soir du bal des

Monmouth. Les avait-il seulement écrites ? Peut-être s'était-il moqué d'elle depuis le début.

Le groupe attendait qu'elle donne le départ. À en juger par leur impatience, ses invités étaient tous d'accord : colin-maillard était le jeu idéal. Dieu merci, Édith Carleton s'était retirée.

Nate se tenait un peu en retrait, regard sombre, visage fermé. La conversation lui avait échappé, elle avait laissé son cœur inquiet lui dicter ses propos. Mais qu'aurait-elle dû faire ? Nate savait dédramatiser, en toutes circonstances. Pas elle. Même si, pour le moment, il semblait avoir envie de casser quelque chose.

— Très bien, dit-elle. Va pour colin-maillard.

La partie se déroula comme prévu, dans un joyeux brouhaha mêlant rires et flirts. Bianca Carrington, les yeux bandés, passa un assez long moment à caresser le revers du cousin de lord Wallace, venu d'Oxford.

Cora n'arrivait pas à se détendre. Chaque fois qu'un nouveau nom était tiré au sort, elle craignait que Nate ne se retrouve en tête de file et qu'elle ne se voie contrainte de regarder une autre femme promener ses mains curieuses sur son torse et son visage. Mais Nate faisait en sorte de rester en arrière, ne manifestant aucun intérêt pour le jeu.

Chaque fois qu'elle tournait le visage dans sa direction, il était en train de la fixer.

Puis ce fut au tour de Cora d'avoir les yeux bandés.

— Retirez vos gants, lady Dane.

Bien qu'elle n'eût jamais aimé en porter, Cora eut soudain très envie de garder les siens. Elle avait la nausée, et aucune envie de jouer. Comment imaginer toucher un autre homme, jeu ou pas ?

Elle n'avait qu'une envie : retourner dans le couloir et présenter des excuses à Nate pour son comportement détestable.

Elle hésita. En se retirant, elle passerait pour une rabat-joie. C'était sa soirée, après tout.

Lentement, elle retira ses gants. Elle sentait les yeux de Nate sur elle et, quand elle leva la tête, les vit briller d'une colère noire.

Ce n'est pas une bonne idée.

Mais déjà, lady Monmouth lui bandait les yeux. Elle serra le bandeau avec force ; Cora ne voyait plus rien. Puis lady Monmouth la fit tourner sur elle-même trois fois, et Cora perdit tout repère.

Il y eut des froissements d'étoffes, des bruits de pas tandis que chacun changeait de place dans la file.

— Très bien, lady Dane, dit enfin lady Monmouth. Faites un pas en avant... de l'autre côté... voilà. Vous pouvez tendre les mains.

Le silence se fit, à la fois impatient et tendu.

Cora s'avança comme on le lui demandait et chercha devant elle. Ne trouvant rien, elle hésita, se pencha en avant. Enfin, ses doigts effleurèrent le tissu d'une queue-de-pie.

Elle se figea, si nerveuse qu'elle en oublia de respirer.

Mais lorsqu'elle inspira enfin, ce fut pour sentir une odeur de pin, de cuir... et son propre parfum, légèrement citronné.

Cette fois, le souffle lui manqua, mais pour une tout autre raison.

Elle n'avait plus du tout envie de se retirer. Appuyant un peu plus fermement sur le torse masculin, elle sentit la résistance d'une musculature tonique. Lentement, elle posa ses mains à plat. Elle connaissait déjà la courbe de ces épaules, savait exactement à quelle hauteur lever les bras.

Elle le connaissait par cœur.

Elle parcourut son torse et sentit son cœur battre sous l'épaisseur de ses vêtements. Elle avait perçu ces battements contre son propre cœur ; elle avait dormi sur ce torse, bercée par leur rythme régulier.

Fébrile, elle le parcourut lentement, trouva la couture de sa veste sur ses épaules, traça la ligne de ses biceps, de ces bras qui l'avaient enlacée, qui avaient porté ses enfants. Elle descendit plus bas, jusqu'à ses mains, trouva les doigts qui avaient allègrement massacré Haydn, dans le seul but de la faire rire.

Je le connais. Cette affirmation avait quelque chose de définitif, de sensuel. *Je suis celle qui le connaît.*

Elle remonta le long de ses bras, jusqu'au nœud de son foulard, se hissa sur la pointe des pieds pour prendre son visage entre ses mains. Elle entendait les autres rire et chuchoter autour d'elle, mais peu lui importait.

Nate était penché vers elle, maintenant, lui offrait son visage, venait imperceptiblement au-devant de ses caresses. Sous le bout de ses doigts, elle sentit l'endroit où pousserait sa barbe dans la nuit. Sur sa joue, elle reconnut la cicatrice qui barrait sa peau hâlée d'un trait pâle et y appuya le pouce.

Ces femmes pouvaient répandre tous les ragots qu'elles voulaient, Cora *savait*.

Elle savait ce qui était vrai.

— Alors, lady Dane ? Une idée ? demanda lady Monmouth.

Cora ne répondit pas, continua d'explorer le visage de Nate, son front, son nez, et enfin ses lèvres, dont elle avait le souvenir sur les siennes.

Derrière le foulard, elle sentit les larmes lui piquer les yeux. Elle reconnaissait non seulement son corps, mais aussi son âme généreuse, qu'elle aurait voulu protéger de ces insinuations cruelles. En cet instant précis, elle avait juste envie d'être seule avec lui, pour effacer ses doutes, lui arracher ses vêtements et se laisser posséder, parce que, ensemble, ils étaient plus forts.

Je le connais. Je le connais. Je le connais.

Son doigt tremblant était encore posé sur sa lèvre. Il répondit par une légère pression.

Puis elle sentit qu'il bougeait. Nate passa les mains derrière sa tête et dénoua le foulard d'un geste sûr.

— Elle sait que c'est moi, dit-il d'une voix rauque à l'assemblée, que son geste enfreignant sans vergogne les règles du jeu avait soudain réduite au silence. Elle me connaît.

Le foulard tomba, et leurs regards se trouvèrent, sombres et lucides.

— C'est vrai, murmura-t-elle. J'ai tout de suite su que c'était lui.

20

Morrow Woods, Hampshire, juillet 1819

Nathaniel,

Je suis dans le Hampshire pour passer quelques jours avec ma famille, et Rosalie m'a informé de votre rencontre chez les Monmouth la semaine dernière. Une fois revenue de ses émotions, elle a laissé entendre que tu allais probablement rester à la campagne encore quelque temps.

Puis-je te rappeler que nous devons absolument nous occuper de tes finances ? Je connais ta tendance à prendre des décisions inattendues et irréfléchies ; j'espère que cette histoire à dormir debout n'en est pas une.

Lady Dane a une famille, Nate.

Le mariage est une affaire sérieuse, quelles que soient les circonstances, et en particulier lorsque des enfants sont concernés. Mais maintenant que tu as décidé de te prendre en main – de devenir un époux et un beau-père digne de ce nom –, il est de ma responsabilité de faire en sorte que tu puisses assumer ce rôle financièrement parlant. Le titre de comte reviendra à tes futurs enfants, j'espère que tu ne l'as pas oublié.

Je serai ici toute cette semaine, avant de rentrer à Londres. Je t'en conjure, viens me voir.

Fordham

*
* *

Quand Nate ouvrit les yeux le lendemain du dîner, la nuit résistait encore au jour. Un halo gris pâle se dessinait à l'horizon, intimant au soleil de se lever, lui enjoignant de quitter Cora pour regagner sa chambre.

Mais se presser lui était impossible. Il adorait ces matins où Cora et lui existaient à mi-temps : à la fois ensemble et séparés.

Blottie dans ses bras, elle ronflait doucement, les cheveux épars. Malgré ce profond sommeil, Nate savait qu'à son réveil des cernes souligneraient ses yeux, sombres stigmates de son anxiété. Les rêves de Cora ne semblaient lui apporter aucun soulagement quant à ses inquiétudes face à l'avenir.

Avec un sentiment de culpabilité, il repensa aux papiers dérobés aux Carleton. Savoir que le pasteur avait peut-être détourné de l'argent pourrait alléger les préoccupations de Cora. Mais chaque fois qu'il avait envisagé de lui en parler, le courage lui avait manqué. Il ne voulait pas outrepasser ses droits et compliquer les choses. Surtout dans la mesure où Gavin Sinclair n'avait toujours pas répondu à sa lettre.

Pour le moment, Nate n'avait pas le choix : il devait attendre.

Roulant sur le côté, il attira Cora plus près, dos à lui, posa une main sur son ventre, en apprécia la souplesse et la douceur. Dans ces moments intimes, il percevait les marques de la maternité. Le creux de son bassin avait été le cocon de ses enfants. Un réseau de fines marques claires s'étirait sur ses hanches. Elle avait une aréole plus sombre que l'autre.

Il avait manqué tout cela – sa transformation, la naissance des enfants, le moment où leur petite tête était apparue, l'instant où la lumière les avait éblouis.

Avaient-ils pleuré ? Avait-elle pleuré ? Quelle avait été son expression lorsqu'elle avait tenu pour la première fois ses enfants dans ses bras ?

Il n'avait pas été là, et y penser aujourd'hui le plongeait dans une affreuse solitude.

« Raconte-moi, demanda-t-il à Cora endormie. Raconte-moi tout ce que j'ai manqué. » Il avait besoin de tout savoir – les premiers pas incertains, les premiers mots hésitants ; Cora, pieds nus et ventre rond, mangeant une prune dans les cuisines en pleine nuit. Il ne savait pas quel avait été le premier cauchemar de Léo, n'avait pas connu le premier rire de Tess.

Pendant ce temps-là, il faisait la fête dans les bas-fonds londoniens, dilapidait son existence.

Pendant que Cora et les enfants, ici, en bâtissaient une.

Raymond partait du principe que Nate ne comprenait pas le devoir de soutien qui serait le sien en devenant chef de famille. Il avait raison, le Nate que connaissait Raymond prendrait la situation à la légère… parce que ce Nate-là prenait tout à la légère.

Mais il changeait ; il ne se sentait plus aussi en colère qu'avant. Il se sentait juste un peu… inachevé. Et, pour une fois, il n'avait pas l'impression que ce soit un défaut. Non, il lui semblait au contraire que c'était dans la logique des choses, que pendant tout ce temps, il avait juste attendu que Cora vienne mettre la dernière main à sa « fabrication ».

Par la fenêtre, il voyait le soleil, maintenant, montant résolument à l'horizon. À contrecœur, il retira son bras. Cora bougea.

— Pas tout de suite, souffla-t-elle dans un demi-sommeil, roulant contre lui, enfouissant son visage contre le torse de Nate.

— Juste une minute, alors, dit-il en glissant une main sous sa joue. Mais uniquement parce que j'ai envie de te regarder.

Au soleil, sous les étoiles, à l'ombre, il aimait toutes les versions de Cora. Mais celle qu'il préférait par-dessus tout, c'était Cora à l'aube, ensommeillée, dans les draps froissés.

Elle effleura sa bouche.

— Juste me regarder ?

— Juste te regarder, confirma-t-il en embrassant le bout de ses doigts.

Cet après-midi-là, Nate s'enferma dans la bibliothèque d'Aldworth Park et se plongea dans un manuel de droit. Une grande première pour lui, dans un été qui avait pourtant été riche en événements tous plus improbables les uns que les autres.

Il n'était pas d'un naturel inquiet, mais avait fini par se demander si le devenir ne serait pas plus sage. Cela faisait quatre jours qu'il avait écrit à Gavin Sinclair pour lui confier ses soupçons à propos des Carleton. Il ne prétendait pas connaître tous les rouages de la poste, mais vraiment, il s'était attendu à recevoir une réponse plus rapidement.

Il se sentait de plus en plus coupable de ne pas en avoir parlé à Cora, dont il percevait en permanence l'inquiétude latente. À certains moments, elle parvenait à l'enfouir plus profondément, à laisser le flot du désir et de la bonne humeur prendre sa place, mais le trouble finissait toujours par remonter à la surface.

Nate ne pouvait s'empêcher de penser que, peut-être, il se trompait sur les Carleton. Les subtilités juridiques que cette demande de tutelle impliquait lui passaient très au-dessus de la tête. C'était un domaine dont il ignorait absolument tout. Et il avait effectivement tendance à se précipiter sans réfléchir.

Cette histoire de papiers pouvait très bien être une erreur de plus de sa part – un autre genre de débâcle ferroviaire, en bien, bien pire. Cette fois, ce serait Cora qui serait déçue, pas Raymond, et la colère de Nate serait de la honte.

Sans compter qu'il y perdrait beaucoup plus que de l'argent.

Il devait donc trouver la solution tout seul. Mais pour ce faire, il fallait d'abord qu'il comprenne de quoi il retournait.

En quoi consistait vraiment cette demande de garde, il n'en avait pas la moindre idée. Il venait de passer des semaines dans le Berkshire, apparemment pour que le dossier de Gavin Sinclair soit plus solide, et il lui semblait soudain tout à fait irresponsable de sa part de ne pas s'être renseigné sur ce que cela impliquait réellement.

Aussi avait-il profité de la tranquillité de l'après-midi pour s'isoler dans un coin de la bibliothèque et se pencher sur le volume des *Commentaires sur le droit anglais* de Blackstone. Force lui était de constater que tout, absolument tout, était nouveau pour lui dans ce domaine. Et qu'il trouvait cela très intéressant.

Ses yeux fatigués relurent le dernier passage.

Le pouvoir légal d'un père... car une mère, en tant que telle, n'a droit à aucun pouvoir, mais seulement à l'obéissance et au respect...

... l'empire du père sur les enfants continue même après son décès, en cela qu'il peut, par son testament, nommer un tuteur pour ses enfants.

Nate retint un mouvement de dégoût. Il trouvait injuste – même s'il comprenait que c'était un fait inattaquable – que des individus comme Dane aient toutes les cartes en main. La mère n'avait donc aucun pouvoir ?

Chaque jour du mois qui venait de s'écouler, pourtant, il avait été témoin du pouvoir d'une mère. Cora et ses enfants étaient unis par quelque chose de bien plus fort qu'une ligne dans un testament. Elle les avait mis au monde, les élevait, les aimait. Y avait-il plus grand pouvoir que celui-ci ?

Le front barré de plis soucieux, il passa au chapitre suivant.

Au cas où un tuteur abuserait de son pouvoir sur son pupille, le tribunal serait tenu de le contrôler et de le punir ; voire, dans certains cas, de procéder à son renvoi et à la nomination d'un autre tuteur...

Donc la chancellerie *pourrait* intervenir et, si nécessaire, annuler la disposition testamentaire du père. Nate fit craquer ses doigts, réfléchissant aux documents dérobés aux Carleton. Ils pouvaient forcément servir à quelque chose. Quoi de plus illégal que de piocher ouvertement dans les comptes d'un pair du royaume ?

Si c'était effectivement ce que faisait Carleton. Et si Sinclair parvenait à le prouver.

Ce que faisait Gavin Sinclair était tout bonnement admirable. Il s'exposait potentiellement à des mois de contentieux – requêtes, réponses, dépositions, appels. Il avait sans doute mis sa carrière en suspens pour se consacrer à ce dossier. Fallait-il que ce soit un homme bien pour s'engager là-dedans de son plein gré, pour sa sœur.

Nate se redressa, passa une main dans ses cheveux.

Ferait-il la même chose pour Tabitha ?

C'était une question difficile, et pas seulement parce qu'il aurait été bien en peine de déposer une requête auprès du tribunal.

Mais Nate était prêt à tout pour Tabitha. Il ferait ce qu'il fallait. Mal, sans doute, mais il le ferait.

Il se massa la nuque en repensant à sa petite sœur, devant sa théière de poupée en mille morceaux, leur père lui hurlant dessus. Nate n'avait pas su arrêter le comte, mais il lui avait chipé une pièce dans son bureau et avait emmené Tabby chez le marchand de jouets pour lui acheter une nouvelle théière. On était loin de la masse de travail fournie par Gavin Sinclair pour sa propre sœur, mais ce souvenir fit du bien à Nate.

Certains savaient mieux s'y prendre avec ce genre d'affaire. Avec la vie. Raymond était de ceux-là. Sinclair aussi.

Et Nate ?

Entendant des pas, il se retourna et vit Cora passer la tête dans l'entrebâillement de la porte. Elle sourit en le voyant.

— Ah, te voilà. Tu m'as l'air bien studieux. J'aimerais imaginer que c'est ainsi que tu potassais tes cours à Cambridge, mais comme tu as raté tous tes examens l'année où j'ai fait mes débuts, j'aurais plutôt tendance à croire que tu passais plus de temps au pub qu'à la bibliothèque.

— Tu exagères. J'ai réussi mon examen de mathématiques. Mais si j'avais su que tu hantais les bibliothèques, véritable fantasme d'étudiant, j'y aurais peut-être passé plus de temps.

Il repoussa sa chaise, lui faisant de la place sur ses genoux. Elle s'assura que la porte était bien fermée et se lova contre lui.

Elle semblait un peu mélancolique.

— Des nouvelles de ton frère ?

Nate se demandait si Sinclair mettait aussi du temps à répondre à sa sœur.

— Non, rien. Mais cela ne devrait pas tarder. Il me tient régulièrement au courant.

D'un geste un peu las, elle prit le livre que Nate avait repoussé et refermé et en regarda la couverture.

— Les *Commentaires* de Blackstone, murmura-t-elle. Si tu savais combien de fois j'ai consulté cet ouvrage cette année ! C'est Gavin qui me l'a apporté l'été dernier, quand on a appris, pour les Carleton.

— Je... je me demandais. À propos de la plainte...

Le pouce de Cora trouva la page cornée par Nate, et elle ouvrit le manuel.

— Ces passages... je les ai lus et relus. J'y cherchais un peu d'humanité, j'aurais aimé que l'auteur soit un peu plus gentil. Ces lois concernent les gens, après tout. Elles devraient viser leur bien-être.

Du bout de l'index, elle suivit la phrase qu'il avait annotée. *Une mère, en tant que telle, n'a droit à aucun pouvoir...*

Nate sentit la colère s'emparer de lui.

— Ce n'est pas normal, dit-il. Dane avait tort, tous ces juristes ont tort. Ils ne savent rien de toi, de ta vie, de ce que tu as dû supporter. Ils ne te connaissent pas comme moi je te connais.

Elle prit son visage, l'inclina face au sien. La lumière de cette fin d'après-midi faisait briller les reflets noisette dans ses yeux. Il y avait dans son regard quelque chose de sauvage qui éveilla le désir en Nate. Il prit ses hanches, se lécha les lèvres, lança un regard en direction de la porte.

— Cora, ma chérie. On ne peut pas faire ça maintenant.

— Tout le monde est sorti, murmura-t-elle.

Les mains de Nate se promenèrent jusqu'à ses fesses, les pétrirent. Cora poussa un petit gémissement, bougea sur ses genoux. Fantasme d'étudiant, sans aucun doute.

— Tu disais ?

— Tout. Le. Monde. Est. Sorti, murmura-t-elle en lui caressant la joue. Les Carleton visitent le presbytère du village. Une fois de plus. Les enfants sont partis pique-niquer avec Annie.

Elle déposa une série de petits baisers sur son front, descendit jusqu'à son oreille, arracha un juron à Nate.

— Tu es sûre ?

— Certaine. J'ai vérifié dans mon agenda ce matin.

— Toi et tes satanés emplois du temps.

— Serais-tu en train de te plaindre ? demanda-t-elle en dénouant son foulard.

— Non, tu es extraordinaire. Je pourrais t'embrasser... D'ailleurs, je me demande ce qui m'arrête.

Il posa ses lèvres dans le cou de Cora, allant au-devant de son désir.

— Pas moi, en tout cas, dit-elle en lui offrant sa gorge. Je ne t'arrête pas du tout...

Elle tourna la tête, et son regard tomba de nouveau sur le manuel juridique posé sur la table. Elle se raidit, un pli inquiet creusa son front.

Nate se redressa, la regarda. Elle était si belle. Si extraordinairement forte.

Mais elle n'était pas obligée de supporter tout cela seule. Ce qu'il lui avait dit ce jour-là, sous la pluie, il le pensait toujours. Il le penserait jusqu'à la fin de ses jours.

Laisse-moi soulager ta douleur.

— Et si tu oubliais tout ça ? Juste un petit moment. Je peux porter ce fardeau à ta place, si tu veux.

Lentement, il l'embrassa, se glissa entre ses lèvres. Elle frémit et ferma les yeux. Nate écarta le manuel d'un revers de main.

— Oui, je veux bien.

21

Cora,

C'est le monde à l'envers, mais je sais que tu dors maintenant. Je le sais parce que c'est moi qui suis éveillé et qui sens cet instant où tu deviens lourde, le moment où le lit n'est plus à nous, mais à moi.

Je ne suis pas un grand penseur ; la philosophie m'énerve. Je suis un homme de faits, de chiffres : ce à quoi j'ai droit, ce à quoi je peux m'attendre. Et j'ai passé mes nuits d'insomnie à calculer nos probabilités de réussite.

À quelles conclusions suis-je arrivé ?

La première, c'est que je ne suis pas un bon parti, mon amour. Je n'ai rien à t'offrir. Du moins pour le moment. Je n'ai pas beaucoup de repères, et j'ai peur que ces multiples carences ne deviennent entre nous un sujet de discorde.

Mais quand tu me souris dans la lumière du petit matin, les paupières encore alourdies par le sommeil, je sens de l'or dans mes poches, dans mes mains, dans mon cœur immature.

De l'or, Cora. De l'or comme s'il en pleuvait.

Je cueillerai tes sourires, et nous serons riches.

*

* *

Cora ne comptait plus les fois où, cette semaine, elle avait perdu toute notion du réel. Et aujourd'hui encore, calée contre l'échelle de la bibliothèque, alors que Nate allait et venait entre ses cuisses, elle se sentit partir pour une autre dimension. Un être sain d'esprit n'aurait pu endurer pareil assaut. Le temps n'existait plus. Cela faisait peut-être des minutes, des heures, des mois.

Chaque coup de reins de Nate l'affamait un peu plus, faisait d'elle une égoïste qui ne pensait qu'à son propre plaisir. Une fois, deux fois, trois fois, il l'avait amenée au sommet de la vague, lui avait laissé entrevoir la profondeur des abysses, lui avait fait goûter aux prémices de l'extase, sentir au creux de son ventre la tension sur le point de céder... pour, au dernier moment, la ramener à la réalité, la garder avec lui, lui refuser son plaisir.

Nate lissa ses cheveux trempés de sueur et aspira sur ses lèvres son gémissement d'impatience.

— Chuuut, Cora. Doucement...

— Nate...

Elle l'agrippait si fermement par les épaules qu'il aurait sans doute des bleus, et les petits croissants de ses ongles laissaient probablement des traces sur sa peau. Mais il n'était pas question qu'elle s'excuse.

— Prends ton temps...

Elle tremblait. Avec une infinie douceur, il caressa la cuisse qu'elle avait calée sur sa hanche. Appuyée contre un barreau de l'échelle, elle ne sentait presque plus ses fesses.

— Oui, murmura-t-elle, le visage au creux de son épaule. Oh oui, s'il te plaît...

Nate souffla lentement et plongea un peu plus profondément en elle. Un hoquet la secoua, le barreau de l'échelle mordit ses reins. La douleur était exquise.

— Tu es prête, mon amour ? Tu en veux encore...

La tête de Cora heurta un barreau lorsqu'il donna un léger coup de reins. Il allait reprendre ses va-et-vient et l'amener sans précipitation jusqu'au sommet de la vague. Impatiente, Cora chercha à venir à sa rencontre, mais l'inclinaison de l'échelle l'en empêchait. Son plaisir était entre les mains de Nate, et celui-ci choisissait les chemins les plus détournés pour l'y conduire.

Elle bascula le bassin pour essayer de l'attirer plus loin en elle. S'il en avait envie, il pouvait plonger en elle sans retenue et la faire jouir en quelques minutes. Mais Nate soupira et ralentit encore le mouvement.

— C'est tellement bon... Cora, tu es tellement bonne...

Elle poussa un cri étranglé. Ce n'était pas possible, n'est-ce pas ? Avoir autant envie de lui alors qu'elle faisait justement l'amour avec lui. Il était là, en elle, la comblait, la préparait avec détermination au plaisir. Il prenait son temps, elle était au bord de l'abîme, voulait s'y perdre, mais il la retenait, électrisait tous ses sens, et le sommet semblait inatteignable.

— Cora. Cambre-toi, ma belle.

— Je... je n'y arrive pas. Pas comme ça.

Une main toujours agrippée à son épaule, elle attrapa l'échelle de l'autre. Celle-ci bougea. Ils gémirent à l'unisson.

— Si, tu peux y arriver, souffla-t-il en léchant la peau tendre juste sous son oreille. Tu peux faire tout ce que je veux.

Il plaqua une main sur ses reins, et Cora gémit. Son dos se cambrait parce que Nate le voulait, et elle fut immédiatement récompensée par son autre main, qui se glissa sous ses fesses et la souleva, permettant à Nate de la pénétrer plus loin encore. Son corps était malléable, elle se sentait fondre, le sang battait à ses tempes dans la chaleur étouffante de la bibliothèque. Mais Nate la retenait toujours au bord du précipice.

— S'il te plaît...

— Oui, Cora. Oui, comme ça...

De sa main libre, il pétrit son sein moite, en agaça la pointe sans relâche.

Cora le sentait partout en elle. Elle savait qu'il éprouvait la même chose. Chaque sensation, chaque frisson était partagé, réciproque. Ses bras tremblaient, elle n'était pas sûre de pouvoir tenir encore très longtemps.

— Maintenant, haleta-t-elle. Je veux jouir avec toi maintenant.

Elle se hissa contre lui, accéléra la cadence, l'implorant de lui donner ce qu'elle voulait. Nate haletait lui aussi, sans quitter sa bouche, les mains plaquées sur ses fesses.

— Pas encore, Cora. Reste un peu avec moi...

— Laisse-moi... laisse-moi jouir, Nate !

Elle l'attrapa par les cheveux, lui arrachant un grognement.

— Pas. Encore.

Elle le sentait lui aussi tout près de l'extase. Tendu, acharné, et cherchant pourtant par tous les moyens à la retenir au bord du précipice. Elle savait qu'il était prêt, savait ce qu'il se refusait, et cela l'excita encore plus.

— Viens, Nate. Je sais que tu es tout près...

— Alors fais en sorte que je t'attende.

Comment pouvait-il supporter une chose pareille ? N'éprouvait-il pas lui aussi la frénésie de ce désir ? Ce qui lui restait de lucidité lui soufflait que si Nate se retenait ainsi, c'était uniquement parce qu'il pensait qu'elle en avait envie. Mais une petite partie d'elle-même craignait que cette attitude ne signifie qu'il n'y avait pas de place pour deux dans cette folle spirale.

Et Cora ne pouvait plus supporter l'idée d'être seule de nouveau.

Elle noua ses jambes autour de Nate et, d'un coup de reins, se hissa sur lui.

— Fais-moi jouir, supplia-t-elle. Tu sais que tu peux. Je veux que tu me fasses jouir. Je veux jouir avec toi, Nate.

Il poussa un gémissement et plongea en elle avec une force qui l'amena tout près de la jouissance. *Oui. Encore... encore !*

Prise dans l'œil du cyclone, elle ne fut plus que sensations. Et se sentit traversée par un éclair.

Elle serra les poings, jeta la tête en arrière.

— S'il te plaît... s'il te plaît, Nate... je n'en peux plus.

Un sanglot l'étouffa. Cora ne comprit son propre désespoir que lorsque Nate se retira brusquement et, inquiet, chercha son regard brûlant. Elle poussa un cri, voulut le retrouver, mais il la cala contre l'échelle et la maintint immobile.

— Cora. Cora, que se passe-t-il ?

Elle pleurait, violemment, de manière irrépressible, au point de ne plus arriver à respirer. Jamais elle ne s'était sentie aussi perdue, aussi démunie. Pas seulement en cet instant précis, pas seulement à cause de Nate. Dans sa famille, dans sa vie, elle ressentait un manque. Un manque qui, quoi qu'elle fasse, se creusait, et jamais ne se comblait.

Nate tenta de la calmer, la caressa avec toute la douceur dont il était capable.

— Pardon, mon amour, murmura-t-il. Pardon, c'était trop.

— Ce n'était pas trop, hoqueta-t-elle. Au contraire. Ce n'était pas assez.

Elle laissa tomber sa tête contre son épaule. À leurs pieds gisait le volume de Blackstone.

— Cora...

— Ce n'est pas assez, Nate. Je ne suffis pas...

— Regarde-moi, dit-il en la redressant doucement pour l'adosser à l'échelle, avant de se replacer entre ses jambes. Regarde-moi, Cora. Tout va bien se passer.

Il prit sa bouche dans un baiser passionné. Sa langue se fraya un passage entre ses lèvres, la fouilla avec une telle insistance qu'elle eut raison des hésitations de Cora, oblitérant toute conscience du réel, ne lui laissant plus accès qu'à la sensation délicieusement érotique de son membre qui la pénétrait de nouveau, lentement, et la comblait, enfin.

— Tu vois ? souffla-t-il au creux de son cou. Tu sens ce que tu me fais ? Alors ne dis pas que cela ne suffit pas.

Le soulagement de Cora tendit au sublime. Elle le sentait pleinement en elle, sentait les efforts de son propre corps pour l'accueillir et le retenir. Elle l'étreignit, cherchant le contact de tout son être contre le sien.

— Oh oui... Oui, c'est bon.

Nate glissa une main entre eux, trouva le petit bouton à l'entrée de son sexe et l'excita avec toute l'adresse dont il était capable, tout en la mordillant doucement. Cora se raidit, s'agrippa à lui. Il la sentit se contracter sur son membre, l'enserrer.

Alors il lui mordilla l'oreille, juste assez pour l'exciter encore, juste assez pour que la vague la submerge.

— Tu me suffis, Cora.

L'orgasme la tétanisa. Plusieurs vagues de plaisir la secouèrent. C'était une petite mort, et c'était divin.

Sa tête faillit heurter le barreau derrière elle, mais Nate glissa juste à temps sa main dans ses cheveux. Puis, enfin, il se remit à bouger en elle. Et, cette fois, il ne retint pas son plaisir. Ses coups de reins puissants, profonds, cadencés amenèrent une nouvelle fois Cora au sommet de la vague. Une véritable frénésie s'empara de leurs deux êtres, impatients de se trouver, de se posséder.

— Dis-le-moi encore, lâcha-t-elle dans un cri.

Toute inhibition l'avait quittée, elle semblait déchaînée.

Il lécha la sueur sur sa poitrine et accéléra encore le rythme. Lui aussi perdait toute retenue. Derrière Cora, deux livres tombèrent d'une étagère tant ils faisaient bouger l'échelle.

— Tu me suffis, Cora. Tu es plus que tout ce que je pouvais imaginer. Tu es tout pour moi.

C'était ce qu'elle désirait le plus au monde, elle s'en rendait compte soudain. Sans vraiment s'en apercevoir, elle avait lâché l'échelle et ne s'accrochait plus qu'à Nate. Prendre conscience qu'il ne la laisserait jamais tomber, au propre comme au figuré, qu'il supporterait son poids et ses souffrances, la bouleversa jusqu'au tréfonds de son être.

Nate la tenait par les hanches et plongeait si loin en elle, si puissamment qu'elle jouit de nouveau. Il n'y eut plus rien que Nate et elle, et l'explosion de plaisir.

Cora vibrait du désir satisfait et d'un soulagement indicible.

Nate s'arrêta juste le temps de les allonger tous les deux sur le sol, au milieu de leurs vêtements épars. Elle l'attira sur lui ; il revint en elle et travailla enfin à son propre plaisir.

Elle le regarda dans les yeux. Elle voulait qu'il jouisse autant qu'elle, avait besoin de lui offrir cela.

— Donne-moi tout, Nate, murmura-t-elle entre ses lèvres. Je veux tout.

Dans un cri étouffé, il explosa enfin. La tête posée sur la poitrine de Cora, il se retira et se répandit sur sa cuisse, le corps agité de violents soubresauts.

Ils restèrent ensuite un long moment silencieux. Cora regardait la bibliothèque au-dessus d'elle. Tout était flou, comme si la pièce était plongée dans un brouillard épais et confortable. Elle sentit Nate lui essuyer doucement la jambe, retrouva peu à peu son souffle, mais peinait à reprendre ses esprits. L'intensité de ce qu'ils venaient de vivre était inquiétante. Comment avait-elle pu s'en remettre à Nate aussi facilement, de son plein gré ?

Dépendre de lui de la sorte la terrifiait. Dépendre de lui tout court la terrifiait. Nate semblait persuadé d'être capable de la soulager de tout… mais il se trompait.

Son avenir était plus qu'incertain, et y remédier n'avait rien de simple.

Nate la fit rouler contre lui et referma ses bras autour d'elle. Il lui massa calmement le bas du dos, où les barreaux de l'échelle avaient laissé des marques.

— Cora ? dit-il enfin, d'une voix rauque mais ferme. Veux-tu qu'on en parle ?

Elle ignorait quels mots plaquer sur sa propre peur. Mais il était là, l'enveloppait, la recadrait. Il essayait de la comprendre. Elle lui confiait des morceaux d'elle-même, les plus mal en point, et il les conservait tous.

— Je… je ne peux pas oublier, Nate. Ne serait-ce qu'un instant. Même quand je suis avec toi. Si Gavin échoue, si les Carleton apprennent ce que j'ai voulu faire, ils n'auront aucune indulgence. Ce sera terminé. Ma famille… volera en éclats.

Elle pleurait à chaudes larmes, maintenant, incapable de se retenir. Elle était ravagée par l'angoisse.

— Je sais déjà que si cela arrive, il me faudra survivre. Je ne serai plus rien, je serai seule, mais je tiendrai bon parce que je n'ai pas le choix. Mes enfants seront quelque part, je ne sais où, et auront peut-être besoin de moi un jour. Alors… je survivrai, mais cela n'aura rien à voir avec la vraie vie. Ce que je ne peux pas supporter, en revanche, c'est leur douleur. Ils sont trop jeunes, ils ne comprendront pas. Ils ont besoin de quelqu'un qui s'occupe d'eux. Je ne peux pas imaginer quelle sera leur existence. Ces enfants que j'ai portés et aimés par-dessus tout, élevés par deux personnes qui ne sauront rien leur manifester d'autre que de l'indifférence. Comment pourrai-je respirer en les sachant seuls, tristes, apeurés, perdus ?

Autour de ses mains, celles de Nate se raidirent. Son expression fermée, grave la surprit.

— Pardonne-moi, Nate. Tu ne dois pas t'inquiéter pour tout cela, je...

— Comment pourrais-je ne pas m'inquiéter ?

Elle le regarda, interdite, et se redressa pour s'asseoir contre la bibliothèque. Nate s'accroupit devant elle et lui ramena les cheveux en arrière d'un geste tendre.

— Cora. Je tiens à Tess et à Léo. Je tiens à vous trois. Je veux... je veux que vous soyez ensemble pour toujours.

Il se tut un long moment avant de reprendre :

— J'avais sept ans quand ma mère est morte, tu sais. J'étais trop jeune. Je n'ai pas compris. Pendant un moment, c'était comme s'il n'y avait plus personne pour m'aimer. Mais pas un instant je n'ai eu le sentiment que ma mère était partie. Je la sentais près de moi en permanence. Je sais que c'est un piètre réconfort pour toi, au moment où tu fais tout pour ne pas perdre tes enfants, mais il faut que tu saches que tu ne seras jamais séparée d'eux. Tu es leur mère. Dans leur cœur bat ton sang. Leurs doigts touchent avec tes empreintes. Et leurs yeux voient le monde en deux parties, comme toi. Léo et Tess ne manqueront de rien, Cora, parce qu'ils sont tiens. Et que cela les rend forts.

Les paroles de Nate lui faisaient peur et la rassuraient à la fois. Ses doigts enlacèrent les siens, les étreignirent. Elle avait encore mal, mais plus autant que quelques instants plus tôt. C'était la première fois que quelqu'un admettait l'idée qu'elle puisse perdre ses enfants.

Mais Nate avait raison, les perdre ne signifiait pas que tout était terminé. Nate avait vraiment perdu sa mère, partie pour un endroit où un petit garçon ne pouvait pas la suivre.

Cora, elle, serait encore là.

Tu es forte.

Tu es là.

Tu es tout.

— Et, Cora… tu ne seras pas seule.

Elle comprit alors. Aussi sûrement qu'elle l'avait reconnu les yeux bandés, elle reconnut les mots qu'il retenait.

Nate se pencha vers elle, prit son visage entre ses mains.

— Je t'aime, murmura-t-il. Je suis amoureux de toi, Cora.

Une sensation ténue mais persistante s'ancra alors en elle, trouva l'endroit où elle allait pouvoir s'épanouir. Ses racines plongèrent, ses branches s'étendirent. C'était comme une nouvelle naissance, à la fois douloureuse et magnifique.

À son tour, elle prit le visage de Nate dans ses mains. Elle était bouleversée, mais la peur scellait encore ses lèvres. Nate s'en aperçut, la prit contre lui et l'embrassa.

— Mon amour est inconditionnel. Cela veut dire que je t'aime même si tu ne dis pas que tu m'aimes.

Cent fois, Cora avait trébuché, hésité, s'était perdue sur le chemin de son amour pour Nate Travers, bloquée à mi-parcours.

Mais en ce jeudi bien ordinaire de juillet, elle couvrit ce qui lui restait de distance et tomba pour de bon.

22

Résidence des Finch, Londres, juillet 1819

Nate,

J'ai beaucoup hésité avant de t'écrire. Je n'aime pas me mêler de ce qui ne me regarde pas (je sais, les apparences sont trompeuses, mais quand même).

Je ne me suis pas privée de te taquiner cet été. Mais Cora et toi semblez vous être vraiment rapprochés, et cette fois, j'ai le sentiment de devoir être très claire. Alors voici ce que j'ai à dire et que je ne répéterai pas : Cora est mon amie la plus proche, et mon plus cher désir est de la voir heureuse. À sa place, et dans sa situation, n'importe qui aurait baissé les bras, mais Cora continue d'espérer, infatigablement. Même après Dane, même avec les Carleton.

Nate, je sais que tu as un cœur gros comme ça, mais tu as aussi tendance à refuser l'obstacle quand il se présente. Or la vie de Cora est pleine d'obstacles. Vraiment.

Que vous, les deux personnes auxquelles je tiens le plus, tombiez amoureux l'un de l'autre est terriblement injuste. Et pour mon petit cœur par ailleurs insouciant, c'est source d'angoisse.

Je t'en supplie, Nate, fais attention.

Tabby

*
* *

— Alors l'horrible pirate Barbe Noire donna le signal, et ses hommes...

Depuis le coin du salon où elle lisait un roman, Cora attira son attention.

— Mmm... Ce n'est pas le bon accent. Barbe Noire ne parlait pas comme ça.

— Techniquement, ce n'est pas le pirate qui parle, là, se défendit Nate. C'est le narrateur.

Contre l'avis de Cora, il lisait *La Grande Histoire des pirates* aux enfants, qui étaient surexcités. Léo avait insisté pour qu'ils jouent ensemble les scènes d'action, avec des accessoires, et Nate n'avait pu faire autrement qu'accepter. Comment, sinon, passer cet après-midi pluvieux ?

Si Cora se souvint qu'un jour, à Hyde Park, Nate s'était défilé au moment de jouer aux pirates, elle eut la bonté de ne pas le mentionner. Nate se débrouillait plutôt bien dans le rôle de Barbe Noire. Gâcher le plaisir de tous avec ce genre de remarque était inutile.

Il reprit :

— Alors l'horrible pirate Barbe Noire donna le signal, et ses hommes...

Léo donna un coup de coude à Tess.

— Allez, fais le signal.

Tess monta sur le tabouret et leva son petit poing potelé ; elle avait le foulard de Nate noué autour du front.

— Signal !

Léo regarda Nate, affligé.

— Ça suffit comme signal, ça ?

Depuis le mât – une grande chaise en acajou – auprès duquel il était consigné depuis le malheureux pillage de son sloop, Nate lui répondit avec un clin d'œil de conspirateur.

— Je dirais que oui.

Léo s'approcha, sa petite épée en bois traînant sur le sol, et fit le tour de Nate.

— Il faudrait que tu sois attaché, en fait. Tu es prisonnier de Barbe Noire, quand même.

— Mmm.

Nate hocha la tête d'un mouvement approbateur, puis se tourna vers Cora, qui faisait semblant de lire.

— Qu'en dites-vous, lady Dane ? Dois-je être attaché ?

Cora leva les yeux au ciel et réprima un sourire.

— Je crains qu'aucun nœud ne parvienne à vous retenir, répondit-elle en tournant une page.

— Ou alors il faudrait qu'ils soient bien, bien serrés.

Il se pencha en avant, démontrant sans le vouloir les dangers qu'il y avait à mal attacher un prisonnier, et Tess lui donna un coup d'épée sur le tibia. Le regard que lui lança Cora lui laissa imaginer que, peut-être, elle n'aurait pas été contre une séance de pillage. C'était tout ce que Nate demandait.

— Je vais faire monter le thé, annonça-t-elle en se dirigeant vers la porte. Léo, tu me diras si tu as besoin de plus de cordes.

La coquine. Il l'adorait.

— Non, tant pis, fit Léo d'un ton impatient. Mais ne bouge pas trop, d'accord ? Sauf quand tu liras.

Nate reprit le livre, parcourut le passage suivant pour s'assurer qu'il ne contenait pas de grossièretés. Il ne lui fallut qu'un instant pour retrouver sa page.

C'est à cet instant qu'il apprit qu'avec de jeunes enfants, un instant suffisait largement.

Il y eut un bruit de chute, suivi d'un cri étouffé.

Léo hurla avant Tess, mais c'était parce que les sanglots étouffaient la fillette, barricadée derrière un mur de stupeur.

Nate se leva d'un bond, faisant tomber le livre, cherchant à comprendre qui s'était fait mal et comment. Rapidement, il évalua la situation. Léo qui pleurait, un tabouret renversé, et Tess qui semblait se tordre de douleur.

Un instant à peine. Il ne les avait quittés des yeux qu'un instant.

— J'ai pas fait exprès, sanglotait Léo. J'ai pas fait exprès…

— Que se passe-t-il ?

Déjà, Cora avait reparu et entrait dans le salon. Elle balaya la pièce d'un regard. Deux enfants qui pleuraient, dont une qui pleurait vraiment. Comprenant qu'elle allait s'occuper de Tess, Nate se tourna vers Léo.

— Attendez… Nate, allez d'abord chercher Annie ou Mme Bainsbridge. Ou les deux !

— Quelques secondes, il ne s'est passé que quelques secondes ! Je lisais la suite, je n'ai rien vu ! dit Nate en se dirigeant vers le couloir pour appeler à l'aide.

— Je l'ai pas fait exprès, Nate, vraiment, répéta Léo, le visage baigné de larmes.

— Léo, mon chéri, tu dois me dire précisément ce qui s'est passé, souffla Cora d'une voix remarquablement calme en s'agenouillant près de Tess. Tu ne seras pas puni, ne t'inquiète pas, mais nous devons savoir ce qui s'est passé.

— Elle… elle… elle était debout sur le tabouret, réussit à articuler Léo entre deux sanglots. Je lui ai demandé de faire la vigie, tout en haut du grand mât, comme chez les vrais pirates…

— Les pirates ?

Nate fit volte-face, Léo contre lui, et vit les Carleton entrer dans le salon, attirés par le bruit comme des vautours par une charogne.

Il ne manquait plus que ça.

— Peut-on savoir où tu as appris à jouer à un jeu aussi sournois, ignoble et avilissant ?

— Nate y joue avec nous, répondit Léo. Il fait les voix.

Mal à l'aise, Nate baissa les yeux sur le livre tombé à terre.

Flagrant délit. Ton compte est bon.

D'un regard, Édith Carleton ordonna à son mari d'aller voir de quoi il retournait. Celui-ci s'exécuta d'un pas lourd, ramassa l'ouvrage et le brandit.

— Il s'agit bien de pirates. Quelle horreur.

Tess pleurait toujours dans le giron de sa mère, qui la palpait doucement, cherchant l'endroit précis où elle s'était blessée.

— Ceci est inexcusable, fulmina Mme Carleton. Vous allez les pourrir de l'intérieur avec de tels exemples. Leurs pauvres oreilles si chastes, leur pauvre petit cœur si tendre…

Mais Nate n'avait que faire d'un sermon. Ediktat pouvait garder ses grimaces mécontentes pour elle. Il s'accroupit devant Léo.

— Comment est-elle tombée, mon grand ? Raconte-nous, je sais que tu en es capable.

— Sa main, je crois, murmura Cora à la gouvernante qui les avait rejoints, Annie sur ses talons.

— Oui, confirma Léo. Elle est tombée sur la main. Comme ça…

Il mima un demi-saut périlleux et conclut en se tordant le poignet à l'envers.

— Ça enfle, constata Annie. C'est son poignet. Une foulure, peut-être ?

— Je vais chercher de l'eau, dit Mme Bainsbridge. Mettre sa main dans l'eau fraîche lui fera du bien.

Nate et Léo se tenaient sur le côté, partagés entre culpabilité et sentiment de ne servir à rien. Pauvre petite. Il aurait dû s'y attendre. Quand il y avait une bêtise à faire, elle ne donnait jamais sa part au chat.

— Madame Bainsbridge, dit Cora, demandez à Coates d'envoyer quelqu'un à la ferme des Downing, voir si Mary est là-bas. Elle a eu six garçons, c'est-à-dire une Tess. Ils auront sans doute tout eu, elle saura quoi faire.

— Une femme ? Venue d'une ferme ? intervint Mme Carleton. Vous êtes folle ? Il faut un médecin, peut-être même un chirurgien.

Cora se tourna vers elle, horrifiée.

— Un chirurgien ? Pour qu'il soigne une chute en saignant ma fille de deux ans ? C'est vous, la folle, madame Carleton. Jamais je ne laisserai faire une chose pareille ! Il n'est pas question qu'un médecin la touche, la palpe dans tous les sens et...

— Allons, allons, lady Dane. Inutile de monter sur vos grands chevaux, gronda Ronald Carleton.

Léo se remit à pleurer, et Nate lui boucha les oreilles. Il fallait qu'il sorte le garçonnet de là.

Mais il ne pouvait pas abandonner Cora.

— Je refuse que la fille de mon frère soit soignée par une demeurée de votre village. Vous êtes une irresponsable, lady Dane. Franchement, c'est à croire que vous n'avez aucune affection pour...

Cette fois, c'en était trop. Nate bouillait, il ne pouvait pas supporter cela une minute de plus. Il n'avait peut-être pas encore reçu de nouvelles de Sinclair, mais il allait résoudre au moins un problème dans cette maison.

— La blessure de Tess sera soignée comme nous le jugerons bon, madame Carleton, lança-t-il d'un ton sec.

— Ce ne sont pas vos enfants, monsieur Travers, rétorqua Édith Carleton avec mépris. Ce sont les enfants de mon frère. Je ne reviendrai pas sur la façon dont vous êtes arrivé dans le paysage et vous êtes glissé dans les pantoufles d'un autre. Regardez à quoi cela nous a menés !

Nate était assailli par la culpabilité. Il regarda Cora, mais elle était occupée à allonger Tess, qui gémissait toujours. Et elle devait tenir tête aux Carleton.

Tant pis. C'était peut-être outrepasser ses droits, mais il fallait qu'il agisse. Sans réfléchir, il avança, se plaça entre Cora et les Carleton et croisa les bras.

— Permettez-moi de vous rappeler, madame Carleton, que tout ceci était votre idée. C'est vous qui avez conseillé à Cora de se remarier. Dans l'intérêt des enfants, afin qu'ils ne soient pas élevés par une mère seule.

Édith Carleton se raidit.

— Certes. Mais je peux dire aujourd'hui, et cela ne fait aucun doute, que c'était une erreur de jugement de ma part. Ces enfants ne sont pas éduqués, cela saute aux yeux.

Cora se figea. Elle était livide.

— J'ignore à quoi vous jouez tous les deux, continua Mme Carleton, mais j'en ai fini avec cette maison tenue n'importe comment. J'en ai assez vu comme ça !

— Soyez plus claire, dit Nate.

— Nous allons écourter notre séjour, annonça Édith Carleton en regardant son mari. Nous en avons déjà parlé et nous avons décidé de nous rendre à Londres, où nous avons à faire et où ma cousine a besoin de moi. Après ce qui vient de se passer, il n'est plus question de repousser plus longtemps notre départ. Le pasteur et moi-même partirons demain matin.

Cette nouvelle aurait dû être un soulagement, mais quelque chose, dans le regard d'Édith Carleton, empêcha Nate de se réjouir.

— Je ne supporterai pas ce désordre un jour de plus. On commence par nous dérober des papiers, puis on nous manque de respect… C'est assez. Pour nous. Et pour les enfants.

Nate était hors de lui. Les yeux de Cora brillaient de rage. Édith Carleton fit un pas en avant, menaçante.

— Je vous rappelle, lady Dane, que vous n'avez que peu de droits sur ces enfants. Et en ce qui me concerne, vous avez déjà de la chance d'en avoir. Quand Tess sera remise de sa chute – que vous allez traiter n'importe comment, c'est évident –, vous voudrez bien nous l'amener. Et son frère aussi. Je les veux à Londres, avec toutes leurs affaires, d'ici quinze jours. Je ne permettrai pas plus longtemps que vous fassiez les choses à votre manière.

Léo se tourna vers sa mère. Nate le retint. Pauvre enfant ! Il n'aurait pas dû entendre des choses pareilles.

— J'ai bien vu, depuis que nous sommes ici, la façon dont vous leur laissez faire ce qu'ils veulent, reprit Édith Carleton. Ils n'ont pas de manières, ne réfléchissent pas avant de parler et prennent la parole à tout bout de champ. Et dépenaillés, avec ça. Pas étonnant, avec ces histoires de pirates et de Dieu sait quoi d'autre que vous leur racontez. Et maintenant, vous refusez à votre fille un traitement médical digne de ce nom. Il est évident que nous ne pouvons pas vous confier l'éducation des enfants, mariage ou pas. C'est vous, Cora Dane, qui auriez besoin d'un séjour en maison de redressement.

Nate vit rouge.

— Vous n'emmènerez pas les enfants...

— Arrêtez, Nate, dit Cora. N'aggravez pas la situation.

— Et pourrais-je savoir au nom de quoi vous prétendez m'en empêcher ? ironisa Édith Carleton avec un sourire mauvais. Vous n'avez aucun droit ici. Ces enfants ne sont pas les vôtres. Nous en avons autant, sinon plus, que leur mère, notamment concernant leur garde. Et il est clair, désormais, que nous allons devoir prendre les choses en main. L'arrangement actuel n'est pas satisfaisant et ne sera pas reconduit. Comme je suis une femme charitable, ajouta-t-elle en se tournant vers Cora, nous vous laisserons jusqu'à la fin de l'été pour trouver un logement. Il va de soi que si nous avons la garde des enfants, nous devrons avoir la jouissance d'Aldworth Park.

Espèce de vieille pie fourbe et vorace...

— Je ne permettrai pas..., commença Nate.

Les yeux de Mme Carleton lancèrent des éclairs.

— Alors vous serez arrêté, et vous irez en prison.

Nate eut un petit rire. On l'avait menacé de bien pire.

— Si vous croyez que vous allez me faire peur avec vos menaces à la noix...

— Nate, ça suffit !

— Et si ce n'est pas vous, ce sera elle qui ira en prison, reprit Mme Carleton. Pour obstruction à la justice.

Tess se remit à brailler tandis qu'Annie essayait de maintenir son bras immobile.

Cora se releva d'un bond.

— Ça suffit ! J'en ai assez ! Je veux tout le monde dehors, excepté Annie et Tess ! Dehors ! Immédiatement !

Nate serra les dents. Il était allé trop loin, mais qu'aurait-il pu faire d'autre ? Laisser Cora se faire piétiner parce qu'elle avait peur ?

Mme Carleton resta imperturbable.

— Il nous faudra une voiture, lady Dane. Demain à la première heure. Et une autre, quand les enfants nous rejoindront à Cheapside. Je laisserai l'adresse de ma cousine Prudence.

Les Carleton quittèrent le salon. Nate fit un pas vers Cora.

— Vous aussi, Nate, dit-elle. Je sais que vous vouliez bien faire, mais vous ne m'aidez pas. Je dois déjà m'occuper de deux enfants, je n'ai pas besoin d'un troisième.

— Je ne voulais pas...

— Je sais, l'interrompit-elle sèchement, avant de se reprendre. Je sais que vous ne vouliez pas. Mais dans l'immédiat, je n'ai pas le temps d'y réfléchir. J'ai besoin que vous emmeniez Léo, afin que nous puissions nous occuper de Tess.

— Très bien, marmonna Nate.

Il recula mais ne quitta pas Cora des yeux. Elle installait délicatement Tess sur le canapé. Mme Bainsbridge était revenue avec une bassine d'eau froide. Lentement, elles y plongèrent le poignet blessé de la fillette.

Il ne voulait pas s'en aller. Tout était sa faute.

— Nate ?

Léo le fixait d'un air circonspect, tentant de comprendre ce qui se passait, cherchant, dans l'attitude de Nate, la réaction appropriée aux circonstances.

« Reprends-toi, songea ce dernier. Énervé, tu ne sers à rien, tu ne fais qu'aggraver les choses. »

— Viens, Léo, dit-il. Nous allons laisser ces dames s'occuper de ta sœur.

Cora ne le regarda pas sortir.

Nate ramena Léo à la nursery. Celui-ci, qui avait cessé de pleurer, se mit à jouer avec ses cubes. Nate le regarda faire, mais il avait la tête ailleurs. Dans le salon.

Il s'inquiétait pour Tess, bien sûr, mais il était d'accord avec Annie, il ne s'agissait sans doute que d'une légère foulure. Lady Swifte était casse-cou, elle en avait vu d'autres.

Non, ce qui le préoccupait vraiment, c'était la décision des Carleton. Ils allaient prendre les enfants, d'ici quinze jours, et tout ça à cause de lui. À cause de sa mauvaise réputation, de son manque de maturité, de son incapacité à réfléchir avant de parler.

— Nate ?

— Oui ?

— C'était un accident, dit doucement Léo.

Nate baissa la tête.

— Je sais.

Léo resta un moment sans rien dire, arrangeant ses cubes au petit bonheur la chance. Puis il fit glisser le panier en direction de Nate.

— Tu peux jouer aussi, si tu veux.

Nate lui ébouriffa les cheveux et prit quelques cubes.

— Je crois que je ne suis pas un grand frère très gentil, soupira Léo en posant un cube.

— Pourquoi dis-tu cela ? Tu es un grand frère exceptionnel.

— J'ai laissé Tess se faire mal.

— Tess va se faire mal souvent, et sans l'aide de personne, en grandissant. Tu n'y es pour rien, mon grand. Sauf si c'est toi qui la blesses. Mais ce n'est pas le cas. Jamais tu ne l'aurais fait tomber.

— Comment le sais-tu ?

Nate était accroupi, mal installé. Il s'allongea par terre à côté de Léo, sur un coude. Pour une conversation de cette importance, il préférait être à l'aise.

— Parce que les frères, ça me connaît, dit-il lentement. J'ai un grand frère, moi aussi.

Léo le fixa, étonné.

— Il est vicomte ?

— Non, à vrai dire, il est comte. C'est une différence importante, à ton avis ?

Léo fit la grimace, perdu.

— Mais… je croyais que tous les hommes étaient vicomtes.

— Oh non, Dieu merci, dit Nate en riant. Certains seulement.

— Mais moi, je vais en être un ?

— Officiellement, je crois, oui. Mais ne t'inquiète pas, ça n'arrivera pas avant un moment.

— Quand je serai grand.

— C'est ça.

— Mais mon père était vicomte.

De toute évidence, le garçonnet était inquiet, mais pourquoi ?

— Quelque chose te tourmente, Léo ?

L'enfant se mordit la lèvre.

— Est-ce que tous les garçons sont comme leur père ?

Nate eut un mouvement de recul. *Bon Dieu.* Pour une question, c'était une question. Il toussota.

— Euh... ça dépend. C'est un peu comme pour les comtes. Certains le sont. Et d'autres... non.

Léo regarda ses mains. Et lorsqu'il reprit la parole, ce fut d'une toute petite voix.

— Je crois... que ce serait bien d'être dans les non.

La gorge de Nate se serra. Il regarda le garçonnet un peu sombre assis en face de lui, aux yeux du même bleu que celui qui cerclait les iris de sa mère. Il était réservé, comme s'il avait déjà compris quelque chose de fondamental. Sans doute était-ce le cas.

Léo n'avait que trois ans à la mort de son père. Trois ans, et déjà profondément marqué par un homme qui ne l'avait pas vraiment aimé.

Il était grand temps qu'il le soit par un homme qui l'aimait.

Quelque chose résonna en Nate, semblable au cliquetis d'une clé rouillée qui aurait enfin trouvé sa serrure, débloquant un verrou, permettant l'ouverture d'une lourde porte.

Et son monde changea d'axe.

Plus rien n'avait de sens, et tout devenait clair à la fois.

Tu aurais dû être mon fils.

La violence de cette révélation le pétrifia. Il n'arrivait plus à respirer, ses oreilles sifflaient. Tout ce qu'il aurait pu faire autrement, mieux, tout ce qu'il aurait pu éviter, réparer, chérir…

Vous auriez dû être ma famille.

Il se pencha, prit les mains de Léo.

— Tu peux être qui tu veux, Léo. Tu peux devenir n'importe quel homme, et tu peux prendre tout le temps dont tu as besoin pour le devenir.

Léo regarda Nate, et ce dernier eut l'impression que pour la première fois, un autre être le voyait vraiment tel qu'il était. C'était impossible, et pourtant Nate en avait la certitude, le visage qu'il contemplait en cet instant était celui de son fils.

Enfin, Léo sourit timidement.

— Peut-être que… je deviendrai comme toi.

Nate comprit alors que son frère avait raison.

Raymond avait raison depuis le début.

Nate avait bien un devoir envers sa famille.

La journée tirait à sa fin lorsque Annie remonta à la nursery pour faire dîner Léo et le préparer pour la nuit.

— Comment va Tess ?

— Nous lui avons donné un peu de camomille, et elle s'est calmée. Elle se repose, dit Annie en souriant. Nous lui avons bandé le bras, mais je pense que tout va bien, monsieur Travers. D'après Mme Downing, ce n'est rien à côté de la chute qu'a faite l'un de ses garçons l'été dernier en voulant sauter par-dessus une barrière.

Nate soupira, soulagé.

— Lady Dane voulait savoir si vous pouviez aller chercher Tess et la porter jusque dans son lit. Elle serait moins ballottée dans vos bras. Elle est dans la chambre de lady Dane, pour le moment.

— Bien sûr. J'y vais.

Il souhaita bonne nuit à Annie et à Léo et prit le chemin, désormais familier, de la chambre de Cora. Dehors, le soleil couchant virait au pourpre. La maison était étrangement silencieuse, comme si tous les occupants attendaient, impatients, qu'un événement se produise.

Nate était le plus impatient de tous.

Depuis sa conversation avec Léo, il ne pensait plus qu'aux hommes qui avaient traversé son existence. Ceux qui prenaient, ceux qui donnaient, les tyrans qui imposaient leurs vues.

Son père. Ronald Carleton. Frederick Dane. Gavin Sinclair. Raymond.

Et, un jour, Léo.

Être un homme était difficile. En élever un l'était tout autant.

Nate n'y avait jamais vraiment réfléchi, mais Raymond devait avoir son âge quand le décès de la mère de Nate et de Tabby les avait laissés à la charge d'un père qui n'avait que faire d'eux. Raymond, lui, venait de commencer sa vie d'homme, avait épousé Rosalie, avec laquelle il s'était installé dans Hill Street.

Raymond aurait pu continuer son chemin, débarrassé du vieux comte, sans se soucier du sort de son demi-frère et de sa demi-sœur. Mais il était revenu, pour Nate et Tabby, alors que rien ne l'y obligeait. Il était revenu et les avait défendus, exigeant toujours pour eux le meilleur auprès de leur père, jusqu'au jour où c'était à lui qu'avait incombé cette charge.

Son frère était un homme bon. Insupportable, mais bon.

Mais Nate le savait. Il l'avait toujours su.

Son vrai problème, avec Raymond, n'était pas d'ordre financier, mais personnel. Raymond lui avait toujours semblé vivre dans un autre monde

– toujours adulte, toujours correct. Devenu adulte, il s'était senti plus d'atomes crochus avec leur père, qui l'avait alors pris sous son aile dévoyée.

Raymond en avait été très contrarié. Mais Nate ne s'était jamais senti capable d'être à la hauteur de son frère et n'avait donc jamais essayé. Après tout, Raymond ne pouvait pas comprendre ce que c'était que d'échouer avant d'avoir commencé.

En fait, un détail avait échappé aux deux frères. On ne pouvait pas forcer un homme à devenir quelqu'un ; il fallait qu'il le veuille.

Et ce que Nate voulait était impossible.

Il voulait secouer l'univers, le désarticuler pour en faire un monde qui ait du sens. Parce que les choses n'auraient pas dû être ce qu'elles étaient aujourd'hui – Cora, sa fierté à toute épreuve et sa peur de tout perdre, à commencer par son cœur. Léo, déjà inquiet de ne pas devenir un homme bien.

Plus que tout, Nate aurait voulu devenir un homme digne de confiance et faire en sorte que Cora lui accorde la sienne.

Mais ce qu'il pouvait offrir à Cora et à ses enfants aujourd'hui, c'était un avenir.

Il n'était plus question de tergiverser, d'attendre une réponse de Sinclair. Il avait des preuves, et des soupçons. Les Carleton n'attendaient plus eux non plus, il devait agir vite. Il fallait prouver que les Carleton n'étaient pas dignes de devenir les tuteurs des enfants ? Nate était prêt à parier qu'il y parviendrait.

Il avait peut-être aggravé la situation aujourd'hui, en se comportant comme un imbécile dans le salon. Mais il allait réparer ses bêtises.

Il allait sauver cette famille.

Quoi qu'il en coûte.

23

Cora,

Tu ne sais sans doute pas que je perds la tête chaque matin.

C'est à ce moment de la journée que commence le démontage.

Chaque jour, tu me défais un peu plus. De l'aube au crépuscule, j'affronte une certitude nouvelle : j'en ai terminé avec celui que j'étais – une moitié d'homme.

Comment te le dire ?

Cora, tu es mon aube. Tu es mon crépuscule.

Tu as été créée pour qu'advienne un nouveau Nate.

Et je veux le faire naître pour toi.

Tu dois me trouver bien romantique, et complètement fou. Mais mon amour, je te l'assure, je suis réaliste.

J'en suis capable. Je suis prêt.

Je m'étirerai, je me surpasserai, je modèlerai un homme nouveau, jusqu'à ce que tu voies en moi celui qu'il te faut.

Si tu me demandais le soleil, je ferais de ta vie un éternel été.

*

* *

Cora accompagna Nate et sa fille, peinant à masquer sa rage et sa panique. Tout l'après-midi, elle avait repensé à la tournure catastrophique qu'avaient prise les événements.

Nate alla chercher Tess pour la monter dans son lit. Dans son sommeil, blottie contre lui, ses boucles blondes répandues sur ses bras, elle semblait aussi petite et fragile qu'une poupée.

Ils allaient lui prendre ses enfants.

Depuis presque un an déjà, elle le redoutait, s'y attendait, et d'une certaine manière trouvait presque mieux d'être enfin fixée. Au moins allait-elle pouvoir agir ouvertement, à présent.

— J'ai réfléchi, murmura-t-elle tandis qu'ils arrivaient à la nursery. Après ce qu'a dit Édith Carleton, nous devons changer de stratégie. Mais je ne pense pas qu'il faille trouver de nouvelles solutions. Nous allons plutôt revenir au plan initial. Prêt ou pas, Gavin va devoir déposer cette requête.

Elle trébucha sur une marche. Elle était fatiguée, mais se sentait animée par une nouvelle énergie. Celle de l'action.

— Ce n'est pas terminé, loin de là. Ça ne fait même que commencer. Nous avons préparé le terrain, après tout, non ? Les Carleton pensent que nous allons nous marier. Au village, parmi les domestiques, et dans toute la bonne société, les rumeurs vont bon train.

— Oui, mais...

— Et il y a tes lettres, bien sûr – tu as pensé à les écrire, n'est-ce pas ? Il est absolument impératif que je fournisse à Gavin toutes les preuves possibles.

Nate eut un instant d'hésitation.

— Elles... euh... elles sont dans ma table de nuit. Il faut que je les... corrige.

Un surplus d'angoisse étreignit Cora.

— Mais tu les as terminées, n'est-ce pas ? Tu avais promis.

— Ne t'inquiète pas, dit Nate.

Ce qui eut pour effet de l'inquiéter, bien sûr. Après tout, Nate avait une tendance naturelle à tout faire au pied levé et à ne réfléchir qu'après. Les événements de l'après-midi en étaient la preuve. Sans le faire exprès, il avait accru les tensions et rendu les choses plus compliquées encore.

— Il ne reste plus que deux semaines à Gavin, soupira Cora tandis qu'ils arrivaient à la nursery.

— Justement, à ce propos, Cora...

— Cette horrible femme a dit qu'elle nous laissait deux semaines, le temps que Tess se remette de sa foulure. Pour tout dire, son poignet a déjà dégonflé, elle sera remise d'ici quelques jours. Mais nous laisserons planer le doute pour les Carleton. Ils ne seront plus là, de toute façon. À nous de tirer parti au maximum de ces deux semaines. Et Gavin devra se contenter du peu de preuves dont nous disposons.

— Cora, écoute-moi. Il faut que je te parle.

Mais elle était trop occupée à se convaincre qu'une solution était envisageable.

— Ça va marcher, Nate. Je refuse d'envisager le contraire.

Ils entrèrent dans la nursery, où régnait cette douce lumière bleue de début de soirée, et elle se tut, ramenée au présent par les deux petits êtres que les événements récents affectaient le plus. Elle regarda Léo dormir paisiblement tandis que Nate installait Tess dans son lit.

Elle prit son temps, embrassa leurs joues si douces, les borda soigneusement. Elle aimait ces moments de calme. Mais ce soir, les gestes tendres, les attentions provoquèrent en elle de petites fêlures en chaîne, qui menaçaient de la réduire à néant.

À travers les fissures s'engouffrait une ombre sinistre ; ses pires cauchemars gagnaient du terrain, l'étouffaient tel un linceul. Elle avait essayé de protéger ses enfants et n'avait réussi qu'à les jeter dans l'œil du cyclone.

Imaginant leur peur et leur désespoir à venir, elle sentit l'étau de la panique se refermer sur elle.

— Je vais veiller sur elle, lady Dane, dit Annie, prenant l'affliction de Cora pour de l'inquiétude concernant le poignet de Tess. Allez vous reposer. Tout ira mieux demain matin.

Cora caressa les cheveux de sa fille. Tess allait bien. On lui avait fait un cataplasme, puis on avait bandé son poignet, et elle avait bu une cuillerée de thé agrémentée d'une goutte de laudanum. Elle dormirait profondément jusqu'au lendemain, se réveillerait en pleine forme et protesterait lorsqu'on lui demanderait de rester tranquille.

Mais Cora, elle, n'allait pas bien du tout. Peut-être même n'irait-elle plus jamais bien.

Nate l'attendait dans le couloir, son beau visage sérieux et compatissant.

— Bien, dit Cora. De quoi voulais-tu me parler ?

Mais Nate lui prit la main.

— Avant tout, comment vas-tu, toi, mon amour ?

La préoccupation sincère, dans sa voix...

Ce qui la tenait encore debout, après cette journée épouvantable, était un câble si tendu qu'il risquait de céder à tout instant et de la projeter au loin, à la dérive. Cora avait le sentiment d'être debout au milieu d'un torrent, sur un rocher bancal.

Et là, en face d'elle, il y avait la terre ferme.

À presque tous les égards, elle était impuissante. Ils allaient lui prendre ses enfants !

Mais Nate était là.

Avec elle. Pour elle.

Un désir profond, noir jaillit en elle. Trop de choses arrivaient sans qu'elle puisse rien y faire. Jamais elle ne s'était sentie aussi dépossédée de tout. Et jamais elle n'avait ressenti de pulsion aussi forte. Charnelle.

La puissance de Nate était comme un aimant. Il la dominait de la tête et des épaules, mais quelque part, la certitude de pouvoir le mettre à genoux la plongea soudain dans un état d'impatience fébrile et irrationnelle.

— Allons dans ta chambre, murmura-t-elle en lui prenant la main.

Nate ne bougea pas.

— Non, Cora. Il faut qu'on parle. C'est important…

— Plus tard. Nous parlerons plus tard. Après cette journée, j'ai… Nate, j'ai besoin de toi.

Il soupira – une façon d'acquiescer, comme s'il sentait combien c'était important, comme s'il comprenait ce qu'elle cherchait réellement. Sans un mot, il l'entraîna à travers la maison silencieuse jusqu'à sa chambre.

La porte se referma doucement, et Cora l'y adossa, avant de se plaquer contre lui.

— Le lit ? murmura-t-il en glissant une main dans ses cheveux.

— Non. Ici, répondit-elle en lui tendant son visage.

Nate l'embrassa avec l'assurance de celui qui sait exactement ce qu'il fait, et Cora lui en fut reconnaissante. Elle voulait qu'il en soit ainsi, voulait qu'il ait envie d'elle, que sa bouche accepte le gémissement guttural de son désir.

Les mains de Nate glissèrent jusqu'à ses cuisses, remontèrent ses jupes, puis cherchèrent la courbe de ses seins à travers la mousseline de sa robe, mais Cora lui attrapa les poignets.

— Je ne veux pas que tu me touches. S'il te plaît. Pas tout de suite.

Elle voulait sentir ses mains sur elle, à un point tel qu'elle en tremblait. Mais une seule de ses caresses suffirait à la faire capituler, elle le savait. Et elle s'abandonnerait. Or, aujourd'hui plus que jamais, il lui semblait impératif de rester en possession de toutes ses facultés.

— Alors qu'est-ce que je peux faire ? demanda Nate d'une voix rauque. Dis-moi ce que tu veux, mon amour.

— Je veux...

Elle s'interrompit, frustrée de ne pas arriver à mettre de mots sur son fantasme. Elle le voulait à ses pieds. À sa merci. Elle voulait être seule responsable du plaisir de Nate. Avoir le dernier mot dans au moins un domaine de sa vie.

Il scruta son visage et comprit.

— Ah, souffla-t-il. Je vois.

Lentement, très lentement, ses mains descendirent jusqu'à ses hanches et la repoussèrent délicatement. Elle se sentit d'abord gênée, mais Nate sourit et entreprit de dénouer son foulard, sans la quitter des yeux, et il y avait dans son regard un amour infini.

Il se déshabilla. Ses mouvements à la fois fluides et déterminés avaient quelque chose de viril, de puissant. Nœuds, boutons, il les défit un à un, en prenant son temps, la mettant au supplice.

Puis il lui prit la main, la posa sur son ventre et la poussa vers sa ceinture. Glissant ses doigts entre ceux de Cora, il déboutonna le rabat de ses pantalons. De sa main libre, elle tira vers le bas, et il fut nu devant elle. En érection.

Le cœur battant, Cora se demanda si elle allait réussir à garder sa lucidité.

Ce n'était pas la première fois qu'elle le voyait ainsi, loin de là, mais c'était tout comme. Nate, cette fois, était vulnérable. C'était un cadeau qu'il lui faisait, elle s'en rendait compte. Et elle en avait tellement besoin...

Il ramena leurs mains enlacées sur son torse, lui ouvrit la paume sur son cœur, glissa son autre main dans ses cheveux et attira son visage vers le sien.

— Je suis à toi, souffla-t-il en l'embrassant sur le front. Prends tout ce que tu veux.

Ces mots décuplèrent l'audace de Cora. Elle parcourut son torse, descendit sur son ventre en suivant la ligne de poils, fit un détour par le léger creux, en haut de sa cuisse, qu'elle griffa délicatement, lui arrachant un cri de surprise.

Quand le dos de sa main effleura enfin son membre, Cora laissa échapper un petit hoquet. Et lorsqu'elle referma la main autour de son sexe, ce fut au tour de Nate de pousser un long soupir. Elle le caressa, d'abord hésitante, puis avec plus d'assurance, encouragée par le grognement sourd et grave de Nate – *encore, encore, encore*.

Elle posa les lèvres sur son torse, enroula la langue autour de son mamelon. Ses mains s'enhardissaient, accueillaient les coups de reins que Nate ne pouvait retenir. Son sexe se dressait un peu plus à chaque caresse, tandis que le reste de son corps semblait se détendre. Ses épaules, son souffle, ses cheveux tombant sur son front, toute tension s'évanouissait sous la caresse brûlante de Cora.

— Est-ce que... c'est bon ? Tu prends du plaisir, comme ça ?

— Oh oui, Cora. Oui. Continue, ne t'arrête pas.

Elle passa le pouce sur le sommet de son gland et découvrit que c'était un point sensible – Nate avait brusquement redressé la tête et s'était cogné contre la porte. Alors, hissée sur la pointe des pieds, elle déposa un baiser à la base de son cou et goûta avec délice le cri rauque qu'elle sentit dans sa gorge et qui fit vibrer ses lèvres.

Il était à elle, prêt à tout lui donner. Et elle était prête à tout prendre. Cet homme magnifique était à sa merci ; elle allait le conduire jusqu'à l'extase. C'était enivrant. Une vague de désir la parcourut, puissante, irrésistible.

— Cora..., souffla Nate, les dents serrées, une main agrippée à sa hanche.

Elle posa la tête contre son torse, entendit les battements effrénés de son cœur.

— Ne lutte pas, Nate, murmura-t-elle. Accueille les sensations. Laisse-moi faire ça pour toi.

Mais c'était plus fort que lui. Il lui saisit les bras, posa la bouche sur sa gorge, puis descendit sur sa robe. Il prit ses seins au creux de ses mains, en agaça les pointes à travers l'étoffe, l'excita jusqu'à ce que l'agréable moiteur, entre ses cuisses, éveille un désir douloureux.

— Tu es sûre ? demanda-t-il. Tu ne veux pas que je...

Elle accéléra le mouvement de sa main sur son sexe durci.

— Mais j'ai du plaisir aussi, Nate. C'est pour moi aussi. C'est pour nous deux.

Elle se mit à genoux, humecta ses lèvres du bout de la langue.

Nate se décomposa.

— Nom de... Cora. Oh oui...

En cet instant précis, Cora eut le sentiment d'être aussi puissante que n'importe quelle reine de légende. Mais il n'y avait rien d'imaginaire dans ce qu'elle vivait. Nate était brûlant et dur sous ses doigts, son désir obéissait à ses caresses, et l'imminence de sa victoire la faisait elle aussi basculer dans l'extase.

— Je t'aime, murmura Nate.

Il lui caressait les cheveux d'une main ferme et chaude, et cette main était aussi réelle que ses soucis. Aussi réelle que son chagrin.

Dans un dernier sursaut de lucidité, elle se dit que Nate était tombé amoureux d'elle au cours du mois le plus étrange de sa vie. Aujourd'hui, la question était de savoir s'il allait pouvoir l'aimer pendant le plus difficile.

« Mon amour est inconditionnel. »

— Montre-moi, souffla-t-elle.

Comment refuser ?

Quand Cora ouvrit les yeux le lendemain matin, elle pensa d'abord à ses enfants.

Rongée par la culpabilité, elle regretta de ne pas avoir passé la nuit auprès d'eux. Tess avait peut-être mal dormi. Peut-être la réclamait-elle. Léo avait peut-être fait des cauchemars peuplés de pirates venus attaquer sa sœur ou l'enlever, lui. Édith Carleton avait peut-être changé d'avis et était venue chercher les enfants en pleine nuit.

Bien sûr, s'il était arrivé quoi que ce soit, ses domestiques l'auraient trouvée et prévenue, mais peu importait. Il fallait qu'elle monte les voir et s'assure que tout allait bien.

Nate dormait encore à côté d'elle, sur le ventre, tête sous l'oreiller. Elle s'abîma un instant dans la contemplation de son dos soulevé par un souffle profond et régulier. Lui revint le souvenir de la veille… Il avait voulu lui parler de quelque chose, non ? Quelque chose d'urgent…

Elle se sentit mal à l'aise. Il fallait qu'elle lui laisse un mot, pour lui dire qu'elle était à la nursery. Elle ne voulait pas qu'il se réveille et pense que les fâcheux événements de la veille avaient jeté un froid entre eux. Ou qu'elle se fichait bien de savoir ce qu'il avait voulu lui dire.

Elle se laissa glisser du lit tout doucement et chercha autour d'elle une plume et du papier. Elle enveloppait son corps menu dans l'immense robe de chambre de Nate quand ses yeux se posèrent sur la table de nuit, lui rappelant les lettres. La veille, il lui avait confié les avoir rangées là.

Elle hésita. Elle avait besoin de ces lettres. Édith Carleton allait exiger la garde des enfants, et la preuve qu'il existait réellement des liens amoureux entre Nate et Cora pourrait aider Gavin à étayer son dossier.

Mais la veille, lorsqu'elle en avait parlé, Nate s'était montré assez évasif.

Ces lettres existaient vraiment, n'est-ce pas ? Il les avait bien écrites ?

Cora eut soudain un mauvais pressentiment. Nate n'hésitait jamais à se porter volontaire lorsque ça l'arrangeait. Mais il devenait impossible quand on lui demandait de faire quelque chose de contraignant. Il avait ignoré ses demandes de rendez-vous au printemps, et celles de son frère tout l'été.

Elle aurait dû passer à autre chose, mais cette histoire de lettres la titillait, un peu à la manière d'un grain de framboise coincé entre les dents. Il y allait aussi de sa capacité à pouvoir lui faire confiance.

Ce fut plus fort qu'elle.

Elle s'agenouilla sans faire de bruit devant la table de nuit et en ouvrit le tiroir, se figea en l'entendant grincer. Le cœur battant à tout rompre, un méchant sentiment de culpabilité lui étreignant la poitrine, elle lança un regard en direction du lit. Nate dormait toujours.

Lentement, elle finit d'ouvrir le tiroir et en découvrit peu à peu le contenu. Une pile de lettres, une plume, de l'encre.

Cora sentait poindre en elle un sentiment désagréable. Elle n'aimait pas celle qu'elle était en train de devenir : tourmentée, agressive, prête à commettre le pire. Un sentiment identique à celui qu'elle avait éprouvé le soir de son dîner, quand ces dames s'étaient répandues en ragots à propos de Nate.

Elle n'aurait pas dû faire cela et le savait.

Mais c'était trop tard.

Plongeant une main dans le tiroir, elle en sortit le paquet de lettres et les examina. Il y en avait de lord Fordham et de Tabitha. Dans le tas, elle découvrit aussi une page de livre de comptes faisant état de réparations.

Bizarre.

Elle se pencha sur le feuillet. Et n'y comprit plus rien.

Ce papier... appartenait à Ronald Carleton.

Et en dessous se trouvait... une lettre de change émise par Coulter & Co, à Londres.

Elle la lut, la relut comme si elle était écrite dans une langue inconnue. Il y avait là une série de numéros de compte, des abréviations qu'elle ne comprenait pas. Mais une phrase, écrite dans un anglais tout à fait clair, lui sauta aux yeux.

Payez à Ronald Carleton, sur mon compte, la somme de vingt livres. 20 £.

Cora s'accroupit, repensant soudain aux accusations d'Édith Carleton. « Le pasteur a remarqué la disparition de certaines choses... Des papiers importants... Je crains que quelqu'un, ici, ne les ait subtilisés. »

Que faisaient ces papiers dans la table de nuit de Nate ? Était-ce lui qui volait les Carleton ? Comment osait-il ? Comment pouvait-il faire une chose pareille ? C'était courir un risque terrible, qui pouvait tout faire capoter.

Complètement perdue, Cora se tourna vers Nate. Mais au lieu de son amant endormi, elle ne voyait plus que le Nate d'autrefois – charmeur, joueur, taquin. Et complètement irresponsable.

Pourtant, il avait changé.

Non ?

Elle ne savait plus que penser, toutes ses certitudes tombaient autour d'elle comme des châteaux de cartes. Elle eut la nausée.

— Cora ?

Nate se redressait en se frottant les yeux.

— Que fais-tu, assise par terre à côté du lit ?

À la fois furieuse et inquiète, Cora ne songea même pas à tergiverser.

— Qu'est-ce que c'est que ça, Nate ? demanda-t-elle d'un ton comminatoire qui la surprit elle-même.

Encore ensommeillé, Nate regarda Cora, échevelée, perdue dans sa robe de chambre trop grande, devant le tiroir ouvert de sa table de nuit. Elle vit à son regard qu'il trouvait d'abord cette scène amusante, puis comprenait vaguement ce qui se passait. Peu à peu, il s'assombrit.

— Attends... Tu... tu fouilles dans mes affaires ?

— Je voulais te laisser un mot. Je cherchais une plume. Et puis j'ai trouvé...

— C'est étrange, dit-il en la scrutant. Je ne me rappelle pas avoir rangé ma plume sous les papiers. Si tu avais besoin de quelque chose, Cora, tu pouvais me le demander.

Elle rougit, retenant le sentiment de culpabilité qui menaçait de lui faire perdre son assurance.

— Qu'est-ce que c'est, Nate ? dit-elle en montrant les documents qu'elle avait en main. Pourquoi es-tu en possession de papiers portant le nom de

Carleton ? Et cette lettre de change qui ne t'appartient pas, pour une somme exorbitante, que fait-elle ici ?

Nate croisa les bras et s'adossa à la tête de lit. Son calme olympien était insupportable.

— Donc nous ne retiendrons pas le fait que tu fouilles dans mes affaires.

— As-tu volé ces papiers aux Carleton ? As-tu mis mes enfants en danger pour servir tes propres intérêts ?

Il leva les yeux au ciel sans répondre.

— Nate ?

Enfin, il la regarda et soupira.

— Oui. Et non.

Cora se figea. Elle s'attendait à ce qu'il lui reproche d'avoir fouillé dans ses affaires, pas à ce qu'il reconnaisse les faits. Mais, surtout, sa propre réaction la surprenait. Elle n'avait pas imaginé pouvoir être plus en colère que la veille, après la chute de Tess, et pourtant, c'était le cas. Ce qu'elle venait de découvrir était pire… parce qu'elle attendait mieux de Nate.

Son attitude, jusque-là, l'avait poussée à espérer mieux de lui.

— Oui, j'ai pris ces papiers aux Carleton, dit-il. Mais pas pour servir mes propres intérêts, comme tu le suggères si aimablement. J'ai des raisons de croire que les Carleton se servent dans les comptes de Léo. Le pasteur est en train de faire rénover le presbytère, et il m'a dit lui-même que ses revenus n'y suffisaient pas et qu'il n'avait trouvé comment financer les travaux que récemment.

— Tu veux dire que…

Cora baissa les yeux sur la lettre de change qu'elle avait entre les mains.

— Si je peux prouver que Carleton se sert de l'argent de Léo pour financer ses propres projets, ton frère pourra démontrer que les Carleton ne sont pas des tuteurs convenables.

Le cœur battant, Cora se prit à imaginer un avenir pas si lointain, dont les Carleton ne feraient plus partie.

Une solution ? Nate avait trouvé une solution à son problème ?

Mais...

— Et tu gardais cela pour toi ?

Nate grimaça et haussa les épaules.

— Je n'étais encore sûr de rien. À quoi bon te donner de faux espoirs ? Et puis, tu ne peux rien faire concernant cet argent. J'ai écrit à ton frère pour lui demander conseil. Et comme il ne m'a toujours pas répondu...

Cora éclata d'un rire incrédule.

— De faux espoirs ? Mais tu m'as vue, ici, tout l'été. Inquiète, impuissante, angoissée... Tu as vu dans quel état j'étais. Et pendant tout ce temps, tu avais une solution, là, dans ton tiroir ?

— Je pensais voir d'abord ce que...

— Ce n'est pas à toi de décider cela, de décider pour moi. Je refuse de revenir à la case départ. Je ne veux plus qu'un homme contrôle ma vie...

Des éclairs brillèrent dans les yeux de Nate.

— Est-ce que tu vois Frederick Dane devant toi ? Je n'essaie pas de te contrôler. Cora, ma chérie, j'essaie juste de t'aider. De t'aider à supporter ce fardeau. Je te l'ai dit et répété, tu dois te reposer un peu sur moi et me faire confiance...

— Alors tu aurais dû te montrer digne de confiance !

C'était sorti tout seul.

Le visage de Nate se ferma.

— Nous y voilà.

Cora se mordit la lèvre. Ses mots avaient dépassé sa pensée.

— Nate...

Il secoua lentement la tête.

— Tu n'as pas confiance en moi. Tu n'as jamais eu confiance en moi. Rien n'a changé, n'est-ce pas ? Sinon, pourquoi fouillerais-tu dans mes affaires, pourquoi me questionnerais-tu à propos de mon frère, de mes investissements, de mes liaisons passées ? Tu ne fais que douter de l'homme que je suis, à croire que tu ne veux voir que le pire en moi.

— Comment peux-tu dire une chose pareille ? riposta Cora. Je veux voir le meilleur en toi, au contraire. Tu es quelqu'un de bien, et tu vaux mieux que tout ça. Ces papiers cachés, cette façon de vouloir me protéger comme si j'étais une petite chose fragile...

Nate se leva, s'enveloppa dans le drap.

— Je ne pense pas que tu sois fragile, Cora, au contraire. Mais tu n'as pas idée de la difficulté que c'est de rester là sans rien faire, à te regarder te débattre dans tes difficultés et lutter contre ta peur. Tu te compliques la vie toute seule, en refusant l'aide de ceux qui t'entourent.

— Et toi, as-tu seulement idée de la difficulté qu'il y a à ne pas pouvoir demander ? Je suis comme ça, je n'y peux rien. Je me bats, et la peur fait partie de moi, quoi que j'y fasse. Ce n'est pas joli, ce n'est pas agréable, mais c'est ce que je suis. Et je n'ai pas besoin de quelqu'un qui cherche à me faire changer.

Il allait protester, mais elle l'interrompit d'un geste.

— Tu ne vois donc pas, Nate ? Tu n'aimes que mes failles. Tu n'aimes que la version de moi qui a besoin de toi...

— Et toi, tu n'aimes aucune version de moi, rétorqua-t-il sèchement.

Elle recula, stupéfaite, le souffle coupé.

— Ce n'est pas vrai, Nate. Ce n'est pas vrai ! Je t'aime. Bien sûr que je t'aime... mais tu m'as caché ça !

Elle agita les papiers qu'elle avait toujours entre les mains. L'espace d'un instant, Nate ressembla à un petit garçon, et puis, presque simultanément, à un homme épuisé.

— Donc il y a bien une condition, finalement.

Le silence qui suivit fut pesant, et long.

— Je n'arrive pas à trouver les bons mots, dit enfin Cora en s'approchant de lui. Tu sais que je n'arrive pas à exprimer ma pensée.

Nate soupira et passa une main dans ses cheveux.

— Écoute, Cora, nous parlerons de cela plus tard. Pour le moment, il est impératif que je me rende à Londres et que je parle de ces papiers avec ton frère. C'est ce que je voulais te dire hier soir.

Une vague de panique s'empara de Cora.

— Tu ne peux pas partir maintenant. Pas comme ça, en colère.

— Donc tu vas me retenir pour me forcer à me calmer ?

— Nate, écoute-moi. Il faut être prudent. Ne commettre aucune erreur...

— Ne t'inquiète pas, Cora. Je ne parlerai pas de notre histoire à Gavin, dit Nate avec un sourire en coin.

— Ce n'est pas ce que je voulais dire, Nate. Ce que je veux dire, c'est que tu n'as rien à me prouver !

Il se força à sourire, visiblement vexé.

— Ah bon ?

— Non ! Non, Nate, tu n'as rien à me prouver. Il va falloir qu'on parle de cela !

Cora se sentait au bord de l'explosion. Il battait en retraite, là, devant elle. Parce qu'elle n'arrivait pas à lâcher prise. Son perpétuel besoin de prendre le contrôle poussait Nate dans ses derniers retranchements. Mais, tout bien considéré, il y était aussi pour quelque chose.

Elle insistait, il esquivait. Et les choses empiraient.

— Tu préfères que je reste et qu'on en parle, ou que j'emporte ces documents à Londres ?

Il n'y avait pas de bonne réponse à cette question, et il le savait. Elle enfouit son visage entre ses mains.

— Ce... Il ne s'agit pas de nous, Nate. Pour le moment en tout cas. C'est à Tess et à Léo que je dois penser avant tout. Cette fois, je n'ai vraiment pas le choix.

Se rendre compte à quel point elle était pieds et poings liés lui donnait envie de pleurer. L'expression de Nate s'adoucit, mais il y avait une nouvelle méfiance chez lui qu'elle trouva plus inquiétante que toute la conversation qu'ils venaient d'avoir.

Pourtant, il s'approcha et la prit dans ses bras.

— Je sais, murmura-t-il en la serrant contre lui. Je sais que tu n'as pas le choix. Moi non plus. Je dois aller voir ton frère, nous le savons tous les deux.

— Mais tu reviendras ? Tu reviendras, n'est-ce pas ?

Il embrassa délicatement sa tempe puis, lorsqu'elle leva le visage vers lui, déposa un second baiser, plus appuyé, sur ses lèvres. Un baiser presque solennel, qui semblait marquer un commencement – le commencement de quelque chose de difficile et d'absolument nécessaire.

Lorsqu'ils se séparèrent, Cora se rendit compte qu'il n'avait pas répondu à sa question.

Mais elle avait trop peur de sa réponse pour la lui reposer.

24

Cabinet Sinclair, Gray's Inn, Londres,
juillet 1819

Travers,

Mes excuses les plus sincères pour le retard que j'ai mis à vous répondre. Votre courrier a été envoyé par erreur à l'un de mes collègues et ne m'est parvenu que ce matin.

Concernant les documents que vous vous êtes procurés, je suis d'accord avec votre analyse de la situation : il y a quelque chose de pourri au royaume des Carleton.

Cora vous l'aura sans doute expliqué, le traitement de ma demande de révision déposé à la chancellerie a été retardé. Ce que vous avez découvert pourrait tout à fait être ce qu'il me fallait.

Seriez-vous disposé à me rencontrer à Londres, le plus tôt possible ? J'aimerais examiner les documents que vous avez trouvés, et ne veux pas prendre le risque de les faire envoyer par la poste.

En matière de prise de risques, j'ai le sentiment d'avoir atteint mes limites ces temps derniers.

Sincères salutations,

Gavin Sinclair

*
*   *

En débouchant dans Fleet Street, Nate repéra immédiatement la silhouette de Gavin Sinclair qui faisait les cent pas devant le siège de la banque Coulter & Co.

Il pouvait comprendre l'impatience de l'avocat. Leur rendez-vous avait d'abord été fixé la veille, mais Sinclair avait été appelé en urgence pour plaider une affaire. Nate était lui aussi très tendu. À Londres depuis deux jours, il piaffait, pressé d'agir pour aider Cora.

Il s'en voulait d'être parti sans avoir pris le temps de réellement se réconcilier avec elle. Il avait mal réagi, était resté sur la défensive, plutôt acerbe, mais il avait été vraiment blessé quand il l'avait surprise en train de fouiller dans ses affaires et qu'il avait compris qu'elle ne lui faisait pas confiance pour l'écriture de quelques lettres. Après cela, comment croire qu'elle lui confierait un jour son avenir ? Sa famille ?

En pleurs, Cora avait juré qu'il n'avait rien à lui prouver, mais c'était faux. Il voulait bâtir toute une vie avec elle, et visiblement, Cora n'avait besoin de lui qu'en accessoire. Nate voulait être autre chose qu'un bon moment. Bon Dieu, pour la première fois de son existence, il essayait d'être un type bien !

Il ne voulait pas simplement recevoir son amour, il voulait le mériter.

Quoi qu'il en coûte.

— Sinclair, l'apostropha Nate en approchant.

Sinclair se retourna brusquement.

— Ah, vous voilà. Nous avions rendez-vous à la demie.

Il prit Nate par le bras et l'entraîna vers une ruelle, à l'écart de la foule qui déambulait dans Fleet Street.

Vexé, Nate tira sa montre de gousset.

— Il est la demie.

— Mais si nous voulions mettre notre plan à exécution à la demie, il fallait arriver avant, pour que nous nous mettions d'accord et...

— Alors vous auriez dû me le dire, l'interrompit Nate en se dégageant d'un coup sec.

Sinclair eut l'air offensé.

— Avez-vous la moindre idée de ce que j'ai enduré cet été ? De la paperasserie que tout cela représente ? Trier, classer, consulter les dossiers, obtenir des rendez-vous, se mettre dans les petits papiers des secrétaires à la chancellerie pour faire avancer notre affaire plus vite... Sans parler de ma charge de travail habituelle.

Nate se retint de réagir. Quand il s'énervait, Sinclair serrait les poings de la même façon que sa sœur.

Bon Dieu, il y en a deux comme ça.

Nate rempocha sa montre.

— Et je suppose que d'après vous, je me la coulais douce dans le Berkshire pendant ce temps. Puis-je vous rappeler, Sinclair, que j'ai joué un rôle important dans la représentation qui a eu lieu cet été ? Mais peut-être n'avez-vous plus l'intention de vous appuyer sur cela pour plaider votre cause ?

Sinclair ne releva pas la causticité du ton de Nate. Une carriole passait bruyamment dans l'allée et l'avocat la suivit du regard, méfiant.

Nate en profita pour se ressaisir. Lui aussi était à cran. Cela faisait deux nuits qu'il ne fermait pas l'œil, et ses habituelles distractions en ville ne lui disaient absolument rien. Il ne se sentait pas à l'aise à Londres, avait l'impression de porter un vêtement mal ajusté, comme l'unique fois où Barnes avait donné des mesures erronées au tailleur de Nate.

Les coutures de son habit avaient cédé à l'épaule, et il avait été obligé de le retirer.

— Veuillez m'excuser de ne pas être arrivé plus tôt, dit-il. Mais je suis là, maintenant. Alors voyons ce que nous avons et ce que nous pouvons en tirer.

Il sortit les documents de Carleton de sa poche.

— Mais que faites-vous ? s'écria Sinclair en les lui rendant précipitamment. Nous sommes à quelques mètres de la banque, quelqu'un pourrait nous voir !

Nate regarda autour d'eux dans l'allée. En dehors de deux balayeurs qui papotaient au coin de Fleet Street, ils étaient absolument seuls.

— Je ne pense pas que le caissier de la banque Coulter se déguise en balayeur pour épier les clients, Sinclair.

Ce dernier rougit et sortit ses lunettes.

— C'est vrai. Vous avez raison, bien sûr. Montrez-moi ce que vous avez.

Nate lui tendit les documents. Sinclair étudia d'abord la feuille du livre de comptes, puis la lettre de change. Il était très concentré.

— C'est la seule lettre que j'aie pu prendre, mais il y en avait d'autres, toutes en partie remplies. À l'ordre de Carleton et d'autres personnes, dont un certain Burke, qu'on retrouve ici.

Il indiqua le nom du maçon sur la page de livre de comptes.

— Il était aussi fait mention de fonds versés pour le presbytère, dans l'Essex, et de règlements déjà effectués par son fils pour les travaux de rénovation.

Sinclair parcourait la feuille de comptes à toute allure.

— Je suis d'accord avec vous, il s'agit de travaux plutôt extravagants pour un presbytère. Et puis, Coulter & Co est une grande banque, mais ses clients sont avant tout de riches aristocrates.

Un pasteur n'a rien à faire dans ce genre d'établissement.

Nate était arrivé à la même conclusion.

— Donc vous pensez qu'il s'agit du compte de Léo ?

Sinclair continuait d'étudier le document, énumérant les sommes à mi-voix. Il leva les yeux.

— Le fait est qu'en tant que tuteur testamentaire de Léo, Carleton a accès à ses comptes. Ce que nous avons ici tendrait à indiquer qu'il retire plus que le strict nécessaire, et pour lui-même. Le problème, c'est que nous n'avons que ce numéro de compte, dit Sinclair en indiquant une série de chiffres, en haut à gauche de la feuille. Aucun nom. Et si nous ne sommes pas certains qu'il s'agit du compte de Léo, nous ne pouvons rien prouver.

Nate réfléchit un instant.

— Carleton a déjà signé la lettre de change et n'a pas indiqué de bénéficiaire. Nous ne pouvons pas nous présenter à la banque avec ce qui est de toute évidence un chèque volé.

— Exactement, marmonna Sinclair, replongé dans l'examen des documents. C'est très complexe, comme situation.

— À moins... à moins que nous ne nous fassions passer pour Ronald Carleton, venu encaisser sa lettre de change.

Sinclair blêmit.

— C'est hors de question ! Vous avez perdu la tête, Travers ?

Nate leva une main et se mit à réfléchir tout haut en faisant les cent pas.

— Attendez, attendez, ne m'envoyez pas promener tout de suite. Si nous présentons ce chèque à la caisse, Sinclair, que nous révélera-t-il ? Que se passera-t-il ?

— Il faudrait le signer, d'abord. Et c'est le premier problème, car les signatures ne correspondraient pas. Mais en principe, le caissier établirait un reçu de transaction, qu'il nous donnerait. Et toujours en principe, sur ce reçu, devrait figurer le nom de Léo et pas seulement le numéro de son compte.

— Ce qui, ajouté à..., lui souffla Nate, qui voyait là un moyen d'avancer.

— Ce qui, ajouté à la feuille du livre de comptes établissant les dépenses personnelles de Carleton, suffirait à provoquer l'ouverture d'une enquête. Et me permettrait au moins de glisser un pied dans la porte qu'Édith Carleton cherche à me claquer au nez.

— Voilà.

Déjà, Nate se frottait les mains. Il entrevoyait une solution, et cela lui faisait du bien. Son plan allait marcher.

— On y va ? dit-il en faisant signe à Sinclair de le suivre jusqu'à la banque.

Mais l'avocat hésitait.

— Qu'est-ce que vous attendez ? demanda Nate.

Sinclair semblait très nerveux.

— Eh bien... comment vous dire... je ne peux pas me présenter à la caisse moi-même.

Nate vit rouge.

— Vous êtes en train de me dire que c'est à moi de me faire passer pour Ronald Carleton, cet escroc de pasteur ? Je joue déjà le rôle du fiancé de votre sœur, je vous rappelle ! On n'est pas au Théâtre Royal, que je sache !

Sinclair secoua la tête.

— Je suis avocat, Travers. Je ne peux pas être mêlé à une histoire de détournement de fonds.

— Tandis que moi, je peux ?

— Vous, ce ne serait pas la première fois que vous seriez mêlé à un scandale, que je sache.

Nate fulmina. Ces gens qui lui rappelaient sans arrêt sa réputation douteuse, il en avait sa claque. Surtout quand il faisait tout ce qu'il pouvait pour changer.

Pour Cora.

Tout cela, c'est pour Cora.

— Très bien, fit-il en arrachant les documents des mains de Sinclair.

— Je vous attends... par là, dit l'avocat avec un geste vague en direction de la rue.

— Vous venez avec moi. Et ça n'est pas négociable.

Ils se dirigèrent ensemble vers l'imposante bâtisse en pierre qui abritait la banque Coulter & Co. Un valet en livrée leur ouvrit la porte. Des hommes allaient et venaient un peu partout dans le vaste hall d'entrée, où régnait un brouhaha assourdissant.

À l'autre bout de cet espace caverneux, Nate entrevit une rangée de bureaux surélevés, derrière lesquels se tenaient des employés juchés sur des tabourets. Nate et Sinclair prirent place dans la queue indiquant « Encaissement ». Sinclair tournait la tête dans tous les sens, si brusquement qu'il faillit en perdre son chapeau.

— Vous voulez bien vous calmer ? lui murmura Nate. Quand on vous voit, on a l'impression que vous êtes venu faire un hold-up.

— Vous êtes fou ? Prononcer ce mot en plein milieu d'une banque !

Nate éclata de rire. Sinclair avait les mêmes peurs que Cora.

— Vous n'avez pas de douce amie, Sinclair. Je me trompe ?

L'avocat devint rouge tomate.

— Je suis très occupé.

Nate lui donna une grande tape dans le dos.

— Ça vous ferait pourtant du bien, mon vieux.

Au même moment, le client qui se trouvait devant eux se mit sur le côté, et le caissier pria Nate d'avancer.

Ce dernier redressa son chapeau.

— Bonjour, dit-il avec assurance, en glissant la lettre de change sur le comptoir. J'aurais besoin d'encaisser ce chèque.

Le caissier s'en empara et le lut avec soin.

— Votre nom, monsieur ?

Nate garda son calme. Il sentait Sinclair en panique à côté de lui.

— Ronald Carleton.

— Un instant, monsieur Carleton.

Le caissier tendit le chèque à l'employé assis à côté de lui, qui consulta un énorme registre relié de cuir, puis entreprit de noter des références.

— Euh... monsieur Carleton ? dit-il en levant les yeux. Vous devez endosser ce chèque.

Merde. Nate avait espéré qu'ils parviendraient à éviter ça. À côté de lui, Sinclair faillit s'étouffer.

— Veuillez m'excuser, dit Nate avec un hochement de tête. Donnez, que je répare cet oubli.

L'employé tendit le chèque au caissier, qui le posa sur le comptoir, avec une plume. La signature originale de Carleton figurait déjà au recto du chèque. Le cœur battant, Nate prit lentement la plume de sa main gauche et feignit une grimace.

— Vous excuserez mes pattes de mouche, dit-il avec un sourire navré. Ma signature ne va ressembler à rien mais je dois signer de la main gauche, je me suis blessé la droite en boxant.

Il fit un effort ostensible pour prendre la plume dans sa main gauche et posa la pointe sur le papier. Puis il se remémora la signature de Carleton – dans son souvenir, c'était essentiellement un C, avec une grande boucle –, signa et contempla son œuvre, plutôt satisfait du résultat.

— Voilà, dit-il en rendant le chèque au caissier, qui examina la signature, hocha la tête et le tendit à l'employé.

— C'est parfait, monsieur Carleton. Je vous apporte la somme. Des demi-souverains, cela ira ?

Nate hocha la tête en regardant l'employé, qui préparait un reçu pour la transaction. Il avait la bouche complètement sèche. Si ce reçu s'avérait inutile...

— Tenez, monsieur, dit l'employé en le lui tendant.

Nate prit le papier, le lut.

Le relut et le relut encore.

Le vicomte Dane, retrait d'espèces, R. Carleton.

C'était bien le compte de Léo.

Nate avait vu juste ; Carleton tirait des chèques à son nom sur le compte de son pupille.

Il tendit le reçu à Sinclair sans rien dire. Celui-ci le prit des deux mains, avec révérence, comme s'il recevait une page de la sainte Bible. Nate faillit fermer les yeux tant il était soulagé.

Puis il hésita. Une seule transaction suffirait-elle ? Il ne voulait pas tirer sur la corde.

Si tu ne peux pas gagner, essaie de ne pas perdre.

Nate pensa à Tess et à Léo, et comprit qu'il n'avait pas d'autre choix que de gagner.

— Ah, autre chose, dit-il en souriant. J'aurais aimé disposer d'un relevé de mon compte mis à jour. Vous savez comment sont ces petites banques de province, la tenue des livres y est moins rigoureuse que dans un établissement aussi réputé que le vôtre.

L'employé se rengorgea.

— Nous tenons nos comptes avec grand soin, monsieur Carleton.

— Mais tout à fait. Et justement, je me demandais si vous pourriez établir la liste des autres retraits effectués à mon nom sur le compte de lord Dane. Mon avoué ici présent pourra s'en servir pour mettre l'ensemble de mes comptes à jour.

Nate donna une tape sur l'épaule de Sinclair, qui sursauta.

— Oui ? Euh... oui, bien sûr. Je suis en train de mettre en place une... nouvelle comptabilité. Et donc... je reprends tous les chiffres.

— Ce serait avec plaisir, monsieur Carleton. Mais cette liste est très longue, vous l'imaginez. Il va me falloir un peu de temps pour l'établir.

Dans la mesure où Nate venait de se rendre coupable de vol et d'usurpation d'identité, il semblait plus prudent de quitter les lieux le plus rapidement possible. Mais la perspective d'obtenir des preuves supplémentaires de la culpabilité de Carleton était trop tentante.

— Nous sommes un peu pressés, dit Nate en faisant de son mieux pour adopter la position d'homme d'affaires impatient qu'il avait souvent remarquée chez Raymond. Peut-être pourriez-vous juste faire la liste des transactions les plus récentes ?

— Je peux faire cela pendant qu'on prépare votre retrait, monsieur Carleton.

— Ce serait très gentil à vous, merci.

Nate se mit un peu sur le côté et fit signe à Sinclair de l'imiter. L'avocat était livide, visiblement partagé entre le soulagement – ils avaient obtenu la preuve qu'ils étaient venus chercher – et la terreur absolue – Nate était en train de creuser leur tombe, avec une requête pareille. Il tenait une main à plat sur sa poche, comme pour empêcher le reçu de s'en échapper.

Nate baissa les yeux et vit les doigts de Sinclair trembler légèrement. Il sentit courir en lui l'ivresse provoquée par l'imminence de la victoire. Il ne s'en était jamais vraiment rendu compte, mais remporter la partie, atteindre son but et accomplir quelque chose était devenu un besoin.

Tout vient à point à qui sait attendre.

Le caissier reparut, compta l'or sous les yeux de Nate et lui tendit la petite bourse.

— Voici pour vous, monsieur.

Nate et Sinclair regardèrent l'argent, se demandant simultanément ce qu'ils allaient en faire. Le déposer de nouveau sur le compte de Léo, certes, mais c'était impossible dans l'immédiat. Cela aurait attiré l'attention.

Après un instant d'hésitation, Nate fit tomber la bourse dans sa poche.

— Et voici la liste de vos dix dernières transactions, dit l'employé en faisant glisser un papier sur le comptoir. S'il vous faut la suite, nous pouvons écrire à votre avoué et...

— Très bien, je vous ferai signe, l'interrompit Nate d'un ton bref malgré son excitation. Merci.

Nate tendit la feuille à Sinclair, qui la glissa soigneusement dans sa poche, avec le bordereau de retrait. Ils échangèrent un rapide regard. Cette fois, il avait la preuve irréfutable que le pasteur détournait de l'argent appartenant à Léo. Carleton était fait comme un rat.

— Direction votre bureau, murmura Nate à Sinclair.

L'avocat tourna aussitôt les talons et piqua droit vers la sortie.

Nate prit le temps de saluer l'employé avant de le suivre.

— Bonne journée, monsieur Carleton, lança celui-ci.

Un autre employé apparut alors au comptoir, visiblement interloqué.

— Carleton ? Vous avez dit Carleton ? Il est revenu ? Je l'ai vu hier pour une transaction, il venait d'arriver à Londres. Et il semblait satisfait... Il y a un problème ?

Nate se raidit, mais continua d'avancer.

— Il est là, entendit-il dans son dos. Il avait un retrait à faire.

Marche, ne t'arrête pas.

Il évita deux hommes en train de faire la queue, en profita pour jeter un coup d'œil derrière lui.

Les employés et le caissier étaient en grande discussion. Ce dernier pointait un doigt en direction de Nate, mais le second employé secouait la tête avec véhémence, en agitant les mains. Nate comprit qu'il faisait une description du vrai Carleton – petit, bedonnant. Le premier employé était blême.

Nate pouvait feindre beaucoup de choses, mais petit et bedonnant, non.

Et merde.

— S'il vous plaît, monsieur ! lança l'employé. Monsieur Carleton ! Enfin... monsieur... euh... Vous, là !

Le brouhaha, dans la salle, couvrait sa voix. Personne ne faisait attention à lui. Nate poursuivit son chemin, suivant du regard le chapeau de Sinclair, qui avait pris de l'avance.

— Attendez ! Attendez, monsieur !

Cette fois, le caissier et l'employé hurlaient, en agitant les bras.

Nate tendit le cou. Sinclair était à quelques mètres de la porte et n'avait toujours rien entendu. *Continue, ne t'arrête pas.*

— Monsieur, veuillez revenir immédiatement !

Autour de Nate, la foule commençait à réagir. On se retournait, on cherchait du regard... Nate eut plus de mal à avancer.

— Cet homme, là ! Non, pas lui ! L'autre ! Le grand... arrêtez-le ! Nous devons interroger cet homme !

Mais personne ne semblait comprendre à qui le caissier faisait référence. Nate serra les dents et continua.

Un troisième employé s'était joint aux deux autres.

— Monsieur ! Arrêtez-vous immédiatement ou j'appelle la police !

Un garde à la stature imposante se planta soudain devant Nate et croisa les bras.

— Je crois qu'on vous demande au comptoir, monsieur.

Bon Dieu de merde. Un aspirant héros chez Coulter & Co. Comme s'il avait besoin de ça.

Devant, Sinclair n'avait toujours pas pris conscience de ce qui se passait. Nate l'aperçut dans le hall d'entrée, qui saluait le valet en livrée. Toutes les preuves se trouvaient dans la poche de l'avocat...

Mis à part la bourse, qui était dans celle de Nate.

Vas-y, Sinclair. Fous le camp d'ici, vite.

— Vous entendez ce que je vous dis ? fit le garde avec impatience.

Nate leva la tête. Quelles étaient ses options ?

Il avait promis à Cora de ne pas impliquer son frère – Sinclair arrêté pour fraude, c'était la fin de leur demande de révision auprès du tribunal. L'avocat avait les preuves dans sa poche, mais il fallait qu'il sorte de la banque avant d'être arrêté comme complice de Nate.

— C'est lui. Retenez-le ! s'écria l'employé, qui avait quitté son comptoir et accourait. Nous avons des raisons de croire que cet homme a commis un délit.

Il fallait que Nate gagne du temps pour permettre à Sinclair de disparaître. Et son petit doigt lui soufflait qu'il allait le payer très cher, ce temps. Usurpation d'identité, escroquerie et vol, on pouvait difficilement faire pire.

Il hésita. Pour se tirer d'affaire, suivre son instinct était la voie qu'il avait toujours privilégiée, et avec un certain succès. De mémoire, sauter à pieds joints dans les ennuis n'avait jamais été la solution. D'une manière ou d'une autre, en tout cas, il avait toujours réussi à éviter la désagréable expérience qu'était l'arrestation.

Le valet ouvrait la porte à Sinclair.

— Monsieur, vous ne me laissez pas le choix...

Le garde avait empoigné Nate par le bras et tentait de le ramener vers le comptoir.

Son instinct de conservation prit le dessus. Il se dégagea, se mit en position de garde, bien souple sur ses jambes et, l'espace d'un instant, envisagea d'envoyer l'armoire à glace à terre en deux directs du droit et un crochet du gauche.

Et puis soudain, la frimousse de Léo lui traversa l'esprit, avec son petit nez retroussé couvert de taches de rousseur.

Est-ce que tous les hommes sont comme leur père ?

Non, pas tous.

Certains hommes, à vrai dire, étaient comme leurs enfants.

Alors, malgré la morsure douloureuse du renoncement, Nate baissa les bras et ouvrit les poings. C'était la première fois qu'il déposait les armes sans avoir livré combat. Mais rosser un garde, c'était s'exposer à une peine de prison plus lourde encore que celle qu'il encourait déjà.

Cora voulait qu'il revienne. Il avait besoin de la retrouver.

Voilà pourquoi, tandis que Gavin Sinclair sortait de la banque et retrouvait le soleil, Nate Travers se tourna vers le garde et leva les mains en signe de reddition.

Il y avait un début à tout.

25

Résidence des Finch, Londres, juillet 1819

Cora,

D'une manière générale, j'évite les situations trop compliquées, mais faire comme si la tienne n'empirait pas chaque jour – la blessure de Tess, les menaces des Carleton – serait insultant de ma part.

Je trouverais assez logique que tu aies les nerfs à vif.

Si tu veux que je vienne, je viendrai. Un mot de ta part, et je me mets en route.

Je sais que mon frère est à tes côtés, mais je sais aussi combien les hommes sont inutiles quand il s'agit de régler des problèmes importants.

Je pense à toi, ma chérie.

Tabitha

*
* *

— Quand est-ce qu'on va les voir ? murmura impatiemment Léo en étirant ses pieds nus sur la couverture à côté de Cora.

— Bientôt, répondit-elle en l'embrassant sur les cheveux. Mais pas avant que le soleil ait disparu derrière l'horizon. Elles commenceront par scintiller, et quand il fera complètement noir...

— Les étoiles ! s'écria Tess en essayant de défaire son bandage.

— Les étoiles, confirma Cora en posant une main calme sur les petits doigts pressés.

Puis elle passa un bras autour de chaque enfant et les tint contre elle.

Trois jours s'étaient écoulés depuis que Nate et les Carleton étaient partis pour Londres chacun de leur côté, et le poignet de Tess était presque remis, comme prévu. Les enfants sont résilients, leurs petits corps oublient bien vite les épreuves rencontrées sur le terrain de jeu.

Le plus dur, ces derniers jours, avait été de faire en sorte que Tess reste tranquille. Mais ce n'était rien à côté de la difficulté qu'il y avait à attendre.

Cora n'avait de nouvelles ni de Nate ni de Gavin. Sans doute étaient-ils ensemble, mais comment pouvait-elle en être sûre ? Et quoi qu'elle fasse, elle repensait à la détermination pleine de haine dans le regard d'Édith Carleton, et à la tension dans l'expression de Nate.

Elle n'avait aucun moyen de savoir ce qui se passait. Les preuves étaient-elles recevables ? Gavin et Nate avaient-ils réussi à prouver quoi que ce soit ? Est-ce que tout allait bien ? Pourrait-elle garder ses enfants ? Nate reviendrait-il ?

Tout se décidait loin d'ici. Cora n'avait plus aucun moyen d'agir. Elle ne pouvait plus que penser à ce qui risquait d'arriver, et bien sûr, elle imaginait le pire. Les Carleton allaient gagner et emmener les enfants. Nate, après avoir ruminé tout ce qu'elle lui avait dit, déciderait de rester à Londres, où sa vie était bien plus simple.

Pour tenter de s'occuper l'esprit, Cora s'était mise à inventer des histoires qui ravissaient ses enfants. Elle faisait tout pour qu'ils ne perçoivent rien de ses angoisses, surtout le petit Léo, si sensible. Elle ne voulait pas que cet été reste dans leur mémoire comme « l'été où maman s'inquiétait ».

Ce soir, exceptionnellement, elle avait organisé un pique-nique et repoussé l'heure du coucher. Ensemble, ils suivaient les derniers rayons du soleil, les enfants blottis contre leur mère comme des chiots. Cora goûtait pleinement la caresse duveteuse de leurs cheveux et l'odeur légèrement vinaigrée que dégagent les pieds nus de petit garçon. Léo attendait résolument les étoiles, mais Tess sombrait déjà. Cora sentait son souffle régulier tout contre sa poitrine.

Elle gardait le souvenir d'une soirée comme celle-ci, lorsqu'elle était enfant, dans la tiédeur de l'été. Serrée entre son père et ses frères, elle avait elle aussi regardé les étoiles. Gavin avait fait preuve d'une patience infinie en essayant de lui apprendre le nom des constellations, mais Cora avait préféré en inventer. Elle avait pris cela comme un jeu consistant à observer des joyaux haut dans le ciel et à feindre de leur trouver une forme.

Aujourd'hui, elle regrettait de ne pas avoir écouté son frère.

Chaque jour, elle avait envie de faire découvrir à ses enfants d'autres merveilles, de leur apprendre d'autres choses. Et chaque jour, elle avait le sentiment que le temps allait lui manquer.

Si Nate et Gavin n'arrivaient pas à leurs fins, Léo et Tess partiraient chez les Carleton. Elle pourrait continuer à se battre mais, à terme, elle les perdrait.

Il était de son devoir de les préparer à cette éventualité. En tant que mère, sa responsabilité était de leur rendre plus faciles les choses difficiles.

— Elles en mettent, du temps, ces étoiles, murmura Léo d'une voix endormie.

Son bébé adoré. Léo n'avait pas la moindre idée de l'horizon qui se profilait devant lui. Elle avait voulu le protéger, mais c'était injuste. Léo supportait mal le changement ; il s'en sortait toujours mieux quand on lui laissait la possibilité de se faire à la nouveauté.

Les mots de Nate, dans la bibliothèque, étaient gravés dans sa mémoire. « Léo et Tess ne manqueront de rien, Cora, parce qu'ils sont tiens. Et que cela les rend forts. »

Cora ne répondit pas. Elle cherchait les premières étoiles dans le ciel pourpre. Bizarrement, cela lui faisait du bien. Les cieux ne vous jugeaient pas ; ils ne vous plaignaient pas.

Ils existaient, simplement.

— Tu veux que je te dise une chose merveilleuse, Léo ? murmura Cora contre la tempe de son fils. Le ciel est toujours le même. Partout. Où que tu sois, où que je sois, nous voyons les mêmes étoiles. Même si nous sommes loin l'un de l'autre.

Mais Léo ne répondit pas. Sa petite main avait lâché le bras de Cora, et quand celle-ci bougea, la tête de son fils roula sur son bras. Ses longs cils bruns reposaient sur sa joue.

Il dormait.

Les yeux embués de larmes, Cora le serra contre elle et serra Tess, aussi fort qu'elle le pouvait. Le lendemain, elle essayerait une nouvelle fois de leur expliquer.

En attendant, ils étaient ensemble, sous le poids infini et l'indifférence des étoiles.

Le lendemain après-midi, Cora se trouvait dans le bureau, où elle tentait de rattraper son retard de correspondance. Franchement, ces derniers temps, elle ne valait pas mieux que Nate dans ce domaine. Mais elle ne regrettait pas d'avoir procrastiné de la sorte. Au moins avait-elle maintenant de quoi s'occuper et tuer le temps.

Quatre jours.

Cela faisait quatre jours.

On toqua à la porte, et son majordome apparut.

— Lady Dane ? M. Sinclair est là.

Elle regarda Coates comme s'il venait de lui pousser une seconde tête.

M. Sinclair ?

Elle se leva d'un bond.

— Gavin ? Gavin est ici ?

Et, presque aussitôt, elle se sentit anéantie, incapable de réfléchir. Il ne pouvait y avoir que deux explications à la visite de Gavin.

Une bonne et une mauvaise.

— Dois-je le faire entrer ?

Cora tourna sur elle-même, comme si la raison de la présence de Gavin dans le Berkshire se cachait quelque part dans le bureau.

— Oui, faites-le entrer immédiatement.

Gavin apparut un instant plus tard, son chapeau à la main… et le sourire aux lèvres.

Une bonne nouvelle.

Vraiment ?

— Alors, qu'en dis-tu ? s'exclama-t-il en traversant la pièce, l'allure fringante et la mine enjouée. Quelle histoire, tout de même. Incroyable, non ?

— Gavin ?

Cora hésita, ne sachant s'il fallait espérer. De quoi parlait-il ? Avait-elle raté quelque chose d'important ? Elle regarda son bureau, cherchant un pli qu'elle aurait peut-être oublié de décacheter.

— Je sais que tu es déjà au courant, mais je n'ai pas pu m'empêcher de venir. Il fallait que je voie ta réaction, Cora.

— Au courant... de quoi, exactement ?

Gavin la regarda, interloqué.

— Travers te l'a dit, j'imagine. Je ne peux pas lui en vouloir. Il est arrivé avant moi, après tout... Mais bon, toute cette année, nous nous sommes serré les coudes, toi et moi, et je voulais trinquer avec toi pour fêter ça.

Fêter ça.

Elle poussa un cri de joie.

— Ça a marché ? La lettre de change ? Ça a marché ?

Cette fois, Gavin eut l'air franchement étonné.

— Mais... Travers ne t'a rien dit ?

Puis un sourire illumina son visage.

— Il m'a laissé la primeur de l'information, finalement. Et moi, je t'annonce ça n'importe comment !

Cora était complètement perdue, ne savait plus quoi penser.

— Oui, Cora. Le compte était bien celui de Léo. Nous avons un reçu qui le prouve, et une liste des transactions effectuées entre ce compte et celui de Ronald Carleton ces deux derniers mois. Le pasteur retire régulièrement de l'argent du compte de Léo.

Liste des transactions. Compte de Léo. Reçu qui le prouve.

— C'est fantastique !

— Jamais le tribunal ne laissera la garde de tes enfants aux Carleton. Léo est un pair du royaume. La Couronne protège toujours les siens. Ils sont fichus.

Cora n'en revenait pas.

— Est-ce que... tu as déposé la demande de révision, alors ? C'est terminé... terminé ?

— J'ai déposé plainte hier. C'est pour ça que je ne suis arrivé qu'aujourd'hui. La chancellerie va étudier le dossier, puis les Carleton auront la possibilité de se défendre. La page n'est pas encore tournée, et j'ignore quand le tribunal donnera des nouvelles. Nous ne sommes pas les seuls, cela peut prendre du temps. Mais avec les preuves fournies, je ne vois pas comment nous pourrions perdre. Et à terme, nous allons pouvoir dire « bon débarras » aux Carleton.

Cora était sans voix. Elle pleurait et riait à la fois. Elle se jeta dans les bras de son frère, qui la fit tournoyer comme une petite fille, et c'était tellement bon !

Adieu les Carleton !

Pour fêter leur victoire, Gavin leur servit un whisky.

— À la vicomtesse, dit-il dans un éclat de rire, en levant son verre. Tu as réussi, Cora. Ce n'est plus qu'une affaire de jours, maintenant.

Cora n'arrivait pas à y croire. Son soulagement était immense. Elle avait atteint son but, plus rien ne pouvait l'arrêter.

— J'en sers un pour Travers aussi ? demanda Gavin. Il le mérite. Tu devrais lui dire de descendre. Franchement, il a été remarquable, l'autre jour. Sur le moment, j'étais pétrifié, mais aujourd'hui, j'en ris. Il s'est fait passer pour Carleton, tu imagines ? Il a même réussi à parler comme lui, c'était incroyable, vraiment…

L'euphorie de Cora retomba.

— J'aurais aimé pouvoir venir tout de suite avec lui, reprit Gavin. Mais bien sûr, il fallait que je dépose le dossier…

— Mais qu'est-ce que tu racontes ? demanda lentement Cora.

— Comment ça ?

— À propos de Nate. Il n'est pas…

Cette fois, c'était au tour de Gavin de ne plus rien comprendre.

— Il n'est pas quoi ?

— Il n'est pas ici.

— Il n'est pas ici ?

Elle secoua la tête en silence.

— Et tu... tu n'as pas eu de ses nouvelles ?

— Pas un mot depuis quatre jours. Depuis le matin de son départ. Je pensais qu'il était avec toi, à Londres.

Le visage de Gavin s'assombrit.

— Je ne l'ai pas revu depuis notre passage à la banque, il y a deux jours. Comme nous n'étions pas complètement dans la légalité, nous nous étions mis d'accord pour partir chacun de notre côté dès que tout serait terminé. J'ai cru qu'il était rentré dans le Berkshire.

Cette fois, Gavin semblait réellement soucieux. Cora vacilla, essayant de comprendre le sens de toutes ces informations.

Nate n'était pas revenu.

Il n'avait plus rien à faire à Londres, mais il n'était pas revenu. Et il n'avait pas écrit.

Non.

Un frisson glacé la parcourut.

Non, non, non.

— Il avait sans doute d'autres affaires à régler, dit Gavin. Il a peut-être rendu visite à sa famille.

Mais Cora venait de recevoir une lettre de Tabitha, qui pensait que Nate était avec elle.

— Il n'avait pas d'affaires à régler, lâcha Cora d'une voix éteinte. Et il n'est pas avec sa famille. Mais il n'est pas ici.

Il m'a quittée.

Les doigts de Cora serraient son verre avec une telle force qu'elle ne les sentait plus. Elle se tenait exactement à l'endroit où, quelques semaines plus tôt, elle et Nate avaient scellé le début de leur aventure en portant un faux toast aux Carleton. À l'endroit où Nate avait exigé sa confiance.

— Gavin... merci. Merci d'être venu, de m'avoir tout raconté. Merci pour tout ce que tu as fait. Mais...

Gavin termina à sa place, d'une voix douce, comme s'il comprenait soudain que Nate et Cora n'avaient pas été que complices dans cette histoire :

— Tu as besoin d'être seule.

Elle répondit d'un hochement de tête un peu raide.

— Je... je te retrouverai dans un moment. Tu... es ici pour longtemps ?

— Je repars demain matin. Il faut que je sois au cabinet, au cas où le tribunal fixerait rapidement une audience.

— Très bien.

Elle l'écoutait à peine.

— Prends ton temps, Cora. Je vais monter dire bonjour aux enfants.

Elle resta debout, bien droite, accrochée à son verre, jusqu'à ce que la porte se referme derrière Gavin.

Les enfants, Nate. Une victoire, un échec. Elle se sentait coupée en deux, et c'était terriblement douloureux.

Ce qu'elle souhaitait le plus au monde pour sa famille se réalisait enfin, et elle ne parvenait pas à s'en réjouir.

Parce que Nate n'était plus là.

Le souvenir du soir où ils avaient joué du piano lui revint. Nate l'avait mise au défi d'essayer, mais il ne voyait pas qu'elle essayait déjà. Depuis des années, elle essayait de tout faire, et de le faire seule. Elle avait essayé d'être moins exigeante, de vouloir moins pour recevoir encore moins et de s'en satisfaire malgré tout. Elle avait cru qu'en se bridant, elle se protégeait.

Mais à quel prix ?

Aujourd'hui, elle n'était plus qu'une sonate à une main, une mélodie sans contrepoint. Sa vie n'était qu'un à-peu-près.

Elle s'était trompée sur toute la ligne.

« Mon amour pour toi est inconditionnel. » Il avait su lui dire ces mots. Elle n'avait pas su les recevoir. Elle s'était interdit de lui faire confiance, parce qu'elle n'avait pas confiance en elle-même. Elle se méfiait trop de son propre cœur, qui ne battait jamais la bonne mesure.

Autour d'elle, tout devint flou. Elle eut du mal à respirer. En choisissant Nate, elle avait cru se protéger. Cet homme peu fiable, elle allait le ranger dans une case étiquetée « aventurier solitaire » et le mettre de côté jusqu'au moment où elle en aurait besoin. Mais, tel un infatigable diable dans sa boîte, monté sur ressort, il avait refusé de rester enfermé. Tout, chez lui, s'était avéré différent de ce qu'elle avait imaginé.

Et cette différence l'avait terrifiée.

C'était à cause d'elle qu'il était parti. Elle n'avait cessé de le repousser. Avant le bal, puis au dîner chez elle, et enfin quand Tess s'était blessée.

L'égoïste qu'elle était lui avait laissé croire que son amour ne suffisait pas.

Pourquoi serait-il revenu ? Comment un homme aussi facile à vivre aurait-il pu se soumettre volontairement à de pareilles contraintes ?

Des images douloureuses lui traversèrent soudain l'esprit. Des bribes de... son avenir.

Nate à l'autre bout d'une salle de bal, les tempes grisonnantes, son épouse à son bras.

Nate croisé à Hyde Park, et le souvenir de ses mains glissées dans ses cheveux.

Tess et Léo à une soirée, faisant connaissance avec ses fils, les enfants dont le père ne serait jamais celui des siens.

Son avenir, sa famille. Sans Nate.

Son chagrin était immense et cognait dans son cœur, dans sa tête. Les larmes inondèrent son visage, roulèrent sur ses joues, ses lèvres, dans son cou, partout où Nate avait posé sa bouche, l'avait caressée. Elle n'était plus qu'un torrent de larmes.

« Tu peux réparer cela, se dit-elle, secouée par les sanglots. Va le chercher. Reviens en arrière, redeviens celle qui ne fouille pas, qui ne doute pas, qui accepte simplement l'amour d'un homme bien. »

Elle lâcha son verre, qui se fracassa sur le sol dans un éclaboussement de whisky.

Répare ce que tu as cassé.

Cora pivota et se retrouva face à son image dans le miroir, au-dessus de la cheminée. Pâle, terrifiée, le visage maculé de larmes.

Seule, agrippée aux barreaux brisés de sa cage vide.

26

Aldworth Park, Berkshire, juillet 1819

Travers,

Pardonnez le ton brutal de cette missive, après notre collaboration plutôt efficace de cette semaine.

Mais si vous pouviez... Bon Dieu, où êtes-vous ?

Ma sœur ne va pas bien. Elle a besoin de vous, Travers. Si vous avez décidé de vous comporter comme un goujat, alors allez au diable.

Mais en passant, arrêtez-vous à Aldworth Park.

Sinclair

*

* *

Tout compte fait, elle n'était pas si mal, la maison du juge, songea Nate.

Au moins ne l'avait-on pas jeté en prison. Non, il avait été assigné à résidence, en quelque sorte. Il avait sa propre chambre, bénéficiait de trois repas chauds par jour et pouvait jouer aux cartes avec le valet du juge.

Mais il ne pouvait pas aller dans le Berkshire.

Quand il s'était rendu, il y avait eu un moment de flottement à la banque Coulter, personne ne sachant vraiment comment procéder – Nate avait commis un délit dont la victime était absente. Finalement, il avait été escorté jusque chez Reginald Peters, le juge de district, qui se trouvait être également un vieil ami de la famille Fordham.

Comme dans toutes les affaires de ce type, Peters devait procéder à une enquête préliminaire, afin de déterminer la nécessité ou non de tenir un procès. Nate n'y connaissait pas grand-chose, mais il lui semblait que deux jours pour prendre une telle décision, c'était trop.

Et il avait une petite idée de ce qui poussait Peters à temporiser : le juge savait exactement à quelle famille il avait affaire. S'il hésitait à accuser Nathaniel Travers, héritier présomptif du titre de comte de Fordham, et à ordonner son emprisonnement dans l'attente de son procès, c'était parce qu'il était terrifié à l'idée de commettre une bourde.

D'une certaine manière, Nate compatissait. Peters faisait tout son possible pour comprendre quelque chose à cette affaire, et ce n'était pas simple.

Mais il ne le plaignait pas au point de renoncer à sa sieste.

— Donc vous reconnaissez avoir commis une escroquerie, dont l'objectif était de dérober la somme de vingt livres ?

— Oui.

Nate était allongé sur le sofa, dans le bureau de Peters, un chapeau sur le visage, les pieds posés sur l'accoudoir. En deux jours, c'était la sixième fois au moins qu'ils avaient cette conversation.

— Mais vous maintenez également que Ronald Carleton s'est lui aussi livré à une série d'escroqueries ?

— Oui.

Peters se pinça l'arête du nez en soupirant.

— Je ne vois pas…

Nate souleva son chapeau et ouvrit un œil.

— Imaginez une situation à la Robin des Bois, mon vieux. Je volais pour une noble cause.

— Voler est un délit, quel qu'en soit le motif, le sermonna Peters. Nous devons faire venir Carleton pour qu'il s'explique.

Les recherches de Peters lui avaient permis de découvrir que les Carleton habitaient dans l'Essex, mais il ignorait que les victimes/coupables présumés se trouvaient en ce moment même à Londres. Nate s'était bien gardé de l'en informer. Il ne voulait pas que les Carleton apprennent ce qui s'était passé avant d'être certain que Gavin Sinclair avait bien déposé sa requête auprès de la chancellerie.

En attendant de pouvoir convoquer le pasteur et ouvrir une instruction, Peters semblait déterminé à garder Nate chez lui. Ce dernier était au purgatoire, en quelque sorte. Pas en prison, mais pas libre non plus.

Et Cora ignorait tout de cela.

— Puis-je tout de même écrire à ma fiancée ? demanda-t-il en se redressant.

— Non, rétorqua aussitôt Peters. Vous n'écrivez à personne. L'employé de chez Coulter a précisé que vous aviez un complice, et nous n'arrivons pas à lui mettre la main dessus non plus. Qui sait ce que vous pourriez lui communiquer ?

— Vous pourrez lire ma lettre, proposa Nate. Il n'y aura aucun propos grivois, je vous le promets… Sauf si vous trouvez cela excitant, auquel cas…

— Bon Dieu, Travers, faut-il vraiment que vous preniez tout à la plaisanterie ? Vous avez été arrêté pour escroquerie ! Vous pourriez être déporté. Vous pourriez être condamné à de la prison ferme !

Nate ferma les yeux, presque nauséeux. La situation était grave, il le savait. Mais Cora, elle, l'ignorait. Que devait-elle penser en cet instant ?

— Écoutez, Peters. Je veux juste lui écrire. Elle ne sait pas où je suis. Je suis parti depuis quatre jours maintenant et…

— Mais il y en a seulement deux que vous êtes ici. Il fallait lui écrire avant d'être arrêté.

Nate serra les dents. Malheureusement, Peters avait raison. Il aurait dû écrire à Cora dès son arrivée à Londres. Il aurait dû lui dire tout de suite qu'il regrettait d'être parti sans s'être réconcilié avec elle, qu'il comprenait que tous deux avaient fait de mauvais choix pour de bonnes raisons. Qu'il allait revenir.

Qu'il l'aimait.

— Pas de correspondance, conclut Peters d'un ton définitif. Pas tant que je n'aurai pas compris ce qui se passe réellement. En revanche, moi, je vais devoir écrire au comte. Encore une fois.

Nate se massa la nuque, mal à l'aise.

— Vous n'avez pas de nouvelles de lui ? demanda-t-il d'un ton faussement léger.

— Pas encore.

— Et que… que lui avez-vous dit ?

Par-dessus ses lunettes, Peters lui lança un regard noir.

— Que son frère était en détention provisoire chez moi pour faux, usage de faux, escroquerie et vol qualifié.

Aïe. Le juge n'y était pas allé avec le dos de la cuillère. Nate avait redouté cette lettre, imaginant la fureur de Raymond. Mais cela faisait deux jours, il n'y avait pas eu de réponse, et Nate finissait par se demander si, cette fois, il n'était pas allé trop loin.

— Je vois…, dit-il en se laissant retomber contre le dossier du sofa.

Peters le regarda une nouvelle fois et soupira.

— Et avant que j'oublie, Mme Peters voudrait savoir comment vous préférez vos pommes de terre. Il semblerait qu'elle vous ait préparé quelque chose de spécial pour le dîner de ce soir.

Chez les Peters, les femmes semblaient moins en vouloir au détenu que le juge.

Nate regarda le plafond.

— Au four, c'est très bien.

Il se tut, pensa à la triste situation qui était la sienne et ajouta :

— Avec du beurre.

Cela l'aiderait à prendre son mal en patience.

Ce soir-là, après ses pommes de terre au beurre, Nate passa un moment seul dans le petit jardin du juge, à l'arrière de la maison. Le valet de Peters lui avait trouvé une pipe, mais il ne l'avait pas encore allumée. Il la faisait tourner entre ses doigts, affalé sur un banc en fer forgé, et pensait à Cora.

Tout l'été, il l'avait observée, et il avait bien fait car il avait maintenant en mémoire des centaines de détails qui, en lui revenant, comblaient le vide causé par son absence.

Sa nuque, la courbe de son poignet, le creux de son épaule. Chez une autre, ces petits endroits seraient passés inaperçus, et pourtant, le simple souvenir de ses cils effleurant sa joue le mettait métaphoriquement à genoux. Imaginer que ses mains graciles puissent lui faire du mal était ridicule, mais son cœur était entre ces mains. Savait-elle seulement qu'il souhaitait qu'il en soit ainsi ?

Il devenait fou.

Le temps n'était pas vraiment le problème. Quatre jours, une semaine, un mois… Certes, Cora et les enfants lui manquaient, mais toute séparation était supportable quand on la savait temporaire.

Le vrai problème, c'est qu'il n'avait aucune réponse à ses questions. Et qu'il était coincé ici, Dieu sait pour combien de temps.

Oui, cette fois, Nate s'était mis dans un beau pétrin. Et la peur, bien réelle, de rester prisonnier beaucoup plus longtemps qu'il ne l'avait imaginé l'obsédait.

— Excusez-moi, monsieur, fit une petite voix.

Nate se retourna et vit la petite fille de Peters sur le pas de la porte. Elle devait avoir l'âge de Léo, peut-être un peu plus.

— Puis-je vous aider, mademoiselle Peters ?

— Je dois sortir Mabel pour qu'elle fasse ses besoins, mais papa m'a dit de ne pas vous déranger, vu que vous êtes un dangereux criminel.

— Vraiment ?

— Et aussi parce que maman vous trouve très beau.

Nate retint un rire.

— Mabel et vous ne me dérangez pas le moins du monde.

La fillette haussa les épaules et, quelques instants plus tard, un petit chiot dont les longues oreilles traînaient presque par terre sortit en trottinant et gagna le fond du jardin.

— Quel adorable compagnon, mademoiselle Peters, dit Nate, tout à fait conscient qu'il faisait désormais partie de ces hommes qui s'adressaient aux enfants sans y être forcés.

— Merci, répondit fièrement la fillette. Il est à moi. Papa me l'a acheté pour que je n'aie plus peur des chiens.

Il revit Tess, terrifiée, se jetant dans ses bras.

— Votre papa a eu une excellente idée.

— Oui, il en a, des fois, répondit la fillette en haussant de nouveau les épaules, avant de gratter le chiot derrière les oreilles.

— Voyez-vous, je connais moi aussi quelqu'un qui a peur des chiens.

Elle leva la tête, soudain inquiète à l'idée d'avoir quelque chose en commun avec un malfaiteur.

— Qui ça ?

Nate la regarda sans la voir.

— Ma... ma fille.

Il avait voulu essayer de prononcer ces mots, juste une fois, et ferma les yeux sous l'effet de la violente douleur qui lui noua le ventre.

— Je ne savais pas que vous étiez un papa, dit la fillette en poussant son chien vers la maison.

Nate les regarda rentrer et disparaître.

— Je sais, murmura-t-il. Moi aussi, j'ai été surpris.

Sur le mur du jardin, un étourneau se mit à pépier dans sa direction, agitant la tête comme si Nate le dérangeait.

— Tout le monde a été surpris, marmonna-t-il.

Il regarda un moment s'activer l'industrieux oiseau, et lui revint le souvenir d'un autre jardin, dans une autre vie.

Un matin, quand il était encore petit et vivait toujours chez le vieux comte, il était sorti dans le jardin seul, dans l'intention d'affoler les fourmilières du bout de son bâton. Un étourneau bâtissant son nid avait attiré son attention. Le petit oiseau allait et venait, rapportant de la paille des étables, des bouts de ficelle de la cabane du jardinier. Il était pressé, ses plumes noires brillaient de reflets violet et vert.

— Il s'en donne, de la peine, avait dit Nate quand l'ombre de Raymond était apparue à côté de lui. Et à quoi bon ?

— Pour un oiseau, ça en vaut la peine. Chaque brindille, le moindre débris, il récupère tout, assemble tout. Grâce à lui, ce qui était rigide devient souple, ce qui était rêche devient duveteux, et il est prêt.

— Prêt pour quoi ?

Son frère lui avait donné une tape sur l'épaule.

— Prêt pour la suite.

À l'époque, il n'avait pas compris – comment l'aurait-il pu ? Mais c'était exactement ce qu'il avait fait cet été. Pendant toutes ces semaines, il avait accumulé des petits morceaux de Cora, de Tess et de Léo.

Il s'était préparé pour la suite.

Des journées passées à s'apprivoiser, à faire preuve d'indulgence, à apprendre. Autrefois, il avait été sauvage, réfractaire, rebelle. Et puis...

La suite était arrivée.

Nate alluma enfin sa pipe. Il tira une seule bouffée, la retint, puis regarda la fumée s'élever en volutes et s'évanouir dans la nuit.

27

Cora,

Presque toute ma vie, je me suis défini en fonction de mes défauts. J'ai toujours supposé qu'ils traçaient mon chemin, que je le veuille ou non. Mon avenir s'est ensuite résumé à une série de questions vagues auxquelles je n'apportais que des demi-réponses.

Longtemps, j'ai cru ne pas savoir quel genre d'homme je souhaitais devenir. Il me semblait que mon frère, mes pairs possédaient tous une qualité innée qui me faisait défaut.

Mais je me trompais.

Tu me l'as prouvé chaque jour, cet été. Je sais maintenant quel homme je veux devenir.

Le tien.

Ta présence m'est devenue indispensable. J'ai besoin de toi, viscéralement, et pour toujours. Jamais je n'ai ressenti cela, pour personne. Et je peine à imaginer qu'un autre être humain ait déjà pu éprouver ce désir, cette obsession.

Enfin, mon amour : j'ai une réponse.

*

* *

— Lady Dane ?

Cora leva les yeux. Elle n'avait pas touché à son petit déjeuner. Sa gouvernante se tenait près d'elle, l'air inquiet.

— Oui, madame Bainsbridge ?

— Quand votre frère sera reparti pour Londres, dois-je demander aux bonnes de fermer les chambres d'amis ? Attendons-nous d'autres visiteurs ?

Cora cligna des yeux. Qu'avait dit Mme Bainsbridge ? Ah oui, les chambres d'amis. Bien sûr. Elles n'étaient plus occupées.

À côté d'elle, à table, Gavin et les enfants étaient en grande conversation à propos du chat écaille de tortue qui avait élu domicile dans les bureaux de son frère à Londres. Tess, débarrassée de son bandage et fidèle à elle-même, exigeait de son oncle qu'il lui dessine l'animal coiffé d'un chapeau.

En cet instant même, ses enfants étaient heureux. Et une fois que la chancellerie aurait examiné la requête de Gavin, ils le resteraient. Cora en était ravie. Vraiment, sincèrement ravie.

Mais elle était aussi rongée par l'angoisse.

Naviguer entre deux eaux lui était familier. Elle avait toujours abrité et tu ses états d'esprit ambivalents. À présent s'y ajoutaient les nombreuses facettes de ses sentiments – joie, regret, désespoir, désir.

— Hum... lady Dane ?

Cora se ressaisit.

— Oui, madame Bainsbridge. Les chambres des Carleton peuvent assurément être faites. Ils ne reviendront pas. La chambre de M. Sinclair aussi...

Elle se tut, la gorge nouée.

— Et la chambre de M. Travers, Madame ?

Cora sentit le regard inquiet de Gavin et hocha la tête. *Je vais bien.*

Le visage de Nate surgit dans son esprit. *Je ne vais pas bien.*

— Oui, faites aussi la chambre de M. Travers, réussit-elle à articuler. Mais… j'y jetterai d'abord un coup d'œil, afin de m'assurer qu'il n'a rien oublié…

Nous. C'est nous qu'il a oubliés.

Elle savait que cela ne rimait à rien, mais Cora se retrouva errant dans la chambre de Nate. Elle voulait y passer un dernier instant.

Un dernier instant avant que les bonnes récurent le plancher, battent les rideaux et changent les draps, fassent disparaître sa malle et ses affaires, aèrent la pièce, effaçant les senteurs de pin et de romarin, et les mille parfums de leur intimité.

Cora se mordit la joue. Son attitude frisait le mélodramatique.

Elle n'était pas surprise outre mesure. C'était la première fois qu'elle avait le cœur brisé, et d'après ce qu'elle avait compris de ses lectures romantiques, c'était le comportement qu'elle était censée avoir.

Le lit de Nate avait été défait. Elle passa la main sur la courtepointe, revit leurs corps emmêlés dans les draps froissés, leurs têtes partageant un oreiller, le rire ensommeillé de Nate contre ses cheveux. Derrière elle, la porte était ouverte, mais elle l'entendait encore se refermer, le léger cliquetis de la serrure les isolant du reste du monde tandis que, sur la pointe de ses pieds nus, elle le rejoignait dans le lit.

Son regard se posa sur la table de nuit.

Source de toutes ses contrariétés.

Pourquoi, pourquoi, pourquoi avait-elle fouillé dans les affaires de Nate ? Elle était l'artisan de son propre malheur, avait trahi sa propre cause.

Le pire – et cela la rendait folle –, c'était qu'elle n'avait jamais obtenu de réponse à propos des lettres…

Elle s'approcha, se souvenant du courrier qu'elle n'avait pas eu le temps d'examiner. Elle était

Pandore, qui ouvrait une nouvelle fois la boîte, espérant une issue différente. Mais le pire était déjà arrivé. Nate était parti.

Elle ouvrit le tiroir, s'attendant à le trouver vide. Nate avait forcément emporté tous ses papiers à Londres.

À sa grande surprise – et sa plus grande honte –, le tiroir n'avait pas été vidé. Les lettres étaient toujours là.

S'agissait-il des mêmes ?

Celles-ci n'étaient ni froissées ni écornées. Elles étaient soigneusement empilées. Sur la première, au-dessus du pli, était écrit un seul mot, de la main de Nate.

Un prénom.

Doucement, elle sortit la pile, se mit à genoux, déposa les missives l'une après l'autre en éventail sur sa jupe.

Cora,

Cora,

Cora…

Son propre nom la saluait d'un refrain lancinant et plein d'espoir.

Elle retint son souffle.

Toutes ces lettres lui étaient adressées.

Elle en parcourut une, puis une autre, lisant des phrases au hasard. Elle ne comprenait pas ce qu'elle voyait.

Son cœur battait à tout rompre.

« Doucement, s'ordonna-t-elle. Doucement. »

Elle essaya de lire plus attentivement. Les mots prenaient la forme de son désir avant de se transformer en quelque chose de complètement nouveau.

Tu m'as souri deux fois.

En ouvrant les yeux ce matin, c'est à toi que j'ai pensé en premier.

J'ai de l'or dans mes poches, de l'or entre les mains, de l'or dans mon cœur.

Je ferai de ta vie un éternel mois de juillet.

Le cœur de Cora battait si fort que c'en était douloureux. Mais qu'elle était heureuse de ressentir cette douleur ! Elle avait du mal à y croire, lisait et relisait chaque mot comme s'il s'agissait d'une pierre aux multiples facettes qu'elle aurait fait tourner dans la lumière.

Les larmes aux yeux, elle eut du mal à lire la lettre la plus récente.

Enfin, mon amour : j'ai une réponse.

Nate lui avait écrit des lettres d'amour. Et rien, dans ces mots précieux et rares, ne sonnait faux. Il avait posé sa plume sur le papier, s'était trompé, avait raturé, écrivant chaque fois son prénom avec le plus grand soin.

Et il avait laissé ces lettres pour qu'elle les trouve.

Une larme coula sur le feuillet, fit baver l'encre. Cora mit les lettres de côté, s'essuya le visage et inspira un grand coup.

Elle avait cru que la lettre lui annonçant le décès de Dane, l'été précédent, serait la plus importante qu'elle lirait jamais. Elle avait cru que la lettre qui faisait d'elle une veuve serait celle qui changerait sa vie.

Mais ce n'était pas l'annonce d'une fin qui allait faire d'elle une autre femme. C'était la promesse d'un recommencement.

Nate l'aimait. Et cette nouvelle était aussi euphorisante qu'une coupe de champagne.

Il était tombé amoureux d'elle de la même façon, à la fois évidente et subtile, qu'elle avait vécu cet été à ses côtés. Tout était là, dans ces lettres écrites au cours du mois de juillet. Quand, cet après-midi dans la bibliothèque, il lui avait fait part de ses sentiments, ça n'avait pas été un coup de tête, mais la conclusion d'un raisonnement basé sur ce qu'il avait vécu auprès d'elle.

Il avait appris à la connaître. Il la connaissait par cœur. Cora le sentait au plus profond d'elle-même, tout comme elle était sûre qu'il avait laissé ces lettres pour qu'elle les trouve et les lise. Il avait forcément compris ses intentions, savait qu'elle trouverait cela difficile, qu'elle aurait du mal à essayer.

Bien sûr qu'il le savait.

Cora voyait maintenant clairement ce qu'elle avait douloureusement ignoré ces derniers jours. Une certitude s'était lentement emparée de son cœur sans qu'elle la laisse émerger à la surface de sa conscience.

Sa compréhension de Nate était viscérale, intime, profonde. Pourquoi avait-elle refusé de l'admettre ? Elle le voyait exactement comme il était, mais voyait aussi l'homme qu'il pouvait devenir. Il n'avait pas peur de lui avouer ses sentiments, il était sûr de ce qu'il éprouvait parce qu'il l'éprouvait.

C'était là, incontestable : Nate voulait lui appartenir.

Et s'il n'était pas encore revenu, c'est qu'il y avait une raison. Un problème, un retard…

Quelque chose de grave.

L'espoir qui l'avait animée retomba brusquement.

Elle n'avait pas la moindre idée de ce qui pouvait arriver de grave à un homme tel que Nate. Mais elle était certaine qu'il souffrait. Soit parce qu'il pensait qu'elle ne voulait pas de lui, soit parce qu'il était dans l'incapacité de la rejoindre. Et elle en conçut de nouveau de la culpabilité.

Quoi qu'il en soit, une chose était certaine : elle devait oublier sa peur et le retrouver. Elle avait honte lorsqu'elle songeait à la détermination avec laquelle Nate avait cherché à faire ses preuves.

Elle n'avait rien voulu voir, et il en payait le prix aujourd'hui.

Réunissant les lettres, elle se releva et courut vers la porte. Gavin allait partir pour Londres, il fallait faire vite. Elle ne pouvait pas arriver trop tard. Pas cette fois, pas encore.

— Talbot ! hurla-t-elle en se ruant dans le couloir. Talbot !

Sa femme de chambre apparut au pied de l'escalier.

— Mon frère est-il encore ici ? Est-il déjà parti pour Londres ?

— Il est en train de monter dans la voiture, Madame...

Cora courut dans l'escalier.

— Arrêtez-le ! Dites-lui d'attendre. Et... il me faut mon manteau de voyage. Oh ! Et les enfants. Et Annie, aussi...

Elle soupira. Pour un départ au pied levé, elle repasserait.

— Et nos affaires, aussi, je suppose.

Arrivée dans le hall d'entrée, elle regarda autour d'elle, tâchant de calculer le minimum nécessaire pour ce voyage improvisé.

Mais il fallait qu'elle retrouve Nate.

— Oh, et puis au diable les bagages !

— Lady Dane ? Que se passe-t-il ?

Cora se retourna. Une petite voix intérieure lui fit remarquer l'ironie de la situation : pour la seconde fois cet été, elle avait besoin de trouver un homme.

— Nous partons pour Londres.

28

Fordham House, Londres, juillet 1819

Nathaniel,

Pourrais-tu m'expliquer pourquoi, à mon retour du Hampshire, j'ai trouvé non pas une, ni deux, mais trois lettres du juge, toutes plus urgentes les unes que les autres, à propos d'une « affaire des plus sérieuses concernant mon frère » ?

Ne séjournes-tu pas dans le Berkshire avec lady Dane ?

Suis-je donc condamné à toujours être informé en dernier de tes agissements ? C'est de plus en plus insupportable.

Fordham

*

* *

Nate passait sa cinquième matinée à Londres à traîner dans les cuisines du juge. Officiellement, il jouait au whist. Officieusement, il était à cran et ne savait pas quoi faire de son temps. Jamais il n'avait éprouvé une telle frustration, une telle impuissance. Qu'allait-il se passer ?

Et quand ?

Cinq jours. Il était à Londres depuis cinq jours, et il n'avait toujours pas pu faire parvenir un mot à Cora.

Peters apparut dans l'encadrement de la porte alors que Nate distribuait de nouveau les cartes, l'esprit ailleurs.

— Travers ? On vous demande à l'étage.

Le valet du juge, assis en face de Nate, soupira, mécontent.

— Pour une fois que j'ai du jeu...

— Personne n'a donc rien à faire, ici ? lança le juge d'un ton cinglant. Désolé de vous déranger, mais le comte est ici.

Le comte. Raymond s'était enfin décidé à s'occuper de son cas.

Nate suivit le juge dans l'escalier, se préparant au pire. L'entretien qui allait suivre promettait d'être pénible. Il avait encore en mémoire le jour où Raymond avait appris l'échec de son investissement dans les chemins de fer. Les deux frères s'étaient hurlé dessus jusqu'à en perdre la voix. Et Nate n'avait rien fait d'illégal !

Au moins étaient-ils déjà chez le juge. Si Raymond décidait de le laisser tomber, justice serait vite rendue. Quoique. Le juge Peters ne semblait pas du genre à expédier les affaires.

Peters s'arrêta devant son bureau et se tourna vers Nate.

— Légalement parlant, je devrais assister à cette conversation. Mais le comte a insisté pour s'entretenir seul avec vous un moment. Et... bon...

Le juge ne termina pas sa phrase, mais Nate comprit. Raymond était un homme en face duquel « Et... bon... » était souvent la seule explication.

— Votre frère, monsieur le comte, annonça le juge en entrant. Je vous laisse en privé. Quelques instants.

Nate entra et le juge se retira, fermant la porte derrière lui. Raymond se tenait devant la fenêtre, à contre-jour. En entendant la porte, il se retourna. Il avait une expression étrange.

— Nathaniel...

— Fordham, grommela Nate.

— Assieds-toi, ordonna Raymond avec un mouvement de tête en direction d'un fauteuil, en face du bureau.

— Je préfère rester debout.

— Mais tu vas t'asseoir. Parce que notre conversation va prendre un moment. Tu vas t'asseoir et tu vas me raconter ce qui se passe, parce que j'aimerais vraiment le savoir !

Raymond se mit à aller et venir, tel un maître d'école devant un élève récalcitrant. À contrecœur, Nate s'installa dans le fauteuil indiqué. Il avait vingt-sept ans, bon sang. Il se débrouillait seul depuis plus de cinq ans !

Mais comment se sentir adulte quand Raymond se trouvait dans la même pièce ?

— Tu m'expliques ?

Nate se carra dans le fauteuil, croisa les bras.

— Alors... qu'est-ce qui t'a finalement décidé à te déplacer ? Le courrier énumérant les charges retenues contre moi ? La perspective de voir notre nom sali par le crime ?

— J'étais dans le Hampshire, Nate. Je ne suis rentré qu'hier soir. J'ignorais que le juge m'avait écrit. J'ignorais où tu te trouvais. Je... je n'ai pas la moindre idée de ce qui se passe !

Comprenant que Raymond ne l'avait pas délibérément laissé moisir chez le juge, Nate baissa la garde. Et se rendit compte que Raymond ne paraissait pas en colère du tout.

Il semblait... désolé.

— Alors tu peux m'expliquer, Nate ? Pour l'amour du ciel, peux-tu me dire ce qui se passe ?

Et soudain, il avait même l'air épuisé.

Nate avait passé l'été à rejeter Raymond. Pourtant, ce dernier avait répondu présent lorsqu'il avait eu besoin de lui.

Il se rappela sa dernière conversation avec Léo, quand il avait compris que Raymond avait autrefois été dans la même situation inconfortable que lui.

— Ce qui se passe, c'est que... j'ai des ennuis, Raymond, lâcha-t-il en baissant la tête.

Cela faisait des années que Nate n'avait plus appelé son frère par son prénom. Le prononcer aujourd'hui lui fit un drôle d'effet. Mais son frère était là. Comme il l'avait toujours été, à sa façon.

Et Nate se sentait enfin prêt à admettre ce qu'il avait toujours nié.

— Oh, et puis merde..., lâcha-t-il d'une voix brisée. J'ai besoin de ton aide.

Il fallut à Nate presque un quart d'heure pour expliquer la situation à son frère, qui l'interrompait par des questions auxquelles il peinait à répondre.

— Alors Sinclair a eu tous les documents dont il avait besoin. Mais il fallait que je le sorte de là. L'argent était dans ma poche, Raymond, mais je n'avais pas l'intention de le garder. Jamais je n'aurais fait une chose pareille. Enfin, avant, peut-être, mais...

— Donc tu as avoué pour laisser à Sinclair le temps de disparaître. Bon Dieu, Nathaniel...

— Les Carleton sont coupables. Ils ont volé de l'argent à Léo. Et si nous parvenons à le prouver, cela suffira. Cora pourra obtenir la garde de ses enfants... C'est tout ce qui compte pour moi. Je me fiche du reste, de...

— Tu te fiches de ce qui pourrait t'arriver ?

— Oui. Exactement. Je sais ce que tu vas dire, il y va de la réputation de la famille, et tout ça...

— Dommage.

Nate le regarda, interloqué.

— Euh... comment ?

— J'ai dit « dommage ». Tu te fiches peut-être de ce qui peut t'arriver, Nate, soupira Raymond en se laissant tomber dans un fauteuil, mais moi, je ne m'en fiche pas.

Nate se mordit la langue. C'était nouveau, ça, tiens.

Raymond resta un moment silencieux avant de reprendre la parole.

— Tu as ignoré toutes mes lettres, dit-il lentement. Celles dans lesquelles je te demandais de venir pour que nous puissions parler de ton avenir.

— Je ne pouvais pas la laisser. Et je ne pouvais pas te l'expliquer.

— Tu as couché avec elle ? demanda Raymond, visiblement inquiet. C'est une femme honorable, Nate. Et si elle attend un enfant, cet enfant doit être légitime. C'est ton héritier.

La question, et ce qu'elle signifiait, heurta Nate. À entendre son frère, il avait passé l'été à batifoler avec Cora. Alors qu'en réalité, il était tombé amoureux d'elle.

Il éclata de rire, et Raymond le regarda, surpris.

— L'avenir avec Cora ne me pose aucun problème, je peux te l'assurer. Je l'aime, Raymond. J'aime ses enfants. Je n'en reviens toujours pas, j'ignore comment c'est arrivé, mais nous formons une famille, tous les quatre. C'était notre destinée. Ma place est avec eux.

Raymond le regarda longuement. Dans la lumière, Nate distinguait les mèches grises dans les cheveux de son frère. Raymond avait presque cinquante ans. Comment était-ce possible ?

— Alors tu sais, soupira enfin ce dernier. Tu en sais autant que moi. On n'est jamais vraiment prêt à assumer l'éducation d'un enfant. Et on n'est jamais vraiment prêt à y renoncer non plus.

Nate regarda les épaules de son frère. Enfant, il grimpait souvent dessus. Elles paraissaient si larges... Trop. Au point qu'elles l'empêchaient d'avancer. Mais elles le protégeaient, aussi.

— J'ai été dur avec toi, Nathaniel, dit doucement Raymond. Plus que tu ne le méritais... la plupart du temps. Mais il y avait chez toi une aisance que je n'ai jamais possédée et que je ne comprenais pas, même si j'y reconnaissais l'ombre de notre père. J'avais tellement peur que tu sois comme lui que je n'ai pas voulu voir ta différence. Oui, c'est vrai, tu as de l'aisance, mais tu t'en sers au profit de ceux qui t'entourent.

» Je te dois des excuses, Nate. J'ai essayé de te forcer à suivre le même chemin que moi plutôt que de t'aider à trouver le tien. Tu étais un enfant heureux, un jeune homme plein de vie, et tu es devenu un adulte charmant. J'ai cru que cela faisait de toi quelqu'un d'irresponsable. Mais tu étais simplement... toi. Et il n'y a pas de mal à se frayer un chemin dans la vie d'un pas léger.

C'était la première fois qu'ils se parlaient ainsi, et Nate ne savait trop quoi en penser. Raymond, lord Fordham, faisait preuve d'humilité. C'était tellement inattendu que l'atmosphère s'en trouva soudain allégée.

Peut-être Nate pouvait-il lui aussi faire sa part et aider à dégager complètement le ciel.

Grâce aux moments passés avec Léo, le dernier soir, il avait compris qu'être père n'était pas inné. Certains hommes n'y arrivaient jamais. Sans Raymond, Nate n'aurait jamais compris cela. Son frère aîné avait commis des erreurs, mais au moins avait-il essayé. Au moins était-il resté.

Nate se leva.

— Je n'aurais pas dû te rejeter pendant si longtemps, Raymond. Et sans doute n'aurais-je pas dû non plus t'en vouloir. Je sais aujourd'hui que je ne t'ai pas facilité la tâche. Je vois... en partie ce que cela a dû être pour toi. C'est sacrément difficile de savoir comment faire, surtout quand on n'a eu personne pour vous montrer la voie.

— Bon Dieu, Nate, c'est complètement impossible, tu veux dire. Tu le comprendras bien assez tôt. Si tu épouses lady Dane, si tu dois élever ses enfants... attends-toi à ce que le chemin soit rude. C'est ce que je voulais dire quand je t'ai écrit. Je me suis mal exprimé, de toute évidence, alors je vais reformuler : si tu es prêt à t'engager dans cette voie, tu peux compter sur moi. Je serai là. Je t'aiderai. Si tu le souhaites, bien sûr.

Nate fixait son frère. Des centaines de non-dits les séparaient encore. Des années d'incompréhension, de comparaison, de jugement.

Un tout petit pas venait d'être fait pour franchir ce fossé.

Ce n'était pas encore suffisant. Mais il pensait vraiment ce qu'il avait dit à Léo. « Tu peux être qui tu veux, Léo. Tu peux devenir n'importe quel homme, et tu peux prendre tout le temps dont tu as besoin pour le devenir. »

Peut-être Nate et Raymond étaient-ils des frères en devenir.

— Cela ne sera pas si dur, dit-il en souriant. Je sais à peu près où je vais. C'est un chemin que quelqu'un a autrefois tracé pour moi. En admettant que je choisisse de le suivre, bien sûr.

Raymond le regarda d'un œil interrogateur, et quand Nate hocha la tête, il lui donna une tape dans le dos, d'un geste hésitant.

C'était un début.

— Très bien. Maintenant, appelons le juge et trouvons comment te sortir de là.

L'homme d'affaires avait repris le dessus. Nate haussa les épaules.

— Il refuse même que j'écrive à Cora. Elle ignore où je suis. Je ne sais pas si sa requête a pu être déposée au tribunal. Je n'ai aucune nouvelle...

— Nate.

D'un battement de cils, Nate éteignit dans ses yeux une brûlure pour le moins étonnante, presque alarmante. Il n'allait tout de même pas pleurer chez le juge. Et encore moins devant son frère.

Mais bon Dieu, il en avait sacrément envie.

— Il faut que je sorte de ce pétrin, Ray.

Son frère se redressa, retrouvant son attitude d'aristocrate puissant.

— Alors tu as trouvé ton maître. Et ce n'est pas plus mal.

29

Aldworth Park, Berkshire, juillet 1819

Lord Fordham,

Je vous écris ce mot pour vous annoncer ma venue – j'espère que vous le recevrez à temps. Je dois m'entretenir avec vous d'une affaire importante concernant votre frère.

Je prévois de passer ce soir, dès mon arrivée à Londres. Au cas où vous ne pourriez me recevoir, merci de me le faire savoir à Dane House, Park Street.

Sincères salutations,

Cora Dane

*

* *

— Maman ! Tu as emporté mes osselets ? hurla Léo du haut de l'escalier de Dane House. Je trouve que mes dominos.

— Tu en as ici, des osselets, répondit Cora depuis le hall d'entrée, où elle essayait de pousser Gavin dehors.

Elle était si anxieuse qu'elle avait le sentiment de ne pas toucher terre. La journée qui venait de s'écouler avait été impossible, elle avait pris du retard sur tout et l'heure de son rendez-vous chez lord Fordham approchait, mais apparemment, avant de retrouver Nate, l'urgence était de retrouver des osselets.

— Annie les aura rangés dans la nursery.

— Quoi ?

— Dans la nursery !

— Qu'est-ce qu'il y a, dans la nursery ?

— Tes osselets !

— Oh. Et mes dominos, ils sont où, alors ?

Au même instant, ô miracle, Annie appela Léo, qui courut voir les jouets qu'elle avait dénichés.

— Allez, on y va ! ordonna Cora en bousculant presque Gavin pour passer la porte, que son valet impassible tenait ouverte. Le pauvre Nate. Dieu sait où il se trouve ! Vite ! Il faut qu'on s'en aille avant que Léo se mette à chercher ses billes...

Elle descendit les marches du perron en trombe.

— Fais attention, Cora, tu vas tomber ! dit Gavin en la retenant par le bras alors qu'elle manquait de glisser. On y va, on y va.

— Nous formons une bien piètre équipe de sauveteurs, n'est-ce pas ?

— Oui, je reconnais que notre efficacité ne saute pas aux yeux. Mais peu de sauveteurs sont contraints de s'arrêter à la cuisine avant de partir pour s'enquérir de la préparation du dessert.

Dans la voiture, Cora n'avait cessé de faire des plans. Elle se rendrait directement chez les Fordham pour supplier le comte de partir à la recherche de Nate. Elle savait que les deux frères ne s'entendaient guère, mais trouverait comment convaincre lord Fordham de l'aider.

Elle rechercherait Nate seule s'il le fallait, mais son caractère pragmatique lui soufflait qu'avec l'atout Fordham dans sa manche ce serait plus facile.

Mais, la journée avançant, les projets de Cora n'avaient cessé de buter contre des obstacles. Elle ne pouvait évidemment pas se précipiter chez Fordham et se prosterner devant le frère de son amant perdu. Il fallait d'abord qu'elle s'occupe d'installer une nurse, deux enfants et trois malles à Dane House. Cora adorait ses enfants, mais il fallait reconnaître que parfois, ils lui compliquaient singulièrement la vie.

Nate, tiens bon, je t'en supplie.

Durant tout le trajet, elle n'avait cessé de penser aux lettres de Nate, dont l'amour l'ancrait dans la réalité tout en lui donnant des ailes. Elle avait couru sous la pluie jusqu'au pavillon de chasse en tenant sa main mouillée et glissante dans la sienne, avait reconnu son beau visage du bout des doigts, lors du dîner chez elle, avait ri au piano, sans jamais se rendre compte qu'elle se tenait au bord du reste de sa vie et qu'elle était sur le point de basculer.

Et maintenant, elle allait le retrouver.

Il fallut que la voiture quitte Park Street, enfin en route pour la résidence des Fordham, pour que Cora se rende compte de la folie qu'elle était en train de commettre.

Sans y avoir été invitée au préalable, elle s'apprêtait à se présenter chez un comte pour lui dire que son rebelle de frère était probablement en danger, avec, pour toute preuve de ce qu'elle avançait, quelques lettres et une intuition dictée par son cœur.

— Si Fordham refuse de l'aider, je m'en chargerai, rappela-t-elle à Gavin d'un ton sans appel tandis que leur voiture tournait dans Upper Grosvenor Street. Oui, je m'en chargerai.

Cora avait de l'argent – celui que Nate avait refusé deux semaines auparavant. Elle le lui devait, au fond, et s'en servirait pour payer tous les détectives privés de Londres s'il le fallait. Elle ne reculerait devant rien.

Tout était sa faute.

Nate s'était attiré des ennuis à cause d'elle. Cora le comprenait, maintenant. Il était parti pour résoudre la situation et lui prouver son amour, et il en voulait à la terre entière. Chez un homme aussi impulsif que lui, c'était un mélange explosif.

Un homme impulsif qu'elle aimait.

— Que vas-tu dire au comte ? demanda Gavin, inquiet. As-tu seulement un plan, Cora ? Je veux dire, un vrai plan ? Tu ne t'imagines pas simplement faire irruption dans son bureau et te jeter à ses pieds en pleurs, j'espère ?

Cora le fusilla du regard.

— Oui. J'ai un plan.

Elle inspira, écartant de son esprit une image identique à celle que Gavin venait de suggérer.

— Je vais avouer, reprit-elle. Je vais tout dire à lord Fordham. Le stratagème que nous avions mis sur pied, comment les choses ont évolué, le revirement de Nate... Je... je lui montrerai les lettres s'il le faut.

Elle priait pour ce ne soit pas nécessaire.

— C'est un homme sensé. Un homme bon – il a beaucoup fait pour Nate et Tabby. Je sais que Nate l'a fui tout l'été, mais...

— Reste calme, dit Gavin en lui pressant la main. Souviens-toi que tu es vicomtesse. Garde la tête haute, ne recule pas.

Cora baissa les yeux sur sa tenue. Elle n'avait pas du tout l'allure d'une femme d'influence. Elle semblait minuscule, éprouvée par le voyage et, évidemment, elle avait oublié ses gants. Mais elle fut reconnaissante à Gavin de ses encouragements.

La voiture ralentit, puis s'arrêta.

— Fordham House, lady Dane, annonça le cocher.

Cora regarda son frère.

— On y va ?

Avec un soupir, Gavin balaya d'un regard circonspect la façade de l'imposante demeure, éclairée par la lumière vacillante d'énormes flambeaux.

— Je te suis.

Rien ne valait un frère.

Cora et Gavin furent poliment conduits jusqu'au salon.

— Lord Fordham n'est pas encore rentré, lady Dane. Et la comtesse est à la campagne.

— Nous allons attendre, répondit Cora. C'est urgent.

— Fort bien, dit le majordome. Lady Tabitha vous tiendra compagnie.

Tabby est ici ?

Effectivement, Tabitha se trouvait dans le grand salon, assise à un secrétaire, resplendissante dans une robe de soie vert émeraude.

— Tabby !

Cora se jeta dans les bras de son amie, qui s'était levée d'un bond. Elle éprouva soudain un indicible soulagement. Tabby. Pourquoi n'y avait-elle pas pensé plus tôt ? Tabby trouverait une solution.

— Cora ! Ma chérie ! Que fais-tu ici ?

— Et toi, que fais-tu ici ?

Cora s'efforçait de baisser le ton, mais l'excitation avait pris le dessus. À côté de l'élégance et de la minceur de Tabby, elle se sentit plus négligée que jamais.

— Je dois dîner avec Raymond. Il vient de rentrer du Hampshire, mais il avait à faire je ne sais où. Depuis ce matin, si j'ai bien compris. Alors j'en profite pour terminer ma lettre au capitaine.

Tabby ponctua cette dernière remarque d'un clin d'œil grivois. Gavin toussota, mal à l'aise. Tabitha ne perdait jamais une occasion de claironner que les lettres destinées à son mari si souvent absent, un capitaine de marine fort connu, auraient fait rougir tout un régiment.

— Gavin Sinclair, le salua-t-elle avec un sourire en coin. Le foulard en bataille, comme d'habitude.

— Lady Tabitha, répondit Gavin d'une voix étranglée.

Tabby se tourna vers son amie, lettre en main.

— Dis-moi, Cora, puisque tu t'es un peu dévergondée, ces temps derniers... à ton avis, qu'est-ce qui est le plus suggestif, pour un homme... ce mot utilisé comme un adjectif ou comme un adverbe ?

— Vous dépassez les bornes, intervint Gavin.

Tabby éclata de rire.

— Oh, Sinclair, dit-elle affectueusement. Vous ne changerez jamais.

De son côté, Cora n'avait que faire d'adjectifs suggestifs ou de la gêne de Gavin. Elle allait et venait, trépignant d'impatience.

Les jouets de Léo. La lettre de Tabby. Elle se rendait soudain compte qu'elle avait toujours fait passer ses soucis après ceux des autres. Seule une personne avait tenté de la faire changer.

À la pensée de Nate – cet homme bien, au cœur si bon –, Cora sentit ses yeux s'emplir de larmes.

Faites qu'il aille bien, je vous en prie.

— Cora, que se passe-t-il ? s'écria Tabby en lui prenant le bras. Que fais-tu ici ?

— Il faut que je parle au comte, dit Cora, des sanglots dans la voix. Immédiatement. Il s'agit de Nate.

Tabby retrouva son sérieux.

— Comment ça, Nate ? Comment va-t-il ?

— Je l'ignore. J'ignore où il se trouve.

— Nate a disparu ? Depuis quand ?

— Il est venu à Londres au début de la semaine. Il était avec Gavin pour régler quelque chose concernant les Carleton, mais depuis, plus personne ne l'a vu.

— Cela fait maintenant cinq jours, précisa Gavin.

— Cinq jours ?

Tabitha sembla se détendre, soulagée.

— Cinq, ce n'est rien. Enfin, ce n'est pas si grave. Cinq jours, ça n'a rien d'inhabituel pour lui, Cora.

Cora secoua la tête.

— Il m'aurait écrit s'il l'avait pu. J'en suis sûre.

Tabby et Gavin se regardèrent.

— Quoi ? demanda Cora.

Tabitha soupira et lui prit la main.

— Cora, ma chérie. Il semblerait que ces derniers temps, mon frère se soit conduit de manière inhabituellement civilisée... Mais il y a un aspect de sa personnalité que tu ne connais pas : quand Nate s'investit corps et âme dans quelque chose, en cas de problème, il se replie sur lui-même et ne communique plus avec personne. Tu ne devrais pas t'inquiéter autant...

Cora retira vivement sa main.

— Il lui est arrivé quelque chose. Je le sais.

— Ne tire pas de conclusions précipitées. Souviens-toi des lettres que tu lui as écrites au printemps et auxquelles il n'a jamais répondu. Je suis prête à parier qu'il se remet d'une bonne cuite chez Madame Roost. Il finira par refaire surface.

— Il n'est pas allé jouer, rétorqua sèchement Cora. Tabby, j'ai besoin de ton aide. Je dois rencontrer lord Fordham. Ce soir.

— Je ne suis pas sûre que ce soit une bonne idée de mêler Raymond à tout cela. Cora, nous adorons tous Nate, mais Raymond a plus de mal à l'apprécier.

— Nate a changé. Et tu ne connais pas cette nouvelle facette de sa personnalité.

— Écoute, intervint Gavin. Nous devrions peut-être attendre avant de faire un scandale. Hier, tu étais inconsolable, persuadée qu'il t'avait quittée...

— Ça suffit, tous les deux ! s'écria Cora. Je vous en prie. Je sais que vous essayez de me protéger, mais arrêtez de vous inquiéter pour moi. Je sais ce que je fais. Je connais Nate...

— Qu'y a-t-il ?

Cette voix. Elle ressemblait tant à celle de Nate... Le sang de Cora ne fit qu'un tour. Elle pivota brusquement et se retrouva face à un lord Fordham interloqué.

Tabby s'avança, jetant un regard nerveux en direction de Cora.

— Raymond...

— Lord Fordham, intervint Cora en faisant une rapide révérence.

— Lady Dane ? Et...

— Gavin Sinclair, monsieur. Mon frère.

La présence de ces visiteurs inattendus semblait surprendre le comte, mais sans le contrarier outre mesure.

— Dînerez-vous avec nous, lady Dane ? Tabitha, demande à Mme Matthews de mettre deux couverts supplémentaires.

— Non, non, merci, dit Cora avec un faible sourire. Nous ne voulons pas nous imposer. Mais il faut absolument que je vous parle, monsieur. C'est assez urgent.

Les remarques de Tabby et de Gavin résonnaient dans son esprit. Se trompait-elle ? Était-elle sur le point de se ridiculiser ?

Non. Elle était sûre d'elle.

— Lady Dane, il faut d'abord que je vous dise...

— C'est à propos de Nathaniel...

Elle avait interrompu Raymond Fordham. C'était très impoli, elle s'en rendait compte, mais c'était plus fort qu'elle.

— Il a disparu. Nous... nous sommes disputés. J'en ai à la fois dit trop et pas assez, un malaise s'est installé entre nous, et il a disparu. Et je pense qu'il lui est arrivé quelque chose de grave parce que sinon, il serait revenu. Je sais qu'il serait revenu, lord Fordham, et je vous supplie de me croire, je vous supplie de m'aider.

Elle avait parlé d'une traite et avait à présent le souffle court.

— Mais si vous refusez, je le retrouverai toute seule. J'ai appris à me débrouiller, pour protéger ma famille.

Elle fixait le comte d'un air résolu, poings serrés. Elle se sentait prête à tout, blessée, et terriblement seule.

— Peut-être vaudrait-il mieux l'écouter, Raymond.

Cora se figea. Cette voix. Son cœur faillit exploser.

— Parce qu'elle n'aime pas beaucoup qu'on lui résiste.

Nate.

Nate ?

Elle fit volte-face, et l'axe de la Terre oscilla avec elle, parce qu'il était là – mal rasé, les vêtements fripés, et souriant comme s'il venait de rencontrer le soleil.

— Nate ?

— Cora.

L'entendre prononcer son nom... Elle emporterait ce son jusque dans sa tombe, le garderait avec elle pour toujours.

Nate, détendu, fidèle à lui-même.

Comme s'il avait tranquillement attendu qu'elle le retrouve.

30

Fordham House, Londres, juillet 1819

Nate,

La rumeur court au White's que le projet de chemin de fer de Darlington n'est pas encore à l'eau. Apparemment, une autre étude doit être réalisée, sur un autre parcours, et je n'arrête pas d'y penser.

Une fois que tu auras réglé ce qui doit l'être avec lady Dane, j'aimerais qu'on en parle, c'est peut-être un investissement pour toi. Je suis disposé à envisager une nouvelle collaboration, si l'étude juge le projet prometteur.

Lis les documents ci-joints et dis-moi ce que tu en penses.

J'ai confiance en ton jugement.

Raymond

*
* *

Le cœur de Nate ne cessait de grandir, et il ne battait que pour Cora.

Arrivé à Fordham House en même temps que son frère, il avait été retenu par la gouvernante, émue d'apprendre qu'il avait failli finir en prison. Puis il avait pris le chemin du salon pour rejoindre Raymond, et là, il l'avait entendue.

C'était impossible, mais incontestable – Cora était en colère.

Elle était ici.

Sur le seuil du salon, Nate s'immobilisa, essayant de donner un sens à ce qu'il voyait. La nervosité de Tabitha, l'inquiétude de Sinclair, le trouble de Raymond.

Mais rien ne comptait plus que le visage ruisselant de larmes de Cora lorsqu'elle se tourna vers lui, à la fois bouleversée et soulagée.

— Nate ! Enfin, tu es là !

— Laissez-nous un moment, s'entendit demander Nate dans un souffle. S'il vous plaît, laissez-nous seuls.

Sans doute y eut-il des regards lourds de sens entre Sinclair, Raymond et Tabby lorsqu'ils se dirigèrent vers la porte, mais Nate n'en avait cure.

Cora était venue pour lui. Bon, il n'avait pas vraiment eu besoin qu'elle se déplace, mais là n'était pas la question. Il savait ce que ce voyage avait dû lui coûter. Elle s'était mise en position de vulnérabilité, était sortie de son cocon, avait laissé ses enfants, pour lui.

— J'ai l'impression que chaque fois qu'on se retrouve, j'ai l'air de sortir du lit, dit-il avec un sourire gêné. Je suis à peine plus présentable que l'après-midi où tout a commencé, à Dane House.

Cora essuyait ses larmes. Déjà, son sourire était revenu et illuminait son visage.

— Tu crois ? Tu étais plutôt élégant, au bal.

Elle peinait à reprendre son souffle, semblait tendue vers lui.

Viens, mon amour.

Mais Cora avait fait suffisamment de chemin.

Nate avança, voulut la prendre dans ses bras.

— Attends, dit-elle en levant les mains. Il faut que je te dise quelque chose, Nate.

J'en ai dit trop et pas assez à la fois.

Mais rien de tout cela n'avait d'importance. Nate savait déjà. Il avait voulu mériter l'amour de Cora, mais il s'y était mal pris.

Il ne s'agissait pas de mériter. Il ne s'agissait pas de prouver. L'amour n'était pas un graal à conquérir. C'était une multitude de petites attentions portées à l'autre, jour après jour.

Chaque jour, il pouvait choisir d'être tout pour elle. Chaque jour, elle pouvait choisir de le laisser faire.

C'était ce qu'elle avait fait.

— Tu n'as rien à expliquer, mon amour.

— Si, insista-t-elle. Nate, je suis désolée. Je m'en veux. J'aurais dû te faire confiance. Mais cela m'est difficile, et le sera toujours. J'ai du mal à aimer comme il faut.

Un sanglot la secoua. Instinctivement, Nate se précipita vers elle.

— Cora...

— Mais je vais apprendre, Nate. Si tu me laisses essayer, je veux essayer. Et je comprendrais que tu préfères quelqu'un de plus entier, de plus facile à vivre, quelqu'un...

— Arrête.

— Nate, je ne suis pas...

— Je t'aime. Tu me rends fou. Te rends-tu compte de ce que tu es en train de dire ? Tu es l'amour de ma vie, Cora. Tu es ma raison d'être. Je suis follement, irrémédiablement amoureux de toi, j'aime tes enfants, j'aime la famille que nous avons formée tous ensemble cet été. Je vous aimerai jusqu'à mon dernier souffle. Et lorsque je serai redevenu poussière, mon amour persistera. Tu ne seras jamais débarrassée de moi, Cora.

Chaque mot l'avait rapproché d'elle. Il déposa le dernier sur ses lèvres et la prit dans ses bras, la soulevant de terre. Cora l'étreignit plus passionnément que jamais, de nouveau en larmes.

— Je t'aime aussi, Nate. Mais les mots me font défaut.

— Ne pleure plus, murmura-t-il tout contre sa joue, avant d'effleurer sa tempe. Ma raison d'être est de faire en sorte que tu ne pleures plus jamais.

Il retrouva ses lèvres et se mit à rire. Cora s'était trompée, elle qui détestait cela. Le vrai baiser qu'elle avait autrefois appelé de ses vœux n'avait rien à voir avec ce qu'elle avait imaginé.

Nate la serra contre lui et l'embrassa avec fougue. Les doigts de Cora se glissèrent aussitôt dans ses cheveux sales, et il sentit sa barbe naissante frotter contre sa joue. Malgré cela, elle l'acceptait tout entier, apaisait sa faim, accueillait sa passion.

— Cora, murmura-t-il.

— Nos familles sont juste à côté, murmura-t-elle en glissant les mains dans son gilet. Tu ne peux pas me séduire ici.

Il l'entraîna doucement vers le canapé.

— Tu as volé à mon secours, mon amour. Alors je vais quand même te séduire un peu.

S'asseoir dans le bureau de Raymond en compagnie de Tabitha, de Sinclair et de son frère n'était pas l'idée que Nate s'était faite de ses retrouvailles avec Cora. Mais certaines affaires étaient plus urgentes que d'autres.

— Vous tombez à pic, monsieur Sinclair, dit Raymond en prenant place à son bureau. J'avais besoin de m'entretenir avec vous.

— Que s'est-il passé ? demanda Cora pour la dixième fois. Tu as été arrêté ? Tu aurais pu être condamné ? Tu aurais pu...

Nate la rassura d'un baiser au poignet.

— Pas tout à fait arrêté. Et je n'ai jamais été inculpé à proprement parler. En fait, le plus compliqué était de déterminer précisément qui était la victime.

— Nous avons passé la journée à démêler cet imbroglio, dit Raymond. Pour le moment, le juge a bien voulu libérer Nate et le placer sous ma responsabilité... Il semblerait que la victime de l'escroquerie ne soit pas officiellement Ronald Carleton, mais l'administrateur du compte de Léo.

— Carleton est encore le tuteur testamentaire de Léo, dit Cora, livide. Je n'ai pas mon mot à dire concernant son argent. La requête de Gavin n'a été déposée au tribunal qu'il y a deux jours. Son traitement peut prendre plusieurs semaines. Et en attendant, les Carleton feront jeter Nate en prison sans la moindre hésitation !

Nate sourit.

— Alors, à... ce propos...

Raymond sortit d'un tiroir une liasse de papiers.

— Je fais rarement jouer mes relations, dit-il en les passant à Sinclair. Mais quand je le fais, c'est pour laver le nom de mon frère et permettre à de jeunes enfants de grandir avec leurs parents.

Cora et Sinclair échangèrent un regard étonné.

— Vous voulez dire que...

— Je n'ai pas eu à exercer de pressions excessives sur le tribunal, les preuves ont suffi. Mais j'ai encouragé ces messieurs de la cour à procéder avec diligence.

Sinclair parcourait les papiers.

— C'est...

— C'est quoi ? demanda Cora avec impatience, tentant de lire par-dessus l'épaule de Gavin.

— Le jugement qui nous confie la garde des enfants.

— Quoi ?

— À dater de ce jour, ton frère et toi êtes les tuteurs testamentaires de Tess et de Léo, dit Nate. Vous en avez la garde exclusive.

— Mon Dieu... mon Dieu, c'est vrai ? C'est vraiment vrai ?

Elle se jeta dans les bras de Nate, comme s'il était le seul responsable de ce retournement de situation. Il se garda bien de la détromper.

Raymond souriait.

— C'est vrai. La famille de feu votre époux n'a plus aucun droit sur vos enfants, lady Dane. Ils sont à vous, dans tous les sens du terme.

Sinclair se leva, aux anges, et serra la main de Raymond.

— Merci de m'avoir aidée, lord Fordham, dit Cora.

— Merci à vous, lady Dane, d'avoir aidé ma famille, répondit Raymond.

Ce qu'il avait devant lui – Nate couvant des yeux une femme adorable – ne semblait pas laisser de l'étonner et de le réjouir.

Cora rougit. Elle était agrippée aux papiers comme à un canot de sauvetage.

— Mais ce que cela signifie vraiment, lady Dane, c'est que c'est à vous que revient la décision de poursuivre ou non l'auteur de l'escroquerie.

— Oui, lady Dane, dit Nate avec un grand sourire. Et sachez d'ores et déjà que, quelle que soit ma punition, je l'accepterai.

Raymond toussota, et Sinclair se tourna vers sa sœur, ignorant délibérément Nate.

— Cora, je peux notifier au tribunal que tu renonces à poursuivre M. Travers, dit-il d'un ton qu'il voulait professionnel sans vraiment y parvenir. Mais pour les Carleton, que veux-tu faire ?

Les trois hommes se tournèrent vers Cora.

— C'est à toi de décider, dit Nate.

Sinclair hocha la tête.

— Après tout, c'est toi qui as subi un préjudice, dans cette affaire. Je ferai ce que tu me demanderas.

Cora se mordit la lèvre.

— Tout ce que je voulais vraiment, c'était que la famille Dane sorte de ma vie. Et je ne tiens pas à ce que cette affaire traîne en longueur. Je veux que l'argent pris à Léo soit remboursé... et je veux que les Carleton nous fichent la paix. Et... je veux leur annoncer moi-même la nouvelle, conclut-elle avec un sourire malicieux.

— Pas de poursuites, alors ?

— Si le tribunal veut poursuivre de son côté, je le laisse s'en occuper.

Sinclair éclata d'un rire incrédule.

— Toi ? Laisser quelqu'un d'autre s'en occuper ?

Elle regarda Nate. Il vit d'abord le bleu de ses yeux, puis le marron clair. Cora en deux parties. Et les deux étaient à lui.

— Il n'est jamais trop tard pour bien faire.

La brume matinale n'était pas encore levée quand Nate descendit le grand escalier ciré de Fordham House. C'était la première nuit qu'il passait chez son frère depuis qu'il avait quitté cette maison pour s'installer seul, à son retour de Cambridge. Minuit était passé depuis longtemps quand leur petit groupe avait achevé le récit des aventures de Nate, de l'arrivée de Cora, et établi la liste des démarches à faire dans les jours à venir.

Bien que transportée par sa victoire, Cora était épuisée. Nate piaffait d'impatience à l'idée de se retrouver seul avec elle, mais savait que s'il la raccompagnait à Dane House, ils ne dormiraient pas. Alors ils étaient restés longtemps dans le hall, échangeant des baisers passionnés. C'était suffisant. Après tout, maintenant, il n'y avait plus lieu d'être pressé...

— Je t'aime, avait-elle murmuré en effleurant ses lèvres du bout de ses doigts. Viens me rejoindre demain matin.

On était le lendemain, et Nate avait prévu d'être à Dane House avant le petit déjeuner. Retrouver Cora avait apaisé bien des maux, mais l'absence de deux petits êtres se faisait sentir. La soie des cheveux de Tess, les joues rebondies de Léo lui manquaient. Il mourait d'envie de les serrer tous les deux dans ses bras.

En traversant l'entrée, il s'arrêta. Au bout du corridor, une porte entrouverte attira son attention.

Celle du bureau de Raymond.

Sans réfléchir, Nate prit la direction de la pièce où il avait passé l'essentiel de la soirée de la veille, toqua doucement et entra. Son frère était à son bureau, les cheveux en bataille, les manches de chemise roulées jusqu'aux coudes. Visiblement, il avait passé la nuit ici.

— Bon Dieu. As-tu seulement fermé l'œil cette nuit ?

Raymond sursauta et se redressa.

— Je relisais tes notes. Celles du printemps dernier, à propos du chemin de fer de Darlington. À vrai dire, j'étais en train de t'écrire à ce propos. Je pense que tu avais raison.

Nate hésita.

— Ah. Vraiment ?

— Il faut qu'on en parle tous les deux, Nate. Cette semaine, si tu peux rester à Londres. Ton idée est un peu extravagante, mais pourrait tout à fait valoir le coup.

Quelque chose, en Nate, se détendit. Une chaleur se répandit dans sa poitrine, inconnue et pourtant agréable.

Il se sentait presque... fier.

— Si tu as un moment... je veux dire... si tu n'es pas trop occupé ce matin, viens avec moi, dit-il, soudain nerveux parce qu'il n'avait pas prévu de le lui proposer si tôt. À Dane House. J'aimerais te présenter quelqu'un.

Raymond le regarda, étonné.

— Me présenter quelqu'un ?

Nate sourit en se massant la nuque.

— Oui. Deux personnes, en fait.

Les enfants se trouvaient dans la salle du petit déjeuner avec Annie. Une domestique fit comprendre aux frères Travers que Cora dormait encore, et Nate fut soulagé de savoir qu'elle se reposait. Tess et Léo, bien sûr, ignorant ce qui s'était passé la veille, avaient dû se lever à l'aube et réveiller la pauvre Annie en exigeant des scones et des histoires.

Nate s'arrêta sur le seuil et les regarda. Ils mangeaient avec entrain, les joues barbouillées de confiture.

C'était officiel, Tess et Léo étaient ici chez eux, avec leur mère. Et ils y resteraient.

Si tout allait bien, ils y resteraient tous.

— Vous m'en avez gardé, j'espère, espèces de petits coquins, dit-il en entrant. Sinon, je vais devoir mettre en place un nouvel impôt sur les biscuits. Tess, je te rappelle que tu as déjà des dettes...

Deux petites bouilles rondes se tournèrent vers lui et poussèrent un cri de joie. À côté de lui, Raymond ne put s'empêcher de rire

— Tel père, telle fille ?

Nate n'eut pas le temps de répondre à son frère. Déjà, les deux enfants le prenaient d'assaut en hurlant. Il ferma les yeux, en souleva un dans chaque bras et enfouit le visage dans leurs petits cous.

— Raymond, je te présente Léo et Tess. Ce sont mes...

Devant l'expression stupéfaite de Raymond, il s'interrompit et, l'espace d'un instant, son cœur se serra. Puis la main de Raymond s'abattit sur son épaule, chaleureuse, rassurante.

— Je sais exactement qui sont ces deux petits diables, Nate.

Ses enfants.

— Tu es sûre de vouloir le faire, Cora ?

En ce début d'après-midi, Nate, Sinclair et Cora étaient assis dans une voiture qui venait de s'arrêter devant une maison sans caractère du quartier de Cheapside. Cora méritait cette confrontation, Nate le savait, et la perspective de pouvoir remettre les Carleton à leur place était séduisante. Mais, quelles qu'en soient les circonstances, il redoutait ce face-à-face.

— Oui, répondit-elle avec sa détermination coutumière.

— Mais...

Nate et Sinclair évitaient de se regarder.

— Ça suffit, tous les deux, coupa-t-elle. Tout va bien se passer. Les Carleton ont essayé de tout me prendre. Ils m'ont sous-estimée, et je tiens à leur montrer à quel point.

Nate se renfrogna. Il n'aimait pas ça du tout, mais n'était pas en mesure de décider.

— Bien, soupira Sinclair. Finissons-en, alors.

Ils descendirent de voiture et, Cora en tête, se dirigèrent vers la maison. Mais Nate se refusait à lui laisser mener la charge tant qu'il ne saurait pas à quoi ils s'exposaient. Posant délicatement une main sur son dos, il la devança et toqua à la porte.

Quelques instants s'écoulèrent, et une gouvernante toute en rondeurs entrouvrit la porte.

— Vous désirez ?

— Bonjour, madame, dit Nate en portant un doigt à son chapeau. Nous souhaiterions voir...

— Travers ?

Ce ton aigri... il l'aurait reconnu entre tous.

Cora se raidit.

Dans le corridor, derrière la gouvernante, apparut le visage pincé d'Édith Carleton.

— Que faites-vous ici ? demanda-t-elle en écartant la domestique du passage sans aucun ménagement.

Nate fit mine d'examiner ostensiblement la maison.

— C'est étrange, dit-il à Sinclair et à Cora. Je ne vois aucun signe de sauterelles... de grenouilles... de vermine. Avons-nous frappé à la bonne porte ?

— Vous trouvez ça drôle, peut-être, lâcha Édith Carleton d'un ton méprisant.

— Ah si, c'est bien vous, madame Carleton. J'aurais juré que nous étions à la mauvaise adresse. Aucune plaie d'Égypte, je trouvais cela bizarre.

— Nous voudrions vous parler, madame Carleton, dit Cora. Ainsi qu'au pasteur.

Édith Carleton s'effaça pour les laisser entrer

— Vous avez de la chance de me trouver. Je vais bientôt devoir changer les pansements de Prudence.

Nate retint un haut-le-cœur en la suivant dans le salon.

— Vous vous souvenez de mon frère, madame Carleton, dit Cora d'un ton heurté. M. Gavin Sinclair.

— Je m'en souviens, en effet, dit le pasteur, installé dans un fauteuil, dans un coin de la pièce. Il est avocat, n'est-ce pas ?

Cora sourit.

— Exactement.

— Et où sont les enfants ? reprit Mme Carleton en fixant Nate d'un air sévère, comme s'il les cachait dans sa poche. Et leurs affaires ?

Cora et Sinclair s'installèrent avec précaution sur le petit sofa. Nate resta debout derrière eux.

— Mes enfants sont à Dane House, répondit Cora avec détachement. Sûrement en train de courir dans tous les sens.

— Je pensais avoir été claire...

Cora se pencha en avant, les yeux brillants.

— Mais vous l'avez été. Vous avez été parfaitement claire. Seulement, c'est à leur tuteur de décider de l'endroit où ils doivent être.

Elle fit une pause avant d'ajouter avec jubilation :

— Et ce tuteur, monsieur et madame Carleton, c'est moi.

Un silence stupéfait lui répondit.

Cora se tourna vers Nate et sourit fièrement.

— Je suis sûr que votre avocat en recevra sous peu la notification, intervint Sinclair en tendant un exemplaire du jugement au pasteur. Mais nous voulions être sûrs que vous compreniez. Vous n'avez plus rien à faire avec ma sœur.

Malheureusement, Édith Carleton retrouva la parole.

— C'est ridicule ! En vertu de quoi ?

Nate compta sur ses doigts.

— Voyons... vous êtes minables, vous êtes cruels, vous avez volé de l'argent à Léo, le pasteur a essayé de peloter toutes les bonnes, vous ne mangez pas de dessert, vous êtes ignobles... Ai-je mentionné le vol ?

Le pasteur resta bouche bée ; Mme Carleton blêmit.

— Nous ferons appel. Nous contesterons...

— Je ne pense pas que vous ayez un quelconque intérêt à faire cela, dit lentement Cora. Parce que, voyez-vous, mon frère a accepté de ne pas porter plainte contre vous au nom de mon fils. Mais à la seule condition que vous n'approchiez plus jamais ma famille.

Ce dernier argument leur cloua le bec. Nate sourit victorieusement. Cora avait eu raison d'insister pour venir ; il passait un après-midi fort plaisant.

Cora se leva, imitée par Sinclair.

— Souhaites-tu ajouter quelque chose, Cora ? demanda son frère avec sollicitude.

Cora, qui se dirigeait déjà vers la porte, se retourna.

— Oui. Oui, à vrai dire, j'ai une question à poser.

Elle regarda longuement les Carleton. Ils étaient furieux, mais silencieux.

— Pourquoi ? demanda-t-elle.

— Pourquoi quoi ? grommela le pasteur.

— Pourquoi avoir fait tout cela ? Vous auriez pu continuer à retirer de l'argent, je n'en aurais jamais rien su. Pourquoi vous être immiscés dans notre vie ? Pourquoi ces intrusions permanentes, cette ingérence, ces menaces ?...

Édith Carleton pointa un index accusateur sur Cora.

— À cause de vous. Parce que vous m'insupportez, Cora Dane. Votre effroyable anticonformisme ne convient pas à quelqu'un de votre rang. Aldworth Park est la maison où j'ai grandi, et vous la tenez de manière tout à fait inconvenante. Vous ne savez pas vous occuper de ces enfants. Vous ne leur donnez pas une éducation convenable. Vous les gâtez, vous leur laissez faire ce qu'ils veulent.

Cora recula d'un pas en battant des cils. Nate lui prit le bras. Il fulminait, au bord de l'explosion.

— Quelqu'un de plus ferme devait prendre la situation en main. Il est de mon devoir de m'occuper des biens de mon frère, de ses descendants, de m'assurer qu'ils reçoivent l'éducation qu'il aurait souhaitée pour eux...

L'entendre évoquer Dane mit Cora hors d'elle.

— Votre frère ne connaissait même pas la date de naissance de ses enfants, dit-elle d'un ton glacial. Je préférerais que Léo n'apprenne jamais à écrire plutôt que de lui ressembler. Madame Carleton, vous m'avez dit un jour que les enfants avaient besoin de connaître leur père. Savez-vous ce que Tess et Léo connaissent de Dane ? Rien. Parce qu'il ne voulait pas d'eux. Il ne voulait même pas dîner avec eux. Les fois où il les a tenus dans ses bras se comptent sur les doigts d'une main. Quand Tess est née, il a demandé à la sage-femme si c'était un garçon. Apprenant qu'il avait une fille, il a poussé un juron, mécontent à l'idée qu'il lui faudrait une dot, et il est parti. Il s'absentait tout le temps, n'était jamais avec nous, et cela valait mieux. C'était un grossier personnage, insensible et indifférent aux siens...

— Vous n'êtes qu'une misérable ingrate. C'était leur père...

— Non. Il n'a jamais été un père pour eux. En aucune façon.

Elle se tourna vers Nate.

— Quelle est la date de naissance de nos enfants ?

La gorge douloureusement serrée, Nate répondit d'un ton calme sans jamais la quitter des yeux :

— Tess est née le 9 avril, et Léo le 23 mai.

Cora approuva d'un hochement de tête. Un sourire radieux illuminait son visage.

— Si vous n'y prenez pas garde, lady Dane, ils finiront comme vous. Comme vous deux, cracha Mme Carleton en regardant Nate d'un air mauvais.

Celui-ci, furieux, fit un pas en avant, mais Cora le retint.

— Et après ? dit-elle. Ce ne serait pas si mal, je trouve.

Il l'aimait tant. Cora, comme toujours, était merveilleuse. Elle réussissait tout ce qu'elle entreprenait.

Mais Nate aussi.

— Je vous demanderai de laisser ma famille tranquille désormais, madame Carleton, dit-il d'un ton sans réplique. Ma femme, mes enfants. Ne vous mêlez plus de nos affaires.

— Oh, vous, par où commencerai-je ? Les cartes, l'alcool, votre réputation...

— Tu avais raison, Nate, dit Cora en se tapotant le menton. Dès le début, tu avais raison à propos des Carleton.

— Comment cela ? intervint le pasteur depuis son fauteuil.

Cora tourna les talons et se dirigea vers la porte.

— Ce sont de foutus hypocrites.

— Lady Dane !

Sinclair pouffa. Le pasteur s'étrangla.

Mais Cora avait déjà quitté la pièce. Nate la suivit, aux anges.

31

Résidence des Finch, Londres, août 1819

Cora,

J'espère que les enfants et toi profitez de votre indépendance retrouvée. Cela fait une semaine que vous êtes partis et je peux témoigner du fait que Nathaniel, tout en brisant plume sur plume pour écrire combien vous lui manquez, a été très occupé par ce que Raymond et lui concoctent, enfermés dans le bureau. Des investissements ? Quel ennui ! Qu'as-tu fait à mon frère ?

Bien sûr, il ronge son frein en attendant de te revoir. C'en est arrivé au point que je regrette de m'être proposée comme chaperon lors de son prochain séjour à Aldworth Park.

S'il te plaît, aie pitié de moi pendant cette semaine.

Personne ne te dit plus comment vivre ta vie, et cela ne doit pas te manquer, j'en suis sûre. Mais au nom de notre vieille amitié, j'aimerais te donner un dernier conseil.

Et je te demande de le suivre, Cora…

Sois très heureuse et aie beaucoup d'enfants.

Tabby

*
* *

Le matin du 5 août 1819, Cora Dane se réveilla avec un homme dans son lit.

Elle fut d'abord surprise, en émergeant des profondeurs du sommeil et en s'étirant entre les draps frais, de se heurter à un mur chaud et souple. Puis elle se souvint. Et se retourna lentement pour le regarder.

Allongé sur le ventre, un bras sous la tête, l'autre étendu en travers de l'oreiller, Nate dormait à poings fermés, son souffle lent et régulier.

Cora aimait qu'il prenne autant de place dans son lit. Son corps vibrait encore des sensations de la veille. Entre les mains expertes de Nate, elle avait joui une fois, deux fois et, aussi incroyable que cela puisse paraître, une troisième fois. Ils n'avaient été séparés que pendant une semaine, mais le manque avait été insupportable.

Leurs retrouvailles n'en avaient été que plus intenses.

Cora avait l'impression de vivre un rêve.

Plus d'interférences, plus de craintes. Ses enfants étaient à l'étage du dessus, dans la nursery. Annie leur donnerait du lait et des fraises à la crème pour le petit déjeuner, et ils passeraient la journée dehors jusqu'à ce que leur petit nez bruni par le soleil retrouve le moelleux des oreillers. Cora se promènerait dans les jardins en compagnie de Tabitha puis celle-ci inventerait quelque prétexte pour se retirer, et Cora conclurait sa journée comme elle l'avait commencée : avec Nate.

Rien ne pouvait être plus simple. Rien ne pouvait être plus vrai.

Du bout des doigts, elle parcourut l'épaule de Nate, puis approcha les lèvres de son dos et effleura d'un baiser cette peau tentante et délicieuse.

— Bonjour, mon amour, murmura Nate d'une voix endormie, avant de rouler sur le dos et de l'attirer sur lui.

Il souleva les cheveux de Cora, les laissa retomber. Cora glissa les mains dans son dos, se plaqua contre lui et fit onduler son bassin pour satisfaire le désir sourd qui répandait sa chaleur au creux de son ventre.

Un grognement de plaisir résonna à son oreille tandis que Nate venait à sa rencontre.

— Tu en as envie, mon amour ? Vas-y, je t'en prie.

Cora en avait très envie. La tempête se levait dans ses veines, couvait entre ses cuisses. Les doigts de Nate lui massaient la tête, comme s'il connaissait l'endroit exact où les épingles à cheveux l'avaient irritée. Elle ferma les yeux, se sentait sur le point de ronronner. Il embrassa ses paupières.

— À moins que tu ne sois un peu… endolorie.

Elle se mordit la lèvre.

— Eh bien, comment dire… Pas si endolorie que ça…

— Dans ce cas…

Lentement, il fit glisser ses doigts le long de son dos, descendit sur ses jambes, remonta lentement sous la chemise de nuit. Elle poussa un gémissement. Son désir devenait impérieux.

Plus haut, plus haut… Il lui écarta les cuisses, les cala sur ses hanches et caressa ses fesses. Lentement, il approchait de…

Cora poussa un cri, enfouit son visage dans l'oreiller. Nate n'eut qu'à tourner la tête pour lui mordiller le lobe de l'oreille tandis que ses pouces glissaient vers l'intérieur de ses cuisses et trouvaient l'entrée de son sexe, suivaient l'évidence de son désir.

— Chuuut, murmura-t-il. Il faut…

— Faire attention ? demanda-t-elle d'une voix tendue.

— J'allais dire « faire discrètement », répondit-il en riant.

Il s'arrêta pourtant, laissant ses caresses en suspens.

— Mais faut-il que nous fassions attention ?

Cora se frotta contre son érection, tout en agitant une main devant son visage.

— Je pense, oui. Je n'ai encore rien au doigt.

Il prit sa main gauche, l'examina de plus près, sans cesser de l'exciter de sa main libre.

— Effectivement. Je devrais peut-être faire quelque chose pour y remédier.

Il referma la bouche sur son annulaire, le suça puissamment, lentement et, au même moment, glissa deux doigts en elle.

Avec un nouveau cri, elle bascula en avant pour venir à sa rencontre.

— Tu peux me demander, tu sais, murmura-t-elle. Je dirai oui.

Nate sourit et bougea ses doigts en elle, lentement d'abord, puis de plus en plus vite.

— Je préfère ne pas poser la question dans ces conditions. La réponse ne serait peut-être pas objective.

Du pouce, il agaça le petit bouton sensible à l'entrée de son sexe, et le souffle de Cora devint haletant. Elle chercha son membre, en accueillit la vigueur du bout des doigts. Il n'était pas le seul à savoir comment exciter une partie sensible de l'anatomie.

— Oooh, Cora…

Elle éclata de rire. Ils roulèrent dans le lit, puis Nate, lui tenant les cuisses ouvertes, la caressa encore jusqu'à ce qu'elle jouisse. Les mains de Cora couraient partout sur lui et le firent trembler d'un désir tout aussi intense.

Enfin, il se cala entre ses jambes, s'immobilisa et la regarda dans les yeux.

C'était toujours ainsi.

Chaque fois.

— Je t'aime.

Il le disait, elle le disait. Peu importait. Ces mots étaient partout sur leurs corps enlacés. C'était une promesse. Ils scellaient leur union.

Nate roula sur le côté, s'appuya sur un coude et dégagea le visage de Cora. Elle s'assoupissait de nouveau, mais sentait la caresse de ses yeux.

— Pourquoi me regardes-tu ?

Nate soupira lentement.

— Toi, le matin..., murmura-t-il. C'est un spectacle qui me bouleverse, Cora.

Elle sourit et leva la tête.

— « De l'or comme s'il en pleuvait », cita-t-elle en le regardant à travers ses yeux mi-clos.

— Ah. Toute cette semaine où nous avons été séparés, je me suis demandé si tu parlerais de ces lettres, soupira-t-il en faisant courir ses doigts le long de son bras. Je t'avais dit que je ne savais pas écrire ce genre de choses.

Cora se redressa.

— Tu plaisantes ? Nate, ces lettres... Si tu veux tout savoir, elles ont changé ma vie. Je ne te remercierai jamais assez de les avoir écrites.

— Inutile de me remercier. Tu m'as forcé à les écrire, je te rappelle.

Cora éclata de rire.

— Je suis quelqu'un de très exigeant, n'est-ce pas ? Je ne sais pas comment tu fais pour me supporter.

— Tu dois être exigeante, répondit Nate, soudain sérieux. Je veux que tu le sois.

Cora hésita. Elle n'était pas sûre de comprendre.

— Tout… tout va bien, Nate ?

— Cora, tout l'été, je t'ai laissée croire qu'il était normal de ne rien me demander. Qu'il était permis de ne rien exiger de moi. Mais ce n'était pas normal. C'était ridicule. Et aujourd'hui, je te le demande, mon amour. Demande-moi. Exige tout de moi. Et plus encore. Laisse-moi changer. J'en ai envie.

Elle déposa un doux baiser à l'intérieur de son poignet.

— Très bien. Du moment que tu acceptes d'exiger plus de moi en retour. Je crois que, toi comme moi, nous sommes des êtres en devenir.

Nate sourit, mais son expression n'avait rien perdu de sa gravité.

— Je le pensais, tu sais. Tout ce que j'ai écrit.

Du bout du doigt, Cora suivit les contours de son visage.

— Tu as dit que j'étais ton aube.

— Oui.

Elle se tut, cherchant ses mots. Elle craignait d'en dire trop, trop vite, comme toujours. Elle voulait faire attention, avec Nate.

— Ce… ce n'est pas tout à fait pareil pour moi. Tu n'es pas mon commencement. Et j'espère que cela ne creusera pas un fossé entre nous.

Un pli soucieux barrait le front de Cora, que Nate chercha à effacer d'un baiser. Il refusait de se laisser gagner par son inquiétude.

— En fait, je pense que tu es plutôt la fin de quelque chose, pour moi, reprit-elle. J'ai cru que ma vie était terminée, et tu es arrivé.

— J'étais ta dernière chance, en quelque sorte ?

Il essayait de plaisanter, mais Cora prit son visage entre ses mains et le força à la regarder.

— Tu es la meilleure chose qui me soit jamais arrivée.

— Bien. Tu es le début, je suis la fin, il semblerait donc que nous soyons incompatibles, mon amour. Le jour et la nuit, quoi.

Cora secoua la tête en souriant.

— Mais non. Tu ne comprends pas ? Nous sommes incandescents. Je pense qu'à nous deux, nous allons embraser le ciel.

— Ah. Et modestes, avec ça.

Cora se sentait pousser des ailes. Elle n'avait jamais été autant elle-même.

— Soit ça, soit nous sommes complètement fous.

Nate la serra dans ses bras.

— À propos de folie... Est-ce que tu penses que les enfants aimeraient avoir un chiot ?

Si Tess et Léo avaient perçu un changement dans la situation, ils n'en laissaient rien paraître. Ils étaient heureux d'avoir retrouvé la campagne, et plus heureux encore que les Carleton soient partis.

Mais surtout, surtout, ils étaient heureux que Nate soit revenu.

— Tess, dit Léo avec le plus grand sérieux tandis qu'ils terminaient leur pique-nique, nous allons d'abord jouer aux géants endormis. Et ensuite nous jouerons au labyrinthe.

Derrière l'étang, le champ de tournesols était en pleine floraison, et Léo avait une imagination débordante.

— Nate, tu devras faire le Minotaure, reprit-il. Maman ne le fait pas bien.

— Cela ne m'étonne pas, dit Nate. Elle, c'est plutôt un Minitaure.

Léo éclata de rire, Tess l'imita.

— Vous êtes encore trop jeunes pour les mauvais jeux de mots, dit Cora en feignant d'être contrariée.

Et de toute façon, personne ne jouera au labyrinthe. Vous êtes priés de rester au bord du champ, les enfants. Je ne veux pas que Tess s'éloigne, elle est à peine plus grande que les tournesols.

Ravis à l'idée de pouvoir approcher des tournesols et, ce faisant, de jouir d'une certaine indépendance, les enfants s'éloignèrent en courant.

Cora soupira et se tourna vers Nate, paresseusement allongé sur la couverture de pique-nique. Derrière lui, la surface verte de l'étang scintillait sous le soleil d'août. Cora était presque déçue qu'il n'ait pas décidé de se baigner aujourd'hui.

Mais il y avait toujours le lendemain…

— Raconte-moi ce que j'ai manqué, dit-il en l'attrapant par le poignet.

Il posa la tête sur ses genoux et attendit. Ils avaient passé la journée à jouer à ce petit jeu, Nate n'ayant jamais assez de détails sur tout ce dont Cora pouvait se souvenir de l'époque où Léo et Tess étaient des nourrissons.

— Tess ne dormait jamais, dit-elle en jouant avec les cheveux de Nate. Pendant quelque temps, nous avons eu une seconde nurse. Annie et moi étions épuisées.

— Je l'aurais bercée.

— Je sais.

— Ou alors j'aurais imbibé de whisky un coin de sa couverture et…

— Nate !

— Je plaisante.

Il roula sur le côté et l'entraîna avec lui, glissa les mains dans ses cheveux et embrassa son sourire.

Il avait fait de son cœur un jardin à jamais en fleurs.

— Septembre, murmura-t-il.

— Mmm ?

— Épouse-moi en septembre.

— Ce… n'était pas une question.

Il s'écarta, soudain sérieux.

— Non. Ça n'en était pas une.

Cora ferma les yeux et imagina un mariage d'automne, avec des asters, une robe couleur fauve, et Nate qui l'attendait au bout de l'allée d'une petite chapelle.

Puis elle rouvrit les yeux et embrassa sa réalité. Léo, Tess, Nate. Une vie bruyante, affamée, et bourdonnante d'amour.

— Septembre, murmura-t-elle. D'accord.

Ses mots s'envolèrent avec les cris de leurs enfants, portés par la brise d'été, tel un nuage d'aigrettes parties au gré du vent faire éclore un avenir.

Nate referma ses bras autour d'elle, et son sourire valait mille soleils. Il l'aimait, aimait ses cheveux en liberté, ses enfants turbulents et son cœur cabossé.

Entre les bras protecteurs de Nate, Cora pouvait toujours sentir ses ailes.

Il n'y avait plus rien à craindre. Elle pouvait déployer ses ailes. Elle pouvait prendre son envol.

Et elle pouvait revenir.

Épilogue

Fordham House, Londres, septembre

Cora,

J'ai du mal à croire que tu ne sois pas lassée de ces bafouilles destinées à te conquérir. Je pensais que mes efforts épistolaires te laissaient désormais indifférente. Et si c'est le cas, merci, mon amour, de te prêter au jeu malgré tout.

Hier, je t'ai entendue jouer du piano – Haydn, sonate en *do* mineur. *J'ai parfois l'impression que c'est le seul air que je connaisse.*

Rien n'avait changé, tout était comme au premier jour.

Mais cette fois, tes deux jolies mains étaient posées sur le clavier. Et tu as réussi à massacrer chaque accord, à faire de ce morceau une épouvantable cacophonie rendue délicieuse par ton éclat de rire triomphant quand tu t'es aperçue de ma présence.

C'est tout de même quelque chose, mon amour. Notre vie est une sonate en deux mouvements. Deux mouvements bien distincts, dont nous sommes les compositeurs.

Je suis sûr que jamais tu n'aurais imaginé vivre avec un voyou. Sache que je ferai l'impossible pour te retenir.

Du moment que tu t'accroches.

À toi pour l'éternité.

*

* *

— Viens, mon amour, susurra Nate au creux de son oreille.

Cora ne put que le suivre. Il ouvrit la lourde porte, et ils entrèrent dans l'immense salle de bal de Fordham House.

La maison était silencieuse ; à part eux, tout le monde dormait. Au comble de l'impatience, Cora n'avait pas trouvé le sommeil et était descendue à la bibliothèque, pensant qu'un peu de lecture lui changerait les idées. Nate avait eu la même idée.

Cora était ravie qu'il l'ait surprise.

Il l'enlaça. Ils étaient seuls dans la salle de bal, comme ils l'avaient été un peu plus tôt dans la soirée, malgré la présence d'invités arrivés pour les festivités du lendemain. Qu'il y ait foule ou non, elle et Nate semblaient toujours être seuls, dans un monde à part.

Avec aisance, il prit position pour une valse de minuit, mais ses yeux gris brûlaient de désir. Cora soupira, redressa le menton, consciente que danser n'était pas à l'ordre du jour.

Il la souleva de terre, et elle prit son visage entre ses mains, lui offrant ses lèvres. Nate l'embrassa tendrement, longuement.

À l'initiative de Cora, leur baiser se fit plus ardent. Nate émit un soupir mêlant satisfaction et désir. Ses mains coururent sur l'échancrure de la robe de chambre de Cora, s'y faufilèrent.

Le temps s'arrêta. Le passé et l'avenir ne comptaient plus.

Il en serait toujours ainsi.

Il en avait toujours été ainsi.

Un bruit résonna soudain, le parquet craqua, la porte de la salle de bal s'ouvrit.

— Mais qu'est-ce...

Cora s'écarta à regret, tandis que Nate tentait de la retenir.

— Attends... Encore un peu, murmura-t-il.

— Non mais je rêve !

La silhouette d'un jeune homme, grand, bien bâti, se découpait dans la pénombre. Il croisa les bras d'un air sévère. À ses côtés se trouvait une jeune femme très mince vêtue d'une robe de chambre bleu nuit.

— Léo ? Tess ? Que se passe-t-il, mes chéris ? Que faites-vous debout à cette heure-ci ?

Le frère et la sœur approchèrent.

— Léo est inquiet pour demain. Il voulait revoir une dernière fois les pas de la valse.

La voix grave de Tess résonnait dans la pièce. Elle affichait un sourire moqueur et Cora eut l'impression de regarder dans un miroir, vingt ans plus tôt. Tess était le portrait craché de sa mère à vingt-quatre ans.

Nate et Cora échangèrent un regard entendu.

— Léo, commença doucement Cora en regardant son fils.

Elle ne s'était jamais vraiment habituée à l'idée que, pour ce faire, elle devait lever la tête. Il était plus grand qu'elle depuis déjà quatorze ans.

— Mon chéri, tu valses depuis l'âge de seize ans. Tu sais valser.

— Exactement, confirma Tess d'un air affectueusement consterné. Mais pas le jour du mariage de sa petite sœur.

— C'est un grand événement, dit Léo en rougissant. Je ne veux pas te faire honte...

De nouveau, un bruit retentit dans le couloir, immédiatement suivi de murmures exigeant le silence et de rires incontrôlables.

Oliver.

Le second fils de Cora entra en titubant dans la salle de bal, la beauté et le chaos personnifiés. Son foulard était dénoué, ses cheveux ébouriffés, et Cora comprit, au verre qu'il avait à la main et au rouge qui tachait son col, qu'Oliver avait eu une soirée mouvementée.

La maison débordait d'invités, il pouvait s'être éclipsé avec n'importe qui.

« Pourvu que ce ne soit pas avec la sœur de Xander ! » se dit Cora. Ruiner la réputation de la future belle-sœur de Tess n'était pas une bonne idée, surtout la veille du mariage.

Malgré cette perspective alarmante, Cora sourit. Elle savait que la plupart des femmes de la bonne société, qu'elles soient mères ou débutantes, avaient pour objectif de ramener dans le droit chemin Oliver Raymond Travers, futur comte de Fordham, aussi séduisant que Nate, et au moins aussi dangereux.

Mais Cora ne voyait que son fils nouveau-né, au moment où on l'avait posé dans les bras de son père.

— Tiens, tiens, qu'avons-nous là ? dit Oliver en prenant Tess par la taille pour la faire tournoyer.

Il avait trois ans de moins qu'elle mais était aussi grand que Nate et dépassait sa sœur d'une bonne tête.

— Je te cherchais, Léo, dit-il. J'ai cru que tu avais finalement décidé de mal tourner. J'aurais dû me douter que la plus grosse bêtise dont tu sois capable la veille du mariage de notre sœur serait de retrouver les parents dans la salle de bal.

— Ollie, sois gentil, s'il te plaît, dit Cora.

— Tu as passé une bonne soirée, mon cher frère ? demanda Léo, mi-amusé, mi-agacé.

Oliver haussa les épaules et lui fit un clin d'œil.

— Je passe toujours de bonnes soirées.

Cora secoua la tête. Il ressemblait tellement à Nate ! C'en était effrayant.

— Ollie, où es-tu, enfin ? Tante Tabby m'a dit qu'elle t'avait entendu dans l'entrée. Je sais que tu es debout, et tu avais promis de me faire essayer le whisk...

Cecily apparut sur le seuil, son doux visage encadré d'une abondante chevelure.

— Oups. Bonsoir, lâcha-t-elle nerveusement en voyant ses parents. Ma langue a fourché. Je voulais dire le whist. Ollie devait me montrer une nouvelle variante...

Cora se tourna vers Nate.

— Non mais tu as vu nos enfants ? Qu'avons-nous fait ? Comment en sommes-nous arrivés là ?

Nate éclata de rire et ouvrit les bras à Cecily. À dix-sept ans, elle avait passé l'âge d'être câlinée, mais malheur à celui qui oserait le dire à son père.

Cora regarda ses enfants réunis autour d'elle. Certains adultes, d'autres encore en devenir. Cecily ferait ses débuts au printemps ; Oliver n'avait plus qu'un an à Cambridge puis se chargerait d'administrer la fortune familiale, que des investissements très rentables avaient rendue colossale. Léo était à présent lord Dane dans tous les sens du terme ; Aldworth Park était son domaine. Quant à Tess... Tess devait épouser Alexander Reeves, marquis de Rockwell, dès le lendemain.

Comme le temps avait filé !

Nate fit tournoyer Cecily dans ses bras, avant de la pousser vers Oliver – un geste plutôt risqué vu l'état de celui-ci. Mais Ollie attrapa sa jeune sœur au vol, sans perdre l'équilibre.

— Bien, dit Tess. Lequel d'entre nous va apprendre à valser au vicomte avant 11 heures demain matin ?

La pagaille avait été générale, essentiellement à cause de Cecily et d'Oliver. Cora avait fini par envoyer tout le monde au lit, à l'exception d'Oliver, qu'elle avait traîné aux cuisines pour un grand verre d'eau et une miche de pain. Nate, hilare, avait regardé s'éloigner son fils et son épouse.

— M'accorderez-vous la dernière danse ?

Il ne restait plus dans la salle de bal que Tess et lui. Entre eux, les mots avaient toujours été inutiles. Nate lui prit la main, et ils se lancèrent dans un galop silencieux.

Sa petite fille.

— Je suppose que c'est la dernière fois que nous dansons ensemble, dit-il en souriant.

— J'en doute fort. Xander est un très mauvais danseur. Tu t'en sors beaucoup mieux, papa.

Les garçons l'appelaient « père » depuis l'âge de onze ans, mais pour ses filles, Nate resterait « papa ».

— Je veux juste que tout soit parfait, murmura Tess.

Ces mots le touchèrent en plein cœur.

Il avait quatre enfants – il en avait fait deux, tandis que deux avaient fait de lui un père – et les aimait tous éperdument, mais de manière différente. Tess était celle qui lui ressemblait le plus. Elle avait avancé dans la vie avec un détachement, une aisance qu'il ne connaissait que trop.

Jusqu'à sa rencontre avec Xander.

— Tu parles de la valse ?

— Non. Du mariage. Je voudrais que ce soit comme toi et maman.

Nate eut un petit rire.

— Tout n'a pas toujours été parfait, mon cœur.

— Je sais…

Nate ralentit un peu, regarda Tess. Ses yeux bleus brillaient. Il l'avait prédit très tôt, les yeux de sa fille avaient fait chavirer bien des crapules, à commencer par lui, Nathaniel Travers, comte de Fordham.

— Ça n'a pas toujours été facile, Tess. Mais ça a toujours marché.

Elle sourit. Nate ne pouvait quitter son regard. Là, dans ses yeux, Tess avait encore deux ans. Dans ses yeux, et dans le cœur de Nate.

— N'oubliez jamais, lady Swifte, vous êtes bien comme vous êtes. Vivez au présent, soyez vous-même. Et... continuez à grandir.

Ils tournèrent ensemble encore un moment, sous le portrait de Raymond, dont le regard semblait embrasser toute la salle de bal. Quand ils s'arrêtèrent, Nate fixa le visage sans âge de son frère.

— Tu n'as pas besoin de tout savoir, Tess. Ni maintenant ni plus tard. Jamais, dit-il.

Tess lui prit le bras et regarda le portrait à son tour. Juste à côté avait été accroché celui de Nate et de Cora, peint en septembre 1819, le lendemain de leur mariage.

Le comte d'hier, et celui d'aujourd'hui.

C'était étrange, à la fois triste et... dans la logique des choses.

L'héritage de Raymond n'était plus le fardeau de Nate. C'était son cadeau. Il le transmettrait à Léo, à Oliver, ces hommes bons en devenir.

Il se souvenait de l'été où Léo avait atteint sa majorité. Nate avait accompagné son fils au Parlement. Lui-même était comte depuis quelques années, et en regardant Léo endosser sa toge de parlementaire, il s'était rendu compte que peu de pères avaient la chance de voir leur fils devenir ce genre d'homme. À la fin de cet été-là, Léo était capable de débattre avec lui de tous les sujets, et rien n'aurait pu rendre Nate plus fier. Léo et lui allaient de pair, et ils étaient pairs du royaume. Nate avait tout appris de Raymond, Léo apprenait aux côtés de Nate. « C'est toi et moi, mon vieux. »

Tess soupira et posa la tête contre son bras.

— Raymond aurait voulu être ici, demain, dit doucement Nate. Il t'aimait beaucoup. D'une certaine manière, toi et Léo étiez ses premiers petits-enfants.

— Il t'aimait aussi. Je m'en souviens.

Nate embrassa Tess sur les cheveux.

— Nous avons fini par nous entendre. À notre façon. Après tout... il y a mille façons de former une famille, n'est-ce pas ?

Tess l'interrogea de ses grands yeux bleus.

— Est-ce que j'aurais dû... te remercier, papa ? demanda-t-elle lentement, comme si elle se posait cette question pour la première fois. Pour... tout ça ? Pour tout ce que tu as fait ?

Nate sourit.

— Tess, mon cœur. Si je suis reconnaissant d'une seule chose aujourd'hui, c'est que jamais tu n'aies cru devoir me remercier.

Cora ne dormait pas encore quand Nate monta se coucher.

— Elle est anxieuse, dit-il en retirant sa chemise. Mais ça ira.

— Bien sûr qu'elle l'est. Et bien sûr que ça ira. Le marquis est un homme bien, dit Cora en lui faisant une place sous les couvertures.

— Mais Tess est mieux, soufflèrent-ils à l'unisson.

Nate rit et se glissa dans le lit. Il chercha la main de Cora, joua avec son alliance, désormais incrustée de quatre pierres porte-bonheur, une pour chacun de ses enfants.

Cora se lova contre lui, effleura sa joue du bout des doigts.

— J'ai encore du mal à y croire, parfois, le taquina-t-elle. Tu as mûri.

Nate soupira, caressa son épaule et l'embrassa sur la tempe.

— En plein dans le mille, mon amour. Tu m'as mis à genoux.

— Nous savons tous les deux que tes genoux n'ont plus leur souplesse d'antan, mon vieux.

— Aaah... un défi. J'adore, souffla-t-il en lui mordillant l'oreille.

Elle rit à son tour, s'abandonnant avec délectation aux caresses de Nate.

— Tu es incorrigible. Tu seras toujours le pire voyou que je connaisse.

Les yeux de Nate brillèrent, et Cora fut transportée vingt ans plus tôt.

— Remercions le ciel qu'il en soit ainsi.

Elle renversa la tête, attendit son baiser. Impatiente que cela commence, impatiente que cela continue.

Impatiente que leur amour dure pour l'éternité.

Notes de l'autrice

J'avais commencé à faire des recherches pour un roman dont l'intrigue était totalement différente de celle de *La proposition de lady Dane* quand je suis tombée sur un article publié par un chercheur en droit. L'affaire De Manneville contre De Manneville (1804) impliquait une mère essayant d'obtenir la garde de sa fille, bébé, qui lui avait été enlevée par son mari, dont elle était séparée. Je me rappelle avoir pensé à ma propre fille, qui était aussi bébé à l'époque, et avoir eu la nausée en lisant que le tribunal avait émis un verdict en faveur du père et lui avait confié la garde de l'enfant. En tant que femme, Mme de Manneville n'avait aucun droit sur sa fille.

Tout ce que je sais de Mme de Manneville, c'est que son mari lui avait enlevé son bébé, et que même si elle savait que cela ne servirait à rien, elle a lancé une action en justice. Bien évidemment, elle a perdu, tout comme la grande majorité des mères qui, au début du XIXe siècle, essayaient d'obtenir la garde de leurs enfants. Ce qui m'a le plus surprise dans ces affaires n'a pas été que les tribunaux se prononcent systématiquement en faveur des pères – après tout, la législation de l'époque était très stricte concernant le statut juridique des femmes. Ce qui m'a le plus surprise est le fait qu'elles tentaient tout de même d'obtenir gain de cause auprès des tribunaux.

L'heureux dénouement de l'histoire de Cora est ma façon de rendre hommage à ces femmes. Leurs efforts ont inspiré mon roman.

Ce livre a exigé beaucoup de recherches. La plupart du temps, j'en ai scrupuleusement respecté le fruit, mais je me suis parfois autorisé de petites libertés. Il existe nombre de blogs très documentés sur le droit de la famille et la question de la garde des enfants en Angleterre, mais j'ai surtout utilisé des sources juridiques. Voici le résultat de mes recherches et ce que je me suis permis de modifier.

La tutelle

Les grandes lignes de la loi sur la tutelle sont énoncées dans mon roman par l'intermédiaire de Gavin Sinclair. Son explication au chapitre 4 est un résumé des lois de tutelle au début du XIXe siècle. Le père avait légalement le droit de nommer des tuteurs dans son testament et, comme Nate le découvre en se plongeant dans les *Commentaires sur le droit anglais* de Blackstone, ces tuteurs pouvaient être d'extractions diverses.

La mère n'était pas automatiquement envisagée comme tutrice de son enfant, mais elle pouvait être désignée comme telle par son mari. Ainsi qu'on le voit dans le cas de Cora, une mère pouvait être considérée comme tutrice nourricière chargée d'assurer le bien-être quotidien de l'enfant.

Autre catégorie de tuteur : le tuteur testamentaire, autrement dit le tuteur désigné par le père dans son testament. Selon une loi de 1660, les pères avaient le droit de nommer dans leur testament un « tuteur testamentaire » qui pouvait en toute légalité enlever un enfant à sa mère s'il le désirait. Dès le début du XVIIIe siècle, les tribunaux ont reconnu l'importance de la mère dans l'éducation d'un enfant, mais leur rôle était de faire respecter les lois existantes et non de les modifier. Toutefois, la doctrine *parens patriae*, qui autorise l'intervention de l'État entre un parent et son enfant pour la protection de ce dernier, permettait au tribunal de la Chancellerie d'intervenir dans les affaires de tutelle. Comme Gavin l'explique, la tutelle était basée sur la confiance. S'il y avait abus de confiance, les tribunaux pouvaient intervenir et nommer un nouveau tuteur, en particulier si l'enfant était riche ou titré. Alors qu'il était rare de voir une femme désignée comme tutrice testamentaire, les attitudes ont progressivement changé au XVIIIe siècle, et les mères ont commencé à être désignées comme tutrices. Certaines sources semblent indiquer que si une femme se remariait, le beau-père pouvait être nommé tuteur, mais à ce sujet les sources varient. J'ai donc fait preuve de prudence en faisant de Gavin, mâle non héritier, un tuteur au même titre que Cora.

Actions judiciaires

En ce qui concerne la stratégie envisagée par Gavin, j'ai utilisé des sources primaires du tribunal de la Chancellerie établissant la liste des différentes étapes d'une telle procédure à l'époque. D'abord, il fallait déposer une plainte expliquant le différend en détail. Après cela, le défendeur avait un droit de réponse. Le plaignant répliquait en fournissant des preuves supplémentaires si besoin. Finalement, le défendeur ripostait.

Comme vous pouvez l'imaginer, la procédure pouvait durer des mois ou même des années. Bien évidemment, l'intervention de Raymond pour expédier l'affaire en une journée est pure invention de ma part. Mais, étant donné que les Carleton escroquaient sans vergogne le jeune lord Léo, l'accélération de la procédure, afin de leur retirer leur droit de tutelle le plus rapidement possible, était justifiée. Le tribunal avait le devoir de protéger Léo et ses biens, Léo étant pair du royaume.

De la même manière, la raison invoquée pour démontrer que les Carleton ne sont pas aptes à être tuteurs est la façon dont ils dilapident l'héritage de Léo. J'ai trouvé des précédents où des pupilles, à leur majorité, ont attaqué en justice leurs tuteurs pour mauvaise gestion de leurs finances. Dans bien des cas, ils ont eu gain de cause. En réalité, Dane aurait dû mieux protéger les intérêts financiers de ses enfants… mais nous savons qu'il était négligent et ne se souciait guère d'eux.

En ce qui concerne l'audience préalable plutôt « décontractée » de Nate avec le juge, je me suis servie d'une information trouvée sur le site de la cour d'assises de Londres. Jusqu'en 1929, il était fréquent pour les juges de rencontrer l'accusé soit chez eux, soit dans leur bureau, pour décider s'il y avait matière à procès. Les magistrats pouvaient rejeter une affaire s'ils estimaient que les preuves n'étaient pas suffisantes. Étant donné la situation trouble de Nate et sa position sociale, je me suis permis de faire du juge un fonctionnaire frileux, plus enclin à renvoyer un vaurien à sa famille qu'à déshonorer un puissant. Et c'est tant mieux ! Nate a enfreint la loi, même s'il redressait un tort. La falsification et la fraude auraient pu avoir de graves conséquences pour lui mais, heureusement, l'argent a été restitué et les vrais coupables démasqués.

La société de chemins de fer Stockton et Darlington

Les investissements de Nate dans les chemins de fer sont aussi inspirés de faits réels. Bien qu'elle n'ait été inaugurée officiellement qu'en 1825, la société de chemins de fer Stockton et Darlington avait été créée plusieurs années auparavant. L'étude initiale avait été réalisée par un ingénieur du nom de George Overton et proposée lors d'une réunion publique par un quaker, Edward Pease. C'est à ce moment que se situe le placement à cinq pour cent de Nate. En réalité, la plupart des actions furent achetées par des quakers, mais j'ai choisi d'y faire participer Nate. Comme dans le roman, le projet fut soumis au Parlement au printemps 1819, mais fut rejeté à cause de désaccords sur le tracé. Après une nouvelle étude et un retard dû au décès du roi George, il fut adopté en 1821. Nate avait donc raison de penser qu'il y avait de l'argent à gagner dans les chemins de fer, mais il fallait être patient. Néanmoins, en 1832, le rendement de cinq pour cent était passé à huit pour cent et a continué à croître par la suite. En la jouant finement – et nous savons qu'il en était capable –, Nate pouvait tout à fait faire fortune !

Le système bancaire

Pour cet aspect du roman, j'ai consulté différentes études sur le système bancaire au XIXe siècle, ainsi que le site de l'université de Nottingham, sur lequel j'ai trouvé d'excellents documents tels que des copies des premiers chèques ou, comme on les appelait plus communément à l'époque, des lettres de change. Les premiers exemples de chèques datent de 1705, les premiers chèques partiellement préimprimés de 1750, et les chèques entièrement pré-imprimés de 1811. À l'époque, les restrictions sur les billets de banque ont favorisé le développement du paiement par chèque.

Dans un ancien chéquier datant de 1809, on trouve une lettre de change en partie imprimée, avec un espace dans lequel le détenteur du compte devait inscrire le nom du bénéficiaire ou la mention « au porteur ». Un chèque au porteur pouvait être encaissé par n'importe qui l'ayant en sa possession. Dans mon roman, en toute logique, Léo était le détenteur du compte mais, en tant que tuteur, Carleton avait accès aux lettres de change et pouvait effectuer des paiements au nom de son pupille. Au lieu de cela, il libellait les chèques à son nom ou à celui des artisans ayant travaillé pour lui.

Coulter & Co est un établissement fictif, mais je me suis inspirée à la fois de la Child Bank et de la Banque d'Angleterre. Je me suis servie de traités bancaires pour décrire l'agencement intérieur d'un établissement bancaire et la marche à suivre pour encaisser une lettre de change. J'ai eu recours à mon imagination quand cela s'est révélé nécessaire, en particulier pour le reçu de Nate, même si j'ai trouvé des formules similaires et des détails intéressants quant à l'aspect de ce type de reçu dans le traité de Shaw.

J'espère avoir éveillé votre curiosité pour certains sujets abordés dans mon roman. Je ne prétends pas être experte dans ces domaines, et j'ai pris quelques libertés avec la réalité quand j'en avais besoin pour faire évoluer mes personnages et l'intrigue. Toutes les erreurs sont de mon fait.

Remerciements

Ce roman est le fruit du travail d'une équipe pleine de talent qui, de bien des façons, a soutenu ma créativité et mon moral. Pas un seul mot de ce livre n'est apparu comme par enchantement, et je dois remercier tous ceux grâce à qui cette histoire a vu le jour.

Tout d'abord, je tiens à exprimer mon immense gratitude à ma famille. J'ai longtemps attendu avant de vous parler de ce projet, mais jamais je n'ai douté de votre soutien sans faille. Maman, papa, Christie, Maura : vous avez supporté (euh... enduré ?) mon caractère autoritaire et mon imagination, ce qui est exactement ce dont j'avais besoin pour atteindre mon but. Votre présence à mes côtés est un don du ciel.

Tous mes remerciements à ceux qui ont relu les différentes versions de ce livre, CJ, Amy, Isabella Leigh et Kirsten Blacketer. Merci pour vos patients efforts de lecture critique, plus particulièrement à Tzip, qui m'a aidée à planter les graines de cette histoire, à désherber quand c'était nécessaire, et à Anjor, qui en a fait un magnifique jardin. Je n'aurais pu rêver meilleurs assistants pour faire éclore cette histoire.

Écrire ce roman a été une aventure ; le publier en a été une autre. Merci à Liana De la Rosa qui m'a guidée dans le monde de l'édition. À tous ceux qui me suivent sur les réseaux sociaux et dans les ateliers d'écriture, merci pour toutes vos interventions, vos conseils et votre soutien. Un énorme merci à Gissane Sophia, à Alexandra Vasti et à Eliza McLane. Nous nous sommes rencontrées en cours de route, mais vos encouragements m'ont portée jusqu'à la ligne d'arrivée. Ce livre n'existerait pas sans le savoir-faire de mon éditrice, Rachel Shipp. Merci de votre incroyable patience face à toutes mes questions (et modifications). Grâce à vous, j'ai aimé mon histoire encore plus que je ne l'aurais cru possible.

Et surtout, c'est avec beaucoup d'émotion que je remercie Pete, mon mari. Tu n'as pas hésité une seule seconde quand je t'ai annoncé, pleine de peurs et de doutes, que je voulais me lancer dans cette aventure. Tu vois le meilleur en moi depuis que j'ai dix-sept ans, et tu sais à quel point j'ai du mal à me faire confiance. Sais-tu, en revanche, en quoi j'ai toujours cru ? En toi. Alors, quand tu m'as dit que j'en étais capable et que tu ferais tout pour que j'y parvienne, je t'ai cru. Tu es l'âme de ce roman parce que c'est grâce à toi qu'il a vu le jour.

Si une chose sonne vrai dans cette histoire, j'espère que c'est le dévouement de Cora pour ses enfants. Alors, pour terminer, c'est vous que je remercie, Adam et Claire. Comme le dit Cora à Tess, vous ne lirez ce roman que dans quelques (nombreuses) années. Cette histoire est celle d'une famille. Je suis tellement heureuse que vous soyez la mienne.

Enfin, merci à mes lectrices. C'est un grand privilège de vous confier mon histoire. J'espère qu'elle vous plaira.

Elle vous appartient désormais.

14141

Composition
FACOMPO

Achevé d'imprimer en Italie
par GRAFICA VENETA
le 3 juin 2024

Dépôt légal : juillet 2024
EAN 9782290404423
OTP L21EPSN002630-627616

ÉDITIONS J'AI LU
82, rue Saint-Lazare, 75009 Paris

Diffusion France et étranger : Flammarion